50天搞定 新韓檢中級單字

金美貞・卞暎姬・玄素美　著 / 周羽恩　譯

前　言

「千里之行，始於足下。」

　　這句諺語的意思是「無論任何事，開始十分重要」。即為了走千里路，先跨出的第一步是如此重要之意。這句諺語，也正是我們想對特別是現在才剛開始學習韓語的人一定要說的一句話。

　　詞彙正是學習語言的開始，同時也是結束。光是用詞彙達到最簡易的溝通時也是，詞彙不可或缺；像韓國人一樣流暢運用的高級韓語也是，對於判斷句子的水準與正確性，詞彙同樣扮演著舉足輕重的角色。詞彙是如此重要，大家也都了解它的重要性，但卻不知道該從何處開始著手，應該有很多人為此而煩惱不已。

　　如同「千里之行，始於足下」這句話般，將遙遠又艱辛的千里路，試著與《50天搞定新韓檢中級單字》一起開始如何？它會是一位親切的老師，能輔助各位自修韓語。《50天搞定新韓檢中級單字》整理好各位每天必須學習的詞彙，書中所出現的詞彙除了TOPIK考古題中的單字外，也參考了韓國教育機關所使用的教材，以符合中級水準應具備的基本詞彙。全書由擁有多年韓語教育經歷的幾位韓語老師，將適合中級學習者學習的詞彙依品詞分類後編排。此外，由各詞彙專家以英語、中文2國語言翻譯，不僅能輕鬆掌握詞彙解釋，也能透過各種例句理解各詞彙如何實際運用。每天學完詞彙後，透過有趣的Quiz再次將學過的詞彙快速進入腦海裡記下。附錄裡追加收錄了韓國常用的外來語，挑出感興趣的部分，快速擴充韓語詞彙量。

　　若每天照著計畫走，就會發現其實學習裡也充滿了樂趣，而且詞彙實力也會大幅提升。因此，別在中途就放棄，若一起堅持到底，一定會得到希望的結果。為了能成為最後微笑的勝利者，期望一起堅持到底。

執筆者 全體

新韓檢中級單字

50天內完成

有可能在短期內將新韓檢中級單字學完嗎？當然沒問題！利用《50天搞定新韓檢中級單字》來準備的話，在50天內，中級程度的詞彙必能駕輕就熟。

請跟著以下日程表來學習。

Study Planner

Day 1	Day 2	Day 3	Day 4	Day 5
名詞	名詞	名詞	名詞	名詞
Day 6	Day 7	Day 8	Day 9	Day 10
名詞	名詞	名詞	名詞	名詞
Day 11	Day 12	Day 13	Day 14	Day 15
名詞	名詞	名詞	名詞	名詞
Day 16	Day 17	Day 18	Day 19	Day 20
名詞	名詞	名詞	名詞	名詞
Day 21	Day 22	Day 23	Day 24	Day 25
名詞	名詞	動詞	動詞	動詞
Day 26	Day 27	Day 28	Day 29	Day 30
動詞	動詞	動詞	動詞	動詞
Day 31	Day 32	Day 33	Day 34	Day 35
動詞	動詞	動詞	動詞	動詞
Day 36	Day 37	Day 38	Day 39	Day 40
動詞	動詞	動詞	動詞	形容詞
Day 41	Day 42	Day 43	Day 44	Day 45
形容詞	形容詞	形容詞	形容詞	形容詞
Day 46	Day 47	Day 48	Day 49	Day 50
副詞	副詞	副詞	副詞	副詞

如何使用本書

如何學習好本書呢？

　　每一天都有要學的詞彙。然而一天30個詞彙既不會讓人感到壓力，也不會覺得太少。每天一點一點慢慢試著與它親近，一旦和它成為朋友，就不會覺得辛苦，而且能樂在其中。

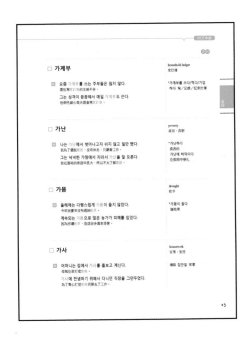

有不懂的單字嗎？

　　在每天學習詞彙前，可以先確認已經認識的單字和不認識的單字。就算有很多不認識的單字，也請別太擔心。

名詞第1天，今天也要認真！

　　列出的詞彙當中，將名詞的詞彙依가나다順序排列，同時附上翻譯。列出的詞彙中，和標記唸法不同的詞彙，會另外標示出[發音]。不僅如此，近似詞或常用的表現、補充説明等也會一起列出來。

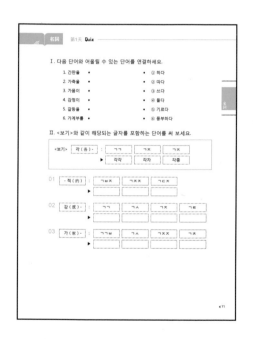

Ⅰ. 다음 단어와 어울릴 수 있는 단어를 연결하세요.

1. 간판을　•　　　•　① 하다
2. 가축을　•　　　•　② 따다
3. 가뭄이　•　　　•　③ 쓰다
4. 감정이　•　　　•　④ 풀다
5. 갈등을　•　　　•　⑤ 기르다
6. 가계부를　•　　　•　⑥ 풍부하다

Ⅱ. <보기>와 같이 해당되는 글자를 포함하는 단어를 써 보세요.

<보기>　각 (各) :　ㄱㄱ　　ㄱㅈ　　ㄱㅈ
　　　　　▶　각각　　각자　　각종

01　- 적 (的) :　ㄱㅂㅈ　　ㄱㅈㅈ　　ㄱㄷㅈ
　　　　　▶

02　감 (感) - :　ㄱㄱ　　ㄱㅅ　　ㄱㅈ　　ㄱㅂ
　　　　　▶

03　가 (家) - :　ㄱㄱㅂ　　ㄱㅅ　　ㄱㅈㅈ　　ㄱㅊ
　　　　　▶

外來語

ㄱ～ㄹ

單字	英語	中文	記住了嗎？
가스	gas	瓦斯	
게임기	game console	遊戲機	
그래프	graph	圖表	
그룹	group	集團、團體	
네트워크	network	網路	
노트북	notebook (laptop)	筆記型電腦	
디자이너	designer	設計師	
댄스	dance	舞蹈	
드라이	dry	乾燥	
디스크	disk	磁碟	
디지털	digital	數位	
램프	lamp	燈	
레몬	lemon	檸檬	
레포츠	leports	休閒運動	
렌즈	lens	鏡片	
렌터카	rental car	租車	
로또	lotto	樂透	
로봇	robot	機器人	
로비	lobby	大廳、院外活動	
룸메이트	roommate	室友	
리듬	rhythm	節奏、韻律	
리모컨	remote control	遙控器	

學過的單字好好複習了嗎？

　　習慣每天學習30個詞彙後，可以透過簡單的Quiz來確認是否確實了解。總共答對了幾題呢？等一等！解答要等到做完題目後再看，知道嗎？

附錄的外來語也請勿錯過！

　　看似簡單卻很難的外來語！請藉這次機會徹底掌握。已經依가나다順序排列整理好外來語，應該是擴充詞彙量的大好機會，對吧？

目 次

前言
新韓檢中級單字50天內完成
如何使用本書

名詞（1～22天） ⋯⋯⋯⋯⋯⋯⋯⋯⋯⋯⋯⋯⋯⋯⋯⋯⋯⋯⋯⋯⋯ 1

動詞（23～39天） ⋯⋯⋯⋯⋯⋯⋯⋯⋯⋯⋯⋯⋯⋯⋯⋯⋯⋯⋯⋯ 223

形容詞（40～45天） ⋯⋯⋯⋯⋯⋯⋯⋯⋯⋯⋯⋯⋯⋯⋯⋯⋯⋯⋯ 395

副詞（46～50天） ⋯⋯⋯⋯⋯⋯⋯⋯⋯⋯⋯⋯⋯⋯⋯⋯⋯⋯⋯⋯ 457

附錄──外來語 ⋯⋯⋯⋯⋯⋯⋯⋯⋯⋯⋯⋯⋯⋯⋯⋯⋯⋯⋯⋯⋯⋯ 509

附錄──Quiz 解答 ⋯⋯⋯⋯⋯⋯⋯⋯⋯⋯⋯⋯⋯⋯⋯⋯⋯⋯⋯⋯ 516

50
天
搞定

新韓檢中級單字

名詞

名詞（1～22天）

單字	英語	中文	記住了嗎？
가계부	household ledger	家計簿	
가난	poverty	貧困、貧窮	
가뭄	drought	乾旱	
가사	housework	家事、家務	
가상	imagine	假想	
가입	initiation	加入	
가족적	familial	家族的	
가축	livestock	家畜	
가치	value	價值	
각각	each	各自	
각자	respectively	各自、每個人	
각종	various	各種	
간격	interval, space out	間隔、間距	
간접	indirectness	間接	
간판	signboard	招牌	
갈등	conflict	糾葛、糾紛	
감각	sensation, sense	感覺	
감동적	moving	感人	
감상	appreciation	欣賞	
감정	feeling, emotion	感情	
감탄	admiration	感嘆	
강변	riverside	河邊、江邊	
강수량	precipitation	降水量、降雨量	
강연	lecture	演講	
강조	emphasis	強調	
개강	lectures begin on	開學	
개발	development	開發	
개방적	open	開放性的、外向的	
개선	improvement	改善	
개성	individuality	個性	

□ 가계부

household ledger
家計簿

例 요즘 가계부를 쓰는 주부들은 많지 않다.
最近寫家計簿的主婦不多。

그는 성격이 꼼꼼해서 매일 가계부도 쓴다.
他個性細心每天還會寫家計簿。

*가계부를 쓰다/적다/기입
하다 寫／記錄／記家計簿

名詞

□ 가난

poverty
貧困、貧窮

例 나는 가난에서 벗어나고자 쉬지 않고 일만 했다.
我為了擺脫貧困，沒有休息，只顧著工作。

그는 넉넉한 가정에서 자라서 가난을 잘 모른다.
他在富裕的家庭中長大，所以不太了解貧窮。

*가난하다
貧困的
가난에 허덕이다
在貧困中掙扎

□ 가뭄

drought
乾旱

例 올해에는 다행스럽게 가뭄이 들지 않았다.
今年很慶幸沒有遇到乾旱。

계속되는 가뭄으로 많은 농가가 피해를 입었다.
因為持續乾旱，造成很多農家受害。

*가뭄이 들다
逢乾旱

□ 가사

housework
家事、家務

例 어머니는 집에서 가사를 돌보고 계신다.
母親在家打理家務。

가사에 전념하기 위해서 다니던 직장을 그만두었다.
為了專心打理家務而辭去了工作。

相似 집안일 家事

01

□ 가상

imagine
假想

例 사기꾼들은 가상 계좌를 만들어 돈을 모았다.
詐騙集團開了人頭帳戶存入了錢。

그는 실제가 아닌 게임 속에 존재하는 가상 인물이다.
他是存在於非現實遊戲裡的假想人物。

相反 실제 實際
　　 현실 現實

□ 가입

initiation
加入

例 그 사이트는 회원 가입 절차가 매우 까다로웠다.
那個網站會員加入程序非常麻煩。

등산을 다니려고 산악회에 가입 신청을 해 놓았다.
打算去登山，就申請加入了登山協會。

相反 탈퇴 退出
*가입하다
　加入

□ 가족적[가족쩍]

familial
家庭的

例 우리 기숙사 분위기는 아주 가족적이다.
我們宿舍的氣氛非常像一家人。

회사 동료들과 가족적인 분위기에서 일한다.
和公司同事在像家人般的氛圍下工作。

相反 사무적 事務性

□ 가축

livestock
家畜

例 농촌에서 가축을 키우는 농가들이 점점 줄고 있다.
在農村飼養家畜的農家漸漸減少了。

시골에서는 가축을 길러서 아이들 교육을 시키는 집이 많다.
在鄉下飼養家畜來供孩子讀書的家庭很多。

*가축을 기르다/키우다
　飼養家畜

□ 가치

| value |
| 價值 |

例 그 미술 작품의 가치는 돈으로 바꿀 수 없을 정도다.
那個美術作品的價值是無法用錢來衡量的。

손으로 직접 만든 물건은 하나밖에 없기 때문에 가치가 있다.
因為親手做的物品只有一個，所以具有價值。

* 가치가 있다/없다
有／沒有價值
가치가 높다
價值高
가치가 떨어지다
貶值

□ 각각[각깍]

each
各自

例 홍수로 피해를 입은 사람들 각각에게 보상을 해 주었다.
對因水災而受害的人各自做了補償。

회의에 참석한 사람들은 각각의 의견을 자유롭게 나누었다.
出席會議的人自由發表了各自的意見。

相似 각자 各自

□ 각자[각짜]

respectively
各自、每個人

例 각자의 일은 스스로 책임져야 한다.
每個人的事情應該要自己負責。

우리는 각자에게 어울리는 옷을 골라 입었다.
我們各自挑選了適合的衣服穿了。

相似 각각, 제각각 各自

□ 각종[각쫑]

various
各種

例 그곳에는 각종 전자제품들이 가득 놓여 있었다.
那裡原本擺滿了各種電子產品。

날이 더워지자 각종 냉방 기기들이 날개 돋친 듯이 팔리고 있다.
天氣一轉熱，各種冷氣機就十分暢銷。

相似 각양각색 形形色色

名詞

♪ 01

☐ 간격

例　기차가 한 시간 간격으로 이곳을 지나간다.
　　火車每隔1小時會經過這裡。

　　시험 볼 때에는 책상과 책상의 간격을 넓혀서 앉는다.
　　考試時會加寬桌子與桌子的間距而坐。

interval, space out
間隔、間距

相似　거리　距離
　　　사이　之間
*간격이 넓다/좁다
　間距寬／窄

☐ 간접

例　사람은 책을 통해 간접 경험을 할 수 있다.
　　人可以透過書籍間接體驗。

　　내가 마신 컵으로 네가 마셨으니 간접 키스를 한 셈이다.
　　因為你喝我喝過的杯子，所以算是間接接吻。

indirectness
間接

相反　직접　直接

☐ 간판

例　① 시내에 나가면 여기저기 화려한 간판들이 눈에 띈다.
　　　去到市區到處都是華麗的招牌十分引人注目。

　　② 대학 간판을 따기 위해 대학교에 가서는 안 된다.
　　　為了保住大學這塊鍍金招牌，不能去念研究所。

signboard
招牌

*간판을 걸다
　掛招牌
　간판을 따다
　鍍金（含諷刺之意）

☐ 갈등[갈뜽]

例　이 드라마는 고부간의 갈등을 주로 다룬다.
　　這部電視劇主要是在描述婆媳間的糾葛。

　　노사 간의 갈등을 해소하기 위해서는 타협해야 한다.
　　為了解決勞資之間的糾紛就必須妥協。

conflict
糾葛、糾紛

*갈등하다
　鬧糾紛
　갈등을 일으키다
　引起糾紛
　갈등을 해소하다
　解決糾紛

名詞

□ 감각

sensation, sense
感覺

例 ① 그 학생은 언어 감각이 뛰어난 편이다.
那位學生的語感算是十分優秀。

② 사고를 당한 후로 다리에 감각을 잃고 말았다.
遭遇事故後，結果腿失去感覺了。

相似 느낌, 센스 感覺
*감각이 있다/없다
有／沒有感覺

□ 감동적

moving
感人的

例 소설의 내용이 매우 감동적이었다.
小說的內容十分感人。

이 영화는 평범한 가장의 삶을 감동적으로 그려냈다.
這部電影將一個平凡家長的人生描繪得十分感人。

□ 감상

appreciation
欣賞

例 서울의 야경 감상을 위해 남산으로 올라갔다.
為了欣賞首爾的夜景爬上了南山。

저는 영화 감상이 취미이고 제 친구는 음악 감상이 취미예요.
我的興趣是看電影（觀賞電影），我朋友的興趣則是聽音樂（鑑賞音樂）。

*감상하다
欣賞、鑑賞、觀賞

□ 감정

feeling, emotion
感情

例 그는 자신의 감정을 솔직하게 말하는 편이다.
他算是會坦率地表達自己的感情。

그 사람은 감정이 메말라서 슬픈 영화를 봐도 좀처럼 눈물을 흘리지 않는다.
那個人感情淡薄，所以就算看悲傷的電影也不容易流眼淚。

*감정이 풍부하다
感情豐富
감정이 있다/없다
有／沒有感情

□ 감탄

admiration
感嘆

例　해돋이를 보고 있으면 감탄이 저절로 나온다.
看著日出就會不由自主地發出感嘆。

그들의 거대한 문화유산을 보고 감탄을 금하지 않을 수 없었다.
看到他們巨大的文化遺產後忍不住發出感嘆。

*감탄하다
　感嘆

□ 강변

riverside
河邊、江邊

例　저녁을 먹고 강변을 걸으며 산책을 했다.
吃完晚餐後在河邊走走，散了步。

강변에는 많은 아파트 단지들이 조성되어 있다.
河邊附近興建了很多住宅區。

相似　강가　河邊

□ 강수량

precipitation
降水量、降雨量

例　우리 고향은 강수량의 변화가 심하다.
我們故鄉降雨量的變化很嚴重。

이 지역은 강수량이 적어 농사짓기에 적합하지 않다.
這一區的降雨量少，不適合耕種農作物。

*강수량이 많다/적다
　降雨量多／少

□ 강연

lecture
演講

例　오늘 강연은 행복에 대한 내용입니다.
今天演講的內容是關於幸福這件事。

그분의 강연을 듣기 위해 지방에서 올라왔다.
為了聽那位的演講，從外地上來了。

相似　강의　上課
　　　연설　演說
*강연하다
　演講

□ 강조

emphasis
強調

例 밑줄을 그은 부분은 강조를 나타냅니다.
畫底線的部分表示強調。

허리선 강조를 위해 허리 부분에 다른 색깔을 넣어 디자인했다.
為了強調腰線，在腰部加入了其它顏色的設計。

相似 강세 強勢
*강조하다, 강조되다
強調

□ 개강

lectures begin on
開學

例 우리 학교는 다음 주부터 개강이다.
我們學校下週開學。

그는 개강 후 얼마 동안은 출석도 공부도 열심히 했으나 지금은 학교에 오지도 않는다.
他開學後，有一陣子出席率良好，念書也很認真，但現在連學校都不來了。

相反 종강 最後一堂課
*개강하다
開課、開學

□ 개발

development
開發

例 정부는 경제 개발 5개년 계획을 세웠다.
政府擬定了經濟開發5年計畫。

신제품 개발을 위해 오랫동안 회의가 진행되었다.
為了新產品開發，長期以來不斷開會。

相似 개척 開拓
발명 發明
*개발하다, 개발되다
開發

□ 개방적

open
開放性的、外向的

例 그는 성격이 활발하고 개방적이다.
他個性活潑又外向。

현대 사회는 개방적이라서 다양한 문화를 쉽게 받아들인다.
現代社會很開放，所以容易接受各種文化。

相反 폐쇄적 封閉性
보수적 保守性

名詞

☐ 개선

improvement
改善

> 例 그 강연은 식생활 개선에 많은 영향을 주었다.
> 那個演講對改善飲食生活帶來了很多影響。
>
> 입시제도 개선을 위해 선진국들의 사례를 조사하였다.
> 為了改善入學考試制度，調查了其它先進國家的案例。

*개선하다, 개선되다
　改善

☐ 개성

individuality
個性

> 例 그는 개성이 뚜렷한 옷차림을 선호한다.
> 他比較偏好個性鮮明的打扮。
>
> 요즘은 예쁜 사람보다는 개성 있는 사람이 인기가 많다.
> 最近有個性的人比漂亮的人更受歡迎。

相似 특징 特徵
　　 특성 特性
*개성이 있다/없다
　有／沒有個性
　개성을 살리다
　彰顯個性

Ⅰ. 다음 단어와 어울릴 수 있는 단어를 연결하세요.

1. 간판을　•

2. 가축을　•

3. 가뭄이　•

4. 감정이　•

5. 갈등을　•

6. 가계부를　•

•　① 하다

•　② 따다

•　③ 쓰다

•　④ 들다

•　⑤ 기르다

•　⑥ 풍부하다

Ⅱ. <보기>와 같이 해당되는 글자를 포함하는 단어를 써 보세요.

<보기>　| 각 (各) - |　:　| ㄱㄱ |　| ㄱㅈ |　| ㄱㅈ |

▶　| 각각 |　| 각자 |　| 각종 |

01　| - 적 (的) |　:　| ㄱㅂㅈ |　| ㄱㅈㅈ |　| ㄱㄷㅈ |

▶　| |　| |　| |

02　| 감 (感) - |　:　| ㄱㄱ |　| ㄱㅅ |　| ㄱㅈ |　| ㄱㅌ |

▶　| |　| |　| |　| |

03　| 가 (家) - |　:　| ㄱㄱㅂ |　| ㄱㅅ |　| ㄱㅈㅈ |　| ㄱㅊ |

▶　| |　| |　| |　| |

單字	英語	中文	記住了嗎？
개인적	individual	個人的、私人的	
개최	take place	舉辦	
객관적	objective	客觀的	
거래	dealing	交易	
거품	bubble	泡沫	
건강식품	health food	健康食品	
건망증	forgetfulness	健忘症	
건설	construction	建設	
건축	architecture	建築	
걸음	step	腳步、步伐	
검사	examination	檢查、調查	
검색	search	檢索、搜尋	
겁	cowardice	膽怯、害怕	
겉모습	appearance	外貌、外表	
격려	encouragement	鼓勵	
결과	result	結果	
결론	conclusion	結論、結局	
결말	ending	結局、結尾、結果	
결승	the final round	決賽	
겸손	humility	謙虛	
경고	warning	警告	
경력	work experience	經歷	
경비	expenditure	經費	
경영	management	經營	
경우	instance, case	情況、時候	
경제	economy	經濟	
경제적	financial, economical	經濟上的、節省的、划算的	
경험	experience	經驗	
계약	contract	合約	
계층	echelon	階層	

□ 개인적

individual
個人的、私人的

例 그 사람하고는 **개인적**으로 친분이 있다.
和那個人有私交（私人交情）。

공적인 일을 **개인적**인 감정으로 처리해서는 안 된다.
公事不能以私人感情處理。

相似 사적 私人的
相反 공적 公務的、公共

□ 개최

take place
舉辦

例 올림픽 **개최**를 위해 많은 투자를 했다.
為了舉辦奧運，投資了很多。

한중 정상 회담 **개최**는 많은 사람의 관심을 끌고 있다.
韓中高峰會的舉行引來大眾關注。

*개최하다, 개최되다
舉辦

□ 객관적[객꽌적]

objective
客觀的

例 모든 사건에는 **객관적**인 증거가 필요하다.
所有事件都需要客觀的證據。

언론은 대중에게 있는 그대로의 사실을 **객관적**으로 전달해야
한다.
輿論應該要將原封不動的事實客觀地傳達給大眾。

相反 주관적 主觀的

□ 거래

dealing
交易

例 두 지역의 **거래**가 활발하게 이루어졌다.
活躍地完成了兩個地區的交易。

통보도 없이 상대측에서 일방적으로 **거래**를 끊었다.
對方沒有通知就單方面中斷了交易。

相似 매매 買賣
*거래하다, 거래되다
交易
거래를 끊다
中斷交易

名詞

□ 거품

bubble
泡沫

例 ① 맥주에 거품이 너무 많이 생겼다.
啤酒產生了太多泡沫。

② 부동산에 거품이 빠지면 경기도 안정될 것이다.
若不動產擺脫泡沫化，經濟就會趨向穩定。

*거품이 일다
冒泡
거품이 생기다
起泡
거품이 빠지다
泡沫沒了

□ 건강식품

health food
健康食品

例 김치나 청국장 등은 한국의 대표적인 건강식품이다.
泡菜或清麴醬等是韓國的代表性健康食品。

건강에 대한 관심이 높아지면서 건강식품이 잘 팔리고 있다.
隨著對健康重視的提升，健康食品十分暢銷。

□ 건망증[건망쯩]

forgetfulness
健忘症

例 젊은 사람도 건망증에 걸릴 수 있다.
年輕人也有可能得到健忘症。

나는 건망증이 심해서 집을 나올 때 항상 다시 확인한다.
我健忘症很嚴重，所以要出門時總是會再三確認。

*건망증이 있다/없다
有／沒有健忘症
건망증이 심하다
健忘症嚴重

□ 건설

construction
建設

例 ① 정부는 하반기에 신도시 건설을 계획하고 있다.
政府在計畫下半年要建設新都市。

② 사람들은 끊임없이 새로운 사회의 건설을 위해 힘쓰고 있다.
人們為了新社會的建設不斷地努力著。

相似 건축 建築
相反 파괴 破壞
*건설하다, 건설되다
建設

□ 건축

architecture
建築

例 그 성당은 새로운 건축 양식을 보여주는 건축물이다.
那個教堂是展現新建築樣式的建築物。

이 도로는 아파트 건축 공사로 당분간 폐쇄되오니 양해
바랍니다.
本道路因公寓建築施工暫時封閉，敬請見諒。

相似 건설 建設
相反 파괴 破壞
*건축하다, 건축되다
建築

□ 걸음

step
腳步、步伐

例 발자국 소리에 나도 모르게 걸음을 멈추었다.
因為腳步聲，我不自覺也停下了步伐。

고향으로 가는 걸음이 가벼워서 날아갈 것 같다.
返鄉的步伐輕盈，像要飛一樣。

*걸음을 멈추다
停下腳步
걸음을 늦추다
放慢腳步
걸음이 빠르다
步伐快

□ 검사

examination
檢查、調查

例 품질 검사 절차가 매우 까다로운 편이다.
品質檢查步驟算是十分繁瑣。

선생님께서는 숙제 검사를 깜박 잊으셨다.
老師忘了檢查作業。

相似 검토 研究
점검 清點
*검사하다, 검사되다
檢查、調查

□ 검색

search
檢索、搜尋

例 사건 자료는 인터넷을 통해 검색이 가능하다.
案件資料可以透過網路搜尋。

비밀문서 검색은 별도의 아이디와 비밀번호가 필요하다.
搜尋機密文件需要另外的帳號和密碼。

*검색하다, 검색되다
搜尋

名詞

□ 겁

cowardice
膽怯、害怕

例　주위가 어두워지자 덜컥 겁이 났다.
周圍一暗，就突然害怕起來。

그 아이는 겁도 없이 혼자 집을 나섰다.
那個小孩很大膽，一個人離家出走了。

相似　무서움 恐懼
　　　두려움 害怕
相反　용기 勇氣
*겁(이) 나다 害怕起來
　겁을 먹다 膽怯
　겁이 있다/없다 膽小／大

□ 겉모습[건모습]

appearance
外貌、外表

例　사람을 겉모습만 보고 판단해서는 안 된다.
不可以只憑外表來判斷一個人。

그는 겉모습과는 달리 무척이나 부드럽고 친절했다.
他有別於外表，十分溫柔、親切。

相似　외관 外觀
　　　겉모양 外貌

□ 격려[경녀]

encouragement
鼓勵

例　유가족들에게 격려의 말을 전해 주세요.
請代我向遺屬轉達鼓勵的話。

힘들 때에는 무엇보다도 따뜻한 격려가 큰 힘이 된다.
累的時候，溫暖的鼓勵比什麼都來得更有幫助（形成一股強大的力量）。

*격려하다
　激勵、鼓勵
　격려를 받다
　受到激勵／鼓勵
　격려를 보내다
　給予鼓勵

□ 결과

result
結果

例　열심히 노력한 결과 시험에 당당히 합격했다.
認真努力的結果，考試堂堂正正合格了。

나는 일을 할 때 결과보다는 과정을 중요시하는 편이다.
我算是工作時比起結果更重視過程。

相似　성과 成果
相反　원인 原因
*결과가 나오다
　結果出來
　결과가 좋다
　結果很好

□ 결론

conclusion
結論、結局

例 이 드라마의 결론이 어떻게 날지 궁금하다.
很好奇這部電視劇的結局會如何。

그는 모든 것의 근원은 돈이라고 결론을 내렸다.
他下了結論說一切都是源自於錢。

相似 결말 結果、結尾
*결론이 나다
得到結論
결론을 맺다
做出結論

□ 결말

ending
結局、結尾、結果

例 그 영화의 결말이 너무 슬프다.
那部電影的結局非常悲傷。

동화는 대부분 행복한 결말로 끝난다.
童話最後大部分都是以幸福結尾。

相似 결론 結論
*결말이 나다
有結果
결말을 짓다
結束、告一段落

□ 결승[결씅]

the final round
決賽

例 결승에 올랐지만 우승은 하지 못했다.
雖然晉級決賽，但沒能拿下優勝。

우리 팀의 열정적인 응원으로 결승에 진출할 수 있었다.
因為我們隊上的熱情聲援而得以進入決賽。

相似 결승전 決賽
相反 예선 預賽
*결승에 나가다
進入決賽
결승에 오르다
晉級決賽

□ 겸손

humility
謙虛

例 그는 겸손과 친절이 몸에 배어 있는 사람이다.
他為人十分謙虛和親切。

겸손은 옛날부터 내려온 우리나라의 전통 미덕이다.
謙虛自古以來就是我國的傳統美德。

相反 거만 傲慢
*겸손하다
謙虛

名詞

□ 경고

warning
警告

例　경기에서 경고를 두 번 받으면 퇴장이다.
比賽時被警告兩次就要退場。

아무나 들어가면 안 된다는 경고를 무시하고 들어갔다.
無視禁止任何人進入的警告，擅自闖入了。

相似 주의 注意
*경고하다
警告
경고를 주다
給予警告
경고를 받다
被警告

□ 경력[경녁]

work experience
經歷

例　기사는 10년 무사고 운전 경력을 가지고 있다.
司機有10年無事故駕駛的經歷。

우리 회사에서는 상반기에 경력 사원을 모집할 계획이다.
我們公司計畫於上半年招募資深員工。

相似 경험 經驗
　　　이력 履歷、經歷
*경력을 쌓다
累積經歷
경력이 있다/없다
有／沒有經歷

□ 경비

expenditure
經費

例　이번 행사를 준비하는 데 많은 경비가 들었다.
準備這次活動花了很多經費。

여행 경비를 마련하기 위해 방학 동안 아르바이트를 했다.
為了籌措旅行經費，放假期間打了工。

相似 비용 費用
*경비가 들다
花費經費
경비를 줄이다
減少／節省經費

□ 경영

management
經營

例　회사 경영이 갑자기 어려워졌다.
公司經營突然變得很困難。

기업의 소유와 경영은 분리되어야 한다.
企業的所屬與經營應該要分離。

相似 운영 營運、經營
*경영하다, 경영되다
經營

□ 경우

instance, case
情況、時候

例 ① 비가 올 경우에도 행사는 예정대로 진행할 것이다.
就算遇到下雨的情況，活動也會如期進行。

② 그는 경우에 맞지 않는 행동을 하지 않는다.
他不會做不合乎場合的行為。

相似 상황 情況
　　도리 道理
*경우가 있다/없다
有／沒有～的情況

名詞

□ 경제

economy
經濟

例 요즘 서민들의 경제 사정이 좋지 않다.
最近老百姓的經濟情況不好。

과학 기술 발전에 따라 경제도 급속도로 발전하고 있다.
隨著科技進步，經濟也正迅速發展。

*경제가 좋다/나쁘다
經濟好／不好
경제를 살리다
使經濟復甦

□ 경제적

financial, economical
經濟上的、節省的、划算的

例 ① 사람들은 경제적으로 안정이 되기를 바란다.
人們都希望經濟穩定。

② 혼자보다 여럿이 공동으로 구매하는 것이 경제적이다.
與其一個人買，很多人一起團購會更划算。

相反 비경제적
　　不經濟的、不划算的

□ 경험

experience
經驗

例 고통도 시련도 좋은 경험이라고 생각한다.
我認為痛苦與考驗都是很好的經驗。

경험이 풍부한 사람들은 그만큼 생각도 깊고 넓다.
經驗豐富的人也相對深謀遠慮。

相似 체험 體驗、經驗
相反 상상 想像
*경험하다
歷經
경험이 풍부하다
經驗豐富
경험을 쌓다
累積經驗

□ 계약

	contract
	合約

例 오늘 전세 계약을 2년 더 연장했다.
今天將房租合約再延長了2年。

그 기업과의 계약을 성사시키기 위해 최선을 다했다.
為了能和那間企業簽約，全力以赴了。

*계약하다
　簽約
　계약을 성사시키다
　促成合約
　계약을 맺다
　簽訂合約

□ 계층

echelon
階層

例 모든 사회에는 계층 간의 갈등이 있다.
全世界都存在階層之間的糾紛。

정부는 소외된 계층을 위한 정책을 마련해야 한다.
政府應該要為了弱勢團體制定政策。

相似 집단 集團
　　　계급 階級
*소외 계층
　弱勢團體

I. 다음 단어와 어울릴 수 있는 단어를 연결하세요.

1. 겁을　　●

2. 거품이　　●

3. 걸음이　　●

4. 결승에　　●

5. 격려를　　●

6. 경력을　　●

7. 건망증이　　●

●　① 먹다

●　② 쌓다

●　③ 일다

●　④ 심하다

●　⑤ 빠르다

●　⑥ 보내다

●　⑦ 진출하다

II. 다음 짝지어진 두 단어의 관계가 나머지 하나와 <u>다른</u> 것을 고르세요.

01　① 겁 - 용기
　　② 결과 - 원인
　　③ 개인적 - 사적
　　④ 객관적 - 주관적

02　① 경고 - 주의
　　② 결승 - 예선
　　③ 결말 - 결론
　　④ 거래 - 매매

03　① 경력 - 이력
　　② 경비 - 비용
　　③ 겸손 - 거만
　　④ 겉모습 - 외관

單字	英語	中文	記住了嗎？
고개	head	頭	
고민	woe	煩惱	
고백	confession	告白	
고장	breakdown	故障	
고집	persistence	固執	
고통	suffering	痛苦	
곤란	trouble	困難	
골치	in the shit	腦袋、腦筋（頭的俗稱）	
곳곳	in parts	到處	
공공장소	public place	公共場所	
공동	joint	共同、一起	
공사	construction	施工	
공통	common	共通、一致	
공포	horror	恐怖	
공해	pollution	公害	
과로	overwork	過勞	
과목	subject	科目	
과소비	overspending	過度消費、超前消費	
과속	speeding	超速	
과식	overeating	吃得過多、（暴飲）暴食	
과외	coaching, private lesson	課外（輔導）、補習	
과음	heavy drinking	飲酒過量	
과정	process	過程	
과제	assignment	課題	
관객	audience	觀眾	
관계자	a participator	相關人員	
관광	sightseeing	觀光、旅遊	
관련	relation	關係、關聯、相關	
관리	administration	管理	
관심	interest	關心	

□ 고개

head
頭

例 그는 알았다는 듯이 고개를 끄덕였다.
他會意似地點了點頭。

내가 한 행동이 부끄러워서 고개를 들 수 없었다.
我因為之前的行為羞愧到抬不起頭來。

*고개를 숙이다
低頭
고개를 들다
抬頭
고개를 끄덕이다
點頭

名詞

□ 고민

woe
煩惱

例 유학을 갈지 취업을 할지 고민 중이다.
在煩惱要去留學還是要就業。

안색이 안 좋아 보여요. 요즘 무슨 고민 있어요?
臉色看起來很差。最近有什麼煩惱嗎？

相似 걱정 擔心
*고민하다
煩惱
고민을 해결하다
解決煩惱
고민을 털어놓다
傾吐煩惱

□ 고백

confession
告白

例 사랑한다는 고백과 함께 빨간 장미를 건네주었다.
在告白說出我愛你的同時遞上了紅玫瑰。

진실된 그의 고백을 듣고 나도 모르게 눈물이 흘렀다.
聽了他真摯的告白，我不自覺地流下了眼淚。

*고백하다
告白
고백을 받다
接受告白

□ 고장

breakdown
故障

例 차가 오래돼서 그런지 고장이 너무 잦다.
可能是車用太久了的緣故，常常故障。

라디오가 고장이 나서 소리가 나지 않는다.
因為收音機故障了，所以沒有聲音。

*고장(이) 나다
發生故障
고장이 잦다
頻頻故障

□ 고집

persistence
固執

例 아이가 장난감을 사 달라고 고집을 부렸다.
小孩執意吵著要買玩具。

그는 고집이 너무 세서 자기 의견을 절대로 꺾지 않을 것이다.
他太固執了，總是堅持己見。

*고집이 세다
　很固執、頑固
　고집을 부리다/피우다
　固執
　고집을 버리다
　捨棄固執

□ 고통

suffering
痛苦

例 그는 극심한 심리적 고통에 시달렸다.
他為極大的心理痛苦而受盡折磨。

신체적 고통이 너무 심해서 견디기가 힘들었다.
身體劇痛到難以忍受。

相似 아픔 痛苦
　　괴로움 難受
*고통을 주다 給予痛苦
　고통을 참다 忍受痛苦
　고통을 겪다 飽受痛苦

□ 곤란[골란]

trouble
困難

例 아버지가 돌아가시고 생활에 많은 곤란을 겪었다.
父親去世後，生活上遇到了很多困難。

친구를 곤란에 빠지게 하면 내 마음이 편할 수 없다.
讓朋友陷入困境的話，我的心裡會不好過。

相似 어려움 困難
　　궁핍 窮困
*곤란하다 困難
　곤란에 빠지다 陷入困境
　곤란을 겪다 遇到困難

□ 골치

in the shit
腦袋、腦筋（頭的俗稱）

例 요즘 이사 문제로 골치를 썩이고 있다.
最近因為搬家的問題很傷腦筋。

교통사고 보상 처리가 제대로 되지 않아서 골치가 아프다.
交通事故賠償處理不順利，因此很傷腦筋。

相似 머리 頭、頭腦
*골치가 아프다
　頭痛、傷腦筋
　골치가 썩이다
　傷腦筋

05

□ 곳곳

in parts
到處

例 시내 곳곳에 교통 체증이 심각했다.
市區到處交通嚴重堵塞。

나는 자전거를 타고 전국 곳곳을 여행 다녔다.
我騎腳踏車到全國各地旅行過。

相似 여기저기 到處
　　　각지 各地

□ 공공장소

public place
公共場所

例 공공장소에서는 금연이오니 흡연을 삼가 주세요.
公共場所禁止吸菸，請勿吸菸。

공공장소에서 다른 사람에게 피해를 주는 행동은 하지 말아야
한다.
不應該在公共場所做出影響他人的行為。

□ 공동

joint
共同、一起

例 책을 공동으로 구매하니 훨씬 저렴하다.
因為團購（共同購買）書籍，所以會便宜很多。

마음 맞는 친구들이 공동으로 투자를 해서 회사를 경영하고
있다.
一群志同道合的朋友共同投資，在經營公司。

相似 합동 聯合
相反 단독 單獨

□ 공사

construction
施工

例 지하철역 공사로 인해 도로가 복잡하다.
由於地鐵站施工，導致道路堵塞。

이곳은 옛날 모습을 그대로 복원하려는 공사가 한창 진행
중이다.
這裡為能完整復原過去的面貌，正在進行施工。

*공사하다
施工
공사가 진행되다
進行施工

名詞

□ 공통

common
共通、一致

例 환경문제는 우리가 해결해야 할 공통 과제이다.
環境問題是我們該要解決的共通課題。

빈칸에 공통으로 들어갈 수 있는 단어를 고르십시오.
請選出能共通填入空格的單字。

□ 공포

horror
恐怖

例 어둠 속에서 들려오는 소리에 공포를 느꼈다.
從黑暗中傳來的聲音，感覺很恐怖。

그곳에 있던 사람들은 그의 잔인한 행동을 보고 공포에 떨었다.
在那裡的人看到他殘忍的行為後都驚恐不已。

相似 두려움 害怕
　　무서움 恐懼
*공포를 느끼다
感覺很恐怖
공포에 떨다
驚恐

□ 공해

pollution
公害

例 각종 공해로 많은 자연 생물들이 쉴 곳이 없다.
由於各種公害，導致許多自然生物無處可棲。

이곳에서는 공해를 발생시킬 수 있는 물질의 사용을 금하고 있다.
這裡嚴禁使用會造成公害的物質。

□ 과로

overwork
過勞

例 그는 며칠 동안 밤을 새우고 일하더니 결국 과로로 쓰러졌다.
他好幾天熬夜工作，結果因為過勞昏倒了。

감기를 예방하기 위해서는 과로와 스트레스 등을 피해야 한다.
為了預防感冒，應該要避免過勞和壓力。

*과로하다
過勞

□ 과목

subject
科目

> 例 학교에서 제가 가르치는 과목은 수학입니다.
> 我在學校教的科目是數學。
>
> 전공과목은 교양 과목에 비해 점수 따기가 쉽지 않다.
> 相較於通識科目，主修科目比較不容易拿到分數。

相似 교과목 學科
　　　학과목 課程
*과목을 선택하다
　選課
　과목을 듣다
　聽課

□ 과소비

overspending
過度消費、超前消費

> 例 경제가 살아나려면 사치와 과소비를 막아야 한다.
> 如果想要經濟復甦，就要阻止奢侈與過度消費。
>
> 과장된 광고들이 소비자들의 과소비를 부추기고 있다.
> 誇大不實的廣告煽動消費者過度消費。

相反 절약 節約
*과소비하다
　過度／超前消費
　과소비를 부추기다
　煽動／慫恿（人）過度／超
　前消費

□ 과속

speeding
超速

> 例 과속 차량은 다른 사람의 생명까지 위협한다.
> 車輛超速會危及他人生命安全。
>
> 비 올 때 과속으로 인한 교통사고 발생률이 높다.
> 下雨時，因超速引起的交通事故發生率很高。

*과속하다
　超速
　과속으로 달리다
　超速行駛

□ 과식

overeating
吃得過多、（暴飲）暴食

> 例 과식으로 인해 배탈이 났다.
> 因暴食而腹瀉了。
>
> 건강을 위해서는 과식보다는 소식을 하는 것이 좋다.
> 為了健康著想，少吃會比暴食來得好。

相似 폭식 （暴飲）暴食
相反 소식 少吃、吃得少
*과식하다
　（暴飲）暴食

名詞

□ 과외

coaching, private lesson
課外（輔導）、補習

例 어렸을 때부터 과외로 그림을 공부했다.
自幼就開始補習學畫畫了。

학교 수업을 도저히 따라갈 수 없어서 과외를 받고 있다.
因為實在是跟不上學校的課，所以就去補習。

*과외하다
補習

□ 과음

heavy drinking
飲酒過量

例 과음은 건강을 해친다
飲酒過量有害健康。

어제 과음으로 인해 오늘 출근을 못 했다.
由於昨天飲酒過量，今天沒能去上班。

相似 폭음 （暴飲）飲酒過量、酗酒
*과음하다
飲酒過量

□ 과정

process
過程

例 결과 못지않게 과정도 중요하다.
過程的重要，不亞於結果。

과장님께 일의 진행 과정을 보고했다.
向課長報告了事情的進行過程。

相似 경로, 경과 經過
*과정을 겪다
經歷過程

□ 과제

assignment
課題

例 통일은 우리 민족의 과제이다.
統一是我們民族的課題。

정부가 우선적으로 해결해야 할 과제는 물가 안정이다.
政府首先該解決的課題是穩定物價。

相似 숙제 作業
*과제가 있다/없다
有／沒有課題
과제가 주어지다
賦予課題

□ 관객

audience
觀眾

例 휴일에는 극장에 관객들이 많다.
假日電影院裡有很多觀眾。

이번 공연은 관객들의 뜨거운 호응을 얻었다.
這次表演得到了觀眾熱情的回響。

相似 관람객, 관중 觀眾

□ 관계자

a participator
相關人員

例 이곳은 관계자 외 출입을 금지합니다.
這裡相關人員外禁止出入。

이번 사건 관계자들을 모두 모아 진실을 밝히고자 한다.
召集這次事件的所有相關人員揭發真相。

相似 당사자
當事者、當事人

□ 관광

sightseeing
觀光、旅遊

例 여행사들은 새로운 관광 상품 개발에 몰두하고 있다.
諸多旅行社埋首於開發新的觀光行程。

첫째 날은 서울 시내 관광 후 자유 시간을 갖겠습니다.
第一天首爾市區觀光完會有自由時間。

相似 구경 參觀
*관광하다
觀光
관광을 떠나다
去旅遊

□ 관련[괄련]

relation
關係、關聯、相關

例 그는 의학 관련 책들을 수집하고 있다.
他在蒐集醫學相關的書籍。

여기는 이번 사건과 밀접한 관련이 있는 곳이다.
這裡是與這次事件有密切關聯的地方。

相似 관계 關係
상관 相關
*관련되다
相關
관련이 있다/없다
有／無關

名詞

□ 관리[괄리]

administration
管理

例 나도 이젠 건강 관리에 신경을 써야겠다.
我現在也要注意健康管理了。

우리 회사는 고객 관리에 언제나 최선을 다하고 있다.
我們公司對於顧客管理總是竭盡全力。

*관리하다, 관리되다
管理
관리가 소홀하다
管理疏忽

□ 관심

interest
關心

例 여러분의 많은 관심과 성원을 바랍니다.
希望各位能多多支持與聲援。

월드컵 개최로 인해서 온 국민이 축구에 관심을 쏟고 있다.
由於舉辦世界盃，全國人民將對足球投以關注。

*관심을 끌다
引起關注
관심이 있다/없다
有／沒興趣

Ⅰ. 다음 단어와 어울릴 수 있는 단어를 연결하세요.

1. 고개를 •	• ① 나다
2. 고민을 •	• ② 떨다
3. 고장이 •	• ③ 피우다
4. 고집을 •	• ④ 아프다
5. 곤란에 •	• ⑤ 빠지다
6. 골치가 •	• ⑥ 털어놓다
7. 공포에 •	• ⑦ 끄덕이다

Ⅱ. 설명하는 단어를 <보기>와 같이 써 보세요.

<보기> | ㄱㅅ | : 지나치게 많이 먹음 | 과식 |

01 | ㄱㅅㅂ | : 돈이나 물건 등을 지나치게 많이 씀 | |

02 | ㄱㅌ | : 몸이나 마음의 괴로움이나 아픔 | |

03 | ㄱㅍ | : 두렵고 무서움 | |

04 | ㄱㅈ | : 일이 진행되어 가는 경로 | |

05 | ㄱㄱ | : 다른 지방이나 다른 나라의 풍경이나 문화 등을 구경함

| |

單字	英語	中文	記住了嗎？
관찰	observation	觀察	
광장	square	廣場	
교육	education	教育	
교재	teaching material(s)	教材、教科書、課本	
교통수단	transportation	交通工具	
교통편	communication facilities	交通工具	
교환	exchange	交換	
구두쇠	miser	吝嗇鬼、小氣鬼、鐵公雞	
구매	purchase	購買	
구멍	hole, opening	孔、穴、逃避的手段、漏洞	
구별	distinction	區別、分別	
구성	composition	構成、組成、結構	
구입	purchase	購買	
구조	structure	構造	
구체적	detailed	具體的	
국가	nation	國家	
국물	pot liquor	湯、湯頭	
국민	people	國民	
국외	foreign country	國外	
군대	the military	軍隊	
궁금증	curiosity	疑惑、好奇心	
귀국	homecoming	回國	
규칙적	regular	規則的、規律的	
그늘	shade	陰影、陰涼處	
근로자	worker	勞動者、勞工	
근무	work	工作、辦公	
근육	muscle	肌肉	
글쓴이	writer	作者	
글씨	handwriting, letter	字、字跡	
글자	letter, type	字、文字	

□ 관찰

observation
觀察

例 관찰 결과를 빠짐없이 기록해야 한다.
應該要一字不漏地將觀察結果記錄下來。

환자에 대한 가족들의 세심한 관찰이 필요하다.
需要家屬對患者的細心觀察。

*관찰하다, 관찰되다
觀察

□ 광장

square
廣場

例 많은 사람이 시청 앞 광장에 모여 축구 경기를 응원했다.
很多人聚集在市府前的廣場，為足球比賽加油。

날이 어두워지자 시민들은 하나둘씩 서울역 광장을 빠져나갔다.
天色一變暗，市民們便一個個離開了首爾站廣場。

□ 교육

education
教育

例 요즘 젊은 부모들은 아이들 교육에 관심이 매우 많다.
最近年輕一代的父母都十分關心小孩的教育。

방학 기간에 지도자 교육을 받기 위해 세미나에 참석했다.
放假期間為了接受領導人教育，參加了研討會。

*교육하다
教育
교육을 받다
接受教育

□ 교재

teaching material(s)
教材、教科書、課本

例 최근 새로 나오는 교재는 신선하고 독특한 디자인이 많다.
最近新出的教材，有許多既新穎又特別的設計。

좋은 교육이 이루어지려면 좋은 교재가 기본이 되어야 한다.
如果想實現優質教育，優良教材就成為了基礎。

*교재가 좋다/나쁘다
教材好／不好
교재를 쓰다
寫教材

名詞

□ 교통수단

transportation
交通工具

> 例　대도시에서는 지하철이 중요 교통수단이다.
> 在大都市地下鐵是重要的交通工具。
>
> 이동을 위한 교통수단에는 여러 종류가 있다.
> 為了移動，有各種類型的交通工具。

相似 교통편 交通工具

□ 교통편

communication facilities
交通工具

> 例　행사 참석자들에게는 교통편과 숙식이 제공된다.
> 提供來參加活動的人交通工具和食宿。
>
> 서울에서 부산까지 제일 빠르고 편리한 교통편은 뭐가 있나요?
> 從首爾到釜山最迅速、方便的交通工具有哪些？

相似 교통수단 交通工具
*교통편이 좋다/나쁘다
交通便利／不便

□ 교환

exchange
交換

> 例　구입 후 일주일 안에 오시면 교환이 가능합니다.
> 若於購買後一週內來，就可以換貨。
>
> 교환을 원하시면 구입하신 제품과 영수증을 가져 오셔야 합니다.
> 若想換貨，就要攜帶購買的產品與收據過來。

*교환하다, 교환되다
交換

□ 구두쇠

miser
吝嗇鬼、小氣鬼、鐵公雞

> 例　돈에 인색한 사람을 구두쇠라고 한다.
> 對錢吝嗇的人就叫作吝嗇鬼。
>
> 구두쇠로 소문난 친구가 한턱낸다고 해서 깜짝 놀랐다.
> 向來以鐵公雞出了名的朋友說要請客，嚇了一跳。

相似 자린고비 吝嗇鬼

□ 구매

purchase
購買

> 例 광고는 소비자들의 **구매** 의욕을 자극한다.
> 廣告刺激消費者的購買欲。
>
> 물건을 공동으로 구입하면 **구매** 가격을 할인 받을 수 있다.
> 團購物品的話，購買價格就會有折扣。

相似 구입 購買
相反 판매 販賣
*구매하다
　購買

□ 구멍

hole, opening
孔、穴、逃避的手段、漏洞

> 例 ① 양말에 **구멍**이 난 것도 모르고 신고 다녔다.
> 連襪子破了一個洞也不知道就穿出去了。
>
> ② 도저히 이 상황을 빠져나갈 **구멍**이 안 보인다.
> 根本就看不到能擺脫這窘境的洞口。
>
> ③ 그가 한 일은 **구멍**이 많아서 다시 확인해야 한다.
> 他做的事漏洞百出，所以要再次確認才行。

*구멍이 나다
　破洞
　구멍이 뚫리다
　被穿洞

□ 구별

distinction
區別、分別

> 例 친구 사이라도 공사 **구별**이 필요할 때가 있다.
> 就算朋友之間有時也要有公私之分。
>
> 요즘 패션에는 남자와 여자의 **구별**이 없는 것 같다.
> 最近的流行好像沒有男女之分。

相似 구분 區分
*구별하다, 구별되다
　區別

□ 구성

composition
構成、組成、結構、成員

> 例 이 글은 **구성**이 탄탄하다.
> 這篇文章結構很扎實。
>
> 재난 대책 위원회의 **구성**에 문제점이 많이 발견되었다.
> 在災難對策委員會的成員裡發現了很多問題點。

相似 조직 組織
　　 구조 構造
*구성하다, 구성되다
　構成

名詞

□ 구입

purchase
購買

| 例 | 신제품 **구입**을 위해 많은 비용을 지출했다. |
為了購買新商品，支出了很多費用。

부동산 가격이 올라서 아파트 **구입**이 쉽지 않다.
因為不動產價格上漲，所以購買公寓很不容易。

相似 구매 購買
相反 판매 販賣
*구입하다
　購買

□ 구조

structure
構造

한국어와 중국어는 문장 **구조**가 다르다.
韓語和中文的句子結構不同。

선장은 누구보다도 배의 **구조**를 잘 알고 있어야 한다.
船長必須比任何人都要了解船的構造。

相似 형태 形態
　　구성 構成、結構

□ 구체적

detailed
具體的

여러분의 의견을 **구체적**으로 제시해 보십시오.
各位請試著具體提出你們的意見。

큰 목표를 이루기 위해서는 **구체적**인 세부 계획을 세워야 한다.
為了完成大目標，應該要立定具體的特色細部計畫。

相反 추상적 抽象的

□ 국가[국까]

nation
國家

국가는 국민을 보호할 의무가 있다.
國家有保護國民的義務。

지난해에 비해 **국가** 경쟁력이 상승했다.
相較於去年，國家競爭力上升了。

相似 나라 國家

☐ 국물[궁물]

pot liquor
湯、湯頭

例 해장국 국물이 시원하고 얼큰해서 속이 편해졌다.
醒酒湯的湯頭很爽口又辣，所以胃變得很舒服。

한국 요리는 소고기나 해산물을 이용해서 만드는 국물 요리가 많다.
韓國料理利用牛肉或海鮮製作湯頭的料理很多。

*국물이 뜨겁다
湯很燙
국물이 시원하다
湯很爽口

☐ 국민[궁민]

people
國民

例 대한민국의 주권은 국민에게 있다.
大韓民國的主權在民。

국가 산업이 발전하면 국민의 소득 또한 증가할 것이다.
國家產業發展的話，國民所得應該就會再增加。

☐ 국외[구괴]

foreign country
國外

例 이 제품은 국외로 수출되고 있다.
這個產品外銷國外。

그는 경찰의 눈을 피해 국외로 탈출하는 데 성공했다.
他避開警察的眼睛，成功逃往國外。

相似 해외 海外、國外
　　 외국 外國
相反 국내 國內

☐ 군대

the military
軍隊

例 대한민국 남자는 군대에 가야 하는 의무가 있다.
大韓民國的男人都有當兵的義務。

그는 군대 생활을 잘 마치고 멋있는 남자가 되어 돌아왔다.
他順利結束軍隊生活，成為一個帥氣的男人回來了。

*군대에 가다
入伍、當兵
군대를 마치다
退伍

☐ **궁금증[궁금쯩]**

curiosity
疑惑、好奇心

> 例 시간이 지날수록 궁금증이 더해 갔다.
> 隨著時間流逝好奇心就與日俱增。
>
> 궁금증을 해결하기 위해 인터넷 검색을 이용했다.
> 為了解決疑惑，利用網路搜尋了。

*궁금증이 생기다
　產生疑惑
　궁금증을 해결하다
　解決疑惑

☐ **귀국**

homecoming
回國

> 例 부모님은 나의 귀국을 손꼽아 기다리신다.
> 父母親引頸期盼等我回國。
>
> 귀국 일정을 며칠 앞당겨 예정보다 일찍 들어가기로 했다.
> 決定將回國日程提前幾天，比預期提早回去。

*귀국하다
　回國

☐ **규칙적[규칙쩍]**

regular
規則的、規律的

> 例 군대에서는 규칙적인 생활을 한다.
> 在軍中過著規律的生活。
>
> 건강을 회복하려면 규칙적인 식사와 운동이 필요하다.
> 想恢復健康的話，就需要有規律的飲食和運動。

☐ **그늘**

shade
陰影、陰涼處

> 例 너무 더우니까 그늘에서 잠깐 쉬어가자.
> 因為太熱了，在陰涼處休息一下吧。
>
> 더운 여름에도 나무 그늘에 앉아 있으면 시원하다.
> 即使在炎熱的夏天，只要坐在樹蔭下就很涼快。

相似 음지 背陰處
相反 양지 向陽處

□ 근로자[글로자]

worker
勞動者、勞工

例 5월 1일은 근로자의 날이다.
5月1日是勞動節。

회사의 경영자와 근로자의 입장은 다르지만 대화를 통해서 타협할 수 있다.
雖然勞動者的立場與公司的經營者不同，透過溝通就能達成協議。

相似 노동자 勞工、勞動者

□ 근무

work
工作、辦公

例 야간 근무는 주간 근무보다 더 힘들다.
夜間工作比週間工作更辛苦。

아르바이트는 근무 시간에 비례해서 비용을 계산한다.
打工是依工作時間比例計算薪資。

*근무하다
上班

□ 근육

muscle
肌肉

例 그 선수는 근육이 잘 발달되어 있다.
那位選手肌肉很發達。

요즘 젊은이들은 근육을 키우는 데 신경을 많이 쓴다.
最近的年輕人都很專注在練肌肉。

*근육을 만들다
鍛鍊肌肉
근육이 있다/없다
有／沒有肌肉

□ 글쓴이

writer
作者

例 글의 제목에는 글쓴이의 의도가 잘 나타나 있다.
文章的題目充分顯示出作者的用意。

소설이나 수필 등과 같은 글을 쓴 사람을 글쓴이라고 한다.
寫小說或隨筆這類文章的人就稱為作者。

相似 작가 作家
지은이 作者

名詞

□ 글씨

> handwriting, letter
> 字、字跡

例　칠판에 글씨를 예쁘게 썼다.
在黑板上寫下端正的字體。

마음이 급하니 글씨도 엉망이네요.
因為心急，所以字跡也很亂七八糟呢！

> 相似 글자 文字、字
> *글씨를 쓰다
> 　寫字

□ 글자[글짜]

> letter, type
> 字、文字

例　칠판에 적은 글자가 안 보인다.
看不見黑板上寫的字。

아프리카에는 언어는 있으나 글자가 없는 부족이 있다.
在非洲有只有語言但沒有文字的部族。

> 相似 글씨 字、筆跡
> 　　　문자 文字
> *글자를 쓰다
> 　寫字

Ⅰ. 다음 단어와 그 설명이 맞는 것을 연결하세요.

1. 구별　　　•

2. 교육　　　•

3. 관찰　　　•

4. 구성　　　•

5. 글씨　　　•

6. 교통편　　•

•　① 다른 지역으로 이동하는 데
　　필요한 버스, 기차, 자동차
　　등을 말함

•　② 쓴 글자의 모양

•　③ 사물이나 현상을 주의해서
　　자세하게 살펴봄

•　④ 지식이나 기술 등을 가르치며
　　바람직한 인격을 갖도록
　　하는 활동

•　⑤ 성질이나 종류에 따른 차이
　　또는 그 차이에 따라 나눔

•　⑥ 각 부분이나 요소가 전체를
　　이룸

Ⅱ. 다음 밑줄 친 단어와 비슷한 의미의 단어를 고르세요.

01
가 : 물건 구매를 대량으로 하면 더 싸게 살 수 있어요?
나 : 물론이죠. 요즘 대량 구매 사이트도 많이 생겼는걸요.

① 구입　　　　　　　② 판매
③ 매매　　　　　　　④ 거래

02
가 : 부산까지 어떤 교통편을 이용하실 예정이세요?
나 : 주말이니까 비행기나 기차를 이용하려고 해요.

① 교통정보　　　　　② 교통안전
③ 교통사고　　　　　④ 교통수단

03
가 : 이 장면에는 글쓴이의 의도가 아주 잘 나타나 있는 것 같아요.
나 : 맞아요. 나도 그렇게 느꼈어요.

① 학자　　　　　　　② 감독
③ 작가　　　　　　　④ 번역가

單字	英語	中文	記住了嗎？
금액	sum[amount] (of money)	金額	
긍정적	positive	肯定的	
기계	machine	機器	
기념일	anniversary	紀念日	
기대	expectation	期待	
기도	prayer	祈禱	
기둥	columns, pillar	柱子	
기록	record	記錄、紀錄	
기본	basics	基本	
기부	donation	捐獻	
기분	feelings, mood	心情、情緒	
기쁨	pleasure, happiness, delight	喜悦	
기술	technology	技術	
기억	memory	記憶	
기억력	memory	記憶力	
기업	corporation	企業	
기운	energy	氣、精神	
기준	standard	標準	
기초	base	基礎	
기호	sign	記號	
기혼	matrimony	已婚	
기회	opportunity	機會	
기후	climate	氣候	
긴장감	tension	緊張感	
길가	roadside	路邊	
길이	length	長度	
김장	kimchi-making for the winter	過冬泡菜	
깊이	deep(ly)	深度	
껍질	skin	表皮	
꼬리	tail	尾巴	

□ 금액

sum[amount] of money
金額

例 전세금은 금액이 커서 대출하기가 쉽지 않다.
因為租金金額龐大，所以不容易貸款。

지진 피해를 입은 사람들과 보상 금액을 의논하고 있다.
正在與地震的受害者們商議賠償金。

相似 액수 金額、額度
*금액이 크다/작다
金額龐大／小

□ 긍정적

positive
肯定的

例 행복하게 살려면 긍정적인 사고방식이 필요하다.
若想過得幸福，就需要有正面的思考模式。

인터넷이 청소년들에게 미치는 긍정적인 영향에 대해 이야기해
봅시다.
一起來說說看關於網路帶給青少年正面的影響。

相反 부정적 否定的

□ 기계

machine
機器

例 공장에 최신 기계가 한 대 들어왔다.
工廠進了一台最新型的機器。

그는 하루 종일 기계를 다루는 위험한 직업을 가지고 있다.
他從事要整天操作機器的危險工作。

*기계를 다루다
操作機器

□ 기념일

anniversary
紀念日

例 내일은 우리가 만난 지 100일이 되는 기념일이다.
明天是我們交往100天的紀念日。

회사 창립 기념일을 맞아 다채로운 행사가 열릴 예정이다.
為迎接公司創立紀念日，打算舉辦豐富的活動。

*기념하다
紀念
기념품
紀念品
기념관
紀念館

□ 기대

expectation
期待

例 기대가 크면 실망도 큰 법이다.
期待越大，失望也就越大。

그 영화가 재미있다는 얘기에 기대를 갖고 봤는데 생각보다 별로였다.
聽說那部電影很好看，就很期待地去看了，但不如預期。

*기대하다, 기대되다
期待
기대가 크다
期待很大
기대에 어긋나다
辜負期待

□ 기도

prayer
祈禱

例 지금 우리가 할 수 있는 일은 기도뿐이다.
現在我們能做的事就只有祈禱。

아들이 시험에 꼭 붙게 해 달라고 기도를 드렸다.
祈禱了讓兒子務必能考上。

*기도하다, 기도를 드리다
祈禱

□ 기둥

columns, pillar
柱子

例 ① 집을 지을 때에는 기둥을 튼튼하게 세워야 한다.
建造房子時，柱子應該要穩固樹立。

② 너희들은 자라서 우리나라의 기둥이 될 것이다.
你們長大後會成為我們國家的棟樑。

*기둥을 세우다
建造柱子
기둥이 되다
成為棟樑

□ 기록

record
記錄、紀錄

例 그 선수는 마라톤 역사상 최고 기록을 세웠다.
那位選手創下了馬拉松史上最高紀錄。

그는 이번 사건과 관련된 여러 기록들을 살펴보았다.
他去察看了與這次案件相關的各種記錄。

*기록하다, 기록되다
記錄
기록을 세우다
創紀錄

♪ 09

□ 기본

basics
基本

例 무슨 일을 하든지 기본에 충실해야 한다.
無論做任何事都要鞏固基礎才行。

어른에게 인사를 하는 것은 가장 기본이 되는 예절이다.
向長輩打招呼是最基本的禮節。

相似 기초, 바탕 基礎

□ 기부

donation
捐獻

例 각 기업들은 매달 일정 금액 기부를 약속했다.
各企業説好了每個月捐出固定金額。

우리 사회에 올바른 기부 문화가 하루 빨리 자리를 잡았으면 좋겠다.
希望正確的捐獻文化能在我們社會上早日紮根。

*기부하다
捐獻

□ 기분

feelings, mood
心情、情緒

例 친구랑 싸워서 기분이 좋지 않아요.
和朋友吵架了，所以心情不好。

날씨가 따뜻하고 맑은 날에는 기분도 상쾌하고 좋아요.
在天氣暖和且晴朗的日子裡，心情也舒暢又開心。

*기분이 좋다/나쁘다
心情好／不好
기분이 상하다
傷心

□ 기쁨

pleasure, happiness, delight
喜悅

例 그는 나를 보자 기쁨의 눈물을 흘렸다.
他一見到我就流下了喜悅的淚水。

자식들은 부모들에게 기쁨인 동시에 희망이다.
孩子對父母而言是喜悅，同時也是希望。

相似 즐거움 高興
相反 슬픔 傷心
괴로움 痛苦
*기쁨을 주다
帶來喜悅

名詞

09

□ 기술

technology
技術

例 과학 기술의 발전에 따라 경제도 많이 발전했다.
隨著科技的發展，經濟也長足進步。

그는 건축 기술을 배우기 위해 3년 동안이나 막노동을 했다.
他為了學習建築技術，做了長達3年的苦工。

*기술이 좋다/나쁘다
技術好／不好
기술을 배우다
學習技術

□ 기억

memory
記憶

例 요즘은 사람들의 이름도 잘 기억이 나지 않는다.
最近連人的名字也記不太起來。

어렸을 때 헤어졌지만 어머니의 얼굴은 뚜렷하게 기억에 남아 있다.
雖然小時候就分開了，但對於媽媽的臉仍記憶猶新。

*기억하다, 기억되다
記住
기억(이) 나다
記起來、想起來
기억에 남다
留在記憶裡

□ 기억력[기엉녁]

memory
記憶力

例 나이를 먹을수록 기억력이 나빠지는 듯하다.
好像隨著年齡增長，記憶力就會越來越差。

그는 기억력이 좋아서 한번 들은 이름은 절대 잊어버리지 않는다.
他的記憶力很好，所以名字只要聽過一次就絕對不會忘。

*기억력이 좋다/나쁘다
記憶力好／不好

□ 기업

corporation
企業

例 그는 작은 가게를 세계적인 기업으로 성장시켰다.
他使一間小店成長為世界級企業。

기업 경영에 대한 공부를 제대로 하기 위해 유학을 떠났다.
為了想好好學習企業經營而出國留學了。

相似 회사 公司
*대기업-중소기업-소기업
大企業-中小企業-小企業

□ 기운

	energy 氣、精神

例 이것 좀 먹고 얼른 기운 좀 차리세요.
請吃一點這個，趕快打起精神。

아이들이 씩씩하게 잘 자라는 걸 보니 기운이 저절로 난다.
看到小孩茁壯成長，不由得感到欣慰（自然就精神百倍）。

相似 힘 力氣
*기운이 나다
有勁、來勁
기운이 세다
力氣大
기운을 차리다
打起精神

名詞

□ 기준

standard
標準

例 사람마다 생각하고 판단하는 기준이 다르다.
每個人的想法和判斷的標準不同。

자동차의 배기가스 배출량이 기준을 초과하였다.
汽車的廢氣排出量超過了標準。

*기준이 있다/없다
有／沒有標準
기준을 세우다
制定標準

□ 기초

base
基礎

例 건물을 지을 때 기초를 튼튼히 해야 한다.
蓋建築物時，要穩固基礎才行。

수학 기초가 부족해서 별도로 학원에 다니면서 보충하고 있다.
因為數學基礎不足，所以另外補習加強。

相似 바탕 基礎
　　　기본 基本
*기초를 쌓다 奠定基礎
　기초가 되다 成為基礎
　기초가 부족하다 基礎不足

□ 기호

sign
記號

例 수학에는 많은 기호가 사용된다.
數學上會使用很多記號。

인간이 의사소통을 위해 사용하는 말이나 글자 등도 모두
기호에 해당된다.
人類為了溝通所使用的話語或文字等都屬於記號。

*기호를 붙이다
做記號

□ **기혼**

matrimony
已婚

例　기혼이냐 아니냐가 승진에 영향을 주지는 않는다.
已婚與否對升遷不會造成影響。

직장을 다니는 기혼 여성이 육아와 살림으로 직장을 그만두는 경우가 많다.
上班的已婚女性因育兒與家務而辭職的情形很多。

相反 미혼 未婚
*기혼자
已婚者

□ **기회**

opportunity
機會

例　망설이다가 결국 기회를 놓쳐 버렸다.
猶豫不決，結果錯失了機會。

기회가 되면 해외에서도 경험을 쌓아 보고 싶다.
有機會的話，也想在國外累積一下經驗。

*기회가 오다
機會來臨
기회를 잡다
抓住機會
기회를 놓치다
錯過機會

□ **기후**

climate
氣候

例　이곳은 기후 변화가 심해서 감기에 걸리기 쉽다.
這裡氣候變化劇烈，所以很容易感冒。

환경오염으로 여러 곳에서 이상 기후가 나타나고 있다.
由於環境汙染，在各地都出現了異常氣候。

*기후가 좋다/나쁘다
氣候好／不好
기후가 따뜻하다
氣候溫暖

□ **긴장감**

tension
緊張感

例　그 영화는 보는 내내 조금도 긴장감을 늦출 수 없었다.
在看那部電影的時候，緊張的感覺就連一刻也無法鬆懈。

모두들 자신의 순서를 기다리며 앉아 있는 면접 대기실에서는 긴장감이 느껴졌다.
大家在等候自己的順序時，感受到坐在面試等候室的緊張感。

*긴장감을 느끼다
感覺緊張
긴장감이 감돌다
緊張感縈繞

□ 길가[길까]

roadside
路邊

例 길가에 피어 있는 꽃들이 바람에 이리저리 흔들리고 있다.
開在路邊的花朵被風吹得四處搖擺。

길을 잃었는지 주인이 없는 강아지가 길가에 앉아 있었다.
不知道是不是迷路了，沒有主人的小狗坐在路邊。

相似 길거리 街頭、街道

□ 길이

length
長度

例 치마 길이가 너무 길어서 수선을 맡겼다.
因為裙子長度太長，所以拿去修改了。

한국에서는 밤의 길이가 가장 긴 동지에는 팥죽을 먹는다.
在韓國，會在夜晚長度最長的冬至吃紅豆粥。

*길이-넓이-높이-깊이
長度-寬度-高度-深度

□ 김장

kimchi-making for the winter
過冬泡菜

例 온 가족이 모두 모여서 김장을 담갔다.
全家人都集合起來醃了過冬泡菜。

김장이란 겨울 동안 먹을 김치를 한꺼번에 미리 만들어 놓는 것이다.
所謂過冬泡菜就是事先將冬天要吃的泡菜一次醃好。

*김장을 하다, 김장을 담그다
醃泡菜

□ 깊이

deep(ly)
深度

例 ① 그의 마음은 매우 깊어서 깊이를 알 수 없다.
因為他的心思縝密，所以深不可測。

② 이곳은 물의 깊이가 얕으니 안심하고 수영해도 된다.
這裡水的深度淺，所以可以安心游泳。

*길이-넓이-높이-깊이
長度-寬度-高度-深度

名詞

□ 껍질[껍찔]

skin
表皮

例　달걀 껍질은 음식물 쓰레기로 버리면 안 된다.
蛋殼不可以當作廚餘丟掉。

잘 씻어 말린 과일 껍질은 차나 요리로 재활용할 수 있다.
洗好晒乾的果皮可以重新利用成為茶或料理。

相似 껍데기　殼
*껍질이 얇다/두껍다
皮薄／厚
껍질을 벗기다
剝皮／殼

□ 꼬리

tail
尾巴

例　① 꼬리가 길면 밟히는 법이니 여기서 그만두는 게 좋겠다.
夜路走多了總會遇到鬼（尾巴長自然容易被踩到），所以還是就此打住比較好。

② 강아지가 나를 보자 반갑게 꼬리를 흔들면서 따라다녔다.
小狗一看到我就興高采烈地搖著尾巴跟過來了。

*꼬리가 길다
尾巴長，指「長期以來作惡多端，現在也還繼續在做壞事」。
꼬리를 내리다
垂下尾巴、服從

Ⅰ. 다음 단어와 어울릴 수 있는 단어를 연결하세요.

1. 기록을　●　　　　　●　① 남다

2. 기억에　●　　　　　●　② 차리다

3. 기분이　●　　　　　●　③ 세우다

4. 기운을　●　　　　　●　④ 밟히다

5. 김장을　●　　　　　●　⑤ 상하다

6. 꼬리가　●　　　　　●　⑥ 담그다

Ⅱ. <보기>와 같이 제시된 단어로 다른 단어를 만들어 보세요.

<보기>　　경쟁　　:　　ㄱㅈㅈ　　　ㄱㅈㄹ

　　　　　　　▶　　경쟁자　　경쟁력

01　　기념　:　ㄱㄴㅍ　　ㄱㄴㅇ　　ㄱㄴㄱ

　　　　　▶　　　　　

02　　경제　:　ㄱㅈㄹ　　ㄱㅈㅎ

　　　　　▶

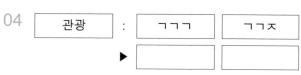

03　　계약　:　ㄱㅇㄱ　　ㄱㅇㅅ

　　　　　▶

04　　관광　:　ㄱㄱㄱ　　ㄱㄱㅈ

　　　　　▶

單字	英語	中文	記住了嗎？
나들이	outing	出門、出去玩、串門子	
나머지	the rest	剩餘	
나물	greens	（涼拌）蔬菜、野菜	
난방	heating	暖氣	
남녀노소	men and women of all ages	男女老少	
남녀평등	gender equality	男女平等	
내기	betting	打賭	
내용물	contents	內容物	
냉방병	air-conditioningitis	冷氣病、空調病	
노동	labor	勞動	
노력	effort	努力	
노선	route	路線	
노약자	the old and the infirm	老弱婦孺	
녹음	recording	錄音	
농담	joke	玩笑	
농사	farming	農事	
농작물	crop	農作物	
농촌	farm(ing) village	農村	
높이	height	高低、高度	
눈치	wits, sense	臉色	
능동적	active	主動的	
능력	ability	能力	
다수	many	多數	
단계	step	階段、階梯	
단기간	short period of time	短期	
단속	crackdown	取締	
단위	unit	單位	
단체	organization	團體	
답변	answer	答辯、答覆	
당장	right now	立刻、當下	

□ 나들이

outing
出門、出去玩、串門子

例 날씨가 너무 화창해서 가족들과 나들이를 나왔다.
天氣十分風和日麗，所以和家人出來散散心了。

결혼한 지 1년이 다 되어서야 친정 나들이를 할 수 있었다.
曾經要結婚滿1年後才能回娘家。

*나들이하다
串門子
나들이를 가다
去串門子

□ 나머지

the rest
剩餘

例 월급에서 생활비를 뺀 나머지는 모두 저금을 한다.
從月薪裡扣掉生活費後，剩下的全部存起來。

방학 때 아르바이트 한 돈으로 등록금을 내고 나머지는
생활비로 썼다.
用放假時打工的錢繳完註冊費後，剩下的用來當作生活費了。

□ 나물

greens
（涼拌）蔬菜、野菜

例 한국의 밥상에는 나물 반찬이 자주 올라온다.
韓國的餐桌上小菜常會放上涼拌蔬菜。

여러 가지 나물에다가 고추장을 넣어서 비벼 먹었다.
在各種涼拌蔬菜裡加入辣椒醬拌著吃了。

相似 야채 蔬菜
*나물을 무치다
（涼）拌蔬菜
나물을 뜯다
採野菜

□ 난방

heating
暖氣

例 이 병원은 난방, 냉방 시설이 참 잘 되어 있다.
這間醫院的暖氣、冷氣設備真完善。

난방이 되지 않는 방에서 잤더니 감기에 걸리고 말았다.
在沒有暖氣的房間睡覺，結果就感冒了。

相反 냉방 冷氣
*난방이 잘되다/안되다
提供／不提供暖氣

名詞

□ **남녀노소**

men and women of all ages
男女老少

例 이 노래는 남녀노소를 막론하고 모두가 좋아한다.
這首歌無論男女老少，大家都喜歡。

이곳에서는 남녀노소 할 것 없이 모두 즐겁게 춤을 춘다.
這裡不分男女老少全都開心地在跳舞。

*남녀노소를 불문하고/
막론하고
無論男女老少

□ **남녀평등**

gender equality
男女平等

例 남녀평등에 대한 자신의 의견을 발표해 보세요.
請發表看看自己對男女平等的意見。

서양의 많은 사상과 문화가 우리나라에 들어오면서 남녀평등을
주장하는 사람들이 많아졌다.
隨著很多西方思想與文化進入我國，主張男女平等的人增加了。

□ **내기**

betting
打賭

例 결승에 진출할지 못할지를 놓고 내기를 걸었다.
對（他）是否晉級到決賽，下了賭注。

이번 내기에 지는 사람이 친구들에게 아이스크림을 사기로 했다.
決定這次打賭輸的人要請朋友吃冰淇淋。

*내기하다
打賭
내기를 걸다
下賭注
내기에 지다/이기다
賭輸／贏

□ **내용물**

contents
內容物

例 공항에서 가방 안의 내용물들을 모두 확인했다.
在機場確認了所有包包內的內容物。

내용물이 파손되지 않도록 안전하게 포장해 주세요.
為避免內容物毀損，請幫我安全地包裝好。

♪ 11

□ 냉방병

air-conditioningitis
冷氣病

例 여름에는 냉방병 때문에 병원에 오는 사람이 많다.
夏天因為冷氣病來醫院的人很多。

실내와 실외의 온도 차이가 너무 크면 냉방병에 걸리기 쉽다.
室內與室外的溫差太大的話，就容易罹患冷氣病。

*냉방병에 걸리다
罹患冷氣病

□ 노동

labor
勞動

例 월급은 노동의 대가로 정당하게 받는 돈이다.
月薪是以勞動作為代價正當獲取的錢。

주부들이 집에서 하는 집안일을 가사 노동이라고 한다.
主婦在家做的家事就稱為家事勞動。

*노동하다
勞動
노동자
勞工
노동력
勞動力

□ 노력

effort
努力

例 꿈을 이루기 위해서는 많은 시간과 노력이 필요하다.
為了實現夢想，需要很多時間與努力。

많은 노력을 기울이지 않으면 문제를 해결할 수 없다.
若不付出很多努力，就無法解決問題。

*노력하다
努力
노력을 쏟다
下功夫
노력을 기울이다
付出努力

□ 노선

route
路線

例 이곳을 지나가는 새로운 버스 노선이 생겼다.
新增了經過這裡的新公車路線。

이제는 혼자서도 지하철 노선을 보고 원하는 곳을 찾아갈 수 있다.
現在就算一個人，也能看著地下鐵的路線，去想去的地方。

相似 노선도 路線圖

♪ 11

□ 노약자

the old and the infirm
老弱婦孺

例 노약자에게 자리를 양보해야 한다.
應該要讓座給老弱婦孺。

지하철이나 버스에는 노약자를 위한 좌석이 마련되어 있다.
地下鐵或公車裡都有為老弱婦孺設置座位。

□ 녹음

recording
錄音

例 녹음이 잘되어 소리가 선명하게 들린다.
錄音很順利，聲音聽得很清楚。

별도의 녹음기 없이 휴대 전화만 있어도 얼마든지 녹음이
가능하다.
沒有別的錄音機，但只要有手機就可以儘管錄音。

*녹음하다, 녹음되다
　錄音
　녹음을 듣다
　聽錄音

□ 농담

joke
玩笑

例 유머가 있는 사람은 농담도 아주 잘한다.
有幽默感的人也很會開玩笑。

그 사람이 하는 말은 농담 반 진담 반이라서 어떤 말을 믿고
어떤 말을 안 믿어야 할지 모르겠다.
因為那個人說的話一半是玩笑，一半是真話，所以不知道該哪些話該信，
哪些話不該信。

相反 진담　真話
*농담하다
　開玩笑
　농담이 심하다
　玩笑開得太過分

□ 농사

farming
農事

例 올해 농사는 풍년이라 모두 배불리 먹을 수 있다.
因為今年農事豐收，所以大家都可以吃得很飽。

농촌의 생활이 어려워지자 농사를 짓는 사람들이 점점 줄고
있다.
農村的生活一變艱困，務農的人就越來越少了。

*농사를 짓다
　種田

□ 농작물[농장물]

crop
農作物

例 마을 사람들은 농작물을 공동으로 재배했다.
村子裡的人同栽培了農作物。

이상 기후로 인해 농작물에 많은 피해가 발생하였다.
由於氣候異常，很多農作物都受到了損害。

*농작물을 거두다
收割農作物
농작물을 재배하다
栽培農作物

名詞

□ 농촌

farm(ing) village
農村

例 우리 농산물을 애용하여 가족의 건강도 지키고 농촌도 살립시다.
愛用我們的農產品，一起來守護家人的健康，和拯救農村吧！

그는 다니던 직장을 그만두고 농촌으로 내려가서 농사를 짓겠다고 했다.
他說要辭去工作回到農村種田。

相似 시골 鄉下
相反 도시 都市

□ 높이

height
高低、高度

例 건물의 높이가 얼마나 되는지 모르겠다.
不知道建築物多高。

아이가 태어날 때 같이 심은 나무가 이제는 높이를 잴 수 없을 정도로 크게 자랐다.
小孩出生時一起種下的樹，如今已成長到無法測量高度的程度。

*길이-넓이-높이-깊이
長度-寬度-高度-深度

□ 눈치

wits, sense
臉色

例 눈치가 있는 사람에게 센스가 있다고 말하기도 한다.
對懂得看人臉色的人，也說是懂得察言觀色。

그는 이리저리 눈치를 보다가 아무도 모르게 슬쩍 나왔다.
他到處看人臉色，趁沒人注意時悄悄跑出來了。

*눈치를 보다
看人臉色
눈치를 주다
使眼色
눈치가 있다/없다
懂／不懂得察言觀色

□ 능동적

active
主動的

例 그는 모든 일에 능동적이고 모범적인 학생이다.
他是一個凡事都很主動的模範生。

시민들에게 발생하는 문제에 대해서 능동적으로 해결해야 한다.
對於發生在市民身上的問題，應該要主動解決。

相似 주동적 主動的
相反 피동적 被動的
　　수동적 手動的

□ 능력[능녁]

ability
能力

例 그는 사람들과 잘 어울리고 화합하는 능력이 있다.
他有與人相處融洽的能力。

새로 뽑은 신입사원은 업무 처리 능력이 뛰어나다.
新招募的新進職員業務處理能力很優秀。

*능력이 있다/없다
有／沒有能力
능력이 뛰어나다
能力優秀

□ 다수

many
多數

例 이 안건에 대해 다수가 찬성한다면 채택될 것이다.
針對這起案件，多數贊成的話就會通過。

이번 휴가는 다수의 의견에 따라 시간과 장소를 정하기로 했다.
這次休假按多數的意見決定了時間與場所。

相反 소수 少數

□ 단계

step
階段、階梯

例 정부가 추진 중인 정책은 지금 마무리 단계에 있다.
政府正在推進的政策現在處於收尾階段。

한꺼번에 좋아지기는 어려우니 한 단계 한 단계씩 밟아 나가면 좋은 결과가 있을 것이다.
很難一下子變好，所以一步一步來，就會有好結果。

相似 과정 過程
*단계가 있다/없다
有／沒有（分）～階段
단계를 밟다
按部就班
단계에 있다
處於～的階段

♪ 12

□ 단기간

short period of time
短期

例 그는 단기간에 많은 수익을 올렸다.
他在短期內提高了很多收入。

이 약은 단기간에 많은 살을 뺄 수 있다고 광고하고 있다.
有廣告說這個藥可以讓人在短期內瘦很多。

相反 장기간 長期

□ 단속

crackdown
取締

例 길가에 세워 둔 차가 주차 단속에 걸렸다.
停在路邊的兩台車（違規）停車被取締了。

이번 주는 집중 단속 기간이니 음주, 속도, 주차 등에
주의하십시오.
本週為加強取締期間，所以飲酒、超速、（違規）停車等請小心。

相似 감독 監督
　　　통제 管制
*단속하다
取締
단속이 있다/없다
有／沒有取締
단속에 걸리다
被取締

□ 단위

unit
單位

例 계약직 직원은 보통 1년 단위로 계약을 한다.
約聘職員通常以1年為單位簽訂合約。

주말이나 공휴일에는 주로 가족 단위의 여행객들이 많다.
週末或公休日主要以家庭為單位的觀光客很多。

□ 단체

organization
團體

例 학교에서 단체로 축제에 참가하기로 했다.
學校決定要以團體參加慶典。

단체 사진 촬영을 위해 하나둘씩 모이기 시작했다.
為了拍攝團體照，一個個開始聚集起來了。

相似 집단 集團
相反 개인 個人

名詞

□ 답변[답뼌]

answer
答辯、答覆

例　문의를 하자마자 바로 답변이 왔다.
一提出疑問，馬上就得到答覆了。

국민들은 이번 사건에 대한 대통령의 답변을 기다리고 있다.
國民在等待總統對這次事件的答覆。

相似 대답 回答
*답변하다
答覆
답변을 보내다
給予答覆

□ 당장

right now
立刻、當下

例　지금 당장이라도 당신에게 달려가고 싶다.
哪怕是現在，馬上就想跑過去找你。

지금 당장은 지낼 만하지만 미래를 위해서 떠나는 것이 좋겠다.
雖然現在當下還過得去，但為了將來著想，還是離開會比較好。

相似 즉시 立即

Ⅰ. 다음 단어와 어울릴 수 있는 단어를 연결하세요.

1. 나물을　●
2. 단속에　●
3. 농담이　●
4. 능력이　●
5. 농사를　●
6. 눈치를　●

　　●　① 보다
　　●　② 짓다
　　●　③ 무치다
　　●　④ 걸리다
　　●　⑤ 심하다
　　●　⑥ 뛰어나다

Ⅱ. 설명하는 단어를 <보기>와 같이 써 보세요.

<보기> | ㄷㄱㄱ | : 짧은 기간　　　　　　　　 단기간

01 | ㄴㄴㄴㅅ | : 남자 · 여자, 노인 · 어린이를 모두 일컫는 말

02 | ㄴㄴㅍㄷ | : 남자와 여자는 차이가 없고 동등함

03 | ㄴㅁㅈ | : 어떤 수량에서 일부를 빼고 남은 부분

04 | ㄴㅇㅈ | : 노인과 약한 사람을 일컫는 말

單字	英語	中文	記住了嗎？
당황	embarrassment	慌張	
대도시	big[large, major] city	大城市	
대량	in quantity	大量	
대여	rental	出借、出租、借貸	
대접	reception	接待、招待	
대중	the (general) public	大眾	
대책	countermeasure	對策	
대출	loan	出借、貸款	
대표	representative	代表	
대형	large	大型	
더위	the heat	暑氣	
도구	tool	用具、工具	
도난	theft	失盜、失竊	
도서	book	圖書	
도전	challenge	挑戰	
도중	part of the way	途中、路上、中途	
독립	independence	獨立	
동굴	cave	洞窟	
동시	at the same time	同時	
동작	motion	動作	
등록	registration	登記、註冊	
마감일	closing date	截止日期	
마당	yard	院子、庭院	
마디	word	句	
마루	wooden floor	木地板	
마을	village, town	村子	
마음씨	a cast[frame] of mind	心地	
마중	meet	迎接	
막차	the last train[bus]	末班車	
만약	if	如果、萬一	

□ 당황

외국인이 영어로 말을 걸어오면 당황을 하게 된다.
只要外國人用英語跟我搭話，我就會不知所措。

한 번도 화낸 적이 없으셨던 아버지께서 야단치는 것을 보고 당황이 되었다.
看到連一次脾氣都沒發過的爸爸發火，我不禁驚慌失措。

embarrassment
慌張

*당황하다, 당황되다
慌張
당황스럽다
感到慌張

名詞

□ 대도시

대도시의 교통난이 점점 심각해지고 있다.
大城市的交通問題漸漸變得越來越嚴重。

서울시는 우리나라에서 가장 많은 인구를 가진 대도시다.
首爾市是我國擁有最多人口的大城市。

big[large, major] city
大城市

相反 소도시 小城市
*대도시-중소도시-소도시
大城市-中小城市-小城市

□ 대량

공장의 기계화로 인해 대량 생산이 가능해졌다.
由於工廠機械化，大量生產變得可行了。

시장에서 신선하고 질 좋은 야채를 대량으로 구매했다.
在市場大量購買了新鮮且品質好的蔬菜。

in quantity
大量

相似 대량 大量
相反 소량 少量

□ 대여

자동차 대여 시 신분증을 지참하십시오.
租借汽車時請攜帶身分證。

한 번만 입는 웨딩드레스는 대여를 해서 비용을 줄이기로 했다.
只穿一次的婚紗是用租的，也減少了花費。

rental
出借、出租

相反 반납 歸還
*대여하다, 대여되다
出借、出租

☐ 대접

| reception
接待、招待

例 ① 괜히 갔다가 사람대접도 못 받고 나왔다.
白跑一趟，也沒得到禮遇就出來了。

② 손님에게 제대로 식사 대접을 해 드리지 못했다.
沒能好好招待客人用餐。

| 相似 대우 待遇
　　　접대 接待、招待、應
　　　　　　酬
*대접하다
　招待
　대접을 받다

☐ 대중

| the (general) public
大眾

例 그의 노래는 대중에게 많은 인기를 얻었다.
他的歌曲廣受大眾歡迎。

대중이 즐겨 부르는 노래를 대중가요라고 한다.
大眾喜歡唱的歌曲稱為流行歌曲。

| *대중교통 大眾交通
　대중가요 流行歌曲
　대중매체 大眾媒體
　대중문화 大眾文化

☐ 대책

| countermeasure
對策

例 하루라도 빨리 노후 대책을 세워야 한다.
要盡快制定養老對策。

홍수 피해를 자주 입는 지역은 근본적인 대책을 마련해야 한다.
對於常遇到水災的災區，應該要採取根本措施。

| 相似 대비책 對策
　　　방안 方案
*대책을 세우다,
　대책을 마련하다
　制定對策、採取措施

☐ 대출

| loan
出借、貸款

例 신분증이 있는 경우에 도서 대출이 가능합니다.
若有身份證就可以借書。

어떤 사람들은 무리하게 대출을 받아서 집을 사기도 한다.
有些人們會一味地貸款來買房子。

| *대출하다, 대출되다
　出借、貸款
　대출을 받다
　獲得貸款、（向～）貸款

♪ 13

□ 대표

representative
代表

例 국회의원은 국민이 직접 뽑은 국민 대표이다.
國會議員是國民直接選出的國民代表。

내 친구가 학교 대표로 전국 말하기 대회에 참가하게 되었다.
我的朋友代表學校參加了全國演講比賽。

*대표하다
代表
대표로 뽑히다
被選為代表
대표가 되다
成為代表

名詞

□ 대형

large
大型

例 우리 동네에도 대형 슈퍼마켓이 생겨서 장보기가 편해졌다.
我們社區也有了大型超市，採買變得很方便。

고속도로에 야생 동물이 출몰하는 바람에 대형 사고가 자주
발생한다.
由於高速公路上有野生動物出沒，所以常發生大型事故。

相反 소형 小型

□ 더위

the heat
暑氣

例 나는 더위를 많이 타서 여름에는 밖에 잘 나가지 않는다.
因為我很怕熱，所以夏天不常外出。

찜통더위가 계속되자 더위를 피해서 산이나 바다로 떠나는
사람들이 늘었다.
持續蒸籠般的暑氣，導致為了避暑往山裡或海邊去的人增加了。

相反 추위 寒冷
*더위를 먹다
中暑
더위를 타다
怕熱
더위를 이기다
戰勝酷暑

□ 도구

tool
用具、工具

例 여행갈 때에는 지도와 세면 도구를 잘 챙겨야 한다.
去旅行時應該要準備好地圖和盥洗用具。

도구를 이용하면서 인간의 문명이 발달하기 시작했다.
隨著使用工具，人類的文明開始發達。

*도구를 사용하다
使用工具

♪ 13

□ 도난

theft
失盜、失竊

例 학교에서 고가의 신제품 카메라 도난 사건이 발생했다.
在學校發生了昂貴的新款相機失竊案。

휴가철에 도난을 당하는 집이 많으니 문단속을 철저히 하세요.
假期間遭竊盜的人家很多，請將門鎖好。

*도난을 당하다 失竊、被盜

□ 도서

book
圖書

例 학교 도서관에 수많은 도서가 소장되어 있다.
學校的圖書館裡收藏了無數的書。

매일 출판되는 수많은 도서들 중에서 좋은 책을 골라내는 것은 쉽지 않다.
要從每天出版的無數圖書中挑選出好書並不容易。

相似 책 書
　　　서적 書籍

□ 도전

challenge
挑戰

例 도전에는 항상 위험이 따르기 마련이다.
挑戰裡總是會伴隨著危險。

그는 대회 첫 도전에서 좋은 성적을 거두었다.
他在比賽的第一項挑戰中取得了好成績。

*도전하다
挑戰
도전을 받다, 도전에 응하다
接受挑戰

□ 도중

part of the way
途中、路上、中途

例 퇴근하고 집으로 가는 도중에 그를 만났다.
下班回家途中遇到他了。

회의 도중에 전화벨이 울려서 잠깐 밖으로 나왔다.
在會議中途因為電話鈴響而暫時出來外面。

相似 중간 中間
　　　동안 期間

□ 독립[동닙]

independence
獨立

例 8월 15일은 한국의 독립을 기념하는 날이다.
8月15日是韓國的獨立紀念日。

내 친구는 스무 살이 되면서 부모님한테 독립을 선언했다.
我的朋友滿二十歲時向父母親宣布要獨立。

*독립하다, 독립되다
獨立
독립을 기념하다
紀念獨立

名詞

□ 동굴

cave
洞窟

例 동굴은 너무 어둡고 캄캄했다.
洞窟十分陰暗又漆黑。

곰은 동굴에서 100일 동안 마늘과 쑥만 먹고 지낸 끝에 사람이 되었다.
熊待在洞窟的100天期間，只吃蒜和艾草過活，最後變成了人。

相似 굴 洞穴
*동굴을 파다
挖洞窟
동굴을 발견하다
發現洞窟

□ 동시

at the same time
同時

例 두 사건은 거의 동시에 일어났다.
兩起事件幾乎是同時發生。

그는 동료들의 질투와 부러움을 동시에 받았다.
他同時受到同事的嫉妒和羨慕。

□ 동작

motion
動作

例 이 춤은 동작이 크고 힘이 있어 보여서 멋있다.
這支舞動作看起來大又強而有力，非常帥。

내 친구는 동작이 느려서 외출 준비할 때마다 한참을 기다려야 한다.
我的朋友動作很慢，所以每次準備外出時都得等上老半天才行。

相似 움직임 動作
행동 行動
*동작이 빠르다/느리다
動作快／慢

□ 등록[등녹]

registration
登記、註冊

> 例 이번 학기 신입생 등록 기간은 오늘까지입니다.
> 這學期新生註冊期間到今天為止。
>
> 카드를 사용하시려면 먼저 인터넷에서 등록을 해야 한다.
> 若您想使用卡片，必須先在網路上登記。

*등록하다, 등록되다
登記
등록을 마치다
登記完成

□ 마감일

closing date
截止日期

> 例 오늘이 대학교 입학 원서 접수 마감일이다.
> 今天是大學入學報名受理截止日。
>
> 원고 마감일이 얼마 남지 않아서 그런지 글이 더 잘 안 써진다.
> 可能是離截稿日沒剩幾天，所以文章更是寫不出來。

*마감일이 닥치다
截止日逼近
마감일을 넘기다
過了截止日

□ 마당

yard
院子、庭院

> 例 어렸을 때 살았던 집은 마당이 넓은 집이었다.
> 小時候住過的家是院子寬敞的房子。
>
> 한옥에는 마당이 있어서 아이들이 마음껏 뛰어놀 수 있다.
> 韓屋裡有庭院，所以小孩子可以盡情跑來跑去。

□ 마디

word
句

> 例 수고했다는 말 한 마디가 큰 힘이 된다.
> 一句「辛苦了」會成為很大的力量。
>
> 그는 종일 말 한 마디 하지 않고 묵묵히 일만 했다.
> 他整天不說一句話，只是默默地工作。

□ 마루

wooden floor
木地板

例 마루가 넓고 시원해서 낮잠 자기 좋다.
木地板寬敞又涼爽，適合用來睡午覺。

한옥의 특징 중에 대표적인 것이 마루와 마당이다.
在韓屋的特徵當中，最具代表性的就是木地板和院子。

□ 마을

village, town
村子

例 우리 마을 사람들은 서로를 가족처럼 챙겨준다.
我們村子的人待彼此都像家人般。

相似 동네 村子裡

나는 앞으로는 바다가 보이고 뒤로는 산이 둘러싸고 있는 작은 마을에서 살고 싶다.
我以後想在前面看得見大海、後面有山環繞的小村子生活。

□ 마음씨

a cast(frame) of mind
心地

例 그녀는 마음씨가 곱고 착할 뿐만 아니라 얼굴도 예쁘다.
她不只心地善良又乖巧，臉蛋也很漂亮。

相似 마음 心
심성 心性
*마음씨가 곱다
心地善良

그는 불쌍하고 약한 사람들을 보면 도와주는 착한 마음씨를 가졌다.
他看到可憐又弱小的人，就會萌生想幫助（他們）的善心。

□ 마중

meet
迎接

例 부모님께서 공항까지 마중을 나와 계셨다.
父母來機場迎接我了。

相反 배웅 送行
*마중을 나가다/나오다
出去／出來迎接

엄마한테 무서우니까 버스정류장까지 마중을 나와 달라고 했다.
因為害怕，所以叫媽媽到公車站來接我了。

名詞

☐ 막차

the last train[bus]
末班車

例　금요일 **막차**에는 술에 취한 사람들로 가득 찼다.
星期五末班車裡滿是酒醉的人。

우리 동네로 가는 **막차**를 놓쳐서 할 수 없이 택시를 탔다.
因為錯過了回我們社區的末班車，只好搭計程車。

*막차가 끊기다
末班車沒了
막차를 놓치다
錯過末班車

☐ 만약

if
如果、萬一

例　**만약**에 내가 내기에서 이긴다면 나하고 결혼해 줄래?
如果我打賭贏了，你願意和我結婚嗎？

이 열쇠는 **만약**을 위해서 너한테 맡겨 놓는 게 좋을 것 같다.
為了以防萬一／為了慎重起見，這把鑰匙好像交給你保管比較好。

相似 만일 萬一

I. 다음 단어와 어울릴 수 있는 단어를 연결하세요.

1. 대책을　　•
2. 마음씨가　•
3. 대표를　　•
4. 더위를　　•
5. 도난을　　•
6. 마감일을　•

① 뽑다
② 타다
③ 곱다
④ 당하다
⑤ 넘기다
⑥ 마련하다

II. 다음 짝지어진 두 단어의 관계가 나머지 하나와 <u>다른</u> 것을 고르세요.

01　① 대형 - 소형
　　② 대여 - 증여
　　③ 대량 - 소량
　　④ 대도시 - 소도시

02　① 대접 - 대우
　　② 도서 - 서적
　　③ 더위 - 추위
　　④ 동작 - 움직임

03　① 마중 - 배웅
　　② 만약 - 만일
　　③ 마을 - 동네
　　④ 대여 - 임대

名詞

單字	英語	中文	記住了嗎？
만족	satisfaction	滿足	
만족감	gratification	滿足感	
말다툼	argument	爭吵	
말투	tone	語氣	
맞벌이	dual-career	雙薪（家庭）	
매력	charm	魅力	
매력적	charming, attractive	有魅力的	
매연	fumes	煤煙、黑煙、廢氣	
매점	cafeteria	（學校的）福利社、合作社	
매진	sellout	售罄、賣完	
매표소	box office	售票處	
맨발	bare foot	光腳	
맨손	bare hands	空手、徒手	
먼지	dust	灰塵	
명소	attraction	名勝、景點	
명품	masterpiece	名牌	
모범생	model student	模範生	
모습	figure, form	模樣、樣子	
모양	shape, form	外形、樣子	
모험심	adventure	冒險精神	
모형	replica	模型	
목숨	life	性命	
목적지	destination	目的地	
목표	goal	目標	
무게	weight	重量	
무관심	indifference	漠不關心	
무늬	pattern	花紋	
무대	stage	舞台	
무더위	heat wave	炎熱	
무덤	grave	墳墓	

♪ 15

□ 만족

satisfaction
滿足

例 그는 일을 통해 삶의 만족을 느낀다.
他透過工作感覺到人生的滿足。

할머니는 손자를 돌보는 데서 만족을 얻는다.
奶奶在照顧孫子這件事情上得到滿足。

相反 불만족 不滿足
*만족하다, 만족되다
滿足

□ 만족감[만족깜]

gratification
滿足感

例 그는 시험 결과를 보고 만족감을 느꼈다.
他看到考試結果後感到了滿足。

감독은 선수들의 경기에 만족감을 표시했다.
教練對選手的比賽表示滿足。

*만족감을 느끼다
感到滿足
만족감을 얻다
得到滿足

□ 말다툼

argument
爭吵

例 사소한 말다툼이 큰 싸움이 되었다.
小小的爭吵衍生成了大爭執。

그녀는 남자친구와 말다툼 끝에 헤어져 버렸다.
她和男朋友吵架，最後分手了。

*말다툼하다
爭吵

□ 말투

tone
語氣

例 선생님의 말투는 친절하고 부드러웠다.
老師的語氣親切又溫柔。

그녀는 화가 난 말투로 나에게 시비를 걸었다.
她怒氣沖沖地（以生氣的語氣）和我爭執。

相似 억양 抑揚頓挫、語調

♪ 15

□ 맞벌이[맏뻐리]

dual-career
雙薪（家庭）

例　최근 맞벌이 가정이 늘고 있다.
最近雙薪家庭越來越多。

맞벌이 부부가 늘어나면서 어린이집도 증가했다.
隨著雙薪夫妻增加，托兒所也變多了。

*맞벌이하다
雙薪

□ 매력

charm
魅力

例　사람들은 그녀의 매력에 푹 빠졌다.
人人都深深陷入了她的魅力裡。

그 남자는 잘생긴 얼굴은 아니지만 매력이 있다.
雖然那個男人臉長得不帥，但卻很有魅力。

*매력이 있다/없다.
有／沒有魅力。
매력을 느끼다
感受魅力

□ 매력적[매력쩍]

charming, attractive
有魅力的

例　그는 눈웃음이 매력적이다.
他笑眼很有魅力。

나에게 매력적인 사람은 자신의 일에 최선을 다하는 사람이다.
對我而言，有魅力的人就是對自己的事全力以赴的人。

□ 매연

fumes
煤煙、黑煙、廢氣

例　자동차 매연은 환경오염을 일으킨다.
汽車的廢氣造成環境汙染。

밖에 오래 있으면 매연 때문에 눈과 목이 아프다.
待在外面太久的話，會因廢氣導致眼睛和喉嚨都不舒服。

☐ **매점**

cafeteria
（學校的）福利社、合作社

例 학교 안에 매점이 있어요?
學校裡有福利社嗎？

고등학교 때는 쉬는 시간에 항상 매점에 갔다.
高中時休息時間總是會去福利社。

☐ **매진**

sellout
售罄、賣完

例 영화가 매진이 되어서 볼 수 없었다.
因為電影（票）售罄，所以沒看到。

공연은 한 달 동안 전석 매진이 될 정도로 인기가 높았다.
公演的人氣高到快要將整個月所有的座位都賣完了。

*매진되다
售罄、賣完

☐ **매표소**

box office
售票處

例 영화관 매표소 앞에서 만나자.
在電影院售票處前見面吧！

영화가 흥행에 성공하면서 매표소 앞은 사람들로 붐볐다.
隨著電影票房成功，售票處前人潮擁擠。

☐ **맨발**

bare foot
光腳

例 아이들은 해수욕장에서 맨발로 뛰어놀았다.
小孩子在海水浴場光腳蹦蹦跳跳玩耍。

그녀는 맨발로 무대 위에서 열정적으로 노래를 불렀다.
她光腳在舞台上熱情地唱了歌。

□ 맨손

bare hands
空手、徒手

例　그녀는 맨손으로 닭을 잡았다.
她徒手抓了雞。

그는 맨손으로 시작하여 큰 부자가 되었다.
他白手起家，成了大富翁。

□ 먼지

dust
灰塵

例　오랫동안 방치한 방은 먼지로 가득했다.
擱置很久的房間充滿了灰塵。

대청소를 하기 전에 먼지부터 털어내는 게 좋겠다.
大掃除前先撣一撣灰塵比較好。

*먼지를 털다
撣灰塵

□ 명소

attraction
名勝、景點

例　이곳은 유명한 명소라서 관광객이 많이 찾는다.
這裡是有名的景點，所以很多觀光客前來。

기말고사 과제로 각 나라의 명소에 대해서 조사했다.
因期末考作業，調查了各國的名勝。

□ 명품

masterpiece
名牌

例　요즘 명품을 들고 다니는 젊은이들이 많다.
最近拿名牌的年輕人很多。

경찰은 가짜 명품을 판매한 사람을 붙잡았다.
警察逮捕了販賣假名牌的人。

□ 모범생

model student
模範生

例 그는 지각 한 번 하지 않는 모범생이다.
他是一次都不曾遲到過的模範生。

성실하게 학업을 수행해서 다른 학생들에게 모범이 되는 학생을
모범생이라고 한다.
實實在在完成學業成為其他學生榜樣的學生就稱為模範生。

名詞

□ 모습

figure, form
模樣、樣子

例 아버지와 아들의 모습이 많이 닮았다.
爸爸和兒子的長相很相像。

휴가철이라서 그런지 거리는 한산한 모습이다.
可能是因為假期，街上很冷清的樣子。

相似 모양 模樣

□ 모양

shape, form
外形、樣子

例 사람들이 사는 모양은 가지각색이다.
人們生活的模樣形形色色。

여러 가지 모양으로 만든 사탕이 아이들에게 인기를 끌었다.
做成各種模樣的糖果很受小孩子歡迎。

相似 모습 模樣

□ 모험심

adventure
冒險精神

例 내 동생은 모험심이 강하다.
我弟弟有很強的冒險精神。

아이들은 단체 활동을 통해 모험심과 협동심을 키울 수 있다.
小孩透過團體活動可以培養冒險精神和合作精神。

□ 모형

replica
模型

例　내가 살고 싶은 집의 모형을 말들었다.
我做了理想中的房子的模型。

모형 비행기를 만들어서 날리는 대회에 참가했다.
做了飛機模型後參加了飛行比賽。

□ 목숨[목쑴]

life
性命

例　나는 그녀를 목숨보다 사랑한다.
我愛她勝過（自己的）生命。

이번 대회에 목숨을 걸었기 때문에 열심히 준비하고 있다.
為這次比賽賭上了性命，很認真在準備。

*목숨을 걸다
賭上性命
목숨을 끊다
結束生命

□ 목적지[목쩍찌]

destination
目的地

例　요즘은 스마트폰으로 목적지를 정확하게 찾을 수 있다.
最近可以用智慧型手機正確找出目的地。

여름휴가 목적지로 바다를 꼽는 사람이 가장 많았다.
暑假指定海邊為目的地的人最多。

*목적지에 도착하다
抵達目的地

□ 목표

goal
目標

例　사람은 목표를 세워야 성공할 수 있다.
人要立定目標才有可能成功。

우리 팀은 이번 대회에서 우승이 목표다.
我們隊的目標是在這次比賽中拿下優勝。

*목표를 세우다
立定目標
목표를 이루다
達成目標

□ 무게

weight
重量

例 그 배는 무게를 이기지 못하고 침몰했다.
那艘船不敵重量沉沒了。

재활용으로 모은 쓰레기는 무게를 달아 계산한다.
資源回收所收集的垃圾是秤重計算。

*무게가 있다/없다
有／沒有重量
무게를 달다
秤重量

□ 무관심

indifference
漠不關心

例 사랑의 반대말은 무관심이다.
愛的相反詞是漠不關心。

무관심과 방치가 이번 사고의 원인이다.
漠不關心和放任不管是這次意外的主因。

*무관심하다
漠不關心

□ 무늬[무니]

pattern
花紋

例 날씬해 보이도록 세로줄 무늬 옷을 입었다.
為了看起來苗條，穿了直條紋的衣服。

직접 구운 도자기에 예쁜 무늬를 새겨 놓았다.
在親手燒窯的陶瓷器上雕刻了美麗的花紋。

*무늬가 있다/없다
有／沒有花紋
무늬를 새기다
雕刻花紋

□ 무대

stage
舞台

例 배우들의 무대 의상이 아주 화려했다.
演員的舞台裝十分華麗。

아이들이 무대 위에서 공연을 하는 모습이 귀여웠다.
小孩在舞台上表演的模樣很可愛。

*무대에 오르다
登上舞台

名詞

□ 무더위

heat wave
炎熱

例 올해도 어김없이 무더위가 찾아왔습니다.
今年也不例外地十分炎熱。

7월이 되자마자 무더위가 기승을 부리고 있다.
一到7月就暑氣逼人（炎炎烈日襲來）。

相似 찜통더위 悶熱
相反 추위 寒冷
　　강추위 酷寒

□ 무덤

grave
墳墓

例 무덤 위에 난 잡초를 뽑았다.
拔掉了長在墳上的雜草。

옛날 왕의 무덤 안에서 여러 유물들이 발견됐다.
在古時候王的墳墓裡發現了各種遺物。

相似 묘, 산소　墳墓

Ⅰ. 다음 단어를 보고 연상되는 단어를 <보기>에서 골라 번호를 쓰세요.

<보기>　① 극장　　② 말투　　③ 매연

01　부드럽다, 거칠다, 친절하다, 차분하다　　　　　　　　　　（　　　）

02　담배 연기, 자동차 가스, 대기오염, 환경오염　　　　　　　（　　　）

03　매표소, 매진, 무대, 배우　　　　　　　　　　　　　　　（　　　）

Ⅱ. 다음 단어와 관계있는 말이 <u>잘못된</u> 것을 고르세요.

01　① 만족을 - 느끼다
　　② 만족감을 - 얻다
　　③ 매력을 - 느끼다
　　④ 매력적일 - 얻다

02　① 만족 - 하다
　　② 말투 - 하다
　　③ 말다툼 - 하다
　　④ 맞벌이 - 하다

單字	英語	中文	記住了嗎？
무선	wireless	無線	
무소식	no news	無消息	
무시	disregard	無視、蔑視、輕視、瞧不起	
문명	civilization	文明	
문서	document	文件	
문의	inquiry	詢問、諮詢、疑問	
문제점	problem	問題點	
문화유산	cultural heritage	文化遺產	
문화적	cultural	文化的	
물가	price	物價	
물론	of course	當然	
물질	substance	物質	
물품	article	物品	
미혼	unmarried	未婚	
민속놀이	a folk game	民俗遊戲	
민요	folk song	民謠	
민족	ethnic group race	民族	
믿음	belief	相信	
밑줄	underline	底線	
바깥	the outside	外面	
바닥	floor	地板	
바람	wish	希望、願望	
바탕	foundation	基礎	
반복	repetition	反復	
반성	self-reflection	反省	
반응	response (to)	反應	
반품	return	退貨	
발걸음	step	腳步	
발견	discovery	發現	
발급	issue	發給	

□ 무선

wireless
無線

| 例 | 유선 마이크보다 무선 마이크가 편하다. |
無線麥克風比有線麥克風方便。

무선 전화는 장소에 상관없이 사용할 수 있다.
無線電話不受限於場所都能使用。

相反 유선 有線

□ 무소식

no news
無消息

例 무소식이 희소식이다.
沒消息就是好消息。

아들이 군대에 간 지 일주일 지나도록 무소식이다.
兒子去當兵過了一星期都毫無音訊。

□ 무시

disregard
無視、蔑視、輕視、瞧不起

例 그는 다른 사람들에게 무시를 당하자 범행을 저질렀다.
他受到他人蔑視才犯下了罪行。

나는 다른 사람에게 무시 받기 싫어 공부를 열심히 했다.
我討厭被別人瞧不起，所以認真念了書。

*무시하다, 무시되다
無視
무시를 당하다
受到蔑視／輕視

□ 문명

civilization
文明

例 문명의 발달로 인간의 삶은 편해졌다.
由於文明的發達，人類的生活變便利了。

그곳은 찬란한 문명을 꽃피운 역사적인 곳이다.
那裡是讓燦爛文明開花的歷史性場所。

*문명이 발달하다
文明發達

名詞

♪ 17

□ 문서

document
文件

例 문서로 작성해서 이메일로 보내 주세요.
製作成文件後，請以電子郵件寄過來。

회사는 회의 내용을 문서로 만들어 보관한다.
公司會將會議內容製作成文件後保管起來。

相似 서류 文件
*문서를 작성하다
　製作文件

□ 문의[무늬, 무니]

inquiry
詢問、諮詢、疑問

例 문의 사항이 있으면 홈페이지를 참조하세요.
若有諮詢事項，請參考網頁。

전화 문의가 폭주하면서 연결이 되지 않고 있다.
隨著接踵而來的諮詢電話，無法接通。

*문의하다
　諮詢
　문의가 있다/없다
　有／沒有疑問

□ 문제점[문제쩜]

problem
問題點

例 문제점을 신속히 파악하여 해결해야 한다.
應該要迅速掌握問題點，解決問題。

현재 한국 사회가 갖고 있는 문제점에 대해 논의했다.
針對現在韓國社會中存在的問題點進行了討論。

*문제점이 있다/없다
　有／沒有問題點
　문제점을 해결하다
　解決問題點

□ 문화유산

cultural heritage
文化遺產

例 이곳은 세계 문화유산으로 등재되었다.
這裡被列為世界文化遺產。

문화유산이 훼손되지 않도록 보호에 힘써야 한다.
為避免文化遺產毀損，必須致力保護。

*문화유산을 지키다
　守護文化遺產
　문화유산을 알리다
　宣揚文化遺產

□ 문화적

cultural
文化的

例 사람은 누구나 **문화적** 차이를 이해해야 한다.
人任誰都應該要理解文化性差異。

처음 해외여행을 했을 때 **문화적** 충격을 받았었다.
第一次出國旅行時受到了文化衝擊。

名詞

□ 물가[물까]

price
物價

例 **물가**는 오르는데 월급은 그대로다.
儘管物價上漲，但月薪依舊。

물가 상승은 소비 심리를 위축시켜서 경제에 나쁜 영향을 준다.
物價上漲使得讓消費心理萎縮，帶給經濟不好的影響。

*물가가 오르다/내리다
物價上漲／下滑
물가가 상승하다/하락하다
物價上升／下跌

□ 물론

of course
當然、不用說

例 그녀는 외모는 **물론**이고 성격도 좋다.
不用說她的外貌，就連個性也很好。

그 배우는 국내는 **물론** 해외에서도 인기가 많다.
那位演員不用說是國內，就連在國外也很受歡迎。

*（名詞）은/는 물론이고
～當然是不用說

□ 물질[물찔]

substance
物質

例 나무에서 병을 치료할 수 있는 **물질**이 발견됐다.
從樹木裡發現了可以治病的物質。

조사 결과 그것에는 인체에 해로운 **물질**이 포함되어 있었다.
那調查結果顯示那裡面含有對人體有害的物質。

♪ 17

□ 물품

article
物品

例 이곳은 고가의 물품만 취급한다.
這裡只受理高價的物品。

나는 장을 보러 가기 전에 필요한 물품을 메모해서 간다.
我去市場買菜前，會將所需的物品列下來才去。

□ 미혼

unmarried
未婚

例 아직 미혼인 그는 철이 덜 들었다.
仍未婚的他尚不懂事。

相反 기혼 已婚

미혼 남성을 대상으로 설문 조사를 하였다.
以未婚男性為對象做了問卷調查。

□ 민속놀이[민송노리]

a folk game
民俗遊戲

例 우리의 전통 민속놀이가 점점 사라지고 있다.
我們的傳統民俗遊戲逐漸在消失。

*민속놀이를 하다
玩民俗遊戲

민속촌에서는 추석을 맞아 다양한 민속놀이를 준비하였다.
民俗村為迎接中秋節，準備了各種民俗遊戲。

□ 민요

folk song
民謠

例 각 지역마다 전해 내려오는 민요가 있다.
每個地區都有流傳下來的民謠。

*민요를 부르다
唱民謠

옛 사람들은 힘든 일을 하면서 민요로 힘든 것을 잊었다.
古代人們一邊辛苦工作，一邊藉由民謠來忘記辛苦。

□ 민족

例 각각의 민족은 서로 존중해야 한다.
各個民族應該要互相尊重。

세계에는 다양한 민족으로 구성된 나라가 있다.
世界上有的國家是由各種民族所組成。

ethnic group race
民族

□ 믿음

例 인간관계에서는 믿음이 가장 중요하다.
人際關係裡最重要的就是信任。

이 제품은 대기업에서 만든 거라서 믿음이 갔다.
這個產品是由大企業所製造，所以值得信賴。

belief
相信

相似 신뢰 信賴
*믿음이 가다
值得信賴
믿음이 있다/없다
相／不信

□ 밑줄[믿쭐]

例 중고로 산 책에는 밑줄이 쳐져 있었다.
買來的二手書裡畫了底線。

중요한 부분에는 밑줄을 그으며 공부했다.
念書時在重要的部分上畫了底線。

underline
底線

*밑줄을 긋다, 밑줄을 치다
畫底線

□ 바깥[바깓]

例 답답한데 그만하고 바깥으로 나가자.
很悶，別做了，出去外面吧！

바깥 공기가 차가우니까 긴 옷을 챙겨 입으세요.
外面空氣很冷，請準備長袖衣服穿上。

the outside
外面

相似 밖 外面
相反 안 內
속 裡面

名詞

□ 바닥

floor
地板

例　자리가 없어서 바닥에 앉아서 관람했다.
沒有座位，所以坐在地板上觀賞。

그 바다는 바닥이 보일 정도로 깨끗했다.
那片大海乾淨到能見底的程度。

*바닥이 보이다
看得見底部
바닥이 드러나다
露出底部

□ 바람

wish
希望、願望

例　부모의 바람대로 아들은 의대에 들어갔다.
如父母所願兒子進了醫大。

우리의 바람은 그들이 살아 돌아오는 것이다.
我們的願望就是希望他們能活著回來。

相似　희망　希望

□ 바탕

foundation
基礎

例　흰색 바탕에 검은색으로 글자를 썼다.
在白色底上寫了黑字。

이 영화는 사실을 바탕으로 만들었다.
這部電影是以事實為基礎拍攝而成。

相似　기본　基本

□ 반복

repetition
反復

例　운동선수들에게는 반복 훈련이 중요하다.
對運動選手而言反復訓練很重要。

다람쥐 쳇바퀴 도는 듯한 일상의 반복이 지겹기만 하다.
厭倦了日復一日原地打轉的生活。

相似　되풀이　重複
*반복하다, 반복되다
反復
*다람쥐 쳇바퀴 도는 듯하다.
松鼠繞跑輪般，比喻「原地
打轉」。

♪ 18

□ 반성

self-reflection
反省

例 그 일로 반성의 시간을 갖게 됐다.
因為那件事才有時間反省自己。

반성을 모르는 학생들은 체벌의 시간을 더 가져야 한다.
那些不知反省的學生，應該要延長體罰時間。

*반성하다
反省

□ 반응[바능]

response (to)
反應

例 그 영화는 관객들에게 좋은 반응을 얻었다.
那部電影觀眾的反應很好（得到觀眾良好的回響）。

신제품을 출시한 후 소비자들의 반응을 살폈다.
新產品上市後觀察了消費者的反應。

*반응하다
反應
반응을 얻다
得到回響
반응이 있다/없다
有／沒有反應

□ 반품

return
退貨

例 반품 및 환불 방법에 대해서 알려주세요.
請告訴我退貨與退錢的方法。

구입한 제품에 하자가 있어 반품을 요청했다.
購買的產品上有瑕疵，要求退貨了。

*반품하다, 반품되다
退貨

□ 발걸음[발꺼름]

step
腳步

例 피곤이 쌓여 무거운 발걸음으로 집에 돌아왔다.
（身體）勞累不堪，拖著沉動的步伐回到了家裡。

중학교에 입학한 아이들은 힘찬 발걸음을 내딛었다.
上國中後的小孩跨出有力的步伐。

*발걸음이 무겁다/가볍다
步伐沉重／輕盈

名詞

□ 발견

discovery
發現

例 발견은 때로 우연한 기회에 일어난다.
發現有時會在偶然的機會下發生。

너에게도 그런 모습이 있다니 새로운 발견이다.
沒想到你竟然會有那樣的一面，真是個新發現。

*발견하다, 발견되다
發現

□ 발급

issue
發給

例 비자 발급을 받기 위해 대사관에 갔다.
為了取得簽證發給去了大使館。

여권 발급 시 필요한 서류가 뭐가 있나요?
護照發給時需要什麼文件？

*발급하다, 발급되다
發給

Ⅰ. 한국의 대표 민요를 알아봅시다. 🎵18

아 리 랑

세마치　　　　　　　　　　　　　　우리나라민요

아 ─ 리랑 ─ 아 ─ 리랑 ─ 아 라 ─ ─ 리 ─ 요 ─ ─ ─ ─

아 ─ 리랑 ─ 고 ─ 개 ─ 로 ─ 넘 ─ 어간 다 ─

나 ─ 를 버 리 고 가 시 는임 ─ 은 ─ ─ ─ ─

십 ─ 리도 ─ 못 ─ 가 ─ 서 ─ 발 ─ 병난 다 ─

Ⅱ. 한국의 대표적인 민속놀이를 알아봅시다.

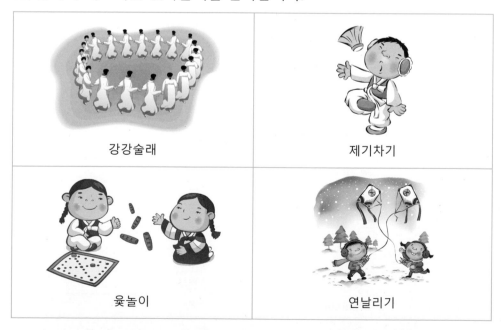

| 강강술래 | 제기차기 |
| 윷놀이 | 연날리기 |

單字	英語	中文	記住了嗎？
발달	development, growth	發達、發育	
발명	invention	發明	
발전	development	發展	
밤새	all night long	整晚	
방식	way	方式	
방해	disturbance	妨礙	
방향	direction	方向	
배경	background	背景	
배려	consideration	照顧、關懷	
배우자	spouse	配偶	
버릇	habit, manners	習慣、規矩	
번역	translation	翻譯	
범위	range	範圍	
범인	criminal	犯人	
범죄	crime	犯罪、犯案	
법	(the) law	法	
변경	alteration	變更	
변명	excuse (for)	辯解	
변화	alteration	變化	
별명	nickname	外號	
별일	anything particular to do	特別的事、怪事	
보고	report (on)	報告	
보관	storage	保管	
보람	worthwhile	意義、價值	
보물	treasure	寶物	
보충	supplement	補充	
보호	protection	保護	
복	luck	福氣	
봉사	service	服務	
부담	burden	負擔	

☐ 발달[발딸]

development, growth
發達、發育

例 과학기술의 발달로 생활이 편리해졌다.
由於科技的發達，生活變方便了。

아이의 발달 상태를 알아보러 병원에 갔다.
去醫院了解小孩的發育狀況了。

相似 발전 發展
*발달하다, 발달되다
發達

☐ 발명

invention
發明

例 발명은 생활 속 관심에서 생긴다.
發明是由關心生活（中的事物）而產生的。

이 제품은 우연한 발명으로 탄생되었다.
這個產品是因為一個偶然的發明而誕生的。

*발명하다, 발명되다
發明

☐ 발전[발쩐]

development
發展

例 그 정치인은 지역 발전에 힘쓰고 있다.
那位政治家致力於區域發展。

과거보다 나은 발전을 위해 노력 중이다.
為了發展得比過去更好，正在努力當中。

相似 발달 發達
*발전하다, 발전되다
發展

☐ 밤새

all night long
整晚

例 아기는 자지 않고 밤새 울었다.
小孩不睡覺整晚哭個不停。

밤새 눈이 내려 교통이 마비되었다.
整晚下雪導致交通癱瘓。

相似 밤새도록 徹夜

名詞

□ 방식

way
方式

相似 방법 方法

例　나라마다 생활 방식이 다르다.
每個國家的生活方式都不同。

상사는 좋고 나쁨을 따지지 않고 자신의 방식만 고집한다.
上司不追究好壞，只執著於自己的方式。

□ 방해

disturbance
妨礙

*방해하다, 방해되다
妨礙

例　내가 도움이 될까 했는데 오히려 방해만 되었다.
本想自己能夠幫上忙，反而只是礙手礙腳而已。

아무런 방해도 받지 않고 내가 원하는 삶을 살고 싶다.
希望能不受任何阻礙，過我想過的生活。

□ 방향

direction
方向

*방향을 잃다
失去方向
방향을 잡다
確定方向

例　① 배는 일정한 방향으로 항해를 했다.
船往固定的方向航行。

② 포기하지 말고 올바른 방향을 모색해 보자.
不要放棄，摸索看看正確的方向吧！

□ 배경

background
背景

*시대적 배경
時代背景
공간적 배경
空間背景

例　① 배경이 예쁜 곳에서 사진을 찍었다.
在背景漂亮的地方拍了照。

② 이 영화의 역사적 배경은 남북전쟁이다.
這部電影的歷史背景是南北戰爭。

□ 배려

consideration
照顧、關懷

例 배려란, 도와주거나 보살펴 주려는 마음이다.
所謂的照顧，就是幫忙或想關懷（他人）的心。

타인에 대한 배려는 사람들이 지녀야 할 마음이다.
人人都該要有關懷他人的心。

*배려하다
照顧
배려를 받다
受到照顧

□ 배우자

spouse
配偶、伴侶

例 어떤 배우자를 원하십니까?
您想要怎麼樣的伴侶？

그는 배우자 모르게 비상금을 마련해 두었다.
他瞞著配偶備了一筆私房錢。

*배우자를 찾다
找配偶
배우자를 만나다
遇見配偶

□ 버릇[버릗]

habit, manners
習慣、規矩

例 ① 세 살 버릇 여든까지 간다.
習慣成自然（三歲的習慣會延續到八十歲）。

② 요즘 아이들은 외동딸이나 외동아들이 많아서 버릇이 없다.
最近小孩很多都是獨生女或獨生子，所以沒規矩。

相似 습관 習慣
*버릇이 있다 有毛病
버릇이 없다 沒規矩
버릇을 고치다 改毛病

□ 번역

translation
翻譯

例 통역과 번역 중 어떤 일이 적성에 맞습니까?
口譯和翻譯中，哪個工作比較適合您呢？

번역은 장소에 상관없이 어디서든 할 수 있다.
翻譯不論場所，到處都可以做。

*번역하다, 번역되다
翻譯

□ 범위

	range
	範圍

例 내가 아는 범위에서 얘기해 줄게.
就我所知的範圍説給你聽。

시험 범위가 너무 많아 공부하기 힘들다.
考試範圍太多，所以念得很辛苦。

*범위가 넓다/좁다
範圍廣／窄
범위가 많다/적다
範圍多／少

□ 범인

	criminal
	犯人

例 경찰은 범인을 체포하였다.
警察逮捕了犯人。

도대체 그 사건의 범인이 누구인지 알 수가 없다.
究竟那個案件的犯人是誰，不得而知。

*범인을 잡다
抓犯人
범인을 검거하다
拘留犯人

□ 범죄

	crime
	犯罪、犯案

例 최근 성폭력 범죄가 증가하고 있다.
最近性暴力犯罪持續增加中。

한 남성이 범죄를 저질렀다가 경찰에 붙잡혔다.
一位男性在犯案後被警察逮捕了。

*범죄를 저지르다
犯罪
범죄를 예방하다
預防犯罪

□ 법

	(the) law
	法

例 법은 국민을 보호해야 한다.
法律應該保護國民。

사람은 누구나 법을 지켜야 한다.
人人都該奉公守法。

*법을 지키다/어기다
遵守／違反法律
법을 제정하다
制定法律

□ 변경

alteration
變更

例 일정 **변경**에 대한 안내가 늦어져서 항의가 이어졌다.
很晚才發布日程異動，所以抗議連連。

홈페이지에서 주소와 전화번호 **변경**을 쉽게 할 수 있다.
在網頁上能很容易地變更地址和電話號碼。

*변경하다, 변경되다
變更

□ 변명

excuse (for)
辯解

例 선생님에게는 어떤 **변명**도 통하지 않는다.
對老師任何辯解都行不通的。

결과가 이리 되었으니 어떤 **변명**도 소용없다.
事已至此（結果已經變成這樣），無論怎麼辯解都沒有用。

相似 핑계 藉口
*변명하다
辯解

□ 변화

alteration
變化

例 힘든 일을 겪은 후 그의 마음에 **변화**가 생겼다.
經歷艱難的事情後，他的心裡產生了變化。

아무것도 하지 않는 것보다 조금이라도 **변화**를 주는 것이 낫다.
與其什麼都不做，還是有改變比較好。

*변화하다, 변화되다
變化
변화를 주다
帶來變化

□ 별명

nickname
外號

例 재미있는 **별명**을 갖고 있는 사람들이 많다.
擁有有趣外號的人很多。

나는 키가 커서 키다리라는 **별명**으로 불렸다.
因為我個子高，所以外號被叫成高個子。

*별명을 짓다
取外號
별명을 부르다
叫外號

名詞

□ 별일[별릴]

anything particular to do
特別的事、怪事

例　오랜만입니다. 별일 없으시죠?
好久不見。您還是老樣子吧（您沒有什麼特別的事吧）？

살다 보면 별일을 다 겪게 된다.
人生在世什麼怪事都會經歷到。

□ 보고

report (on)
報告

例　사건이 생기고 한참 후에야 보고를 받았다.
事件發生後，過好一陣子才收到了報告。

상사에게 업무 계획과 실적에 관한 보고를 드렸다.
向上司稟報了有關業務的計劃和業績。

*보고하다, 보고되다
報告

□ 보관

storage
保管

例　여름철에는 음식물 보관에 주의해야 한다.
夏季應該要小心食物管理。

이 자전거는 접을 수 있어서 이동과 보관이 용이하다.
因為這台自行車可以折疊，所以移動和保管都很容易。

*보관하다, 보관되다
保管

□ 보람

worthwhile
意義、價值

例　농사는 힘들지만 수확할 때 큰 보람을 느낀다.
務農雖然辛苦，但收成時會有很大的成就感。

이렇게 좋은 결과가 나오니 그동안 열심히 노력한 보람이
있었다.
得到如此好的結果，表示這段期間認真地努力是有價值的。

*보람이 있다/없다
有/沒有價值/意義
보람을 느끼다
覺得有價值/意義/成就感

□ 보물

treasure
寶物

例 ① 그는 보물을 찾으러 보물섬으로 떠났다.
他為了找寶物前往寶藏島了。

② 한국의 보물 제 1호는 흥인지문(동대문)이다.
韓國的寶物第1號是興仁之門（東大門）。

□ 보충

supplement
補充

例 기운이 없을 때는 영양 보충을 좀 하는 것이 좋다.
無精打采時補充一點營養會比較好。

고등학교에서는 입시 때문에 보충 수업을 하는 학교가 많다.
在高中為了（大學）入學考試，很多學校會上課外輔導。

*보충하다, 보충되다
補充

□ 보호

protection
保護

例 대통령은 경호원의 보호를 받고 있다.
總統正受到保鏢的保護。

부모가 없는 아이를 위한 보호 시설을 마련해야 한다.
應該要為無父無母的小孩設置福利機構（保護設施）。

*보호하다, 보호되다
保護

□ 복

luck
福氣

例 새해 복 많이 받으세요.
新年快樂！（祝您新年得到很多福氣！）。

입 주변에 점이 있으면 먹을 복이 많다고 한다.
聽說若嘴巴四周有痣就會很有口福。

*복을 주다/받다
賜／納福
복이 나가다
折福

名詞

□ 봉사

service
服務

例 봉사란 다른 사람을 돕는 것을 일컫는다.
所謂的服務就是指幫助他人。

청소년들은 의무적으로 봉사 활동을 해야 한다.
青少年應該義務從事服務活動。

*봉사하다
服務

□ 부담

burden
負擔

例 새로 생긴 슈퍼마켓은 가격이 싼 편이라 부담이 없다.
因為新開的超市價格比較便宜，所以沒有負擔。

정부는 농민들의 부담을 덜어주기 위해 세금을 낮췄다.
政府為了減少農民的負擔，降低了稅金。

*부담되다
有負擔
부담을 주다
增添負擔
부담스럽다
覺得有負擔

Ⅰ. (　　　)에 알맞은 단어를 <보기>에서 골라 번호를 쓰세요.

<보기>　① 복　　② 보람　　③ 봉사

알려드립니다.
새해를 맞아 회사에서 새로운 나눔 활동을 하려고 합니다.
회사 근처에 있는 고아원에 가서 (　1　) 활동을 하는 것입니다.
(　2　) 있는 일을 함께 하고자 하는 직원들은 이번 주까지 신청서를 제출해 주시기
바랍니다.
"새해 (　3　) 많이 받으십시오."

Ⅱ. 다음에서 이야기하는 '이것'은 무엇입니까?

01　이것의 어머니는 필요라고 합니다. 이것은 필요에 의해 생겨났다는 것을
　　말합니다. 세상을 바꾼 이것이 있는가 하면, 생활을 편리하게 해 준 이것들도
　　많지요.

　　① 발명　　　　　　　　② 발달
　　③ 발전　　　　　　　　④ 방식

02　'사회가 있는 곳에 이것이 있다.' 는 말과 같이 이것은 질서를 유지하고 정의를
　　실현한다. 국회에서는 이것을 공정하게 만들고, 민주주의 국가에서는 이것에
　　따라 정치를 한다. 따라서 이것은 모든 국민들이 지키기로 약속한 나라의
　　규범으로, 국민이라면 누구나 꼭 지켜야 하며 그렇지 않을 경우에는 벌금을
　　내거나 감옥에 가야 한다. 이것이 있기 때문에 사회의 질서가 유지되고 모든 사람
　　들이 권리를 보호받을 수 있다.

　　① 법　　　　　　　　② 범인
　　③ 범죄　　　　　　　④ 방해

單字	英語	中文	記住了嗎？
부분	part	部分	
부상	injury	負傷	
부상자	injured person	傷患	
부서	department	部門	
부자	rich person	有錢人	
부작용	side effect	副作用	
부잣집	rich family	有錢人家	
부장	head of department	部長	
부정적	negative	負面的	
부주의	carelessness	不注意、疏忽	
분량	amount	分量	
분리수거	separate collection	垃圾分類	
분실	loss	丟失	
분위기	atmosphere	氣氛	
불경기	depression	不景氣	
불만	dissatisfaction	不滿	
불면증	insomnia	失眠症	
불빛	light	燈光	
불안	uneasiness	不安	
불안감	anxiety	不安（感）	
불평	complaint	不平、不滿、牢騷	
불행	misfortune	不幸	
비교	comparison	比較	
비교적	comparatively	比較的	
비만	obesity	肥胖	
비용	cost	費用	
빚	debt	債	
사건	incident	事件	
사고방식	one's way of thinking	思考方式、想法	
사교적	sociable	社交的	

♪ 21

□ 부분

part
部分、地方

例 궁금한 부분이 있으면 언제든 문의하세요.
若有好奇的部分，請隨時詢問。

약 복용 시 주의해야 할 부분이 있습니까?
服用藥物時，有需要注意的地方嗎？

相反 전체 全體
전부 全部
다 全、都

□ 부상

injury
負傷

例 군대에서 훈련을 받다가 부상을 입었다.
在軍隊受訓過程中受傷了。

선수가 부상을 당했지만 교체할 수가 없었다.
雖然選手受傷了，但無法替換。

*부상을 입다/당하다
負／受傷

□ 부상자

injured person
傷患

例 액션 영화를 촬영하는 동안 부상자가 속출했다.
拍攝動作片期間傷患接連出現。

사고와 관련해 부상자들의 응급처치가 제때 이루어지지 않아 더 큰 피해를 입었다.
由於沒及時搶救相關事故的傷患，所以受到了更大的傷害。

□ 부서

department
部門

例 희망하는 부서가 있습니까?
有想去的部門嗎？

담당 부서로 연결해 드리겠습니다.
為您轉接至專門負責的部門。

名詞

♪ 21

□ 부자

rich person
有錢人

例 저는 부자가 되는 것이 꿈입니다.
成為富翁是我的夢想。

자기가 가진 것들을 사회에 환원하는 부자들이 많아졌으면
좋겠다.
希望有越來越多的富翁能將自己所擁有的回饋給社會。

□ 부작용[부자공]

side effect
副作用

例 약을 바른 후 부작용이 생기면 의사와 상담하세요.
塗完藥後如果產生副作用，請和醫生諮詢。

성형 수술이 많아지면서 부작용의 피해도 증가하고 있다.
隨著整型手術（的次數）越來越多，副作用的傷害也隨之增加。

□ 부잣집[부자찝, 부잗찝]

rich family
有錢人家

例 그는 부잣집에서 태어나서 고생을 모르고 자랐다.
他出生在有錢人家，無憂無慮地長大。

그녀는 얼굴이 동그랗고 통통해서 부잣집 맏며느리처럼 푸근한
인상을 준다.
她的臉圓滾滾又肉肉的，所以給人一種彷彿是有錢人家長媳般溫暖的印象。

□ 부장

head of department
部長

例 아버지가 과장에서 부장으로 승진하셨다.
爸爸從課長晉升為部長了。

부장님은 인격도 훌륭하고 능력도 있으시다.
部長人品好，又有能力。

□ 부정적

negative
負面的

> 例 부정적인 생각보다 긍정적인 생각을 해야 한다.
> 與其負面思考，應該要正面思考。
>
> 나이가 들면서 부정적으로 변하는 건 아닌지 걱정스럽다.
> 擔心是否隨著年齡增長而變得消極了。

相反 긍정적 積極的

名詞

□ 부주의

carelessness
不注意、疏忽

> 例 사소한 부주의로 큰 화재가 발생했다.
> 由於小小的疏忽而釀成了大火。
>
> 교통사고는 운전기사의 부주의로 생긴 것이다.
> 交通意外是來自於駕駛的疏忽而造成的。

*부주의하다
 不注意、疏忽

□ 분량[불량]

amount
分量

> 例 대본의 분량이 많지 않아서 금방 외웠다.
> 劇本的分量不多，所以馬上就背下來了。
>
> 이 식당의 음식들은 먹기 좋은 분량으로 포장되어 나온다.
> 這間餐廳的食物會包裝成方便吃的分量。

*분량이 많다/적다
 分量多／少

□ 분리수거[불리수거]

separate collection
垃圾分類

> 例 분리수거는 귀찮더라도 환경을 위해서 꼭 해야 한다.
> 即使垃圾分類很麻煩，但為了環境一定要做才行。
>
> 분리수거를 제대로 하지 않고 버리는 사람들이 많다.
> 不好好做垃圾分類就丟的人很多。

*분리수거하다
 （做）垃圾分類

□ 분실

		loss 丟失

例 스마트폰 분실로 인해 하루 종일 불편했다.
因為智慧型手機遺失，一整天都不方便。

본인 잘못으로 인한 분실은 업체에서 책임지지 않으니
주의하세요.
因個人過失所造成的遺失，企業概不負責，還請留意。

*분실하다, 분실되다
　遺失

□ 분위기

atmosphere
氣氛

例 주말에 분위기 좋은 곳에서 데이트를 했다.
週末在氣氛好的地方約了會。

스마트폰을 자주 사용하면 수업 분위기를 망칠 수 있다.
時常使用智慧型手機的話，有可能會破壞上課氣氛。

*분위기가 좋다/나쁘다
　氣氛好／不好
　분위기가 있다/없다
　有／沒有氣氛

□ 불경기

depression
不景氣

例 불경기로 인해 취업난이 더 악화되고 있다.
由於不景氣，就業困難的問題更加惡化了。

불경기가 지속되면서 소비자들이 백화점보다 할인점을 찾고
있다.
隨著持續不景氣，比起百貨公司，消費者更常去打折的商店

相反 호경기 景氣好

□ 불만

dissatisfaction
不滿

例 심판의 판정에 관객들은 불만을 터트렸다.
審判的判決使觀眾爆發不滿。

불만이 쌓이다 보니 관계가 나빠질 수밖에 없었다.
累積不滿，只會讓關係越來越差。

相似 불평, 불만족
　　　不滿（意）
相反 만족 滿意
*불만을 털어놓다 宣洩不滿
　불만이 쌓이다 積壓不滿

□ 불면증

insomnia
失眠症

例 불면증으로 인해 잠을 설쳤다.
由於失眠症而沒睡飽。

호두는 불면증에 도움이 되는 음식이다.
核桃是對失眠症有幫助的食物。

*불면증이 있다/없다
有／沒有失眠症
불면증에 시달리다
為失眠症所苦

□ 불빛[불삗]

light
燈光

例 밤에 한강에 가면 야경과 불빛이 예쁘다.
若晚上去漢江，夜景和燈光很漂亮。

비가 오는 날에는 가로등 불빛이 더 예뻐 보인다.
在下雨的日子路燈的燈光看起來更漂亮了。

□ 불안

uneasiness
不安

例 발표할 때 불안을 느끼는 사람이 많다.
發表時會感到不安的人很多。

밖에서 나는 발소리 때문에 밤새도록 불안에 떨었다.
因為外面傳來的腳步聲，我徹夜都顫慄不安。

*불안하다
不安
불안에 떨다
顫慄不安

□ 불안감

anxiety
不安（感）

例 미래에 대한 불안감을 갖고 있는 청소년들이 많다.
有很多青少年對未來都感到不安。

불안감을 해소하기 위한 방법은 클래식 음악을 듣는 것이다.
為了消除不安，聽古典音樂是一種方法。

*불안감을 느끼다
感到不安
불안감을 해소하다
消除不安

名詞

□ 불평

complaint
不平、不滿、牢騷

例 학생들은 선생님에게 불평을 쏟아냈다.
學生對老師抒發了不滿。

감정적으로 불평만 늘어놓기보다 대안을 제시하는 게 좋다.
與其感情用事光發牢騷，不如提出替代方案還比較實際。

相似 불만 不滿
*불평하다
　不滿
　불평을 늘어놓다
　發牢騷

□ 불행

misfortune
不幸

例 행복과 불행은 마음먹기에 달려 있다.
幸與不幸在於決心。

불행 뒤에는 행운이 따르기 마련이다.
不幸之後總是伴隨著幸運。

相反 행복 幸福
　　　행운 幸運
*불행하다
　不幸

□ 비교

comparison
比較

例 우리는 타인과 비교를 자주 한다.
我們時常會與他人比較。

다양한 제품이 있으니 비교 후에 구입하세요.
有各式各樣的產品，所以請比較後再買。

*비교하다, 비교되다
　比較

□ 비교적

comparatively
比較的

例 한국과 일본의 경제를 비교적인 시각으로 연구하였다.
以比較的角度研究了韓國與日本的經濟。

역사에 대한 국가별 인식을 비교적인 연구를 통해 알아 보았다.
透過比較研究，了解了各國對於歷史的認識。

□ 비만

obesity
肥胖

例 소아 비만이 증가하는 추세이다.
幼兒肥胖有逐漸增加的趨勢。

비만 방지를 위한 효과적인 운동법을 소개하겠다.
為了預防肥胖，我要介紹有效的運動方法。

*비만을 치료하다
治療肥胖

名詞

□ 비용

cost
費用

例 해외여행을 하려고 하는데 비용이 만만치 않다.
想出國旅行，但費用不容小覷。

휴가 비용을 마련하기 위해 아르바이트를 하고 있다.
為了籌措度假費用，正在打工。

*비용이 들다
花費費用
비용을 지불하다
支付費用

□ 빚[빋]

debt
債

例 그는 주변 지인들에게 빚을 졌다.
他欠了周邊熟人一筆債。

빚을 갚기 위해 열심히 돈을 벌고 있다.
為了要還債，正在努力賺錢。

*빚을 지다
負債
빚을 갚다
還債

□ 사건[사껀]

incident
事件

例 비슷한 사건들이 연이어 터지고 있다.
相似的事件接二連三發生。

세계 곳곳에서 충격적인 사건이 일어나고 있다.
世界各地衝擊性的事件正在發生。

*사건이 일어나다/발생하다
發生事件
사건을 해결하다
解決事件

□ 사고방식

one's way of thinking
思考方式、想法

例 긍정적인 사고방식이 좋은 결과를 낳는다.
正面的思考方式會造就好的結果。

고집을 부리는 것보다 유연한 사고방식을 갖는 것이 좋다.
與其冥頑不靈，柔性思考（柔軟的思考方式）會比較好。

□ 사교적

sociable
社交的

例 나는 사교적이지 않아서 친구가 많지 않다.
我不擅長社交，所以朋友不多。

그는 사교적인 편이라서 사람들과 쉽게 친해진다.
因為他比較會社交，所以很容易就和人熟稔起來。

Ⅰ. 다음 단어와 어울릴 수 있는 단어를 연결하세요.

1. 부상을 　●　　　　　●　① 입다

2. 불만이 　●　　　　　●　② 들다

3. 비용이 　●　　　　　●　③ 쌓이다

4. 사건이 　●　　　　　●　④ 일어나다

Ⅱ. (　　　)에 알맞은 단어를 <보기>에서 골라 번호를 쓰세요.

<보기>　① 분리수거　　② 불면증　　③ 불안감　　④ 사고방식

01　삶을 살아갈 때 가장 행복해질 수 있는 방법은 긍정적인 (　　　)을/를 갖는 것이다.

02　오늘은 쓰레기 처리비용을 줄이는 올바른 (　　　) 방법에 대해서 알아보도록 하겠습니다.

03　누구나 미래에 대한 (　　　), 있으시죠? 하지만 걱정하지 마세요. 아직 생기지도 않은 일을 미리부터 걱정할 필요가 없습니다.

04　특히 더운 여름에 (　　　)에 시달리는 사람들이 많습니다. 그럼, 자기 전에 우유를 조금 마시거나 가벼운 운동을 하는 것이 숙면에 도움이 됩니다.

單字	英語	中文	記住了嗎？
사막	desert	沙漠	
사망	death	死亡	
사생활	privacy	私生活	
사실	fact	事實	
사업	business	事業	
사은품	free gift	贈品	
사정	reason	事情、情況	
사투리	dialect	方言	
사표	resignation	辭呈	
사회생활	social[community] life	社會生活	
사회적	social	社會的	
산업	industry	產業	
살림	housekeeping	生活、家計	
삶	life	人生	
상금	prize money	獎金	
상담	advice	商量、諮詢	
상대	opponent	對方、對象	
상대방	the other party[side]	對方	
상승	climb	上升	
상식	common sense	常識	
상업	commerce	商業	
상징	symbol	象徵	
상태	condition	狀態	
상표	trademark(TM)	商標	
상품권	gift card	禮券	
상황	situation	狀況、情況	
생김새	features	長相	
생략	skip	省略	
생명	life	生命	
생산	production	生產	

♪ 23

☐ **사막**

desert
沙漠

例 그는 사막의 오아시스 같은 존재이다.
他的存在就如同沙漠的綠洲一般。

이 도시는 사막에서 날아온 모래바람으로 공기가 좋지 않다.
這個城市由於從沙漠飛來的風沙，空氣很差。

名詞

☐ **사망**

death
死亡

例 배우의 사망 소식으로 팬들이 슬퍼했다.
粉絲因演員死亡的消息十分傷心。

사망의 원인은 과다 출혈로 밝혀졌습니다.
死亡原因被查明是由於出血過多。

相似 죽음 死亡
*사망하다 死亡

☐ **사생활**

privacy
私生活

例 연예인의 사생활은 보호되어야 한다.
藝人的私生活應該要被保護才行。

SNS는 사생활 침해 문제를 일으켰다.
SNS引起了侵犯私生活的問題。

*사생활을 보호하다/
침해하다
保護／侵犯私生活
사생활이 노출되다
私生活曝光

☐ **사실**

fact
事實

例 본 것을 사실대로 말해 주세요.
請將所見到的如實說出來。

기자는 사실만을 전달하고 공정하게 보도해야 한다.
記者應該要只傳達事實，並公正地報導。

□ 사업

business
事業

例 퇴직 후에 개인 사업을 하려고 구상 중에 있다.
正在構想退休後想從事個人事業。

사업을 시작한 지 얼마 되지 않아서 적자를 보고 있다.
因為開業沒多久，所以還在虧本。

*사업하다
經營事業
사업이 잘되다/안되다
事業順利／不順利

□ 사은품

free gift
贈品

例 백화점에서 사은품으로 그릇을 받았다.
在百貨公司拿到了作為贈品的碗盤。

소비자를 끌어 모으기 위해 고가의 사은품을 준비했다.
為了吸引消費者前來，準備了高價的贈品。

□ 사정

reason
事情、情況

例 사정이 있어서 약속을 미루게 됐다.
因為有事而推遲了約定。

갑자기 사정이 생겨서 오늘 회사에 갈 수 없다.
因為突然有事，所以今天無法去公司。

*사정이 있다/생기다
有事

□ 사투리

dialect
方言

例 부모님은 아직도 사투리를 쓰신다.
父母親還在講方言。

한국에도 지역마다 개성 있는 사투리가 있다.
在韓國也是，每個區域都有它獨具個性的方言。

相似 방언 方言
*사투리가 있다/없다
有／沒有方言
사투리를 쓰다
使用方言、講方言

□ 사표

例 나는 참다못해 사표를 내고 말았다.
我忍無可忍，最後還是遞出了辭呈。

사장은 그가 낸 사표를 수리하였다.
社長受理了他遞出的辭呈。

resignation
辭呈

相似 사직서 辭呈
*사표를 쓰다
寫辭呈
사표를 내다
遞辭呈

□ 사회생활

例 사회생활을 계속할지 육아에 전념할지 고민이다.
苦惱要繼續社會生活，還是要專心育兒。

여성의 사회생활이 증가하면서 맞벌이 부부도 증가하고 있다.
隨著女性的社會生活增加，雙薪家庭也正在增加。

social[community] life
社會生活

*사회생활을 하다
過社會生活

□ 사회적

例 인간은 사회적 동물이다.
人類是社會動物。

그 사건은 사회적으로 큰 문제가 되었다.
那個案件成了社會性的大問題。

social
社會的

相反 개인적 個人的

□ 산업[사넙]

例 서비스도 산업의 한 분야이다.
服務也是產業的領域之一。

강대국이 되기 위해서는 항공 우주 산업을 육성해야 한다.
為了成為強大國家，必須培育航太產業。

industry
產業

名詞

□ 살림

housekeeping
生活、家計

例 그녀는 스스로 번 돈으로 살림을 장만했다.
她用自己賺的錢討生活。

우리 집은 살림이 넉넉하지는 않지만 행복하다.
我們家的生活雖不富裕，但很幸福。

*살림하다
過生活、持家
살림을 차리다
成家

□ 삶[삼]

life
人生

例 가치 있는 삶을 살기 위해 노력하고 있다.
為了讓人生活得有價值，正在努力當中。

배우의 매력은 다른 사람의 삶을 살아볼 수 있다는 점이다.
演員的魅力之處就是能嘗試過不同的（別人的）人生。

相似 인생 人生

□ 상금

prize money
獎金

例 대회에서 우승을 하여 상금을 받았다.
在比賽中大獲全勝而拿到了獎金。

공모전에 응모하여 상금을 타서 한턱냈다.
因為參加公開徵選活動領到獎金，所以請客了。

*상금을 주다/받다
發／得到獎金
상금을 타다
領獎金

□ 상담

advice
商量、諮詢

例 전문가와의 상담을 통해 문제점을 해결했다.
透過與專家的諮詢解決了問題點。

진학 상담을 위해 담임 선생님을 찾아뵈었다.
為了升學諮詢而去見了班導。

*상담하다
諮詢

□ 상대

opponent
對方、對象

例 결혼 상대를 찾기란 쉬운 일이 아니다.
找結婚對象並不是一件容易的事。

상대의 말을 제멋대로 판단하지 마세요.
請別任意評斷對方的話。

相似 상대방 對方
*상대하다
相對

名詞

□ 상대방

the other party[side]
對方

例 그는 대화할 때 상대방의 눈을 쳐다본다.
他說話時會注視對方的眼睛。

역지사지란 상대방의 입장에서 생각해 보라는 것이다.
所謂的將心比心就是試著站在對方的立場來思考。

相似 상대 對手、對象
상대편 對方

□ 상승

climb
上升

例 해수면 상승으로 섬이 점점 사라지고 있다.
由於海平面上升，島漸漸在消失。

경제 회복과 취업률 상승으로 실업률이 줄어들었다.
由於經濟復甦與就業率上升，失業率降低了。

相反 하락 下降
*상승하다, 상승되다
上升

□ 상식

common sense
常識

例 그는 상식이 풍부한 사람이다.
他是一位常識豐富的人。

상식 밖의 행동을 하는 사람들을 이해할 수 없다.
無法理解做出異常行為的人。

*상식이 풍부하다
常識豐富
상식이 있다/없다
有／沒有常識

□ 상업

commerce
商業

例 상업이 발달하면서 무역도 활발해졌다.
隨著商業發達，貿易也變得發達。

상업에 종사하는 사람들이 증가하고 있다.
從事商業的人逐漸增加。

□ 상징

symbol
象徵

例 비둘기는 평화의 상징이다.
鴿子是和平的象徵。

파리의 대표적인 상징으로 에펠탑이 있다.
巴黎的代表性象徵有艾菲爾鐵塔。

*상징하다, 상징되다
象徵

□ 상태

condition
狀態

例 과도한 스트레스로 건강 상태가 나빠졌다.
由於過度的壓力，導致健康狀態變差了。

이번에 이사 갈 집은 상태가 꽤 깨끗하고 좋습니다.
這次要搬去的房子，狀態相當乾淨又良好。

*상태가 좋다/나쁘다
狀態好／不好

□ 상표

trademark(TM)
商標

例 모든 물건에는 상표가 붙어 있다.
所有物品上都貼有商標。

특허권은 자신의 상표를 다른 사람이 사용하지 못하도록 하는
권리이다.
專利權是讓他人無法使用自己商標的一種權利。

*상표가 있다/없다
有／沒有商標
상표를 붙이다
貼上商標

□ 상품권[상품꿘]

gift card
禮券

例 친구 생일에 상품권을 선물로 주었다.
朋友生日時送了禮券作為禮物。

최근에는 모바일 상품권이 인기를 끌고 있다.
最近行動禮券十分受人歡迎。

□ 상황

situation
狀況、情況

例 고속도로 교통 상황을 미리 알아보고 출발하자.
事先打聽好高速公路的交通狀況再出發吧！

만일의 상황에 대비해 준비를 철저히 하는 것이 좋다.
以防突發狀況，還是做好萬全準備比較好。

□ 생김새

features
長相

例 그들은 쌍둥이지만 생김새가 전혀 다르다.
他們雖然是雙胞胎，但長相完全不同。

相似 모양 模樣
　　 모습 樣子

오늘 과학 시간에는 동물들의 생김새와 특징에 대해서 배우도록
하겠습니다.
今天的科學課要學習動物的長相和特徵。

□ 생략[생냑]

skip
省略

例 주어가 두 번 사용됐으므로 생략이 가능합니다.
由於用了兩次主語，所以可以省略其中一個。

*생략하다, 생략되다
 省略

그 연극은 내용의 지나친 생략으로 다소 부자연스러운 부분도
있었다.
由於那齣舞台劇內容過度省略，導致有些地方不太自然。

名詞

□ 생명

life
生命

例　생명이란 신비로운 것이다.
所謂的生命就是充滿神祕的東西。

인간의 생명은 모두 소중하므로 존중해야 한다.
由於人類的生命十分可貴，應該要予以尊重。

相似 목숨 性命
*생명을 구하다
拯救生命
생명이 탄생하다
生命誕生

□ 생산

production
生產

例　고품질 쌀 생산을 위해 연구에 몰두했다.
為了生產高品質的稻米而埋首研究。

기업에서 투자와 생산이 줄어들고 있는 것은 심각한 문제다.
企業漸漸減少投資和生產是個嚴重的問題。

*생산하다, 생산되다
生產
생산이 늘다/줄다
生產增加／減少

Ⅰ. 다음 반대 의미를 가진 단어끼리 연결하세요.

1. 사실　　•　　　　•　① 소비

2. 상승　　•　　　　•　② 하락

3. 생산　　•　　　　•　③ 거짓

4. 사투리　•　　　　•　④ 표준어

名詞

Ⅱ. 한국을 대표하는 상징에는 어떤 것이 있을까요?

태극기

무궁화

김 치

한 복

單字	英語	中文	記住了嗎？
생중계	live broadcast	現場直播	
생필품	daily necessity	生活必需品	
생활비	living expenses	生活費	
서랍	drawer	抽屜	
서명	signature	簽名	
선진국	developed country	先進國家	
선착순	by order of arrival	先後順序	
설득	persuasion	說服	
설명서	instructions	說明書	
설문	survey	問卷	
성능	performance	性能	
성별	sex	性別	
성실	faithfulness	誠實、實在	
성인	adult	成人、成年人	
성적	grade	成績	
성형	plastic (surgery)	整型	
세금	tax	稅金	
세기	century	世紀	
세대	generation	世代	
세련	polishing	洗練、時尚	
세상	the world	世界	
세월	time	歲月	
소감	thoughts	感想、感言	
소규모	small scale	小規模	
소득	income	所得	
소망	wish	願望	
소문	rumor (about/of/that)	傳聞、流言	
소비	consumption	消費	
소수	minority	少數	
소식	news	消息	

□ 생중계

live broadcast
現場直播

例 월드컵 경기를 생중계로 방송했다.
世界盃比賽以現場直播的方式播出了。

공연은 인터넷을 통해 생중계로 접할 수 있다.
可以透過網路現場直播看到表演。

*생중계하다, 생중계되다
現場直播

□ 생필품

daily necessity
生活必需品

例 저소득층에 생필품이 전달되었다.
將生活必需品分給了低所得階層的人。

대형마트에서 생필품 위주로 할인 행사를 하고 있다.
大型超市以生活必需品為主正在舉辦促銷活動。

相似 생활필수품
生活必需品

□ 생활비

living expenses
生活費

例 노후 생활비를 마련하기 위해 적금을 넣고 있다.
為了準備養老所需的生活費，正在存款。

생활비를 아무리 아껴도 물가가 계속 올라 생활이 빠듯하다.
無論再怎麼節省生活費，物價持續上漲，生活還是很吃緊。

*생활비를 아끼다
節省生活費
생활비가 모자라다
生活費不夠

□ 서랍

drawer
抽屜

例 일기장은 서랍 속에 잘 넣어 두었다.
日記本好好放在抽屜裡了。

서랍 안에는 여러 물품들이 잘 정돈되어 있었다.
抽屜裡的各種物品都好好收拾好了。

*서랍을 열다/닫다
打開／關上抽屜
서랍을 잠그다
鎖上抽屜

名詞

□ 서명

signature
簽名

例　도장 대신에 서명을 하시면 됩니다.
您可以用簽名代替印章。

사고 희생자 가족들은 서명에 동참해 달라고 호소했다.
事故犧牲者家屬號召（大家）參與連署。

相似　사인　簽名
*서명하다, 서명되다
簽名

□ 선진국

developed country
先進國家

例　선진국일수록 국민의 안전과 복지를 중요시한다.
越是先進國家越是重視國民的安全與福利。

선진국의 모습은 국민들의 가치관과 생활방식에서 나타난다.
先進國家的面貌可從國民的價值觀與生活方式中看出。

*후진국-개발도상국-선진국
落後國家-開發中國家-
先進國家

□ 선착순[선착쑨]

by order of arrival
先後順序

例　사은품을 선착순으로 증정하겠습니다.
贈品會依照先後順序贈送。

선착순으로 100명까지 무료입장이 가능하오니 줄을 서 주시기
바랍니다.
依照先後順序前100名即可免費入場，請排好隊。

*선착순으로 모집하다
依照先後順序招募
선착순으로 주다
依照先後順序給

□ 설득[설뜩]

persuasion
說服

例　설득의 중요성에 대한 강연을 들었다.
聽了有關說服的重要性的演講。

노사가 타협할 수 있었던 이유는 사장의 진실된 설득
때문이었다.
勞資可以妥協的理由是因為社長真摯的說服。

*설득하다, 설득되다
說服

☐ 설명서

instructions
說明書

例 이 제품은 설명서대로 사용하시면 됩니다.
這項產品按照說明書使用即可。

아무리 설명서를 살펴봐도 사용법을 도통 알 수가 없었다.
再怎麼鑽研說明書也還是一點也無法理解使用方法。

☐ 설문

survey
問卷

例 설문에 참여하시는 분에게 추첨을 통해 푸짐한 상품을 드립니다.
會透過抽籤送出很豐厚的商品給參與問卷（調查）的人。

*설문 조사를 하다
做問卷調查

제품에 대한 설문 조사는 소비자의 의견을 들을 수 있어
유용하다.
產品的問卷調查可以傾聽消費者的意見，很有用。

☐ 성능

performance
性能

例 새로 출시된 자동차는 성능이 뛰어나다.
新上市的汽車性能卓越。

相似 기능 機能
*성능이 좋다/나쁘다
性能好／不好

성능을 향상시키기 위한 연구가 한창 진행 중이다.
為了提升性能，正在進行研究。

☐ 성별

sex
性別

例 성별에 따라 희망하는 직업이 다르다.
依性別所希望的職業不同。

국적이나 나이, 성별에 상관없이 누구나 지원 가능합니다.
與國籍、年齡或性別無關，每個人都可以來應徵。

□ 성실

faithfulness
誠實、實在

例　노력과 성실은 거짓말을 하지 않는다.
努力與誠實不會說謊。

성실은 사람이 갖고 있어야 할 중요한 덕목이다.
誠實是做人應有的重要品德。

相反　불성실 不誠實
*성실하다
　誠實

□ 성인

adult
成人、成年人

例　이 설문은 성인을 대상으로 조사하였다.
這份問卷以成人為對象做了調查。

성인이 돼서도 부모에게 의존하는 사람이 많다.
有許多即使是成年了卻仍依賴父母的人。

相似　어른 大人
相反　아이 小孩
　　　어린이 兒童

□ 성적

grade
成績

例　이 책은 한국어 성적 향상에 도움이 됩니다.
這本書有助於提升韓語成績。

이번 학기 성적이 좋아서 장학금을 받을 수 있다.
因為這學期成績很好，所以可以領到獎學金。

相似　점수 分數
*성적이 오르다/내리다
　成績上升／下滑
　성적을 받다/주다
　取得／打成績

□ 성형

plastic (surgery)
整型

例　성형 수술은 이제 대중화되었다.
整型手術現在已經大眾化了。

나는 자연스러운 모습이 좋기 때문에 성형을 반대하는 편이다.
因為我比較喜歡自然的容貌，所以反對整型。

相似　성형수술 整型手術
*성형하다, 성형되다
　整型

□ 세금

tax
稅金

例 세금을 내는 것은 국민의 의무다.
繳交稅金是國民的義務。

세금을 내지 않은 연예인이 조사를 받고 있다.
沒有繳稅的藝人正在接受調查。

*세금을 내다/납부하다
繳／納稅

□ 세기

century
世紀

例 21세기는 아이디어 상품이 인기를 끌고 있다.
21世紀富創意的商品人氣正夯。

다음 세기의 후손들을 생각하여 자연을 보호해야 한다.
為了後代子孫（下個世紀的子孫）著想，要保護大自然才行。

□ 세대

generation
世代

例 신입인 나는 상사와 세대 차이를 느낀다.
我身為新進職員，感覺與上司有代溝（世代差異）。

조사에 따르면 세대에 따라 결혼관이 다른 것을 알 수 있다.
根據調查，可以了解到婚姻觀隨著世代而有所不同。

*세대 차이가 있다/없다
有／沒有代溝

□ 세련

polishing
洗練、時尚

例 이 가구는 세련과 품격의 조합이 느껴진다.
這個家具感覺結合了時尚與格調。

디자인 공부를 하기 전까지는 세련이 뭔지도 몰랐다.
到學習設計前為止，都不知道何謂時尚。

*세련되다
洗練、時尚

名詞

♪ 26

□ 세상

the world
世界

例 세상은 넓고 할 일은 많다.
世界很大，要做的事很多。

여행을 하면서 세상을 구경하다 보면 많은 것을 느끼게 된다.
一邊旅行一邊遊覽世界後感觸良多。

相似 세계 世界

□ 세월

time
歲月

例 벌써 세월이 이렇게 흘렀구나.
歲月過得這麼快啊！

부부는 세월이 갈수록 닮아 간다.
夫妻會隨著歲月流逝越來越像。

*세월이 빠르다
歲月如梭
세월이 흐르다
歲月流逝

□ 소감

thoughts
感想、感言

例 배우의 수상 소감을 들어 보겠습니다.
聽聽看演員的得獎感言。

대통령은 당선 소감을 글로 써서 발표했다.
總統將當選感言以文字寫下後發表了。

相似 느낌 感想
*소감을 밝히다
發表感想／感言

□ 소규모

small scale
小規模

例 친한 친구들만 초대하여 소규모로 결혼식을 치렀다.
只邀請要好的朋友，舉辦了小型婚禮。

최근 소규모 창업을 하는 1인 기업가들이 증가했다.
最近小規模創業的1人企業家增加了。

相反 대규모 大規模

□ 소득

income
所得

例 소득이 많을수록 지출도 많아진다.
所得越多，支出也變得越多。

수입은 있지만 지출이 많아 실제 소득은 별로 없다.
雖有收入，但支出多，實際所得沒多少。

相似 수입 收入
相反 소비 消費
　　지출 支出

名詞

□ 소망

wish
願望

例 보름달을 보며 소망이 이루어지기를 빌었다.
看著滿月祈許願望能夠實現。

나의 소망은 가족이 모두 건강하게 사는 것이다.
我的願望是全家人都能健健康康活著。

相似 소원 願望
*소망을 이루다
　實現願望

□ 소문

rumor (about/of/that)
傳聞、流言

例 그 소문 들었어? 둘이 사귄다던데…….
聽到那個傳聞了嗎？聽說那兩個人在交往……。

그 사람은 입이 가벼워서 소문을 잘 퍼뜨린다.
那個人口風不緊，很會散播流言。

*소문이 나다
　出名
　소문을 내다
　張揚
　소문이 퍼지다
　流言傳開

□ 소비

consumption
消費

例 올바른 소비를 위한 무료 교육을 실시하였다.
為了正確的消費，實行了免費教育。

소비자는 이성적이고 합리적인 소비를 지향해야 한다.
消費者應該要趨向理性、合理的消費。

*소비하다, 소비되다
　消費
　소비가 많다/적다
　消費多／少

□ 소수

minority
少數

例　소수의 의견도 존중해야 한다.
少數的意見也應該要予以尊重。

교실에는 소수의 학생들이 공부를 하고 있었다.
教室裡有少數的學生在念書。

相反 다수 多數

□ 소식

news
消息

例　아침마다 인터넷을 통해 새로운 소식들을 접한다.
每天早上透過網路接收新的消息。

해외 근무를 하고 있는 아들에게서 소식이 없어 걱정이다.
在國外工作的兒子音訊全無，十分擔心。

*무소식이 희소식이다
　沒消息就是好消息

Ⅰ. 다음 단어를 보고 연상되는 단어를 <보기>에서 골라 번호를 쓰세요.

<보기>　① 조사　　② 가계부　　③ 신제품

01　　소비　소득　세금　생활비　　　　　　　　　　　(　　　)

02　　성능　세련　설명서　　　　　　　　　　　　　(　　　)

03　　세대　성별　설문　　　　　　　　　　　　　　(　　　)

Ⅱ. 다음 그래프를 보고 빈칸에 알맞은 단어를 <보기>에서 골라 번호를
　 쓰세요.

성형 수술 만족도

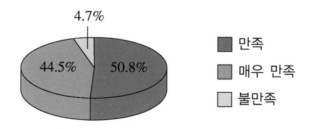

<보기>　① 설문　　② 세대　　③ 성별　　④ 성형　　⑤ 소수

남녀 (　1　)와/과 20~50대 (　2　)와/과 상관없이 1,000명을 대상으로 (　3　) 수
술의 만족도에 대한 (　4　) 조사를 실시하였다. 조사를 분석한 결과 거의 대부분의
사람들이 수술에 대한 만족도가 높았다. 매우만족이 44.5%를 차지하였고, 과반수가
만족, (　5　)의 사람들만이 불만족이라고 응답하였다.

單字	英語	中文	記住了嗎？
소원	wish	願望	
소음	noise	噪音	
소화	digestion	消化	
속담	proverb	諺語	
속도위반	speeding	超速駕駛	
속력	speed	速度	
손질	trimming	修整	
솜씨	skill	手藝	
송금	remittance	匯款	
수다	chatter	聊天	
수단	way	手段	
수도	capital	首都	
수량	quantity	數量	
수면	sleep	睡眠	
수명	life expectancy	壽命	
수수료	commission	手續費	
수입	import	輸入、進口	
수준	level	水準、水平	
수집	collection	收集	
수출	export	輸出、出口	
숙박	stay	住宿	
숙박비	room charge	住宿費	
숙소	accommodations	宿舍、住處	
순간	moment	瞬間、（每）一刻	
습관	habit	習慣	
습기	moisture	溼氣	
습도	humidity	溼度	
승리	victory	勝利	
시대	age	時代	
시도	try	嘗試	

□ **소원**

wish
願望

例 추석에 보름달을 보며 소원을 빌었다.
中秋節看著滿月許下了願望。

별똥별이 떨어질 때 소원을 빌면 이루어진다고 한다.
聽說在流星落下時許願就會實現。

相似 소망 願望
*소원을 빌다
許願
소원을 이루다
實現願望

□ **소음**

noise
噪音

例 이 청소기는 소음도 없고 저렴해서 잘 팔린다.
這個吸塵器沒有噪音又便宜，所以很暢銷。

층간 소음으로 인해 이웃 간에 싸움이 벌어졌다.
因樓層噪音造成了鄰居之間吵架。

*소음이 있다/없다
有／沒有噪音
소음이 심하다
噪音嚴重

□ **소화**

digestion
消化

例 식혜는 소화에 좋은 음료이다.
酒釀是有助於消化的飲料。

소화가 잘 되지 않아서 속이 불편했다.
因為消化不良，所以胃不舒服。

*소화되다
消化
소화시키다
使～消化

□ **속담[속땀]**

proverb
諺語

例 한국에는 재미있는 속담이 많다.
韓國有很多有趣的諺語。

이 책을 읽으면 속담의 의미를 알 수 있다.
讀這本書就能了解很多諺語的意思。

名詞

□ 속도위반[속또위반]

speeding
超速駕駛

例 속도위반으로 벌금을 냈다.
因為超速駕駛而繳了罰金。

한산한 고속도로에서 과속이나 속도위반을 조심해야 한다.
在空曠的高速公路上要小心超速或超速駕駛才行。

□ 속력[송녁]

speed
速度

例 KTX는 시속 190km의 속력으로 달린다.
KTX以時速190km的速度行駛。

앞에 가는 차가 갑자기 속력을 줄이는 바람에 사고가 날 뻔했다.
因為前面行駛的車子突然減速，導致差點發生事故。

□ 손질

trimming
修整

例 나는 머리 손질을 잘 못 한다.
我不太會整理頭髮。

식재료는 손질과 보관이 중요하다.
食材的處理和保管很重要。

*손질하다, 손질되다
修整、修剪

□ 솜씨

skill
手藝

例 어머니는 요리 솜씨가 좋다.
媽廚藝很好。

할머니는 바느질 솜씨가 뛰어나서 직접 옷을 만드신다.
奶奶針線手藝高明，所以親手做衣服。

*솜씨가 있다/없다
手巧/不巧
솜씨가 좋다/뛰어나다
手藝好/高明

□ 송금

remittance
匯款

例 인터넷으로도 송금이 가능하다.
透過網路也可以匯款。

해외로 송금 시 수수료가 발생합니다.
匯款到國外時會有手續費。

*송금하다, 송금되다
匯款

□ 수다

chatter
聊天

例 나는 스트레스를 수다로 푼다.
我靠聊天紓解壓力。

너무 오랫동안 앉아 수다를 떨었더니 벌써 배가 고프다.
坐著聊天聊太久了，肚子竟然已經餓了。

*수다를 떨다
聊天

□ 수단

way
手段

例 ① 사장은 수단이 좋은 사람이다.
社長是手段高明的人。

② 그는 이기기 위해서 수단과 방법을 가리지 않는다.
他為了贏，不擇手段和方法。

□ 수도

capital
首都

例 한국의 수도는 서울이다.
韓國的首都是首爾。

수도는 그 나라의 정치와 문화, 경제의 중심지다.
首都是該國政治、文化與經濟的中心地。

名詞

♪ 27

□ 수량

quantity
數量

例　이 제품은 한정 수량으로 출시되었다.
這項產品是限量發行。

도착한 제품의 수량은 내가 주문한 수량과 달랐다.
送到的產品數量和我訂購的數量不同。

□ 수면

sleep
睡眠

例　건강을 위해서는 충분한 수면이 필요하다.
為了健康著想，需要足夠的睡眠。

바쁘게 사는 현대인들 중에 수면 부족으로 고생하는 사람이 많다.
生活繁忙的現代人中有很多人為睡眠不足所苦。

□ 수명

life expectancy
壽命

例　많은 학자들이 수명을 연장하는 방법을 연구 중이다.
很多學者正在研究延年益壽的方法。

평균 수명이 길어졌기 때문에 미리 노후를 준비하는 것이 좋다.
由於平均壽命變長，所以預先做好養老準備比較好。

*수명이 길다/짧다
壽命長／短

□ 수수료

commission
手續費

例　인터넷으로 송금을 하시면 수수료가 면제됩니다.
如果您用網路匯款，就可以免手續費。

환전 수수료를 절약하기 위해 싼 곳을 검색했다.
為了節省兌換的手續費，查詢了便宜的地方。

□ 수입

import
輸入、進口

例 한국은 농산물을 수입에 의존하고 있다.
韓國農產品仰賴進口。

최근 젊은 사람들 사이에서는 수입 자동차들이 인기를 끌고 있다.
最近在年輕人之間進口車很受歡迎。

相反 수출 輸出、出口
*수입하다, 수입되다
輸入、進口

□ 수준

level
水準、水平

例 학생들은 자기 수준에 맞는 문제를 풀면서 공부에 흥미를 가진다.
學生做符合自己水準的問題時，念書也會變得很起勁。

요리사가 늘어나면서 수준 높은 요리를 자주 접할 수 있게 됐다.
隨著廚師增加，常有機會接觸到高水準的料理。

*수준이 높다/낮다
水準高／低
수준에 맞다
符合水準

□ 수집

collection
收集

例 개인 정보 수집은 불법이다.
收集個人資料是非法的。

어렸을 때는 우표 수집이 취미였다.
小時候興趣是收集郵票。

*수집하다, 수집되다
收集

□ 수출

export
輸出、出口

例 수출을 늘리기 위해 정부가 대책을 내놓았다.
為了增加出口，政府拿出了對策。

올해는 작년에 비해 수입은 증가하고 수출은 감소했다.
今年相較於去年，進口增加，出口減少了。

相反 수입 輸入、進口
*수출하다, 수출되다
輸出、出口

名詞

♪28

□ 숙박[숙빡]

stay
住宿

例 여행지의 숙박 정보를 알아보았다.
打聽了旅行地的住宿資訊。

이 사이트에서는 숙박 상품을 한 번에 검색하고 예약할 수 있다.
在這個網站可以一口氣搜尋到住宿商品並（線上）預約。

*숙박하다 住宿

□ 숙박비[숙빡삐]

room charge
住宿費

例 비성수기에는 숙박비를 할인 받을 수 있다.
淡季時住宿費會有折扣。

여행비에서 숙박비가 가장 많은 비중을 차지한다.
旅行費中住宿費比重占最多。

□ 숙소[숙쏘]

accommodations
宿舍、住處

例 컨테이너로 군인들의 숙소를 만들었다.
用貨櫃做了軍人的宿舍。

여행을 가기 전에 숙소를 미리 정하고 가는 것이 좋다.
去旅行前事先決定好住處再去比較好。

□ 순간

moment
瞬間、（每）一刻

例 늦었다고 생각한 순간이 가장 빠른 때이다.
只要勇於開始，永遠不嫌晚。（以為為時已晚的瞬間是最快的時候。）

그를 만나고 언제나 행복하지 않았던 순간은 없었다.
遇見他後，無時無刻不幸福。

□ 습관[습꽌]

habit
習慣

例 나쁜 습관은 버리고 좋은 습관을 기르자.
抛棄壞習慣，培養好習慣吧！

운전 중에 휴대 전화를 보는 습관은 큰 사고를 낼 수 있다.
在開車時看手機的習慣有可能引起大型事故。

相似 버릇 習慣、毛病
*습관이 있다/없다
有／沒有習慣

□ 습기[습끼]

moisture
溼氣

例 장마철에는 습기가 많아 집안이 눅눅하다.
梅雨季溼氣重，所以家裡很潮溼。

신문지를 이용하여 습기를 제거할 수 있다.
利用報紙可以去除溼氣。

*습기가 많다/적다
溼氣重／少

□ 습도[습또]

humidity
溼度

例 여름에는 습도가 높아 후텁지근하다.
夏天溼度高，所以很悶熱。

병실에서는 적정 온도와 습도를 유지하는 것이 중요하다.
在病房裡維持適當溫度和溼度很重要。

*습도가 높다/낮다
溼度高／低

□ 승리

victory
勝利

例 노력 없이는 승리를 얻을 수 없다.
不努力就無法獲勝。

선수들은 승리를 위하여 최선을 다했다.
選手為了勝利竭盡了全力。

相似 우승 優勝
*승리하다
勝利
승리를 거두다
獲得勝利

名詞

□ 시대

age
時代

例 우리는 정보화 시대에 살고 있다.
我們生活在資訊化時代。

시대에 따라 유행하는 패션이 다르다.
隨著時代不同，流行的時尚也不同。

*시대에 뒤떨어지다
　落後時代

□ 시도

try
嘗試

例 그 작품은 다양한 시도가 돋보여서 좋다.
那個作品多方嘗試表現出色，所以很好。

그는 항상 새로운 시도로 끊임없이 노력한다.
他總是在做新的嘗試，努力不懈。

*시도하다, 시도되다
　嘗試

Ⅰ. 다음 단어와 관계있는 단어를 연결하세요.

1. 속력　　●　　　　　　●　① 습도

2. 송금　　●　　　　　　●　② 숙박비

3. 숙박　　●　　　　　　●　③ 수수료

4. 습기　　●　　　　　　●　④ 속도위반

Ⅱ. 한국에서 자주 사용하는 속담을 알아봅시다.

❧ 가는 날이 장날
❧ 가는 말이 고와야 오는 말이 곱다
❧ 갈수록 태산
❧ 계란으로 바위 치기
❧ 그림의 떡
❧ 꿩 대신 닭
❧ 남이 떡이 더 커 보인다
❧ 도토리 키 재기
❧ 돌다리도 두들겨 보고 건너라
❧ 등잔 밑이 어둡다
❧ 땅 짚고 헤엄치기
❧ 말 한마디로 천 냥 빚을 갚는다
❧ 믿는 도끼에 발등 찍힌다
❧ 밑 빠진 독에 물 붓기
❧ 발 없는 말이 천 리 간다
❧ 배보다 배꼽이 더 크다
❧ 보기 좋은 떡이 먹기에도 좋다
❧ 소 잃고 외양간 고친다
❧ 수박 겉 핥기
❧ 식은 죽 먹기
❧ 싼 게 비지떡
❧ 열 번 찍어 안 넘어가는 나무 없다
❧ 입에 쓴 약이 병에는 좋다
❧ 티끌 모아 태산
❧ 하늘의 별 따기

單字	英語	中文	記住了嗎？
시력	eye sight	視力	
시합	game	比賽	
식생활	dietary life	飲食生活	
신고	report	申報、舉報、通報	
신기술	new technology	新技術	
신세대	new generation	新世代	
신용	credit	信用	
신제품	new product	新產品	
신체	body	身體	
신호	sign	信號、（交通）號誌、紅綠燈	
신혼	new marriage	新婚	
실력	ability	實力	
실망	disappointment	失望	
실수	mistake	失誤、不小心	
실시	implementation	實施	
실용적	practical	實用的	
실종	disappearance	失蹤	
실천	practice	實踐	
실험	test	實驗	
싫증	be bored with	厭煩	
심리학	psychology	心理學	
심부름	errand	跑腿	
악몽	nightmare	惡夢	
안부	safety	問候	
안색	complexion	臉色	
안심	relax	安心	
앞날	the future	未來、將來	
야간	night	夜間	
야경	night view	夜景	
양반	yangban, nobleman	兩班、貴族、兩班貴族、先生	

♪ 29

□ 시력

eye sight
視力

例 시력 보호를 위해 선글라스를 애용한다.
為了保護視力，常戴（愛用）太陽眼鏡。

잘못된 생활 습관은 시력을 떨어뜨릴 수 있으니 주의하세요.
錯誤的生活習慣有可能會導致視力惡化，請小心。

□ 시합

game
比賽

例 선수들은 시합을 앞두고 훈련을 하고 있다.
選手們比賽前夕正在做訓練。

달리기 시합이 있어서 친구들과 연습 중이다.
因為有賽跑比賽，所以正在和朋友練習。

相似 경기 競賽、比賽
*시합하다
 比賽

□ 식생활[식쌩활]

dietary life
飲食生活

例 다이어트를 하려면 먼저 식생활을 개선해야 한다.
如果想減肥，首先要改善飲食生活。

어린이들을 위한 올바른 식생활 습관을 기르기 위한 프로그램이
진행되었다.
正在進行為了使幼童培養正確飲食生活習慣而做的節目。

□ 신고

report
申報、舉報、通報

例 세금 신고는 인터넷에서도 가능하다.
稅金在網路上也可以申報。

경찰은 주민의 신고를 받고 출동했다.
警察接獲居民的舉報後出動了。

*신고하다
 申報、舉報、通報
 신고를 받다
 接獲舉報／通報

名詞

□ 신기술

new technology
新技術

例 회사는 신기술 개발에 투자를 했다.
公司投資了新技術的開發。

신기술 도입을 통한 품질 개선에 힘쓰고 있다.
致力於引進新技術改善品質。

*신기술을 개발하다
開發新技術

□ 신세대

new generation
新世代

例 신세대와 구세대는 세대 차이를 보인다.
新一代與舊一代出現代溝。

요즘 신세대는 일보다 가정을 더 중요시한다.
最近新一代比起工作更重視家庭。

相反 구세대 舊一代
　　 기성세대 老一輩

□ 신용[시뇽]

credit
信用

例 신용이 좋지 않으면 대출도 어렵다.
信用不良的話，連貸款都很難。

사회생활을 할 때는 신용이 중요하다.
在社會上生活信用很重要。

相似 신뢰 信賴
　　 믿음 信任
*신용이 있다/없다
有／沒有信用
신용을 잃다
失去信用

□ 신제품

new product
新產品

例 경쟁 회사에서 신제품을 출시하였다.
競爭公司出了新產品。

쇼핑하러 백화점에 가니 신제품만 눈에 들어온다.
去百貨公司購物，映入眼簾的盡是新產品。

*신제품을 개발하다
開發新產品

□ 신체

body
身體

例 신체의 균형을 잡는 데는 발레가 좋다.
芭蕾有助於保持身體的平衡。

누구나 사춘기가 되면 신체의 변화를 느낀다.
每個人一到青春期，就會感覺到身體的變化。

相似 몸 身體

□ 신호

sign
信號、（交通）號誌、紅綠燈

例 교통 신호를 지키지 않으면 사고가 나기 쉽다.
不遵守交通號誌就容易發生意外。

신호를 무시한 채 무단횡단을 하는 사람이 많다.
無視紅綠燈橫越馬路的人很多。

*신호를 지키다
遵守紅綠燈
신호를 어기다
闖紅燈

□ 신혼

new marriage
新婚

例 신혼 때에는 자주 싸우기도 한다.
新婚時也時常會吵架。

그 부부는 결혼한 지도 오래 됐는데 아직 신혼처럼 지낸다.
那對夫婦結婚很久了，還像新婚一樣地相處。

*신혼여행 新婚旅行
신혼부부 新婚夫婦
신혼살림 新婚生活
신혼집 婚後要住的房子

□ 실력

ability
實力

例 외국어 실력은 취업에 도움이 된다.
外語實力有助於就業。

한 번만 더 기회를 주신다면 실력으로 저를 증명해 보이겠습니다.
只要您再給我一次機會，我就會以實力向您證明我自己。

相似 능력 能力
*실력이 있다/없다
有／沒有實力
실력이 늘다/줄다
實力進步／退步
실력을 발휘하다
發揮實力

名詞

□ 실망

disappointment
失望

例 생각보다 결과가 좋지 못해 실망이다.
結果比想像中差，很失望。

실망보다 더 나쁜 것은 아무런 기대도 하지 않는 것이다.
比起失望，更糟的是不抱任何期待。

*실망하다
失望
실망스럽다
感到失望

□ 실수[실쑤]

mistake
失誤、不小心

例 실수로 다른 사람의 발을 밟아 버렸다.
不小心踩到了別人的腳。

회사에서 큰 실수를 저지르는 바람에 사표를 낼 수밖에 없었다.
因為在公司鑄成大錯，只好提出了辭呈。

*실수하다
失誤
실수를 저지르다
犯錯

□ 실시[실씨]

implementation
實施

例 주5일 근무제 실시에 대한 만족도를 조사하였다.
針對實施每週上班5天的制度做了滿意度調查。

지방 선거 실시 후 정치인들은 국민들의 의견을 받아들였다.
實施地方選舉後，政治家們採納了國民的意見。

相似 시행 施行、實施
*실시하다, 실시되다
實施

□ 실용적

practical
實用的

例 박람회에서는 실용적인 제품들을 선보였다.
在博覽會上展示了實用的產品。

좁은 집을 실용적으로 이용할 수 있게 수리를 했다.
將狹窄的房子整修得可以更加實用地使用。

□ 실종[실쫑]

disappearance
失蹤

例 매년 실종 사건이 늘어나고 있다.
失蹤案件逐年增加。

경찰은 실종 신고가 접수되어 수색에 나섰다.
警察接獲失蹤（人口）報案後進行了搜索。

相似 행방불명 下落不明
*실종되다
失蹤

□ 실천

pratice
實踐

例 계획보다 실천이 중요하다.
實踐比計畫重要。

작은 실천이 큰 변화를 가져온다.
小實踐會帶來大變化。

相似 실행 實行
*실천하다, 실천되다
實踐

□ 실험

test
實驗

例 나의 주장이 옳았음을 실험을 통해 입증했다.
透過實驗證明了我的主張是正確的。

그는 실험의 모든 과정과 결과를 꼼꼼히 기록했다.
他將實驗的所有過程和結果都仔細地記錄下來了。

*실험하다
實驗

□ 싫증[슬쯩]

be bored with
厭煩

例 같은 일상이 반복되어 싫증이 났다.
厭倦了一成不變、日復一日的日常生活。

금방 싫증을 내는 아이를 다루는 방법이 있을까요?
對於凡事都只有三分鐘熱度（一下子就膩了）的小孩，有管教的方法嗎？

*싫증이 나다
厭倦、生厭
싫증을 내다
生厭、感到厭煩

名詞

□ 심리학[심니학]

psychology
心理學

例　나는 심리학을 전공하고자 한다.
我打算主修心理學。

더 나은 인간관계를 위해 심리학을 공부했다.
為了更良好的人際關係，學了心理學。

□ 심부름

errand
跑腿

例　형은 동생에게 매일 심부름을 시켰다.
哥哥每天都叫弟弟跑腿。

막내인 나는 어렸을 때부터 심부름을 도맡아했다.
身為老么的我，自幼便專門負責跑腿。

*심부름하다
跑腿
심부름을 시키다
叫（人）跑腿

□ 악몽[앙몽]

nightmare
惡夢

例　나는 스트레스를 받으면 악몽을 꾼다.
我一有壓力就會作惡夢。

악몽에 시달리다 깨어 보니 땀이 흥건했다.
受惡夢折磨，醒來發現渾身都是汗。

相似 흉몽 惡夢
相反 길몽 吉夢
*악몽을 꾸다
作惡夢

□ 안부

safety
問候

例　오랜만에 안부 인사드립니다.
久疏問候。

고향에 계신 선생님께 안부 메일을 보냈다.
寄了電子郵件問候故鄉的老師。

*안부를 묻다
問候、問好
안부를 전하다
代為問候

□ 안색

complexion
臉色

例 그는 어디가 아픈지 안색이 창백했다.
他好像哪裡不舒服，臉色很蒼白。

안색이 안 좋아 보이는데 무슨 일 있어요?
臉色看起來不太好，發生什麼事了嗎？

*안색이 좋다/나쁘다
臉色好／不好

□ 안심

relax
安心

例 너 같은 친구가 있어 안심이다.
有像你這樣的朋友很安心。

어린이와 여성의 안전을 위해 안심 서비스를 실시하고 있다.
為了幼童和女性的安全，實施安心服務。

*안심하다, 안심되다
安心、放心
안심시키다
讓（人）安心／放心

□ 앞날[암날]

the future
未來、將來

例 앞날을 예측한다는 것은 불가능한 일이다.
預知未來是不可能的事。

대책을 마련하여 앞날에 일어날 사고에 미리 대비해야 한다.
應該要準備好對策，防範未然（事先防備將來會發生的意外）。

相似 훗날 日後、將來
미래 未來

□ 야간

night
夜間

例 나는 야간에 운전을 하는 것이 힘들다.
我覺得夜間駕駛很累。

야간에 근무를 하다 보니 밤낮이 바뀌었다.
夜間上班，上著上著就日夜顛倒了。

相反 주간 週間

名詞

♪ 30

□ 야경

night view
夜景

例 서울에서 **야경**을 볼 만한 곳이 어디인가요?
首爾有哪裡是值得看夜景的地方嗎？

나는 **야경**이 아름다운 곳에서 데이트를 했다.
我在夜景美麗的地方約了會。

□ 양반

yangban, nobleman
兩班、貴族、兩班貴族、先生

例 ① 이런 일은 **양반**이 할 짓이 아니다.
這種事不是兩班貴族該做的事。

② 그 **양반**은 누구에게나 존경 받는다.
那位兩班貴族受大家尊敬。

Ⅰ. 다음 단어와 비슷한 의미의 단어를 연결하세요.

1. 실력　　•　　　　　•　① 흉몽

2. 실행　　•　　　　　•　② 미래

3. 악몽　　•　　　　　•　③ 능력

4. 앞날　　•　　　　　•　④ 실천

Ⅱ. 다음 단어와 관계있는 말이 <u>잘못된</u> 것을 고르세요.

01　① 실수 - 하다
　　② 시합 - 하다
　　③ 신고 - 하다
　　④ 신용 - 하다

02　① 실망 - 하다
　　② 실수 - 하다
　　③ 실력 - 하다
　　④ 실시 - 하다

03　① 실종 - 하다
　　② 실천 - 하다
　　③ 실험 - 하다
　　④ 심부름 - 하다

單字	英語	中文	記住了嗎？
양보	yield	讓步	
억양	intonation	語調	
언론	the press	言論、輿論	
얼룩	stain	污漬	
업무	work	業務	
엉망	mess	糟糕、亂七八糟	
엊그제	a couple of days ago	前幾天	
여가	leisure (time/hours)	餘暇、閒暇	
여유	(time, money) to spare	餘裕	
역사적	historic(al)	歷史性	
역할	role	角色、任務	
연구	research	研究	
연상	older	年長	
연속	consecutively	連續	
열대야	tropical night	熱帶夜（夜間氣溫在攝氏25度以上）	
영역	domain	領域	
영향	influence	影響	
예외	exception	例外	
오염	pollution	污染	
오해	misunderstanding	誤解、誤會	
온돌	Korean floor heating system	溫突、炕床、暖炕、地熱	
완성	completion	完成	
왕복	both ways	往返	
요구	demand	要求	
요약	summary	摘要、歸納	
요청	request	要求	
욕심	greed	欲望	
용기	courage	勇氣	
용돈	pocket money	零用錢	
용서	forgiveness	原諒、饒恕	

♪ 31

□ 양보

yield
讓步

例 양보는 미덕이다.
讓步是美德。

그와의 싸움은 나의 양보로 끝났다.
我的讓步為我和他之間的爭吵畫下了句點。

*양보하다
讓步

名詞

□ 억양[어걍]

intonation
語調

例 점원은 사무적인 억양으로 대답했다.
店員以公事化的語調回答了。

우리 과장님의 발음에는 경상도 억양이 남아 있다.
我們課長的發音裡還殘留著慶尚道的口音（語調）。

□ 언론[얼론]

the press
言論、輿論

例 그의 발표는 언론의 관심을 받았다.
他的發表受到了輿論的關注。

정부는 언론의 자유를 보장해야 한다.
政府應該要保障言論的自由。

□ 얼룩

stain
污漬

例 커피 얼룩은 잘 지워지지 않는다.
咖啡污漬不太容易去除。

과일 얼룩을 지우는 방법을 아세요?
您知道去除水果污漬的方法嗎？

*얼룩지다
弄花、弄出污漬

♪ 31

□ 업무[엄무]

work
業務

例　동료들과 업무를 분담해서 처리했다.
和同事分擔處理了業務。

처리해야 할 업무가 너무 많아서 야근을 했다.
該處理的業務太多，所以加班了。

相似　일 工作

□ 엉망

mess
糟糕、亂七八糟

例　이 식당은 서비스가 엉망이네.
這間餐廳服務很糟糕呢！

바람과 비에 머리가 엉망이 되었다.
因為風和雨頭髮變得亂七八糟。

相似　엉망진창
（「엉망」的強調形）
糟透了

□ 엊그제[얻끄제]

a couple of days ago
前幾天

例　엊그제 제가 부탁했던 일은 어떻게 됐어요?
前幾天我拜託的事怎麼樣了？

한국에 온 것이 엊그제 같은데 벌써 졸업이다.
來韓國就像前幾天的事一樣，（現在）卻已經要畢業了。

相似　엊그저께 前幾天

□ 여가

leisure (time/hours)
餘暇、閒暇

例　나는 여가에 주로 책을 읽는다.
我空閒時主要都會看書。

사람들이 해변에서 여가를 즐기는 모습이 무척 즐거워 보였다.
人們在海邊享受閒暇的樣子看起來格外開心。

□ 여유

(time, money) to spare
餘裕、充裕、寬裕

例 출발 시간까지는 한 시간 정도의 여유가 있다.
離出發時間還有一小時左右的餘裕。

아르바이트로는 학비를 낼 수 있을 뿐 여행까지 다닐 여유는 없다.
打工只夠付學費,沒有餘裕去旅行。

□ 역사적[역싸적]

historic(al)
歷史性

例 이 영화의 역사적인 배경은 한국전쟁이다.
這部電影的歷史性背景是韓國戰爭。

나는 한국에서 역사적으로 유명한 곳에 가고 싶어.
我在韓國想去以歷史聞名的地方。

□ 역할[여칼]

role
角色、任務

例 집에서 남편과 아내의 역할은 각각 무엇일까요?
在家老公和老婆各自的角色是什麼呢?

相似 몫 份、負責的工作

아내와 집안일을 분담하기 위해 각자의 역할을 정했다.
為了和老婆分擔家事,決定了各自的任務。

□ 연구

research
研究

例 간접 흡연이 더 해롭다는 연구 결과가 나왔다.
研究結果顯示吸二手菸的傷害更大。

*연구하다, 연구되다
研究

우리는 음주가 건강에 미치는 영향에 관한 연구를 진행하고 있다.
我們正在研究有關飲酒對健康造成的影響。

名詞

□ 연상

older
年長

例 그는 나보다 5살 연상이다.
他比我年長5歲。

요즘은 연상 연하 커플이 유행이다.
最近很流行姊弟戀。

相反 연하
年紀比自己小的人

□ 연속

consecutively
連續

例 독일이 월드컵 경기에서 연속 4강에 진출하는 기록을 달성했다.
德國在世界盃比賽達成了連進4強的紀錄。

인천국제공항이 9년 연속 공항서비스 부문에서 세계 1위를 차지했다.
仁川國際機場連續9年機場服務部門排名世界第1。

相似 계속 繼續
지속 持續

□ 열대야

tropical night
熱帶夜（夜間氣溫在攝氏25度
以上）

例 열대야 때문에 잠을 설쳤더니 피곤하다.
因為熱帶夜沒睡好，很疲倦。

열대야 극복을 위한 이색 상품들이 인기를 얻고 있다.
為了克服熱帶夜而推出的特色商品廣受歡迎。

□ 영역

domain
領域

例 한국어교사는 활동 영역이 넓은 편이다.
韓語教師的活動領域算廣。

다른 나라의 영역을 침범해서는 안 된다.
不可以侵犯其他國家的領域。

相似 범위 範圍

□ 영향

influence
影響

例 아이는 부모의 영향을 많이 받는다.
小孩受到父母的影響很大。

그 일은 내 인생에 큰 영향을 끼쳤다.
那件事對我的人生造成很大的影響。

*영향을 미치다/끼치다
帶來／造成影響
영향을 주다/받다
給予／受到影響

名詞

□ 예외

exception
例外

例 모든 일에는 예외가 있는 법이다.
凡事都有例外。

날씨가 계속 춥더니 오늘도 예외가 아니네.
天氣持續寒冷，今天也不例外呢！

□ 오염

pollution
污染

例 대기오염이 갈수록 심해지고 있다.
大氣汙染每況愈下。

지구온난화는 환경오염의 결과이다.
地球暖化是環境汙染造成的結果。

*수질오염 水質汙染
대기오염 空氣汙染
토양오염 土壤汙染
*오염을 시키다
使～受到汙染
오염(이) 되다 汙染

□ 오해

misunderstanding
誤解、誤會

例 너의 그런 행동은 오해 받기 쉬워.
你那種行為很容易被誤會。

서로 솔직하게 이야기한 끝에 오해가 풀렸다.
彼此坦誠以對，終於解開了誤會。

相反 이해 理解
*오해하다
誤會
오해를 받다
被／受到誤會
오해가 풀리다
誤會解開

□ 온돌

Korean floor heating system
溫突、炕床、暖炕、地熱

例　한국의 전통적인 난방 방식은 온돌이다.
韓國的傳統暖氣方式是火炕。

침대에 익숙한 사람들은 딱딱한 온돌에서 자는 것을 불편해 한다.
習慣睡床的人睡在硬邦邦的炕床上會覺得不舒服。

*온돌방
暖炕房

□ 완성

completion
完成

例　결혼이 사랑의 완성이라고 생각하는 사람들이 많다.
很多人認為結婚是愛情的完成。

작업이 거의 완성에 가까워졌으니까 조금만 더 기다려 주세요.
作業幾乎快完成了，請再等一下。

相反 미완성 未完成
*완성하다, 완성되다
完成

□ 왕복

both ways
往返

例　왕복 교통비는 회사에서 부담합니다.
往返的交通費會由公司負擔。

편도보다 왕복으로 비행기 표를 구입하는 것이 더 싸다.
購買來回機票會比購買單程更便宜。

相反 편도 單程

□ 요구

demand
要求

例　그것은 저한테 너무 무리한 요구인데요.
那個對我而言是過於勉強的要求。

피해자들의 요구는 이 사건에 대해 철저히 조사하는 것이다.
被害者的要求是對這起案件徹底進行調查。

相似 요청
　　邀請、請求、要求
*요구하다
要求

□ 요약

summary
摘要、歸納

例 이 책은 요약이 잘 되어 있다.
這本書的摘要寫得很好。

요약의 기술을 향상시키기 위해 내용의 관련성을 파악하는 것이
매우 중요하다.
為了提升歸納的技巧，掌握內容的關連性十分重要。

*요약하다, 요약되다
摘要、歸納

□ 요청

request
要求

例 그는 우리의 인터뷰 요청을 거절했다.
他拒絕了我們的專訪要求。

고객님의 요청은 물건을 택배로 보내달라는 거지요?
顧客的要求是希望能以宅配方式送貨對吧？

相似 요구 要求
*요청하다
要求

□ 욕심[욕씸]

greed
欲望

例 내 친구는 유난히 옷 욕심이 많다.
我的朋友對衣服的欲望格外強烈。

우리 아들은 너무 욕심이 없어서 걱정이야.
我的兒子一點欲望也沒有，令人擔心。

*욕심을 부리다
貪得無厭
욕심이 생기다/나다
產生／有欲望

□ 용기

courage
勇氣

例 부모님께 사실대로 말할 용기가 없다.
沒有對父母親據實以告的勇氣。

용기는 두려움이 없는 것이 아니라 두려움을 이기는 것이다.
勇氣不是沒有恐懼，而是戰勝恐懼。

相反 겁 害怕
*용기를 내다
拿出勇氣
용기가 없다
沒有勇氣

名詞

□ **용돈[용똔]**

pocket money
零用錢

例　용돈 좀 올려 주세요. 엄마.
　　請多給我一點零用錢。媽媽！

　　학비는 부모님이 내 주시지만 용돈은 내가 아르바이트로 벌어.
　　雖然學費是父母出的，不過零用錢是我打工賺的。

□ **용서**

forgiveness
原諒、饒恕

例　진정으로 반성하지 않으면 용서는 없어.
　　如果你不真心反省的話，是不會得到原諒的。

　　네가 진심으로 용서를 구하면 용서해 줄 거야.
　　若你真心求饒，我就原諒你。

*용서하다
寬恕、原諒
용서를 빌다
乞求寬恕／原諒
용서를 구하다
求饒、請求原諒

Ⅰ. 다음 단어와 어울릴 수 있는 단어를 연결하세요.

1. 억양이　　•　　　　　•　① 내다

2. 용기를　　•　　　　　•　② 나누다

3. 오해가　　•　　　　　•　③ 풀리다

4. 역할을　　•　　　　　•　④ 독특하다

Ⅱ. 설명하는 단어를 <보기>에서 골라 번호를 쓰세요.

| <보기> | ① 양보 | ② 언론 | ③ 온돌 | ④ 용돈 | ⑤ 영역 |
| | ⑥ 요약 | ⑦ 여유 | ⑧ 엉망 | ⑨ 왕복 | ⑩ 욕심 |

01　갔다가 돌아옴　　　　　　　　　　　　　　(　　　)

02　남을 위하여 자신의 이익을 희생함　　　　　(　　　)

03　돌을 뜨겁게 만들어 난방을 하는 방법　　　(　　　)

04　말이나 글의 중요한 점을 짧게 간추림　　　(　　　)

名詞

單字	英語	中文	記住了嗎？
우선	first (of all)	優先	
우수성	superiority	優點	
우승	victory	優勝	
우울증	depression	憂鬱症	
우정	friendship	友情	
우주	the universe	太空、宇宙	
운명	destiny	命運	
원인	cause	原因	
위로	consolation	安慰	
위반	violation	違反	
은혜	favor	恩惠	
응원	cheer	聲援、支援	
의견	opinion	意見	
의논	discussion	商量、議論	
의무	obligation duty	義務	
의사소통	communication	溝通	
의식주	food, clothing, and shelter	衣食住	
의욕	desire	幹勁	
의지	will	意志（力）	
이국적	exotic	異國的	
이기적	selfish	利己的、自私的、自私自利的	
이용자	user	使用者	
이익	profit	利益、毛利、利潤	
이자	interest	利息	
이해력	understanding	理解力	
이해심	understanding	體諒、同理心	
인간성	humanity	人性、人情（味）	
인간적	humane	有人情味的	
인내심	patience	耐心	
인상적	memorable	印象深刻的	

□ 우선

| | first (of all) |
| | 優先 |

例 너는 공부가 친구들보다 우선이야?
對你來說，念書優先於朋友嗎？

누구보다 손님을 우선으로 대접해야 한다.
比任何人都更應該優先接待客人

相似 먼저 先

□ 우수성[우수썽]

superiority
優點

例 그는 한글의 우수성을 알리기 위해 노력했다.
他為了宣傳韓文的優點很努力。

그들은 디자인보다 제품의 우수성을 강조했다.
比起設計，他們更強調產品的優點。

□ 우승

victory
優勝

例 올해의 우승은 어느 팀이 차지할까요?
今年的優勝會是哪一隊奪得呢？

이번 월드컵에서는 브라질이 우승을 차지했다.
這次世界盃巴西獲勝了。

相似 승리 勝利
　　　일등 第一
*우승하다
　優勝
　우승을 차지하다
　獲勝

□ 우울증[우울쯩]

depression
憂鬱症

例 우울증에 빠질 것 같은 날씨가 계속되었다.
（這幾天）一直都像是快要得憂鬱症的天氣。

우울증도 치료해야 하는 병이라는 것을 알아야 한다.
應該要了解憂鬱症也是一種需要治療的疾病。

*우울증에 빠지다,
　우울증에 걸리다
　罹患憂鬱症

名詞

□ 우정

friendship
友情

例　친구 사이에 돈거래를 하면 우정을 잃는다는 말이 있어.
有句話說：「朋友之間如果扯到金錢交易，往往都會失去友情」。

내 친구는 나와의 우정 대신 그 여자와의 사랑을 선택했다.
我朋友捨棄了和我之間的友情，而選擇了和那女人的愛情。

□ 우주

the universe
太空、宇宙

例　우주여행이 가능한 시대가 열렸다.
可以去太空旅行的時代來臨了。

우주 비행사들이 우주선에서 사용하는 물건들의 전시회가
열렸다.
開了一個展覽太空飛行員在太空船裡使用的物品的展示會。

□ 운명

destiny
命運

例　우리가 만난 것은 운명일까?
我們的相遇是命運嗎？

환경보호는 우리가 사는 지구의 운명과 관련된 일이다.
環境保護與我們居住的地球命運習習相關。

□ 원인[워닌]

cause
原因

例　교통사고의 원인은 엔진 고장으로 밝혀졌다.
交通意外的原因已查明是源自於引擎故障。

스트레스는 암 발생의 간접적인 원인이래요.
據說壓力是導致癌症發生的間接原因。

相似 이유 理由
相反 결과 結果

□ 위로

consolation
安慰

例 친구의 위로에 마음이 따뜻해졌다.
朋友的安慰讓心暖了起來。

어떻게 위로의 말을 드려야 할지 모르겠습니다.
不知該如何説安慰的話。

相似 위안 安慰
*위로하다, 위로되다
安慰

□ 위반

violation
違反

例 주차 위반으로 벌금이 오만 원이나 나왔다.
違規停車罰金高達五萬圜。

허락을 받지 않고 스타의 사진을 이용하여 돈을 버는 것은
초상권 위반이다.
未經許可利用明星的照片賺錢是違反肖象權的行為。

*위반하다, 위반되다
違反

□ 은혜

favor
恩惠

例 이 은혜는 결코 잊지 못할 거예요.
這個恩惠沒齒難忘。

어머니의 은혜는 하늘보다도 넓고 바다보다도 깊다.
媽媽的恩惠比天遼闊，比海還深。

*은혜를 베풀다
施恩
은혜를 입다
受到恩惠
은혜를 갚다
報恩

□ 응원

cheer
聲援、支援

例 응원 소리에 운동장이 떠나갈 듯했다.
聲援的聲音震撼了（整個）運動場。

지금은 무엇보다 가족의 응원이 필요한 때이다.
現在這個時候最重要的就是需要家人的支援。

*응원하다
聲援、支援

名詞

□ 의견

opinion
意見

例　저는 의견이 좀 다릅니다.
我的意見有一點不同。

이 일은 부모님의 의견에 따르는 게 좋을 것 같아.
這件事好像還是聽從父母親的意見會比較好。

相似 견해　見解
　　　생각　想法
*의견에 따르다
聽從意見
의견을 주고받다
交換意見

□ 의논

discussion
商量、議論

例　나한테 의논도 없이 결정하면 어떡해?
怎麼可以不和我商量就做決定？

사장님은 다른 사람과 의논은 절대하지 않는 독불장군이다.
社長是絕對不會和其他人商量的獨裁者。

相似 상의　商議
*의논하다
議論、商量、討論

□ 의무

obligation duty
義務

例　부모는 자녀를 양육할 의무가 있다.
父母有養育子女的義務。

이 일을 경찰에 알리는 것은 내 의무입니다.
將這件事通知警察是我的義務。

相似 책임　責任

□ 의사소통

communication
溝通

例　남편과 나는 의사소통이 잘 되는 편이야.
老公和我算溝通良好。

의사소통은 언어를 통해서만 할 수 있는 것이 아니다.
溝通並非只能透過語言進行。

*의사소통하다, 의사소통되다
溝通

名詞

□ 의식주

food, clothing, and shelter
衣食住

例 의식주는 기본적이면서도 중요한 문제이다.
衣食住很基本，同時也是個重要的問題。

우선 의식주를 해결하기 위해 직장을 구해야겠다.
為了先解決衣食住，得要找工作了。

□ 의욕

desire
幹勁

例 내 친구는 모든 일에 의욕이 넘친다.
我的朋友對任何事都充滿幹勁。

보너스가 없다는 소식에 직원들의 의욕이 떨어졌다.
得知沒有獎金的消息，職員都變得失去了幹勁。

*의욕이 넘치다
　充滿幹勁
　의욕을 잃다
　失去幹勁

□ 의지

will
意志（力）

例 자신의 의지만으로 담배를 끊는 것은 쉽지 않다.
只靠自己的意志戒菸並不容易。

나는 의지가 강한 편이라 어려운 일이라도 쉽게 포기하지
않는다.
我的意志力算堅強，即使遇到困難也不會輕易放棄。

*의지가 있다/없다
　有／沒有意志力

□ 이국적[이국쩍]

exotic
異國的

例 제주도의 이국적인 풍경이 마음에 들었다.
很喜歡濟州島的異國風景。

이 동네는 외국인들이 많이 살아서 그런지 이국적이다.
可能是這個社區住了很多外國人，所以充滿異國風情。

♪33

□ 이기적

selfish
利己的、自私的、自私自利的

例 인간은 모두 이기적이다.
人類都是自私的。

요즘 아이들은 혼자 자라서 그런지 이기적인 편이다.
可能最近的小孩都（沒兄弟姊妹）一個人長大，所以比較自私自利。

□ 이용자

user
使用者

例 인터넷 이용자 수가 엄청나게 증가하고 있다.
網路使用者的人數在暴增當中。

자전거 이용자들을 위해 더 많은 자전거 도로를 조성해야 한다.
為了自行車使用者，應該要建造更多的自行車專用道。

相似 사용자 使用者

□ 이익

profit
利益、毛利、利潤

例 이번 일은 우리 모두에게 이익이다.
這次的事對我們全體有利。

우리 커피숍의 한 달 이익은 약 100만 원이다.
我們咖啡店一個月的利潤約為100萬圓。

*이익을 내다, 이익을 보다
獲利

□ 이자

interest
利息

例 할부로 사면 이자를 내야 해요?
若用分期付款購買，得付利息嗎？

요즘 은행에서 돈을 빌리면 연 10%의 이자를 내야 한다.
最近若向銀行貸款，每年得付10%的利息。

相反 무이자 無息
*이자를 내다
支付利息
이자가 싸다/비싸다
利息低／高

名詞

□ 이해력

例 이해력을 기르기 위해 독서를 많이 하는 것이 좋다.
為了培養理解力，多多閱讀比較好。

읽기 문제는 단어를 다 알아도 이해력이 부족하면 풀 수 없다.
閱讀測驗的題目就算單字都懂，若理解力不足就無法解題。

understanding
理解力

*이해력이 부족하다
理解力不足
이해력을 기르다
培養理解力

□ 이해심

例 내 이상형은 이해심이 많은 남자예요.
我理想的類型是善解人意的男人。

그녀가 아무리 이해심이 많아도 이 일은 용서받지 못할 것이다.
無論她再怎麼善解人意，應該也無法原諒這件事。

understanding
體諒、同理心

*이해심이 있다/없다
懂得/不懂得體諒、
有/沒有同理心
이해심이 깊다
有很深的同理心
이해심이 많다
善解人意

□ 인간성[인간썽]

例 과장님은 인간성이 정말 좋다.
課長為人真的很好。

현대인들은 점점 인간성을 상실해 가는 것 같아.
現代人好像漸漸越來越不近人情／沒有人情味。

humanity
人性、人情（味）

*인간성이 좋다/나쁘다
為人很好／不好

□ 인간적

例 그에게는 인간적인 면이 없다.
他沒有有人情味的那一面。

만나 보시면 알겠지만 우리 사장님께서는 무척 인간적이십니다.
若您見到應該就會了解，我們社長特別有人情味。

humane
有人情味的

相反 비인간적
非人的、不人道的

□ 인내심

patience
耐心

例　그 아이는 인내심이라고는 조금도 없었다.
那個小孩一點耐心都沒有。

외국어를 공부한다는 것은 시간과 인내심이 필요한 일이다.
學習外語是一件需要時間與耐心的事。

相似 참을성 耐性、耐心
*인내심이 강하다/약하다
　耐心強／弱
　인내심을 기르다
　培養耐心

□ 인상적

memorable
印象深刻的

例　그 여자 배우의 눈빛이 정말 인상적이었어요.
那位女演員的眼神真的很令人印象深刻。

그 도시는 장소 하나 하나가 다 인상적이라 잊을 수가 없다.
那個城市的每一個地方都讓人印象深刻，很難忘。

Ⅰ. 설명하는 단어를 <보기>에서 골라 번호를 쓰세요.

| <보기>　① 우선　② 은혜　③ 의사소통　④ 이기적　⑤ 위반　⑥ 이해심 |

01　생각이나 뜻이 통함　　　　　　　　　　　　　　　(　　　)

02　자기의 이익만을 쫓음　　　　　　　　　　　　　　(　　　)

03　어떤 일에 앞서서 먼저　　　　　　　　　　　　　　(　　　)

04　법, 약속 등을 지키지 않음　　　　　　　　　　　　(　　　)

05　고맙게 베풀어 주는 신세나 혜택　　　　　　　　　　(　　　)

06　다른 사람의 사정을 잘 알아주는 마음　　　　　　　(　　　)

Ⅱ. 다음 (　　　) 안에서 문장에 알맞은 단어를 골라 ○표 하세요.

01　(우울증, 춘곤증)에 걸렸는지 자꾸 눈물이 나고 기분이 가라앉는다.

02　한국 남자가 군대에 가는 것은 (의무, 의지)이다.

03　제주도의 (이기적, 이국적) 경치를 보니 다른 나라에 온 것 같은 기분이 들었다.

04　너와 나의 (우정, 우승)은 영원할 거야.

05　취직 시험에 계속 떨어졌지만 가족과 친구들의 (의지, 위로)가 나에게 큰 힘이 되었다.

單字	英語	中文	記住了嗎？
인생	life	人生	
인쇄	printing	印刷	
일반적	general	一般、通常、普遍	
일부	part	一部分	
일상적	daily	日常	
일생	one's (whole/entire) life	一生	
임시	temporary	臨時	
입장료	admission	入場費	
자격	qualification	資格	
자극적	exciting	刺激的	
자세	posture	姿勢、態度	
자신감	self-confidence	自信	
자연적	natural	自然的	
자원	resources	資源	
자존심	one's pride	自尊心	
잔소리	nitpicking	嘮叨	
장기적	long-term	長期（性）	
장사	business	生意	
재산	property	財產	
재주	talent	才能、本事	
재해	disaster	災害	
저장	storage	儲藏、儲存	
적극적	enthusiastic	積極的	
전망	prospect	展望、前景、前途、視野	
전문가	expert	專家	
전문적	specialized	專門、專業	
전문점	a specialty store	專賣店	
전부	all	全部、一切	
전통	tradition	傳統	
전통적	traditional	傳統的、傳統上	

♪ 35

□ 인생

life
人生

例 돈이 인생의 전부는 아니다.
錢並非人生的一切。

쓸데없는 일로 인생을 낭비하지 마세요.
請別做毫無意義的事浪費人生。

相似 삶 人生
*인생을 즐기다
享受人生

□ 인쇄

printing
印刷

例 우리나라는 인쇄 기술이 발달했다.
我國印刷技術發達。

그 책은 벌써 인쇄에 들어가서 수정을 할 수 없어요.
那本書已經進入印刷階段，因此無法修改。

相似 프린트
列印、列印的資料
*인쇄하다, 인쇄되다
印刷

□ 일반적

general
一般、通常、普遍

例 아이들은 일반적으로 단 것을 좋아한다.
小孩通常都喜歡甜食。

요즘 사람들은 대학에 진학해야 한다고 일반적으로 생각한다.
最近的人普遍都認為要上大學

相似 보편적
普遍
상식적
常識上

□ 일부

part
一部分

例 이 시의 일부를 인용해서 발표문을 작성했다.
引用這首詩的一部分製作了發表的文章。

매일 아침 산책을 하는 것은 내 생활의 일부가 되었다.
每天早上散步成了我生活的一部分。

相似 일부분 一部分
相反 전부 全部
전체 全體

名詞

☐ 일상적[일쌍적]

daily
日常

例　이 단어는 일상적으로 많이 사용되니 꼭 외우세요.
這個單字日常中很常用到，請務必記下。

친구와 커피를 마시고 일상적인 대화를 나누는 시간이 즐겁다.
和朋友喝咖啡、閒話家常的時光很愉快。

☐ 일생[일쌩]

one's (whole/entire) life
一生

例　대통령의 일생을 그린 영화가 제작되고 있다.
正在製作描繪總統一生的電影。

나는 일생 동안 남에게 돈을 빌린 적이 없다.
我一生不曾向人借過錢。

相似　한평생, 일평생
　　　一生、一輩子、終生

☐ 임시

temporary
臨時

例　그들은 임시로 머물 곳을 정했다.
他們臨時決定了住所。

전염병 때문에 학교는 임시 휴교를 하기로 결정했다.
因為傳染病，學校臨時決定停課了。

相反　정기 定期
　　　정규 正規

☐ 입장료[입짱뇨]

admission
入場費

例　동물원 입장료가 얼마예요?
動物園入場費是多少呢？

6세 미만의 어린이는 입장료가 무료입니다.
未滿6歲的幼童不用入場費。

□ 자격

qualification
資格

例 너는 나한테 그런 말을 할 자격이 없어.
你沒有資格對我說那種話。

이 회사에 지원하려고 하는데 응시 자격이 어떻게 되나요?
想應徵這間公司，但報名需要具備哪些資格呢？

*자격이 있다/없다
有／沒有資格
작격을 갖추다
具備資格

□ 자극적[자극쩍]

exciting
刺激的

例 클럽에서는 자극적인 음악 소리가 들려 왔다.
從夜店傳來刺激的音樂聲。

위에 자극적인 맵고 짠 음식을 줄이도록 하세요.
請少吃會刺激胃的又辣又鹹的食物。

□ 자세

posture
姿勢、態度

例 자세를 똑바로 하고 걸어 보세요.
請端正姿勢走走看。

입사하게 되면 적극적인 자세로 열심히 일하겠습니다.
若得以進入公司，我會以積極的態度用心工作。

相似 태도 態度

□ 자신감

self-confidence
自信

例 시험에 떨어질 때마다 자신감이 줄어드는 것을 느낀다.
每次考試落榜時，就會感到自信心消退。

면접관에게 침착하고 자신감 있는 태도로 대답하면 돼.
以沉著、有自信的態度回答面試官即可。

*자신감이 있다/없다
有／沒有自信
자신감이 넘치다
自信滿滿

名詞

□ 자연적

natural
自然的

例 ① 겨울이 가고 봄이 오는 것은 자연적인 현상이다.
　　冬天過去，春天到來是自然現象。

　　② 유학을 간 여자 친구와의 이별은 자연적인 결과인 것 같다.
　　和去留學的女朋友分手好像是再自然不過的結果。

相反 인위적
　　　人為的
　　　인공적
　　　人工的、人造的

□ 자원

resources
資源

例 자원이 없는 나라는 인재 양성이 필요하다.
　　沒有資源的國家需要培養人才。

　　청소년은 우리나라의 중요한 자원이니 교육에 힘써야 한다.
　　青少年是我們國家的重要資源，所以必須用心教育才行。

*자원이 풍부하다
　資源豐富
　자원이 부족하다
　資源不足

□ 자존심

one's pride
自尊心

例 이것은 내 자존심이 걸린 문제야.
　　這是攸關我的自尊心問題。

　　어머니는 자존심을 버리고 아들에게 사과했다.
　　媽媽拋棄自尊心向兒子道歉了。

*자존심이 강하다
　自尊心強
　자존심이 상하다
　傷自尊心
　자존심을 버리다
　拋棄自尊心

□ 잔소리

nitpicking
嘮叨

例 우리 엄마는 잔소리가 심하다.
　　我媽媽十分嘮叨。

　　담배를 끊으라는 아내의 잔소리에 귀가 아프다.
　　聽老婆嘮叨要我戒菸耳朵很痛。

*잔소리하다
　嘮叨
　잔소리가 심하다
　十分嘮叨

□ 장기적

long-term
長期（性）

例　장기적으로 봤을 때 회사의 미래는 밝은 편이다.
以長期看來，公司的未來算是無限光明。

장기적으로 보면 비싸더라도 질이 좋은 제품을 사는 것이 낫다.
若以長期來看，就算貴也要買品質好的產品。

相反　단기적　短期

□ 장사

business
生意

例　요즘 장사가 잘 안 돼서 걱정이 많다.
最近生意不好，十分擔心。

직장을 그만둔 후 모아 놓은 돈으로 과일 장사를 시작했다.
辭職後用所存的錢開始了水果生意。

相似　사업　事業
　　　영업　營業
*장사하다, 장사되다
做生意、經商

□ 재산

property
財產

例　이 집은 부모님께 물려받은 재산이다.
這個房子是從父母親那裡繼承來的財產。

아무리 재산이 많아도 건강은 살 수 없다.
無論財產再多，也買不到健康。

相似　자산　資產
　　　재물　財物
*재산을 모으다
累積財富
재산을 물려주다
遺留財產

□ 재주

talent
才能、本事

例　그는 물건을 고치는 데 재주가 있다.
他在修理東西這方面具有才能。

김 선생님은 사람을 편안하게 해 주는 재주가 있다.
金老師有讓人鎮定下來的本事。

相似　재능　才能
　　　솜씨　手藝、技巧
　　　능력　能力
*재주가 뛰어나다
才能卓越

名詞

□ 재해

disaster
災害

例 태풍으로 인한 재해 복구가 아직 끝나지 않았다.
因颱風帶來的災害復原尚未結束。

자연재해도 사람의 노력에 따라 그 피해를 줄일 수 있다.
靠人的努力也能減少自然災害帶來的傷害。

*재해를 당하다, 재해를 입다
受災

□ 저장

storage
儲藏、儲存

例 김치의 적당한 저장 온도는 몇 도예요?
泡菜適當的儲藏溫度是幾度呢？

한국은 옛날부터 저장 음식이 발달했다.
韓國自古以來儲藏食物就很發達。

*저장하다, 저장되다
儲藏

□ 적극적[적극쩍]

enthusiastic
積極的

例 내 성격은 적극적인 편이다.
我的個性算積極。

이번 행사에 모든 학생들이 적극적으로 참여했다.
這次活動所有學生都積極參與了。

相反 소극적 消極的

□ 전망

prospect
展望、前景、前途、視野

例 ① 이 아파트는 전망이 좋아서 인기가 많다.
這棟公寓視野很好，所以很受歡迎。
② 경기가 계속 좋을 거라는 전망에 사업을 확장하기로 했다.
在景氣持續看好的前景下，決定拓展事業版圖。

*전망이 좋다/나쁘다
視野好／不好、
前景好／不好
전망이 밝다/어둡다
前途光明／黑暗

□ 전문가

expert
專家

例 김 교수는 경제 전문가이다.
金教授是經濟專家。

이 문제에 대해서 전문가의 의견을 들어 볼까요?
要不要聽聽看專家對這個問題的意見呢？

相反 초보자 初學者、新手
아마추어 業餘

□ 전문적

specialized
專門、專業

例 박 기자는 경제에 대해 전문적 기사를 쓴다.
朴記者專門寫經濟方面的報導。

나는 아직 이 분야에 대한 전문적인 지식이 부족하다.
我對這個領域的專業知識還不足。

□ 전문점

a specialty store
專賣店

例 커피 전문점이 점점 늘어나고 있다.
咖啡專賣店正漸漸增多。

이 집은 전통 한식 전문점으로 유명하다.
這間店以傳統韓國飲食專賣店聞名。

□ 전부

all
全部、一切

例 내가 알고 있는 전부를 알려 주었다.
我已將我所知的一切都告訴你了。

김밥 할머니는 재산 전부를 대학의 장학금으로 내놓았다.
賣海苔飯卷的奶奶將她全部的財產捐出來作為大學的獎學金了。

相似 모두 都、全部
전체 全體、全部
다 全、都、全部
相反 일부 一部分
부분 部分

名詞

□ **전통**

tradition
傳統

例 한국의 전통 의상은 한복이라고 부른다.
韓國的傳統服飾稱為韓服。

인사동은 한국의 전통 문화를 볼 수 있는 장소이다.
仁寺洞是可以看見韓國傳統文化的場所。

*전통을 지키다
守護傳統
전통을 따르다
跟隨傳統

□ **전통적**

traditional
傳統的、傳統上

例 우리나라는 전통적으로 예의를 중시한다.
我國傳統上講究禮貌。

전통적인 한국 음식을 먹어 보고 싶어요.
想吃吃看傳統的韓國飲食。

相似 고전적
古典的
相反 현대적
現代的、現代化

名詞

Ⅰ. 다음 단어와 어울릴 수 있는 단어를 연결하세요.

1. 전망이　●　　　　　　　　●　① 밝다

2. 자원이　●　　　　　　　　●　② 강하다

3. 잔소리가　●　　　　　　　●　③ 심하다

4. 자존심이　●　　　　　　　●　④ 풍부하다

Ⅱ. 다음 빈칸에 알맞은 단어를 고르세요.

01

다른 사람의 잘못에 대해 이야기할 때는 그 사람의 입장에서 생각해보고 이해하는 마음으로 신중하게 말하는 것이 좋다. 그리고 말을 할 때는 그 사람의 (　　　)을/를 건드리지 않도록 기분 나쁘지 않게 말하는 기술이 필요하다.

① 전통　　　　　　　　② 전망
③ 잔소리　　　　　　　④ 자존심

02

자신의 꿈을 실현하기 위해서는 (　　　) 계획을 세우고 다음과 같이 하나하나 천천히 준비하는 것이 좋다. 첫째, 먼 훗날 꿈을 실현하기 위해서 쉬운 것부터 준비하고, 둘째, 주변 사람에게 알려 도움을 받을 수 있도록 하며, 셋째, 어려움을 두려워하지 말고 극복하면서 배우도록 해야 한다.

① 장기적　　　　　　　② 일상적
③ 자극적　　　　　　　④ 자연적

單字	英語	中文	記住了嗎？
절반	half	一半	
절약	saving	節約	
절차	procedure	程序	
정상적	normal	正常的	
정성	(give a gift) from the heart	真誠	
정신적	mental	精神的、精神上	
정의	justice	正義	
정치	politics	政治	
정치인	politician	政治家	
정치학	political science	政治學	
제도	system	制度	
제안	proposal	提案	
제품	product	製品	
제한	limit	限制	
조리법	recipe	調理法	
조언	advice	指點、指教、忠告、意見	
조절	control	調節、調整	
존경	respect	尊敬	
주제	subject	主題	
주택	house	住宅、房子	
줄거리	(broad/general/rough) summary	梗概、概要、大綱、（劇情、故事）情節	
중고	secondhand article	中古、二手	
증상	symptom	症狀	
지식	knowledge	知識	
지역	area	地區	
지위	position	地位	
지출	expense	支出	
지휘자	conductor	指揮者、指揮家	
진실	truth	真實	
진행	progress	進行	

□ 절반

half
一半

例 배추를 절반으로 자른 후에 소금에 절이세요.
請將白菜切成一半之後，用鹽醃漬。

아직 일을 절반도 못 끝냈는데, 벌써 저녁 아홉 시네요.
工作連一半都還沒做完，就已經晚上九點了啊！

□ 절약[저략]

saving
節約

相反 낭비 浪費
*절약하다, 절약되다
  節約

例 에너지 절약을 생활화합시다.
將節約能源生活化吧！

물 절약을 위해 양치할 때 컵을 사용하기 시작했다.
為了節約用水，刷牙時開始用杯子了。

□ 절차

procedure
程序

相似 과정 過程
    순서 順序
*절차를 밟다
  走程序
  절차를 거치다
  經過程序

例 이것은 비자를 받기 위해 꼭 필요한 절차이다.
這個是為了拿到簽證必要的程序。

결혼도 이혼도 모두 정해진 절차를 밟아야 한다.
無論結婚還是離婚，都要按既定程序走。

□ 정상적

normal
正常的

相反 비정상적 不正常

例 슬플 때 울고 기쁠 때 웃는 것은 정상적이다.
傷心時哭，開心時笑是正常的。

정상적인 사람이라면 그렇게 나쁜 일을 할 수가 없어요.
若是正常人，就不可能做出那麼壞的事。

名詞

□ 정성

(give a gift) from the heart
真誠

例 어머니가 정성 들여 만든 음식을 먹고 나니 힘이 났다.
吃了媽媽精心準備的食物後就有力氣了。

수미는 친구의 정성이 가득 든 선물을 받고 무척 기뻤다.
秀美收到朋友充滿真誠的禮物後，開心得不得了。

相似 성의 誠意
*정성을 들이다
精心
정성을 다하다
盡心、悉心

□ 정신적

mental
精神的、精神上

例 나는 정신적으로 완전히 지쳐 있었다.
我精神上完全感到很厭倦。

부모의 이혼은 아이들에게 정신적 상처를 남긴다.
父母的離婚對小孩子會留下精神上的傷害。

相反 육체적
肉體的、肉體上

□ 정의

justice
正義

例 법의 정의를 실현하는 일은 매우 어렵다.
實現法律的正義十分困難。

정의를 위해 싸우는 사람들을 보면 존경스러워요.
看到為了正義而戰的人就覺得令人欽佩。

相反 불의
不義、非正當
*정의롭다
正義
정의를 실현하다
實現正義

□ 정치

politics
政治

例 요즘 젊은 사람들은 정치에 무관심한 편이다.
最近年輕人對政治較漠不關心。

정치 상황이 불안정한 나라가 아직 많이 존재한다.
政治情況不穩定的國家還有很多。

*정치하다
從政

□ 정치인

politician
政治家

例 나는 정치인은 다 똑같다고 생각한다.
我認為政治家全都一個樣。

정치인은 기자들과 사이좋게 지내려고 노력한다.
政治家努力與記者維持良好關係。

相似 정치가 政治家

□ 정치학

political science
政治學

例 저는 정치학을 전공하고 있어요.
我主修政治學。

지난 학기에 정치학 강의를 듣고 흥미를 가지게 되었다.
上學期聽了政治學的課後變得很感興趣。

□ 제도

system
制度

例 이 직장의 복지 제도는 꽤 좋은 편이에요.
這間公司的福利制度算是相當地好。

우리 교육 제도를 다른 나라의 교육 제도와 비교해 보고 싶다.
想將我們的教育制度與其他國家的教育制度比較看看。

相似 시스템 系統
　　 체계 體系

□ 제안

proposal
提案

例 대중교통 문제에 대해 시민의 제안을 받고 있다.
對於大眾交通問題，正在接受市民的提案。

그는 더 좋은 조건으로 회사를 옮기라는 제안을 거절했다.
他拒絕了以更好的條件跳槽的提案。

相似 제의 提議、建議
*제안하다, 제안되다
提案
제안을 받아들이다
採納提案

□ 제품

product
製品

> 例 이 가방은 이탈리아 제품이다.
> 這個包包是義大利製品。
>
> 우리 회사는 설문 조사를 통해 소비자가 원하는 제품을 만든다.
> 我們公司透過問卷調查製作消費者希望的產品。

相似 상품 商品
　　 물품 物品

□ 제한

limit
限制

> 例 이 영화를 보는데 연령 제한이 있어요?
> 看這部電影，有年齡限制嗎？
>
> 이 도로의 속도 제한은 시속 80km입니다.
> 這條公路的速度限制是時速80km。

*제한하다, 제한되다
限制
제한이 있다/없다
有／沒有限制

□ 조리법[조리뻡]

recipe
調理法

> 例 같은 재료라도 조리법에 따라 다른 맛을 낸다.
> 即使食材相同，依據不同的調理法，就會有不同的味道。
>
> 아무리 맛이 있어도 조리법이 복잡하면 집에서 해 먹기 힘들다.
> 再怎麼好吃，若調理法複雜，就很難在家裡做來吃。

相似 요리법 料理法

□ 조언

advice
指點、指教、忠告、意見

> 例 나는 친구의 조언에 따라 회사를 그만두기로 했다.
> 我決定聽從朋友的意見離職。
>
> 이 문제에 대해 전문가의 조언을 들어 보는 게 어때요?
> 對於這個問題，聽聽看專家的意見如何呢？

*조언하다
指點、指教
조언을 구하다
徵詢意見
조언을 듣다
聽取忠告

□ 조절

control
調節、調整

例 다이어트는 운동과 식사량 조절이 중요하다.
減肥重要的是運動與調節食量。

맛있는 라면을 끓이는 데 가장 중요한 것은 물 조절이다.
泡麵要煮得好吃，最重要的是調整水量。

*조절하다, 조절되다
調節、調整

□ 존경

respect
尊敬

例 그는 매우 존경 받는 정치가이다.
他是倍受尊敬的政治家。

제 존경의 대상은 사랑하는 부모님이세요.
我尊敬的對象是親愛的父母親。

*존경하다
尊敬
존경을 받다
受尊敬

□ 주제

subject
主題

例 이 글의 주제를 찾아보세요.
請找找看這篇文章的主題。

시간 관계상 회의 주제와 관련 없는 의견은 받지 않겠습니다.
礙於時間關係，不接受與會議主題無關的意見。

*주제가 있다/없다
有／有主題
주제를 정하다
決定主題

□ 주택

house
住宅、房子

例 나는 정원이 있는 주택에 살고 싶다.
我想住在有庭院的房子。

노인들이 살기에는 아파트보다 주택이 낫다.
老人住（獨棟）住宅會比公寓好。

*주택을 건설하다
興建住宅
주택을 마련하다
準備房子

名詞

□ 줄거리

(broad/general/rough) summary
梗概、概要、大綱、（劇情、故事）情節

例 영화의 줄거리가 어떻게 돼?
電影的大綱是什麼？

이 소설의 줄거리는 너무 복잡하다.
這本小說的（故事）情節很複雜。

□ 중고

secondhand article
中古、二手

例 이 가게는 전문적으로 중고 제품만을 판매한다.
這間店專賣中古商品。

차가 필요한데 돈이 부족해서 중고 자동차를 구입했어.
需要一台車，但錢不夠，所以買了中古車。

*중고품
中古品、二手貨

□ 증상

symptom
症狀

例 감기 증상이 어떻게 되십니까?
感冒症狀如何？

이런 증상이 계속되면 병원에 가 보셔야 해요.
若這種症狀持續下去，就要去醫院才行。

*증상가 있다/없다
有／沒有症狀
증상을 보이다,
증상이 나타나다
出現症狀

□ 지식

knowledge
知識

例 우리는 책을 통하여 다양한 지식을 쌓을 수 있다.
我們透過書可以累積各種知識。

그는 클래식 음악에 대해 많은 지식을 가지고 있다.
他對古典音樂擁有豐富的知識。

*지식을 쌓다
累積知識
지식이 풍부하다
知識豐富

□ 지역

area
地區

例 이 지역에 대한 개발 계획이 발표되었다.
發表了針對這個地區的開發計畫。

이 지역 가게들은 다른 곳보다 가격이 좀 비싸다.
這個地區的店家比別的地方價格貴一點。

相似 지방, 고장 地方

□ 지위

position
地位

例 여성의 사회적 지위가 예전에 비해 높아졌다.
女性的社會地位變得比以前高了。

우리 경제의 국제적 지위가 크게 향상되었다.
我們經濟的國際地位大幅提升了。

*지위를 차지하다
占據~地位
지위에 오르다
爬到~地位

□ 지출

expense
支出

例 저축을 늘리기 위해 지출을 줄이기로 했다.
為了增加儲蓄，決定減少支出。

직장에서 해고된 후 수입은 없고 지출뿐이라 걱정이다.
被公司解雇後，沒有收入只有支出，所以很擔心。

相反 수입 收入
*지출하다, 지출되다
支出

□ 지휘자

conductor
指揮者、指揮家

例 그는 세계적으로 유명한 지휘자다.
他是世界聞名的指揮家。

지휘자가 되기 위해서는 악기에 대해서도 잘 알아야 한다.
為了成為指揮家，對樂器也要很了解才行。

名詞

□ 진실

truth
真實

例 진실만을 말하겠다고 맹세하세요.
請您發誓只說實話。

아무리 거짓말을 해도 진실은 밝혀진다.
無論再怎麼說謊，真相還是會被揭發。

相反 거짓 虛假
*진실하다
　真實的
　진실을 밝히다
　揭發真相
　진실을 감추다
　隱瞞真相

□ 진행

propress
進行

例 태풍의 진행 방향을 예측할 수 없다.
無法預測颱風的進行方向。

생명을 연장하기 위한 연구가 진행 중에 있다.
為延長生命的研究正在進行中。

*진행하다, 진행되다
　進行

Ⅰ. 다음 단어와 의미가 <u>반대인</u> 단어를 연결하세요.

1. 절약 ●		● ① 거짓
2. 진실 ●		● ② 낭비
3. 지출 ●		● ③ 수입
4. 정상적 ●		● ④ 비정상적

Ⅱ. 설명하는 단어를 <보기>에서 골라 번호를 쓰세요.

<보기> ① 절반	② 정의	③ 제안	④ 조언	⑤ 지위
⑥ 절차	⑦ 정성	⑧ 존경	⑨ 증상	⑩ 진행

01　의견을 내놓음　　　　　　　　　　　　　　　　　　（　　　）

02　온 마음과 정신을 다하는 것　　　　　　　　　　　　（　　　）

03　사회적으로 차지하는 신분의 높낮이　　　　　　　　（　　　）

04　다른 사람의 인격, 생각 등을 높이 받드는 것　　　　（　　　）

單字	英語	中文	記住了嗎？
질병	disease	疾病	
집들이	housewarming (party)	喬遷宴	
집중력	concentration	注意力、專注力	
짜증	irritation (at/with)	肝火、火氣、厭煩	
찜통더위	sweltering[simmering] heat	暑熱、悶熱	
차례	order	順序	
참을성	patience	耐心、耐性	
채식	vegetarian diet	素食	
채식주의자	a vegetarian	素食主義者	
책임	responsibility	責任	
철학	philosophy	哲學、人生觀	
첫인상	first impression	第一印象	
체격	build	體格、身材	
체온	(body) temperature	體溫	
체중	weight	體重	
체험	experience	體驗	
초보자	beginner	初學者	
최대	maximum	最大	
최선	the [one's] best	最好	
최신	the newest	最新	
최저	minimum	最低	
최종	the final	最終、最後	
최초	the first	最初	
최후	the last	最後	
추가	addition	追加	
추억	memory	回憶	
추위	the cold	寒冷	
출신	sb's ancestry	出身、出生	
충격	impact	精神的打擊、衝擊	
친환경	eco-friendly	環保	

□ 질병

disease
疾病

例 저는 질병을 치료하는 의사가 될 겁니다.
我會成為治療疾病的醫師。

그 질병은 초기 단계에 치료하면 완치할 수 있다.
那個疾病若在初期階段接受治療，就可以完全康復。

相似 병 病
*질병에 걸리다
罹患疾病
질병을 예방하다
預防疾病
질병을 치료하다
治療疾病

□ 집들이[집뜨리]

housewarming (party)
喬遷宴

例 이번 주말에 집들이를 하기로 했다.
決定這個週末要辦喬遷宴。

한국에서는 집들이 때 보통 휴지나 세제 등을 선물한다.
在韓國喬遷宴時，通常會送衛生紙或洗衣粉當禮物。

*집들이하다
辦喬遷宴

□ 집중력[집쭝녁]

concentration
注意力、專注力

例 음악을 들으며 공부하면 집중력이 떨어진다.
念書聽音樂的話，專注力會下滑。

나는 집중력이 부족해서 책상 앞에 오래 앉아 있지 못한다.
我因為注意力不足，所以無法在書桌前坐很久。

*집중력을 기르다
培養專注力
집중력이 부족하다
注意力不足

□ 짜증

irritation (at/with)
肝火、火氣、厭煩

例 아기가 이유 없이 짜증을 냈다.
小孩毫無理由地使性子。

짜증의 이유를 생각해 보니 후텁지근한 날씨 때문인 것 같다.
試想生氣的理由，好像是因為天氣悶熱的緣故。

*짜증을 내다
使性子
짜증이 나다
生氣
짜증을 부리다
鬧情緒

名詞

□ 찜통더위

sweltering (simmering)
暑熱、悶熱

例 요즘 날씨는 찜통더위가 따로 없다.
最近的天氣根本就是悶熱。

이런 찜통더위에는 에어컨을 시원하게 틀고 수박을 먹는 게 최고다.
在這種悶熱的天氣，開涼涼的冷氣吃西瓜最棒了。

□ 차례

order
順序

例 차례로 한 사람씩 들어오세요.
請按照順序一個一個進來。

대중교통을 이용할 때 차례를 지켜야 한다.
搭乘大眾交通時要守秩序才行。

相似 순서 順序
*차례를 지키다
守秩序
차례를 기다리다
等輪到（自己或某人）

□ 참을성[차믈썽]

patience
耐心、耐性

例 나이가 들면 참을성이 좀 많아지겠지?
年齡增長的話，應該就會比較有耐性吧？

이 식당에서 밥을 먹으려면 참을성 있게 기다려야 한다.
想在這間餐廳吃飯的話，就得有耐性地等。

相似 인내심 耐心
끈기 韌性、毅力

□ 채식

vegetarian diet
素食

例 이 근처에 채식 전문 식당이 있어요?
這附近有專賣素食的餐廳嗎？

육식보다 채식이 건강에 좋다고들 한다.
聽說素食比肉食有益健康。

相反 육식 肉食
*채식을 하다
吃素

□ 채식주의자

a vegetatian
素食主義者

> 例 저는 고기를 먹지 않는 채식주의자예요.
> 我是不吃肉的素食主義者。
>
> 요즘은 건강을 위해 채식주의자가 늘고 있다.
> 最近為了健康素食主義者增加了。

□ 책임

responsibility
責任

> 例 이번 일은 모두 제 책임입니다.
> 這次的事全都是我的責任。
>
> 교사는 학생을 지도하고 보호할 책임이 있다.
> 老師有指導和保護學生的責任。

*책임을 지다
負責任
책임이 무겁다
責任重大

□ 철학

philosophy
哲學、人生觀

> 例 제 전공은 철학이에요.
> 我的主修是哲學。
>
> 그는 언제나 최선을 다해야 한다는 생활 철학을 가지고 살고 있다.
> 他秉持隨時都要全力以赴的生活哲學生活著。

□ 첫인상[처딘상]

first impression
第一印象

> 例 내 첫인상이 어땠어요?
> 我的第一印象如何呢?
>
> 면접에서는 첫인상이 중요하기 때문에 단정한 옷차림을 해야 한다.
> 由於面試時第一印象很重要,所以應該要衣冠整齊。

*첫인상이 좋다/나쁘다
第一印象好/不好

名詞

□ 체격

build
體格、身材

例　요즘 아이들은 대부분 체격이 좋다.
最近小孩大部分體格都很好。

범인은 보통 체격에 키가 작은 편입니다.
犯人身材一般，個子偏矮。

相似 덩치, 체구 軀體
*체격이 크다/작다
體格高大／矮小
체격이 좋다/나쁘다
體格好／不好

□ 체온

(body) temperature
體溫

例　아기의 체온을 재 보셨어요?
您量過嬰兒的體溫了嗎？

날씨가 쌀쌀하니 체온을 유지하기 위해서 내복을 입으세요.
因為天氣冷颼颼，為了保暖（維持體溫），請穿衛生衣。

*체온을 재다
量體溫
체온이 떨어지다
體溫下降

□ 체중

weight
體重

例　먹기만 하고 운동을 하지 않아서 체중이 늘었다.
光吃不運動，所以體重增加了。

운동선수들은 체중 감량을 위해 운동과 사우나를 병행한다.
運動選手為了減輕體重，運動與蒸氣浴雙管齊下。

相似 몸무게 體重機
*체중을 재다
量體重
체중을 조절하다
調整體重

□ 체험

experience
體驗

例　체험을 통해 배우는 것은 쉽게 잊히지 않는다.
透過體驗學習到的東西不容易忘記。

유학 생활 동안의 다양한 체험을 바탕으로 글을 썼다.
以留學生活期間的各種體驗為基礎寫了文章。

相似 경험 經驗
*체험하다
體驗

□ 초보자

beginner
初學者

例 이 운동은 초보자도 쉽게 할 수 있습니다.
這個運動初學者也能很容易學會。

초보자도 쉽게 사진 찍는 법을 가르쳐 드립니다.
我來教您初學者也能輕鬆拍照的方法。

相反 전문가 專家
　　고수 高手
　　달인 達人

名詞

□ 최대

maximum
最大

例 라디오 볼륨을 최대로 올렸다.
將收音機音量調到了最大。

이번 물가 상승은 사상 최대를 기록했다.
這次物價上漲創下了史上最高紀錄。

相反 최소 最小

□ 최선

the (one's) best
最好

例 이것이 최선입니까?
這個是最好的嗎？

감기에 걸리면 푹 쉬는 게 최선이에요.
如果感冒了，最好好好休息。

相似 최상 最佳
相反 최악 最差
*최선을 다하다
　盡力而為

□ 최신

the newest
最新

例 이런 스타일이 요즘 최신 유행인 거 몰라?
你不知道這種風格是最近最新流行的嗎？

최신 시설을 갖춘 컴퓨터실을 이용할 수 있습니다.
可以使用配有最新設備的電腦室。

♪ 40

□ 최저

minimum
最低

例 이게 제가 손님께 드릴 수 있는 최저 가격입니다.
這個是我能給客人的最低價格。

진급을 하기 위해서 최저 70점 이상을 받아야 한다.
為了升級，最低要拿到70分以上。

相反 최고 最高、最棒

□ 최종

the final
最終、最後

例 이번 대회의 최종 우승자는 김준수 씨입니다.
這次大會的最終優勝者是金俊秀先生。

제 최종 목표는 한국어 번역 전문가가 되는 것입니다.
我的最終目標是成為韓語翻譯專家。

相似 최후 最後
相反 최초 最初

□ 최초

the first
最初

例 이게 우리나라 최초의 국산 자동차입니다.
這是我國最初的國產車。

세계 최초로 에베레스트 등반에 성공한 사람은 누구예요?
世界上首位（世界最初）成功登上聖母峰的人是誰呢？

相反 최종, 최후
　　最終、最後

□ 최후

the last
最後

例 최후에 웃는 사람이 진정한 승자라고 하더라.
能在最後露出笑容的人才叫作真正的勝利者。

모든 선수가 최후까지 최선을 다했지만 지고 말았다.
所有選手都全力以赴直到最後，但結果還是輸了。

相似 마지막, 최종
　　最後、最終

♪ 40

□ 추가

addition
追加

例 현금으로 결제하시면 추가 할인 혜택을 드립니다.
您以現金結帳的話，會額外給您優惠折扣。

이 식당은 고기 2인분 추가 시 냉면을 서비스로 준다.
這間餐廳追加兩人份的肉時，會免費贈送冷麵。

*추가하다, 추가되다
追加

名詞

□ 추억

memory
回憶

例 학창 시절의 추억을 잊을 수가 없다.
難忘學生時期的回憶。

이번 여행은 평생 잊지 못할 추억으로 남을 거 같아.
這次旅行應該會留下永生難忘的回憶。

*추억하다, 추억되다
回憶
추억으로 남다
留下回憶

□ 추위

the cold
寒冷

例 추위가 오기 전에 김장을 해야 할 텐데.
應該要在寒冷來臨之前醃泡菜的。

이달 중순부터 본격적인 추위가 시작된다고 한다.
聽說從這個月中旬開始會正式開始寒冷。

相反 더위 熱、暑氣
*추위를 타다
怕冷
추위를 느끼다
感覺冷

□ 출신[출씬]

sb's ancestry
出身、出生

例 우리 학교에는 서울 출신 학생이 거의 없다.
我們學校幾乎沒有首爾出生的學生。

체육 선생님 중에는 운동선수 출신이 많은 편이다.
體育老師當中大多都是運動選手出身。

□ 충격

impact
精神的打擊、衝擊

例　갑자기 할아버지가 돌아가셨다는 연락을 받고 충격을 받았다.
突然接到爺爺過世的通知，受到了打擊。

배송 도중 충격을 받을 수 있으니 물건이 깨지지 않도록 포장을
잘 해야 한다.
（物品）在送貨途中有可能會受到撞擊，所以要好好包裝，以防物品破碎。

*충격을 주다/받다
給予／受到打擊
충격이 크다
打擊很大

□ 친환경

eco-friendly
環保

例　요즘은 친환경 제품들이 각광을 받고 있다.
最近環保產品正受到矚目。

서울시는 친환경 버스를 도입하여 운행을 시작했다.
首爾市引進了環保公車，開始運行了。

I. 단어를 보고 연상되는 단어를 <보기>에서 골라 번호를 쓰세요.

> <보기>　① 집들이　　② 친환경　　③ 찜통더위

01　여름, 습도가 높다, 푹푹 찌다　　　　　　　　　　　　　(　　　)

02　신혼, 휴지, 세제, 초대　　　　　　　　　　　　　　　　(　　　)

03　녹색, 태양열, 전기 자동차　　　　　　　　　　　　　　(　　　)

II. (　　) 에 알맞은 단어를 <보기>에서 골라 번호를 쓰세요.

> <보기>　① 체험　　② 채식　　③ 충격　　④ 첫인상

01　민국 씨의 (　　)은 조금 무뚝뚝해 보였는데, 사실은 명랑하고 활발한 사람이더라고요.

02　고기를 먹지 않고 채소만 먹는 (　　)이 건강에는 문제가 없습니까?

03　(　　)을 통해 배운 것은 흥미를 높여 줄 뿐만 아니라 쉽게 잊어버리지 않는다.

04　쉽게 깨지는 물건을 소포로 보낼 때 외부의 (　　)으로부터 보호하기 위해 공기가 들어 있는 포장용품을 충분히 넣어 포장하는 것이 좋다.

單字	英語	中文	記住了嗎？
통계	statistics	統計（數據）	
통신	communication	通訊	
통증	pain	疼痛	
편식	eat only what one wants	偏食	
평생	one's whole[entire] life	一生	
평소	usual [ordinary, average, regular] day	平時	
평화	peace	和平	
폭설	heavy snow(fall)	暴雪、大雪	
폭식	binge	（暴飲）暴食	
폭우	heavy rain(fall)	暴雨	
표정	sb's face	表情	
품절	be sold out	售完、斷貨、缺貨	
피로	tiredness	疲勞	
피해	harm damage	被害	
필수	necessariness	必需、必須	
핑계	excuse (for)	藉口	
하품	yawn	哈欠	
학력	academic ability	學歷	
학문	study	學問	
학비	school(ing) expenses	學費	
학습	study	學習	
학자	scholar	學者	
학점	credit	學分	
한국학	Koreanology	韓國學	
한눈	at a glance	一眼	
한숨	sigh	嘆氣	
한옥	(traditional) Korean-style house	韓屋	
한정식	Korean Table d'hote	韓定食	
한지	traditional Korean paper handmade from mulberry trees	韓紙	
할부	monthly installment plan	分期付款	

□ 통계

statistics
統計（數據）

例 이 문제는 정확한 통계를 내기가 어렵다.
這個問題很難拿出正確的統計（數據）。

통계에 따르면 실업률이 20%대에 이르고 있다고 한다.
根據統計顯示失業率達到了20%。

*통계를 내다
拿出統計（數據）
통계가 나오다
統計（數據）出來

□ 통신

communication
通訊

例 태풍으로 통신이 두절된 지 이틀이 지났다.
由於颱風而導致的通訊中斷已經過兩天了。

여기는 통신이 잘 안 돼서 통화하기가 어렵다.
這裡通訊不太好，所以很難通電話。

*통신하다, 통신되다
通訊

□ 통증[통쯩]

pain
疼痛

例 통증이 심하면 진통제를 드세요.
若疼痛嚴重，就請服用鎮痛劑。

발의 통증이 점점 심해지는 것 같다.
腳的疼痛好像漸漸變嚴重了。

*통증이 있다/없다
有／沒有疼痛
통증을 느끼다
感覺疼痛

□ 편식

eat only what one wants
偏食

例 편식은 건강에 안 좋다.
偏食對健康不好。

나의 건강 비결은 편식, 흡연, 음주를 하지 않는 것이다.
我的健康祕訣就是不偏食、不吸菸、不喝酒。

*편식하다
偏食

名詞

□ 평생

one's whole[entire] life
一生

例　내 평생 이런 일은 처음이다.
這種事是我生平第一次。

요즘은 평생직장이라는 개념이 사라졌다.
最近終生職場的觀念漸漸消失了。

相似　일생　一生

□ 평소

usual[ordinary, average, regular]
day
平時

例　평소에 뭘 주로 먹어요?.
平時主要都吃什麼？

저녁에 약속이 있어서 평소보다 옷차림에 신경을 썼다.
因為晚上有約，所以比平時更用心打扮了。

相似　평상시　平時、平常

□ 평화

peace
和平

例　비둘기는 평화의 상징이다.
鴿子是和平的象徵。

세계의 평화를 위협하는 핵무기는 없어져야 한다.
威脅世界和平的核子武器必須要消失。

*평화를 지키다
守護和平
평화를 깨뜨리다
破壞和平

□ 폭설[폭썰]

heavy snow(fall)
暴雪、大雪

例　제주 지역에 폭설이 내렸다.
濟州地區下了大雪。

예고 없는 폭설로 도로가 막혔다.
道路由於突如其來的大雪而堵塞了。

相似　대설　大雪
*폭설이 내리다
下大雪

□ 폭식[폭씩]

binge
（暴飲）暴食

例 폭식은 다이어트의 적이다.
（暴飲）暴食是減肥的敵人。

스트레스로 인한 폭식은 건강에 무척 해롭다.
由於壓力引起的（暴飲）暴食對健康傷害格外嚴重。

*폭식하다
（暴飲）暴食

□ 폭우[포구]

heavy rain(fall)
暴雨

例 폭우로 바로 앞도 보이지 않았다.
因為暴雨的關係，就連前方都看不見了。

강풍을 동반한 폭우로 많은 피해가 발생했다.
由於伴隨強風而來的暴雨導致受災嚴重。

相似 호우 豪雨、大雨
*폭우가 내리다
下暴雨
폭우가 쏟아지다
傾盆大雨

□ 표정

sb's face
表情

例 그런 표정으로 부탁을 하는데 누가 들어주겠어?
用那種表情拜託人，誰會答應啊？

내 친구는 표정이 다양해서 보고 있으면 재미있다.
我的朋友表情多變，所以看著就覺得有趣。

*표정을 짓다
做表情
표정이 풍부하다
表情豐富

□ 품절

be sold out
售完、斷貨、缺貨

例 그 책은 현재 품절입니다.
那本書目前售完了。

현재 그 제품은 일시 품절 상태입니다.
目前該產品是暫時缺貨的狀態。

相似 매진 賣完
*품절되다
售完

名詞

41

□ 피로

tiredness
疲勞

例 아이들이 웃고 떠드는 모습을 보니 피로가 저절로 풀렸다.
看到小孩笑著喧譁的模樣，不由得疲勞全消。

야근을 반복하다 보니 피로가 쌓여서 몸살이 날 것 같다.
反覆加班，疲勞累積下來，感覺都快要渾身疲痛了。

相似 피곤 疲勞、疲倦
*피로하다
　疲勞
　피로가 쌓이다
　疲勞累積
　피로를 풀다
　解除疲勞

□ 피해

harm damage
被害

例 제가 입은 정신적 피해는 어떻게 보상해 주실 거죠?
我受到的精神傷害，您要怎麼補償？

이번 폭우로 피해를 입은 지역에 도움의 손길이 이어지고 있다.
（大家）紛紛伸出援手幫忙這次因暴雨而受害的地區。

*피해를 입다,
　피해를 당하다
　受害

□ 필수

necessariness
必需、必須

例 이 공연을 보려면 예약은 필수다.
想看這表演就必須預約。

적당한 영양 섭취는 건강 유지의 필수 조건이다.
攝取適當的營養是維持健康的必需條件。

*필수 요소
　必需要素
　필수 조건
　必需條件

□ 핑계

excuse (for)
藉口

例 이제 그런 핑계는 더 이상 듣고 싶지 않아.
現在不想再聽到那種藉口了。

이 과장은 바쁘다는 핑계로 동창회에 참석하지 않았다.
李課長以忙碌為藉口沒有出席參加同學會。

相似 변명 辯解
*핑계를 대다
　找藉口

□ 하품

yawn
哈欠

例 졸려서 자꾸 하품이 나왔다.
因為睏了，所以一直打哈欠。

불경기라 손님이 없어서 가게 직원들이 하품만 하고 있다.
因為不景氣沒客人，所以店員直打哈欠。

*하품하다, 하품이 나오다
打哈欠

□ 학력[항녁]

academic ability
學歷

例 최종 학력이 어떻게 되십니까?
您最終學歷是什麼？

우리 회사에 지원하기에는 학력이 너무 높으신데요?
對於應徵我們公司，您的學歷似乎太高了？

*학력이 높다/낮다
學歷高／低

□ 학문[항문]

study
學問

例 대학은 학문을 연구하는 곳이다.
大學是研究學問的地方。

고생물학은 화석을 연구하는 학문이다.
古生物學是研究化石的一門學問。

*학문에 힘쓰다
為學、做學問
학문을 닦다
治學、鑽研學問

□ 학비[학삐]

school(ing) expenses
學費

例 부모님께서 대학 학비를 내 주셨다.
父母親幫我付了大學學費。

이번 학기 학비를 벌기 위해 아르바이트를 해야 한다.
為了賺取這學期的學費，得打工才行。

相似 수업료 學費
　　 등록금 註冊費
*학비를 마련하다
準備學費
학비를 대다
交學費

□ 학습[학씁]

> 例 그 학생은 학습 태도가 별로 좋지 않다.
> 那位學生學習態度不怎麼好。
>
> 외국어 학습은 현지에 가서 하는 것이 효과적이다.
> 外語學習到當地去學效果更好。

study
學習

相似 공부 學習、念書
　　학업 學業
*학습하다, 학습되다 學習
　학습을 받다 接受學習

□ 학자[학짜]

> 例 인류학자들은 인간의 문화를 발견하고 연구한다.
> 人類學者發現人類的文化後，進而研究。
>
> 그는 심리학 분야에서 세계적으로 유명한 학자이다.
> 他在心理學領域是世界聞名的學者。

scholar
學者

□ 학점[학쩜]

> 例 우리 학교는 봉사활동을 학점으로 인정해 준다.
> 我們學校承認公益活動作為學分。
>
> 좋은 회사에 취직하기 위해서 좋은 학점은 필수다.
> 為了在好公司就職，優秀的GPA是必備條件。

credit
學分

*학점을 따다,
　학점을 취득하다 取得學分
*在韓國「학점（學分）」
　除了指計算學科分量的單
　位——「學分」外，也可以
　指「GPA（等第績分平均）
　成績」，即「歷年在校平均
　成績」。

□ 한국학[한구칵]

> 例 한국학 전공을 신설하는 대학들이 많아졌다.
> 新設韓國學系的大學變多了。
>
> 한국학에 관심을 갖는 외국인이 늘어나고 있다.
> 對韓國學感興趣的外國人不斷在增加。

Koreanology
韓國學

□ 한눈

at a glance
一眼

例 한눈에 반한다는 말을 믿으세요?
您相信一見鍾情這句話嗎？

나는 한눈에 그 여자를 알아볼 수 있었다.
我一眼就能看穿那個女人。

相似 첫눈 第一眼

名詞

□ 한숨

sigh
嘆氣

例 무슨 걱정이 있으세요? 왜 그렇게 한숨을 쉬세요?
您在擔心什麼嗎？為何您要那樣嘆氣呢？

많이 다치지 않았다는 의사의 말을 듣고 안도의 한숨을 쉬었다.
聽到醫生說受傷沒有很嚴重，才放心地嘆了一口氣。

*한숨을 쉬다
嘆了一口氣、嘆氣

□ 한옥[하녹]

(traditional) Korean-style house
韓屋

例 한옥은 한국의 전통 집을 말한다.
韓屋是指韓國的傳統房屋。

최근 한옥을 개조한 게스트 하우스가 인기다.
最近由韓屋改造而成的Guest House（民宿）很受歡迎。

□ 한정식

Korean Table d'hote
韓定食

例 전주에 가면 꼭 한정식을 먹어 봐야 한다.
如果去全州，就一定要吃吃看韓定食才行。

결혼식 상견례를 위해 한정식 집을 예약했다.
為了婚禮的相見禮，預約了韓定食餐廳。

♪ 42

□ 한지

traditional Korean paper
handmade from mulberry
韓紙

例　한지는 전통적인 방식으로 만든 종이다.
韓紙是以傳統的方式製成的紙。

이번 문화 수업에서는 한지를 이용한 공예를 배운다고 한다.
聽說這次文化課會學習韓紙工藝。

□ 할부

monthly installment plan
分期付款

例　컴퓨터를 10개월 할부로 구입했다.
電腦以10個月分期付款買下了。

나는 할부로 물건 사는 것을 별로 좋아하지 않는다.
我不太喜歡以分期付款買東西。

*할부로 사다
　以分期付款購買
　할부로 하다
　用分期付款

Ⅰ. 다음 단어의 밑줄 친 글자의 의미가 <u>다른</u> 것을 골라 보세요.

01 　① <u>한</u>옥 　　　　　　　② <u>한</u>숨
　　③ <u>한</u>정식 　　　　　　④ <u>한</u>국학

02 　① <u>폭</u>식 　　　　　　　② <u>폭</u>포
　　③ <u>폭</u>설 　　　　　　　④ <u>폭</u>우

名詞

Ⅱ. 재미있는 심리 테스트 해보실래요?

■ 다음 중 흰색을 생각했을 때 가장 먼저 생각나는 단어를 골라보세요.

토끼 : 당신을 어린아이처럼 돌봐줄 수 있는 연상을 좋아하는 경우가 많아요. 또 문
　　　제가 생기면 상대에게 **조언**을 구하는 편이니까 편안하고 어른스러운 사람을
　　　만나면 좋을 거예요.
눈 : 당신은 똑똑한 사람을 좋아해요. **학자**, 교수 등 **학력**이 높은 사람을 선호하지요.
　　자유를 추구하지만 크게 규칙에서 벗어
　　나지 않는 편이고, 관심사가 같은 사람이
　　어울립니다.
솜사탕 : 나이에 비해 조숙한 당신은 불같은 사랑보다는 평생 친구처럼 지낼 수 있는
　　　　편하고 자연스러운 관계를 선호합니다. 너무 적극적으로 다가오면 부담을
　　　　느끼는 편이에요.
웨딩드레스 : 개성적이고 독특한 당신은 다른 사람들의 관심을 받기를 좋아해요.
　　　　　　로맨틱한 사랑을 꿈꾸는 당신은 **한눈**에 반하는 연애를 꿈꾸고
　　　　　　있습니다.

單字	英語	中文	記住了嗎？
항공료	airfare	空運費、機票	
해결책	solution	解決方案、對策	
행동	act	行動	
향기	scent	香氣、香味	
현대	modern times	現代	
현대인	contemporary man	現代人	
현대적	modern	現代的、現代化	
현실	reality	現實	
현장	(actual) place[spot]	現場	
형태	form	形狀	
형편	circumstances	境況	
혜택	benefit	恩惠、實惠、優惠	
호감	a good feeling	好感	
호기심	curiosity	好奇心	
호칭	title	名稱、稱呼	
홍보	publicity	宣傳	
화재	fire	火災	
환경	environment	環境	
환기	ventilation	通風	
환상적	fantastic	幻想的、夢幻的、絕佳	
회비	dues	會費	
회식	get-together	聚餐	
회원	member	會員、（社團的）社員	
회의장	conference hall	會議廳、會議室	
회장	president	會長	
효과	effect	效果	
효율적	efficient	有效率的	
흥미	interest	興趣、趣味	
희망	hope	希望	
희생자	victim	犧牲者	

□ 항공료[항공뇨]

airfare
空運費、機票

例 왕복 항공료가 편도보다 쌉니다.
來回機票比單程便宜。

제주도까지 항공료가 얼마입니까?
到濟州島的機票多少錢？

□ 해결책

solution
解決方案、對策

例 당장은 해결책이 없습니다.
目前沒有解決方案。

모두가 만족할 만한 해결책을 찾고 있습니다.
正在找能讓大家都滿意的解決方案。

*해결책을 마련하다
制定解決方案／對策
해결책을 찾다
尋找解決方案／對策

□ 행동

act
行動

例 말보다 행동이 중요하다.
坐而言，不如起而行（行動比言語重要）。

단체 여행이니 개인행동은 하지 마십시오.
因為是團體旅行，請勿單獨行動。

*행동하다
行動
행동이 빠르다/느리다
行動快／慢

□ 향기

acent
香氣、香味

例 커피 향기가 좋은데, 나도 한 잔 주세요.
咖啡香氣很香，也請給我一杯。

바람이 불자 정원에서 방으로 장미 향기가 흘러 들어왔다.
風一吹，便從庭院往房間傳來了玫瑰香氣。

*향기가 좋다
香氣很香
향기가 나다
散發香氣
향기를 맡다
聞香氣

□ 현대

modern times
現代

例　전통문화가 현대로 오면서 많이 없어졌다.
隨著傳統文化來到現代後，很多都漸漸失傳了。

그 병은 현대 의학으로 고칠 수 없는 불치병이다.
那個疾病是以現代醫學無法治癒的不治之症。

*고대-근대-현대
古代-近代-現代

□ 현대인

contemporary man
現代人

例　스트레스에 시달리지 않는 현대인이 있을까?
有不受壓力折磨的現代人嗎？

컴퓨터와 스마트폰은 현대인의 필수품이라고 할 수 있다.
電腦和智慧型手機可以說是現代人的必需品。

□ 현대적

modern
現代的、現代化

例　이 집은 전통 한옥에 현대적인 시설을 갖춘 주택입니다.
這棟住宅是一間擁有現代化設備的傳統韓屋。

우리 할아버지는 연세에 비해 현대적인 사고를 가지고 계신다.
我爺爺有著相較於他的年齡來得現代化的思考方式。

□ 현실

reality
現實

例　오랜 꿈이 현실이 되었다.
長久以來的夢想成了現實。

현실에 만족하며 사는 것은 힘든 일이다.
活著很難對現實感到滿足。

相反　이상 理想
　　　꿈 夢想
*현실에 적응하다
適應現實
현실을 받아들이다
接受現實

□ 현장

(actual) place[spot]
現場

例 ① 경찰이 사건 현장을 조사하고 있었다.
當時警察正在案發現場調查。

② 학생들은 교실 수업보다 현장 학습을 더 좋아한다.
學生們比起在教室上課，更喜歡在現場學習。

名詞

□ 형태

form
形狀

例 이층으로 가는 계단은 S자 형태로 되어 있었다.
通往二樓的階梯是S字形狀。

일자 형태의 부엌과 ㄷ자 형태의 부엌 중 어느 게 더 좋으세요?
一字形的廚房和ㄷ字形的廚房中，您比較喜歡哪一個呢？

相似 모양 模樣
　　스타일 風格

□ 형편

circumstances
境況

例 그는 집안 형편이 어렵다.
他家境困苦。

은주 씨는 가족들 형편이 궁금해서 고향에 내려갔다.
恩珠小姐惦記家人的生活情況，所以下鄉去了。

相似 상황 情況
*형편이 어렵다
家境困苦
형편이 딱하다
家境窘困

□ 혜택

benefit
恩惠、實惠、優惠

例 회원에 가입하면 어떤 혜택이 있어요?
加入會員的話，有什麼樣的優惠呢？

시골은 환경은 깨끗하지만 문화 혜택은 거의 없다고 할 수 있다.
雖然鄉下環境乾淨，但可說是幾乎沒有文化效益。

*혜택을 주다/받다
施／受惠、給予／得到優惠
혜택을 누리다
享有優惠

□ 호감

a good feeling
好感

例　나는 그에게 점점 호감을 느끼게 되었다.
我對他漸漸產生好感。

조금만 이야기를 나눠 보면 누구나 그녀에게 호감을 가질 것이다.
只要稍微聊一下天，任誰都會對她產生好感。

相反 반감 反感
*호감이 가다, 호감을 갖다
有好感
호감을 느끼다
產生好感

□ 호기심

curiosity
好奇心

例　선생님의 이야기는 학생들의 호기심을 끌었다.
老師的故事引起了學生們的好奇心。

진수 씨는 TV에서 본 사건에 대해 호기심이 생겼다.
真秀先生對在電視上看到的事件產生了好奇心。

相似 궁금증 好奇
*호기심을 끌다
引起好奇心
호기심이 많다
好奇心旺盛

□ 호칭

title
名稱、稱呼

例　결혼한 지 얼마 되지 않아서 아직은 '여보'라는 호칭이 어색하다.
由於結婚沒過多久，仍然對於「老公／老婆」這個稱呼感到尷尬。

한국 사람은 오빠, 언니 등의 가족 호칭을 아는 사람에게도 쓴다.
韓國人對熟識的人也會用哥哥、姊姊等家人的稱呼。

*호칭을 쓰다
使用稱呼
호칭을 부르다
叫稱呼

□ 홍보

publicity
宣傳

例　상반기에는 신제품 홍보가 가장 중요하다.
上半年最重要的是宣傳新產品。

영화 홍보를 위해 영화관에 온 배우들을 보러 사람들이 몰렸다.
人群蜂擁而至，只為一睹為宣傳電影而來電影院的演員們。

相似 광고 廣告
*홍보하다, 홍보에 나서다
宣傳

☐ 화재

fire
火災

例 화재 신고는 119에 하세요.
火災通報請撥打119。

겨울과 봄에는 건조해서 화재 발생률이 높다.
冬天和春天很乾燥，所以火災發生率很高。

相似 불 火
*화재가 발생하다
發生火災

☐ 환경

environment
環境

例 새로 이사 가는 집은 주변 환경이 아주 좋다.
新搬去的家周邊環境非常好。

환경 보호를 위해 환경 친화 제품을 애용하는 것이 좋다.
為了環境保護，多用環保產品比較好。

*환경을 보호하다
保護環境
환경을 가꾸다
打理環境

☐ 환기

ventilation
通風

例 이 건물은 환기가 잘 안 된다.
這個建築物通風不良。

매일 한 번씩 환기를 위해 창문을 여는 것이 좋다.
為了每天通風一次，打開窗戶比較好。

*환기를 시키다
使通風
환기가 되다
通風

☐ 환상적

fantastic
幻想的、夢幻的、絕佳

例 오늘 본 공연은 정말 환상적이었어.
今天看的表演真的超讚（很夢幻）。

남자 친구가 준비한 저녁 식사는 정말 환상적이었다.
男朋友準備的晚餐真的超讚（很夢幻）。

*「환상적（幻想的）」平時
口語中常會用來形容人或事
物「絕佳」、「極好」。

名詞

□ 회비

dues
會費

例 네가 다니는 스포츠센터 회비는 얼마야?
你去的那間健身中心會費是多少？

오늘 식사비용은 회비에서 내기로 했습니다.
決定今天的餐費用會費來付。

*회비를 내다
　繳會費
　회비를 걷다
　收會費
　회비를 납부하다
　繳納會費

□ 회식

get-together
聚餐

例 요즘 회식에서는 술을 많이 먹지 않는 편이다.
最近聚餐時酒喝得不算多。

오늘 퇴근 후에 회식이 있어서 약속을 못 지킬 것 같아. 미안해.
今天下班後有聚餐，所以應該無法赴約了。對不起！

*회식하다
　聚餐

□ 회원

member
會員、（社團的）社員

例 회원 가입하는데 자격이 필요해요?.
加入會員，需要什麼資格嗎？

우리 동아리 신입 회원은 몇 명이야?
我們社團的新進社員有幾位？

*회원을 모집하다
　招募會員／社員
　회원이 되다
　成為會員／社員

□ 회의장

conference hall
會議廳、會議室

例 회의장은 2층에 있습니다.
會議廳在2樓。

회의장에 아무도 없는데 회의가 2시 아닙니까?
會議室裡什麼人也沒有，會議不是2點嗎？

□ **회장**

president
會長

例 부회장만 보이는데 회장은 아직 안 왔어?
只看見副會長，會長還沒來嗎？

유진 씨가 이번에 학생회장으로 선출되었대.
聽說宥珍小姐這次被選為學生會長了。

*회장을 선출하다
選會長
회장으로 선출되다
選為會長

□ **효과**

effect
效果

例 그 방법이 효과가 있었어요?
那個方法有效嗎？

두통에는 이 약이 효과가 빨라.
這個藥對治療頭痛很快就見效。

相似 효능 效能
　　 효력 效力
*효과가 있다/없다
有／沒有效（果）
효과를 보다
看到效果

□ **효율적[효율쩍]**

efficient
有效率的

例 일을 분담해서 하는 것이 효율적이다.
把工作分擔開來做會很有效率。

단어를 외우는 데 효율적인 방법이 있어요?
有有效背單字的方法嗎？

相似 효과적
　　 有效的
　　 능률적
　　 有效率的、高效率的

□ **흥미**

interest
興趣、趣味

例 역사에 흥미가 없는 학생들이 많다.
對歷史不感興趣的學生很多。

흥미 위주의 오락 영화가 스트레스를 해소하는 데 좋다.
以趣味為主的娛樂電影對消除壓力很有幫助。

相似 관심 關心、興趣
　　 재미 樂趣
*흥미를 불러일으키다
引起興趣
흥미를 가지다
有興趣

名詞

♪ 44

□ 희망

hope
希望

例 ① 장래 희망이 뭐예요?
將來的希望是什麼呢？

② 나는 아직도 그가 돌아올 거라는 희망을 잃지 않고 있다.
我對於他會回來這件事沒有失去希望。

相反 절망 絕望
*희망이 보이다
看見希望
희망을 가지다
抱有希望
희망에 차다
充滿希望

□ 희생자

victim
犧牲者

例 이번 화재로 많은 희생자가 생겼다.
因為這次火災，出現了很多犧牲者。

희생자에 대한 보상을 어떻게 할 것인지 아직 정하지 못했다.
尚無法決定該如何補償犧牲者。

Ⅰ. 다음 단어와 어울릴 수 있는 단어를 연결하세요.

1. 향기가 •　　　　　　　• ① 방법

2. 형편이 •　　　　　　　• ② 나다

3. 호기심이 •　　　　　　• ③ 어렵다

4. 효율적인 •　　　　　　• ④ 생기다

Ⅱ. 설명하는 단어를 <보기>에서 골라 번호를 쓰세요.

<보기>	① 희망	② 혜택	③ 해결책	④ 효과	⑤ 호감
	⑥ 환기	⑦ 희생자	⑧ 환경	⑨ 흥미	⑩ 현실

01　상대에게 느끼는 좋은 감정　　　　　　　　(　　)

02　어떤 일을 이루고 싶은 마음　　　　　　　　(　　)

03　재미있어서 관심이 생기는 것　　　　　　　(　　)

04　사회의 제도나 사업이 사람들에게 주는 이익　(　　)

動詞

動詞（23～39天）

單字	英語	中文	記住了嗎？
가꾸다	raise	打扮、栽種	
가라앉다	sink	沉沒、下沉	
가리다	hide	遮掩、遮蓋	
가리키다	point	指、示意	
간섭하다	interfere	干涉	
갇히다	be shut up	被關	
갈다	change	換	
갈아입다	change	換衣服	
감기다	be twined (around)	閉	
감다	close(one's eyes)	閉眼	
감추다	hide	藏、藏匿	
갖추다	prepare	具備、備齊	
갚다	repay	償還	
개다	clear up	放晴	
개발하다	develop	開發	
거두다	harvest, gather	獲得、取得	
거절하다	refuse	拒絕	
거치다	go through	經過、經由	
건네다	hand, pass	遞交、搭話	
걸다	hang, bet	掛、抱（希望）	
걸리다	be hung	懸掛、決定於	
겪다	experience	經歷	
견디다	bear	忍受、忍耐	
결심하다	decide	（下定）決心	
겹치다	overlap	疊、重疊、碰在一起、連續遇到	
고르다	choose	挑、選	
고민하다	trouble	煩惱	
고생하다	have trouble	辛苦、受苦	
고소하다	accuse	起訴	
고치다	repair	修理、改正	

♪ 45

□ 가꾸다

가꾸고, 가꾸어서,
가꾸면, 가꾸니까

raise
打扮、栽種

例 요즘 여자들은 자신의 몸매를 가꾸는 데 관심이 많다.
最近女生很注重保養自己的身材。

우리 어머니는 마당에서 나무와 꽃을 가꾸는 것을 좋아한다.
我媽媽喜歡在院子栽種樹木和花。

相似 꾸미다 打扮
　　 키우다 培植、培養
*화초를 가꾸다
　栽種花草

□ 가라앉다[가라안따]

가라앉고, 가라앉아서,
가라앉으면, 가라앉으니까

sink
沉沒、下沉

例 오래 전에 가라앉은 배에서 보물이 발견되었다.
在很久以前的沉船上發現了寶物。

해수면이 높아지면서 섬이 점점 바다 속으로 가라앉고 있다.
隨著海平面上升，島嶼漸漸下沉到海底。

相似 침몰하다 沉沒
相反 떠오르다 浮上來
*목소리가 가라앉다
　聲音低沉
　기분이 가라앉다
　心情低落

□ 가리다

가리고, 가려서,
가리면, 가리니까

hide
遮擋、遮掩

例 갑자기 사진을 찍는 바람에 손으로 얼굴을 가렸다.
因為突然拍照於是就用手擋住了臉。

강추위 때문에 모자와 목도리로 얼굴을 가리고 다녔다.
因為酷寒於是就用帽子和圍巾遮住臉走路。

相似 막다 擋
　　 덮다 掩蓋

□ 가리키다

가리키고, 가리켜서,
가리키면, 가리키니까

point
指、示意

例 아이는 손가락으로 먼 산을 가리키며 말했다.
小孩用手指指著遠山說。

돈을 잘 쓰지 않고 인색한 사람을 가리켜 구두쇠라고 한다.
指不太花錢又吝嗇的人，稱為小氣鬼。

動詞

□ **간섭하다[간서파다]**　간섭하고, 간섭해서,　interfere
　　　　　　　　　　　간섭하면, 간섭하니까　干涉

例　더 이상 남의 일에 간섭하지 마세요.
　　請您不要再干涉別人的事情。

　　옆집의 부부싸움에 간섭했다가 큰일을 당할 뻔했다.
　　干涉鄰居夫妻吵架，差點兒出了大事。

相似　참견하다 干預
　　　끼어들다 插手
相反　방관하다 旁觀
*（名詞）에 간섭하다
　干涉～

□ **갇히다[가치다]**　갇히고, 갇혀서,　be shut up
　　　　　　　　갇히면, 갇히니까　被關

例　지금 내 신세는 동물원에 갇혀 있는 동물과 다르지 않다.
　　現在我的命運和被關在動物園裡的動物沒有兩樣。

　　갑자기 전기가 나가서 엘리베이터에 30분간 갇혀 있었다.
　　由於突然停電，被關在電梯裡30分鐘。

相似　감금되다 監禁、關
相反　풀리다 釋放
*（名詞）에
　（名詞）이/가 갇히다
　～被關在～

□ **갈다**　갈고, 갈아서,　change
　　　　갈면, 가니까　換

例　어항의 물은 일주일에 한 번은 갈아 주어야 한다.
　　魚缸的水應該一週換一次。

　　환자가 퇴원하고 침대보와 이불을 새 것으로 갈아 놓았다.
　　病患出院後，床單和被子都換成新的了。

相似　바꾸다 換
　　　교체하다 交換
*（名詞）을/를
　（名詞）(으)로 갈다
　將～換成～

□ **갈아입다[가라입따]**　갈아입고, 갈아입어서,　change
　　　　　　　　　　갈아입으면, 갈아입으니까　換衣服

例　우선 편한 옷으로 갈아입고 나오세요.
　　請先換上輕便的衣服後再出來。

　　한국에서는 결혼식이 끝나면 한복으로 갈아입고 폐백을 드린다.
　　在韓國婚禮一結束就會換上韓服拜見婆家長輩。

*（名詞）을/를
　（名詞）(으)로 갈아입다
　將～換掉，穿上～

♪ 45

□ **감기다**
감기고, 감겨서,
감기면, 감기니까

be twined (around)
閉

例 너무 피곤했는지 눈이 저절로 감겼다.
好像太累了，眼睛不由自主地就閉上了。

그의 눈은 감겨 있지만 귀로 모든 소리를 듣고 있다.
他的眼睛雖然閉著，但用耳朵在聽所有聲音。

* （名詞） 이/가 감기다
～閉上

□ **감다[감따]**
감고, 감아서,
감으면, 감으니까

close (one's eyes)
閉眼

例 눈을 잠깐 감았다 떴을 뿐인데 1시간이나 지났다.
只是稍微閉上眼睛再睜開就過了1小時。

조용한 음악을 들으며 눈을 감고 마음을 안정시켰다.
聽著安靜的音樂並閉上眼睛使心靈平靜。

相反 뜨다 睜開
*눈을 감다
閉上眼睛

動詞

□ **감추다**
감추고, 감춰서,
감추면, 감추니까

hide
藏、藏匿

例 비상금을 아끼던 책 속에 감춰 놓았다.
將私房錢藏在心愛的書裡面。

친구라고 해서 그 사람을 감춰 주면 당신도 공범이 됩니다.
因為是朋友就藏匿那個人，連你也會成為共犯。

相似 숨기다 藏匿

□ **갖추다[갇추다]**
갖추고, 갖춰서,
갖추면, 갖추니까

prepare
具備、備齊

例 그는 지도자로서 실력과 자격을 충분히 갖추고 있다.
他身為指導者，具備充分的實力與資格。

겨울에 등산을 하려면 필요한 장비를 갖추어야 사고에 대비할 수 있다.
若想在冬天登山，需備齊必要裝備才能防止意外。

相似 구비하다 具備
지니다 具有

□ **갚다[갑따]**　갚고, 갚아서,
갚으면, 갚으니까

repay
償還

例 ① 등록금 때문에 대출 받은 돈을 모두 갚아서 마음이 후련하다.
因為註冊費而貸款的錢全還清了，所以心情舒暢。

② 그동안 신세 진 것을 다 갚으려면 평생을 다해도 모자란다.
若想償還完這段時間欠您的人情，就算花一輩子也不夠。

相反 빌리다 借
*돈을 갚다
　還錢
　신세를 갚다
　償還人情
　은혜를 갚다
　報恩

□ **개다**　개고, 개서,
개면, 개니까

clear up
放晴

例 흐렸던 날씨가 활짝 갰다.
原本陰鬱的天氣豁然晴朗了。

파랗게 갠 하늘을 바라보며 나무 그늘에 누웠다.
望著晴朗的青空躺在樹蔭下。

相似 맑아지다 轉晴
*날이 개다, 하늘이 개다
　天晴

□ **개발하다**　개발하고, 개발해서,
개발하면, 개발하니까

develop
開發

例 정부는 신도시를 개발하는 데 중점을 두고 있다.
政府把重點放在開發新都市。

경치가 아름다운 곳을 관광 상품으로 개발하고자 한다.
打算將景色優美的地方開發成觀光商品。

*도시를 개발하다
　開發都市
　상품을 개발하다
　開發商品

□ **거두다**　거두고, 거둬서,
거두면, 거두니까

harvest, gather
獲得、取得

例 월드컵 결승에서 독일이 승리를 거두었다.
在世界盃決賽中德國獲得了勝利。

그 선수는 좋은 성적을 거둬서 사람들에게 큰 관심을 받았다.
那位選手因為取得好成績而受人關注。

相似 얻다 得到
*승리를 거두다
　獲得勝利

♪ 46

□ 거절하다

거절하고, 거절해서,
거절하면, 거절하니까

refuse
拒絕

例 그는 한번만 도와달라는 나의 부탁을 기어이 거절했다.
我拜託他就幫忙我這一次，最後還是拒絕了我的請求。

내 친구는 다른 사람의 제안이나 부탁을 거절할 줄 모른다.
我朋友不懂得如何拒絕他人的提議或請託。

相似 거부하다 拒絕
相反 들어주다 答應
*부탁을 거절하다
拒絕請託
제안을 거절하다
拒絕提議

□ 거치다

거치고, 거쳐서,
거치면, 거치니까

go through
經過、經由

例 이곳을 거쳐 간 수많은 사람들이 있다.
有無數的人曾經過這裡。

여름에 큰맘 먹고 부산을 거쳐서 제주도까지 여행을 갔다 왔다.
夏天的時候下定決心經由釜山到濟州島旅行了一趟。

相似 겪다 經歷
　　지나가다 經過

□ 건네다

건네고, 건네서,
건네면, 건네니까

hand, pass
遞交、搭話

例 ① 그는 나에게 술잔을 건네면서 말을 걸었다.
他一邊將酒杯遞給我和搭了話。

② 친구에게 말 한마디 건네지 못하고 그냥 돌아왔다.
和朋友一句話也沒說到，就直接回來了。

相似 주다 給
*인사를 건네다
打招呼
말을 건네다
交談、搭話

□ 걸다

걸고, 걸어서,
걸면, 거니까

hang, bet
掛、抱（希望）

例 ① 부모들은 자식들에게 거는 기대가 크다.
父母對兒女寄予厚望。

② 벽에 예쁜 그림을 걸어 놓으니까 분위기가 밝아졌다.
牆上掛著漂亮的畫，氣氛都愉快了起來。

*전화를 걸다
打電話
말을 걸다
搭話、攀談

動詞

♪ 46

□ **걸리다**

걸리고, 걸려서,
걸리면, 걸리니까

be hung
懸掛、決定於

例 ① 이 일에는 우리 회사의 운명이 걸려 있다.
這件事攸關我們公司的命運。

② 옷걸이에 걸려 있는 옷과 모자가 너무 낯설었다.
衣架上掛著的衣服和帽子太陌生了。

*감기에 걸리다
罹患感冒
전화가 걸리다
電話打通
시간이 걸리다
花時間、耗時

□ **겪다[격따]**

겪고, 겪어서,
겪으면, 겪으니까

experience
經歷

例 할머니는 그동안 살아오면서 겪은 이야기를 들려 주셨다.
奶奶將活得這麼久所經歷的故事說給我聽。

그 아이는 온갖 시련과 어려움을 겪으면서 더욱 강해졌다.
那個小孩在經歷種種考驗與困難後變得更加堅強了。

相似 경험하다 經驗
*시련을 겪다
經歷考驗
시행착오를 겪다
經歷反覆試驗

□ **견디다**

견디고, 견뎌서,
견디면, 견디니까

bear
忍受、忍耐

例 아무리 힘들어도 견뎌야 한다.
無論再怎麼辛苦也要忍耐才行。

남극의 펭귄들은 추위를 온몸으로 견딘다.
南極的企鵝用全身來忍耐寒冷。

相似 버티다
堅持
참다
忍耐、忍住、忍受

□ **결심하다[결씸하다]**

결심하고, 결심해서,
결심하면, 결심하니까

decide
（下定）決心

例 앞으로 최선을 다하기로 결심했다.
（下定）決心以後要全力以赴。

다음부터는 싸우지 않고 행복하게 잘 살겠다고 결심했다.
（下定）決心以後再也不吵架，要幸福快樂地生活。

相似 마음먹다 下定決心
*（動詞）기로 결심하다,
（動詞）다고 결심하다
決心～

♪ 46

□ 겹치다

겹치고, 겹쳐서,
겹치면, 겹치니까

overlap
疊、重疊、碰在一起

例 설거지를 마친 그릇들을 겹쳐 쌓아 놓았다.
洗完碗筷後，將碗盤疊好了。

이번 주는 기념일이 겹쳐 있어서 매우 바쁠 것 같다.
因為這星期紀念日碰在一起，感覺會非常忙碌。

□ 고르다

고르고, 골라서,
고르면, 고르니까

choose
挑、選

例 옷가게에서 예쁜 티셔츠를 하나 골랐다.
在服飾店挑了一件漂亮的T恤。

내 친구는 물건을 고르는 안목이 뛰어나다.
我的朋友挑東西的眼光很好。

相似 선택하다, 택하다 選擇

□ 고민하다

고민하고, 고민해서,
고민하면, 고민하니까

trouble
煩惱

例 학교와 전공 선택에 대해서 고민하고 있다.
正在煩惱該選擇哪間學校和主修科目。

요즘 복잡한 문제가 있어서 고민하다 보니 골치가 아프다.
最近遇到複雜的問題，煩惱到令人頭疼。

相似 걱정하다 擔心

□ 고생하다

고생하고, 고생해서,
고생하면, 고생하니까

have trouble
辛苦、受苦

例 어머니는 병으로 오랫동안 고생하셨다.
媽媽長久以來為病所苦。

아버지는 자식들을 키우느라 많이 고생하셨지만 행복감이 더 크셨다고 한다.
爸爸說雖然他為了養育子女吃了很多苦，但卻倍感幸福。

動詞

♪ 46

☐ **고소하다**　고소하고, 고소해서,　accuse
　　　　　　　　고소하면, 고소니까　控訴、起訴

例　경찰에 사기꾼을 고소했다.　相似 신고하다
　　向警察控訴騙子。　　　　　　告發、檢舉、通報

　　일주일 안으로 빌린 돈을 갚지 않으면 고소하겠다고 했다.
　　（某人）說若不在一週內還清借的錢，（他）就要起訴。

☐ **고치다**　고치고, 고쳐서,　repair
　　　　　　　고치면, 고치니까　修理、改正

例　오빠는 집안의 망가진 가구들을 잘 고친다.　相似 수리하다 修理
　　哥哥將家裡壞掉的家具修理好了。　　　　　　*병을 고치다
　　　　　　　　　　　　　　　　　　　　　　　　治病
　　어른한테 반말하는 습관을 고쳐야 예쁨을 받을 수 있다.　버릇을 고치다
　　要改掉對大人說半語的習慣才會得到疼愛。　　　　　　改掉惡習

Ⅰ. 다음 단어와 어울릴 수 있는 단어를 연결하세요.

1. 배가 •　　　　　• ① 개다

2. 하늘이 •　　　　　• ② 겪다

3. 은혜를 •　　　　　• ③ 갚다

4. 인사를 •　　　　　• ④ 건네다

5. 시련을 •　　　　　• ⑤ 갖추다

6. 승리를 •　　　　　• ⑥ 거두다

7. 자격을 •　　　　　• ⑦ 가라앉다

Ⅱ. 다음 빈칸에 공통적으로 들어갈 단어를 고르세요.

01
• 아들에게 큰 기대를 (　　　) 있다.
• 부모님께 전화를 (　　　).
• 자동차에 타자마자 시동을 (　　　).

① 걸다　　　　　　　　　② 걸리다
③ 달다　　　　　　　　　④ 달리다

02
• 휴대 전화를 (　　　) 수리센터에 갔다.
• 의학 기술이 발달해서 이젠 못 (　　　) 병이 거의 없다.
• 나쁜 버릇은 빨리 (　　　) 게 좋다.

① 거치다　　　　　　　　② 고치다
③ 감추다　　　　　　　　④ 겹치다

單字	英語	中文	記住了嗎？
과장하다	exaggerate	誇張、誇大	
괴롭히다	harass	折磨	
구르다	roll	滾動、跌倒	
구분하다	divide	區分	
구하다	look, find	求、找	
굶다	starve	餓、不吃	
권하다	advise	勸	
그만두다	discontinue, resign	中止、辭（職）	
극복하다	overcome	克服	
긁다	scratch	抓、搔	
금지하다	prohibit	禁止	
긋다	draw	畫（線）、劃清（界線）	
기르다	raise	養、培養、栽培	
기울이다	lean, devote	使傾斜、傾注	
까다	peel	剝	
깔다	spread (out)	鋪	
깨닫다	realize	領會、領悟、意識	
깨뜨리다	break	打破	
깨우다	wake (up)	叫醒	
깨지다	break	破碎、破滅	
꺼내다	pull	拿出、提起	
꽂다	put	插	
꾸미다	decorate	布置、打扮	
꾸짖다	scold	責備	
꿈꾸다	dream	做夢、夢想	
끄다	put out	滅、關掉	
끊기다	be cut off	斷絕、中斷	
끊다	cut (off)	剪斷、斷絕	
끊어지다	snap, lose contact with	斷、中斷	
끌다	pull, lead	拖、吸引	

♪ 47

□ 과장하다

과장하고, 과장해서,
과장하면, 과장하니까

exaggerate
誇張、誇大

例 그는 사소한 일도 과장해서 말하는 버릇이 있다.
他有一個毛病就是，連微不足道的小事也會說得很誇張。

어제 있었던 일을 과장하지 말고 있는 그대로 말하세요.
不要將昨天發生的事誇大，請照實說。

□ 괴롭히다[괴로피다]

괴롭히고, 괴롭혀서,
괴롭히면, 괴롭히니까

harass
折磨

例 동생이 놀아달라고 자꾸 괴롭혀서 밖으로 나갔다.
弟弟／妹妹叫我陪他／她玩，老是來煩我，才會出去外面。

한 달 내내 나를 괴롭혔던 문제들을 친구에게 시원하게 털어
놓았다.
向朋友痛快地吐露了折磨我整整一個月的那些問題。

*「괴롭다（難受）」的使動
 詞

□ 구르다

구르고, 굴러서,
구르면, 구르니까

roll
滾動、跌倒

例 큰 바위가 아래로 굴러 떨어졌다.
大岩石滾落到下面了。

계단을 오르다가 발을 잘못 디뎌서 굴렀다.
爬樓梯爬著爬著就踩空跌倒了。

*굴러 온 돌이 박힌 돌을
 뺀다
 喧賓奪主

□ 구분하다

구분하고, 구분해서,
구분하면, 구분하니까

divide
區分

例 일을 할 때에는 공과 사를 구분해야 한다.
工作時應該要公私分明。

아이들에게는 옳고 그름을 구분하는 능력이 부족하다.
小孩區分是非的能力不足。

相似 나누다 分
  구별하다 區別
相反 모으다 聚集
  합하다 合併

動詞

◀235

♪ 47

□ 구하다

구하고, 구해서,
구하면, 구하니까

look, find
求、找

例 그는 대학을 졸업하고 일자리를 구하는 중이다.
他大學畢業之後正在找工作。

밖에 나가서 먹을 것을 좀 구해 올 테니 잠깐 기다려 보세요.
我去外面找點吃的回來，請稍等一下。

相似 찾다 找
*용서를 구하다
　請求原諒
　양해를 구하다
　請求諒解、見諒

□ 굶다[굼따]

굶고, 굶어서,
굶으면, 굶으니까

starve
餓、不吃

例 무조건 굶어서 살을 빼는 건 건강에 좋지 않다.
一味地挨餓減肥對健康有害。

오늘 너무 바빠서 하루 종일 굶었더니 네 얼굴이 빵으로 보인다.
今天太忙了，餓了一整天，你的臉都要看成麵包了。
（將眼前的事物看成食物，表示非常餓。）

□ 권하다

권하고, 권해서,
권하면, 권하니까

advise
勸

例 나는 그에게 술을 권했지만 술잔도 받지 않고 나가 버렸다.
我向他勸酒，但他連酒杯都不接就出去了。

취직을 해 보라고 권했지만 내 말을 듣지 않고 고집을 부렸다.
勸他去找找看工作，但他不聽我的話，十分固執。

□ 그만두다

그만두고, 그만둬서,
그만두면, 그만두니까

discontinue, resign
中止、辭（職）

例 ① 그는 무언가를 말하려다가 그만두었다.
他欲言又止。

② 아버지가 갑자기 직장을 그만두는 바람에 가족의 생계가
어려워졌다.
因為爸爸突然辭職，全家的生計陷入了困境。

相似 중지하다 中止
　　 떠나다 離開
相反 계속하다 繼續
　　 지속하다 持續

♪ 47

□ 극복하다[극뽀카다]

극복하고, 극복해서,
극복하면, 극복하니까

overcome
克服

例 일본은 지진으로 인한 위기를 서서히 극복하고 있다.
日本正在慢慢克服地震所引起的危機。

그 사람은 장애를 극복하고 세계 제일의 피아니스트가 되었다.
那個人克服了障礙，成為世界第一的鋼琴家。

相似 이겨내다 戰勝
　　 뛰어넘다 跨過
*난관을 극복하다
　克服難關
한계를 극복하다
　克服極限

□ 긁다[극따]

긁고, 긁어서,
긁으면, 긁으니까

scratch
抓、搔

例 아이는 부끄러울 때 머리를 긁는 버릇이 있다.
小孩害羞時有搔頭的習慣。

그는 모기에 물린 팔과 다리가 가려워 계속 긁었다.
他手臂和腿被蚊子叮得很癢，所以一直抓。

*바가지를 긁다
　刮水瓢；用來比喻「嘮叨」

□ 금지하다

금지하고, 금지해서,
금지하면, 금지하니까

prohibit
禁止

例 이곳은 외부인의 출입을 금지하고 있습니다.
這裡禁止外人出入。

지하철 공사로 이 도로의 통행을 금지하고 있다.
因地下鐵施工目前這條道路禁止通行。

相似 금하다 禁止
　　 막다 封鎖
相反 허가하다 許可
　　 허용하다 容許

□ 긋다[귿따]

긋고, 그어서,
그으면, 그으니까

draw
畫（線）、劃清（界線）

例 나는 읽으면서 모르는 부분에 밑줄을 그었다.
我邊讀邊將不懂的部分畫了底線。

너랑 나 사이에 그렇게 선을 그을 필요는 없어.
你跟我之間沒必要那樣劃清界線。

*밑줄을 긋다
　畫底線
선을 긋다
　畫線、劃清界線

動詞

♪ 47

□ 기르다

기르고, 길러서,
기르면, 기르니까

raise
養、培養、栽培

例　꽃과 나무를 기르는 데에는 많은 정성이 필요하다.
種花和樹要滿懷真誠。

그는 독립심과 인내심을 기르기 위해서 많은 노력을 했다.
他為了培養獨立和耐性做了很多努力。

相似 키우다 培植、培養

□ 기울이다

기울이고, 기울여서,
기울이면, 기울이니까

lean, devote
使傾斜、傾注

例　① 그는 잔을 기울여서 맥주를 따라 주었다.
他將杯子傾斜，幫忙倒了啤酒。

② 이것은 그 작가가 5년 동안 심혈을 기울여 만든 작품이다.
這是那位作家投入5年心血完成的作品。

*주의를 기울이다
留心
정성을 기울이다
竭盡真誠

□ 까다

까고, 까서,
까면, 까니까

peel
剝

例　하루 종일 마늘을 깠더니 눈과 손이 아프고 따가웠다.
一整天剝蒜頭，眼睛和手又痛又刺。

귤이나 오렌지 등의 껍질은 까서 말려 두면 차로 마실 수 있다.
將橘子或柳丁的皮剝掉晒乾，就可以拿來泡茶喝。

相似 벗기다 剝
*껍질을 까다
剝皮

□ 깔다

깔고, 깔아서,
깔면, 까니까

spread (out)
鋪

例　바닥이 너무 차가워서 방석을 깔고 앉았다.
地板太冰，所以鋪了墊子坐下了。

나무 그늘 아래에 돗자리를 깔고 누우니 매우 시원했다.
在樹蔭下鋪了涼蓆後躺下，十分涼快。

相似 펴다
鋪開、攤開、打開
*이불을 깔다
鋪被子

♪ 48

□ **깨닫다[깨닫따]**　　깨닫고, 깨달아서,　realize
　　　　　　　　　　　　깨달으면, 깨달으니까　領會、領悟、意識

例　나는 그가 떠난 후에야 그의 소중함을 깨달았다.　　相似 알다 了解
　　我在他離開後才領悟到他的珍貴。　　　　　　　　　　　느끼다 感覺

　　그 사람은 자기의 잘못을 깨닫고 친구에게 용서를 구했다.
　　那個人意識到自己的錯誤後，向朋友請求了寬恕。

□ **깨뜨리다**　　깨뜨리고, 깨뜨려서,　break
　　　　　　　　　　깨뜨리면, 깨뜨리니까　打破

例　동생하고 공놀이를 하다가 유리창을 깨뜨렸다.　　相似 깨트리다 打碎
　　和弟弟／妹妹玩球結果打破了玻璃窗。　　　　　　　　깨다 打破
　　　　　　　　　　　　　　　　　　　　　　　　　　　파손하다 破損
　　어머니가 가장 아끼던 그릇들을 깨뜨려서 정말 죄송했다.
　　真的很抱歉，打破了媽媽最珍惜的碗盤。

□ **깨우다**　　깨우고, 깨워서,　wake (up)
　　　　　　　　깨우면, 깨우니까　叫醒

例　아침에 나를 깨워 줄 사람이 아무도 없다.　　相反 재우다 哄睡
　　早上沒有人叫醒我。

　　밖에서 이상한 소리가 나서 남편을 흔들어서 깨웠다.
　　外面傳來奇怪的聲音，所以搖醒了丈夫。

□ **깨지다**　　깨지고, 깨져서,　break
　　　　　　　　깨지면, 깨지니까　破碎、破滅

例　① 컵이 손에서 미끄러지는 바람에 떨어져서 깨져 버렸다.　　相似 망가지다 壞掉
　　杯子因為一時手滑掉下去而破掉了。　　　　　　　　　　　*모임이 깨지다
　　　　　　　　　　　　　　　　　　　　　　　　　　　　　　聚會被取消
　　② 잘못된 결정으로 인해 오랫동안 간직해 온 꿈이 깨지고　약속이 깨지다
　　　 말았다.　　　　　　　　　　　　　　　　　　　　　　約會被取消
　　因為一個錯誤的決定，長久以來珍藏的夢想終究還是破滅了。

動詞

♪ 48

☐ **꺼내다** 　꺼내고, 꺼내서,
　　　　　　 꺼내면, 꺼내니까

pull
拿出、提起

例 ① 그는 오자마자 가방에서 책을 꺼냈다.
　　 他一來就從包包裡拿出了書。

② 그에게 결혼 이야기를 꺼내서 부담을 주고 싶지는 않다.
　 不想向他提起婚事給他壓力。

相反 넣다 放入、裝進
*말을 꺼내다
　提起（話題）

☐ **꽂다[꼳따]** 　꽂고, 꽂아서,
　　　　　　　 꽂으면, 꽂으니까

put
插

例 다 읽은 책은 책꽂이에 꽂아 놓으세요.
　 已經看完的書就請擺回書架上。

꽃병에 꽃을 예쁘게 꽂아서 선생님 책상 위에 두었다.
將花漂亮地插在花瓶裡，放到了老師桌上。

相反 빼다 抽出

☐ **꾸미다** 　꾸미고, 꾸며서,
　　　　　　 꾸미면, 꾸미니까

decorate
布置、打扮

例 오늘 이렇게 예쁘게 꾸미고 어디를 가는 거야?
　 今天打扮得這麼漂亮是要去哪裡嗎？

우리 어머니는 집안 곳곳을 예쁘게 꾸며 놓으셨다.
我媽媽將家裡處處都布置得很漂亮。

*외모를 꾸미다
　打扮外貌
　집을 꾸미다
　布置房子

☐ **꾸짖다[꾸짇따]** 　꾸짖고, 꾸짖어서,
　　　　　　　　　 꾸짖으면, 꾸짖으니까

scold
責備

例 아이의 나쁜 행동에 대해서는 꾸짖을 필요가 있다.
　 對於小孩不好的行為舉止，必須要責備。

거짓말을 하고도 잘못을 모르는 아이를 엄하게 꾸짖었다.
嚴厲責備了説謊卻不認錯的小孩。

相似 야단치다 叱責
　　 혼내다 教訓
相反 칭찬하다 稱讚

♪48

□ **꿈꾸다**　　꿈꾸고, 꿈꿔서,　　dream
　　　　　　　　꿈꾸면, 꿈꾸니까　　做夢、夢想

例　① 자면서 웃는 걸 보니 꿈꾸는 모양이다.
　　　看他睡著時笑著，像是在作夢的樣子。

　　② 이곳의 생활은 내가 오랫동안 꿈꿔 왔던 모습이다.
　　　這裡的生活是我長久以來夢寐以求的模樣。

*꿈을 꾸다
作夢

□ **끄다**　　끄고, 꺼서,　　put out
　　　　　　　끄면, 끄니까　　滅、關掉

例　밖에 나갈 때에는 불을 끄고 나가야 한다.
　　　要外出時，得關掉燈再出去才行。

　　누군가가 다가오는 소리를 듣고 휴대 전화를 껐다.
　　　聽到有人走過來的聲音，便將手機關了。

相反 켜다 開、打開

□ **끊기다[끈키다]**　　끊기고, 끊겨서,　　be cut off
　　　　　　　　　　　　끊기면, 끊기니까　　斷絕、中斷

例　① 폭풍과 폭우 때문에 도로가 끊겼다.
　　　因為暴風雨的關係道路中斷了。

　　② 12시가 넘었으니 버스나 지하철은 끊겼을 것이다.
　　　過了12點，應該已經沒有公車或地下鐵了。

相似 끊어지다 斷了
*소식이 끊기다
音訊斷了
전화가 끊기다
電話斷了
*「끊다（斷絕）」的被動詞

□ **끊다[끈타]**　　끊고, 끊어서,　　cut (off)
　　　　　　　　　　끊으면, 끊으니까　　剪斷、斷絕

例　① 옷에서 풀어져 있는 실밥을 끊었다.
　　　剪斷了衣服上脫落的線頭。

　　② 올해 나의 계획은 담배를 끊는 것이다.
　　　今年我的計畫是要戒菸。

相反 잇다 連接
*관계를 끊다
斷絕關係
술을 끊다
戒酒

動詞

□ **끊어지다[끄너지다]**　끊어지고, 끊어져서, 끊어지면, 끊어지니까

snap, lose contact with
斷、中斷

例　가방 끈이 **끊어져서** 할 수 없이 가방을 안고 왔다.
包包的帶子斷了，只好抱著包包來了。

홍수로 길이 **끊어져서** 그곳을 지나갈 수 없게 되었다.
因為水災導致道路中斷，無法從那個地方經過。

相似 끊기다 斷絕、中斷
*소식이 끊어지다
音訊斷了
전화가 끊어지다
電話斷了

□ **끌다**　끌고, 끌어서, 끌면, 끄니까

pull, lead
拖、吸引

例　① 가방이 너무 무거워서 들고 오지 않고 거의 **끌고** 왔다.
因為包包太重，所以沒有拿著來，幾乎是拖著來的。

② 그녀의 외모와 옷차림은 주변 사람들의 주의를 **끌기에** 충분했다.
她的外貌和穿著十分吸引周遭人的注意。

*인기를 끌다
受人歡迎
주의를 끌다
引起注意

Ⅰ. 다음 단어와 어울릴 수 있는 단어를 연결하세요.

1. 용서를 ●	● ① 끌다
2. 정성을 ●	● ② 굵다
3. 소식이 ●	● ③ 구하다
4. 한계를 ●	● ④ 꾸미다
5. 외모를 ●	● ⑤ 끊기다
6. 인기를 ●	● ⑥ 극복하다
7. 바가지를 ●	● ⑦ 기울이다

Ⅱ. 다음 짝지어진 두 단어의 관계가 나머지 하나와 <u>다른</u> 것을 고르세요.

01　① 구분하다 - 구별하다
　　② 그만두다 - 중지하다
　　③ 금지하다 - 허용하다
　　④ 극복하다 - 이겨내다

02　① 까다 - 벗기다
　　② 꺼내다 - 넣다
　　③ 깨닫다 - 알다
　　④ 기르다 - 키우다

03　① 꾸미다 - 가꾸다
　　② 깨지다 - 망가지다
　　③ 꾸짖다 - 야단맞다
　　④ 끊기다 - 끊어지다

單字	英語	中文	記住了嗎？
끌리다	drag, be drawn	被拖、被吸引	
끓다	boil	沸騰	
끼어들다	cut in (on)	介入、插入	
끼우다	put (in)	插進、夾	
나누다	divide	分、分開	
나뉘다	be divided	區別、分開	
나다	grow	生、出、發生	
나서다	take the lead	干預、出風頭	
나아가다	advance	前進	
나아지다	improve	好轉	
나타나다	appear	出現	
날다	fly	飛、飛行	
날리다	fly	放飛、揚起、飛起	
날아가다	fly (away/off)	飛走、吹走、吹跑、消失	
날아다니다	fly about	飛來飛去	
날아오르다	fly	起飛	
남기다	leave	剩下、留下來	
남다	be left	剩下、留	
낫다	recover	痊癒	
낭비하다	waste	浪費	
낮추다	lower	壓低、降低	
낳다	give birth to	生、生產	
내놓다	put out	發表、拿出來	
내다	give	繳（錢）、出、提出	
내려다보다	look down	往下看	
내리다	lower, get off	下來、降低	
내버려두다	leave[let] as it is	不管、丟下	
내주다	give, offer	遞給、讓給、拿出來給、發給	
내쫓다	kick sb out, dismiss	趕出	
널다	hang	晾、晒	

□ 끌리다

끌리고, 끌려서,
끌리면, 끌리니까

drag, be drawn
被拖、被吸引

例 바지가 너무 길어서 바닥에 질질 끌린다.
褲子太長了，所以在地上拖來拖去。

게임방에서 게임을 하던 아이가 엄마에게 끌려 나왔다.
在網咖／（室內）遊樂場玩電動的小孩被媽媽拖出去了。

*（人）에게 마음이 끌리다
被～吸引

□ 끓다[끌타]

끓고, 끓어서,
끌리면, 끌리니까

boil
沸騰

例 된장찌개가 보글보글 맛있게 끓고 있다.
大醬湯咕嚕咕嚕美味地沸騰著。

물이 끓으면 라면과 스프를 넣고 3분 정도 더 끓이면 돼요.
水一沸騰就放入泡麵和調味料，之後再煮3分鐘左右就可以了。

□ 끼어들다

끼어들고, 끼어들어서,
끼어들면, 끼어드니까

cut in (on)
介入、插入

例 ① 남의 일에 끼어들지 말고 가만히 있어요.
不要介入別人的事，好好待著。

② 줄을 서 있는데 끼어드는 사람이 있으면 화가 나요.
正排著隊時，若有人插隊我就會生氣。

相似 간섭하다 干涉
　　참견하다 干預
*（名詞）에 끼어들다
介入～

□ 끼우다

끼우고, 끼워서,
끼우면, 끼우니까

put (in)
插進、夾

例 책 안에 책갈피 대신 낙엽을 끼워 넣었다.
在書裡插進了落葉代替書籤。

책상이 흔들리지 않도록 아래에 종이를 접어서 끼웠다.
為了使書桌不會搖晃，將紙張摺起來墊在下面了。

相似 꽂다 插
　　박다 嵌、鑲
相反 빼다 抽出

動詞

☐ **나누다**　나누고, 나눠서,　divide
　　　　　　　나누면, 나누니까　分、分開

例　사과를 반으로 나누어 동생과 먹었다.
　　將蘋果切成兩半後和弟弟／妹妹一起吃掉了。
　　학생들을 두 편으로 나누어 게임을 했다.
　　將學生分成兩邊玩了遊戲。

相反 합치다 合併
*인사를 나누다
　互相問候
　이야기를 나누다
　交談

☐ **나뉘다**　나뉘고, 나뉘어서,　be divided
　　　　　　　나뉘면, 나뉘니까　區別、分開

例　생물은 크게 동물과 식물로 나뉜다.
　　生物主要分為動物與植物。
　　우리나라는 남과 북으로 나뉘어 있다.
　　我國分成南和北。

*（名詞）이/가 나뉘다
　～被分（為）～
*「나누다（分）」的被動詞

☐ **나다**　나고, 나서,　grow
　　　　　　나면, 나니까　生、出、發生

例　① 신문에 우리 학교 기사가 났다.
　　　報紙上登出了我們學校的報導。
　　② 이렇게 큰돈이 어디에서 난 거야?
　　　如此巨額是從哪裡來的呢？
　　③ 남부 지방에 홍수가 나서 많은 피해를 입었다.
　　　南部地方發生水災，導致很多地方受害。

*난리가 나다
　發生騷動
　냄새가 나다
　有味道

☐ **나서다**　나서고, 나서서,　take the lead
　　　　　　　나서면, 나서니까　干預、出風頭

例　남의 일에 함부로 나서는 것은 위험하다.
　　隨便干預別人的事很危險。
　　나는 다른 사람들 앞에 나서는 것을 좋아하지 않는다.
　　我不喜歡在其他人面前出風頭。

相似 앞장서다
　　　帶頭、走在前面
*（名詞）에 나서다
　在～出風頭

□ 나아가다

나아가고, 나아가서,
나아가면, 나아가니까

advance
前進

例 우리가 앞으로 나아가야 할 방향을 제시해야 한다.
我們必須明白指出將來應該前進的方向才行。

좋은 방향으로 나아가기 위해서는 많은 사람의 참여가 필요하다.
為了往好的方向前進，需要很多人的參與。

相似 전진하다 前進
相反 물러서다 後退
*（名詞）(으)로 나아가다
 往～前進

□ 나아지다

나아지고, 나아져서,
나아지면, 나아지니까

improve
好轉

例 옛날에 비해 생활 형편이 점점 나아지고 있다.
相較於從前，生活狀況正漸漸好轉。

고등학교에 들어가더니 성격도 좋아지고 성적도 나아지고 있다.
上了高中後，不僅個性變好，就連成績也正在變好。

相似 좋아지다 變好、好轉
相反 악화되다 惡化
 나빠지다 變壞
*（名詞）이/가 나아지다
 ～好轉／變好

□ 나타나다

나타나고, 나타나서,
나타나면, 나타나니까

appear
出現

例 앞으로 보고 싶지 않으니 내 앞에 나타나지 마.
以後再也不想看到你，別出現在我面前。

시간이 다 되었는데도 그 사람은 끝내 나타나지 않았다.
時間都到了，但那個人終究還是沒有出現。

相反 사라지다 消失
*결과가 나타나다
 出現結果
 효과가 나타나다
 有效

□ 날다

날고, 날아서,
날면, 나니까

fly
飛、飛行

例 한 마리의 새처럼 하늘을 날고 싶다.
想像一隻鳥一樣在天空中飛翔。

비행기 덕분에 사람은 하늘을 날 수 있게 되었다.
多虧了飛機，人得以在天空中飛翔。

*뛰는 놈 위에 나는 놈 있다
 人外有人，天外有天

動詞

♪49

□ 날리다

날리고, 날려서,
날리면, 날리니까

fly
放飛、揚起、飛起

例　그는 아이와 만든 종이비행기를 날렸다.
他射出和小孩一起做的紙飛機。

이곳에서는 매년 연을 날리는 축제가 열리고 있다.
這裡每年都有舉辦放風箏的慶典。

*이름을 날리다
揚名
명성을 날리다
成名
*「날다（飛）」的使動詞

□ 날아가다

날아가고, 날아가서,
날아가면, 날아가니까

fly (away/off)
飛走、吹走、吹跑、消失

例　① 모자가 바람에 날아가 버렸다.
帽子被風吹走了。

② 어깨를 다치는 바람에 야구선수의 꿈이 날아갔다.
因為肩膀受傷，棒球選手的夢想飛走了。

相反　날아오다　飛來

□ 날아다니다

날아다니고, 날아다녀서,
날아다니면, 날아다니니까

fly about
飛來飛去

例　나는 하늘을 자유롭게 날아다니고 싶다.
我想在天空自由自在地飛來飛去。

가을에는 잠자리들이 하늘을 이리저리 날아다닌다.
秋天蜻蜓在天空到處飛來飛去。

*（名詞）이/가
（名詞）을/를 날아다니다
～在～飛來飛去

□ 날아오르다

날아오르고, 날아올라서,
날아오르면, 날아오르니까

fly
起飛

例　새가 나무에 앉아 있다가 하늘로 날아올랐다.
鳥在樹上停了一會兒後就朝天空飛去。

하늘을 향해 힘차게 날아오르는 비행기가 매우 멋있어 보였다.
朝天空強勁起飛的飛機看起來十分帥氣。

*（名詞）이/가
（名詞）(으)로 날아오르다
～往～起飛

♪ 50

□ 남기다

남기고, 남겨서,
남기면, 남기니까

leave
剩、留

例 매달 용돈을 다 쓰지 않고 남겨 저축했다.
每個月的零用錢沒有全部用完，留下來儲蓄了。

음식을 다 먹지 않고 남기면 음식물 쓰레기가 많이 생긴다.
食物沒有全部吃光剩下的話，就會有很多廚餘。

*이익을 남기다
獲利
이름을 남기다
留名
*「남다（剩下）」的使動詞

□ 남다[남따]

남고, 남아서,
남으면, 남으니까

be left
剩下、留

例 ① 10에서 5를 빼면 5가 남아요.
10減5剩下5。

② 친구들이 모두 고향에 돌아가서 기숙사에는 나만 남았어요.
朋友全都返回故鄉，宿舍裡只剩我了。

*기억에 남다
留在記憶裡
미련이 남다
留戀、捨不得

□ 낫다[낟따]

낫고, 나아서,
나으면, 나으니까

recover
痊癒

例 주말에 푹 쉬니까 감기가 나았다.
週末有好好休息，所以感冒痊癒了。

병이 다 나았다고 하지만 아직은 조심해야 한다.
雖說病都痊癒了，但還是得小心才行。

相似 좋아지다 變好、好轉
치료되다 被治癒
*（名詞）이/가 낫다
～痊癒

□ 낭비하다

낭비하고, 낭비해서,
낭비하면, 낭비하니까

waste
浪費

例 시간을 낭비하지 않으려면 계획을 세우는 게 좋다.
若不想浪費時間，就要立定計畫比較好。

학비를 내고 수업을 듣는데 수업을 잘 듣지 않으면 시간과 돈을 낭비하는 것이다.
雖然繳學費上課，但不好好上課的話就是浪費時間和金錢。

相似 허비하다 浪費
相反 절약하다 節省
아끼다 省、愛惜

動詞

□ 낮추다[낟추다]

낮추고, 낮춰서,
낮추면, 낮추니까

lower
壓低、降低

例 아이가 자니까 목소리를 좀 낮춰서 말해 주세요.
因為小孩在睡覺，請降低音量說話。

겨울에 에너지 절약을 위해서 실내 온도를 1도씩 낮추기로 했다.
冬天為了節省能源，決定將室內溫度都降低一度。

相反 올리다, 높이다 提升
*가격을 낮추다
降價
수준을 낮추다
降低標準
*「낮다（低）」的使動詞

□ 낳다[나타]

낳고, 낳아서,
낳으면, 낳으니까

give birth to
生、生產

例 키우던 소가 오늘 아침에 송아지를 낳았다.
飼養的牛今天早上生下了小牛。

여자가 아이를 낳는 것은 정말 대단한 일이다.
女人生小孩真的是一件很偉大的事。

*자식을 낳다, 새끼를 낳다
生子

□ 내놓다[내노타]

내놓고, 내놓아서,
내놓으면, 내놓으니까

put out
發表、拿出來

例 ① 우리 회사는 신제품을 시장에 내놓았다.
我們公司在市場上發表了新產品。

② 사용하지 않는 가전제품들을 밖에 내놓아서 필요한 사람들이 가져갈 수 있도록 했다.
將不用的家電產品拿出來外面，讓有需要的人可以帶走。

相反 들여놓다 放進去
*집을 내놓다
騰出房子
물건을 내놓다
拿出東西

□ 내다

내고, 내서,
내면, 내니까

give
繳（錢）、出、提出

例 ① 주말 내내 시험 문제를 냈다.
整個週末都在出考題。

② 은행에 전기요금을 내고 왔다.
在銀行繳完電費後來了。

③ 신문에 사람을 찾는 광고를 냈다.
在報紙上刊登了尋人啟事。

*소문을 내다
散布消息
사고를 내다
肇事

□ 내려다보다

내려다보고, 내려다봐서,
내려다보면, 내려다보니까

look down
往下看

例 산 위에서 내려다본 풍경은 정말 아름다웠다.
從山上往下看的風景真的很美。

비행기에서 아래를 내려다보니 우리가 사는 도시가 너무 작아
보였다.
從飛機上往下俯視，我們住的城市看起來非常小。

□ 내리다

내리고, 내려서,
내리면, 내리니까

lower, get off
下來、降低

例 ① 버스를 타고 가다가 잘못 내렸다.
搭公車去，結果下錯站了。

② 물건의 가격을 내리면 소비가 많아진다.
如果降低物品的價格，消費就會增加。

相反 타다 搭乘
올리다 使提高
*비가 내리다
下雨
열이 내리다
退燒

□ 내버려두다

내버려두고, 내버려둬서,
내버려두면, 내버려두니까

leave[let] as it is
不管、丟下

例 내 일에 상관하지 말고 나 좀 내버려둬요.
不要干涉我的事，就別管我了。

쓰레기를 치우지 않고 내버려둔 채 그곳을 떠나 버렸다.
不收拾垃圾，丟下就離開那裡了。

相似 방치하다 擱置

□ 내주다

내주고, 내줘서,
내주면, 내주니까

give, offer
遞給、讓給、拿出來給、發給

例 ① 학생에게 교실 열쇠를 서랍에서 내주었다.
將教室鑰匙從抽屜拿出來給學生了。

② 아들에게 회사를 내주고 그는 회사 일에서 손을 떼기로 했다.
將公司讓給兒子後，他決定不再插手管公司的事了。

動詞

♪ 50

□ **내쫓다[내쫃따]**　내쫓고, 내쫓아서,　kick sb out, dismiss
　　　　　　　　　　　내쫓으면, 내쫓으니까　趕出

例　그곳에 살던 주민들을 내쫓고 골프장을 지었다.　相似 쫓아내다 驅逐、趕走
　　將住在那裡的居民趕走之後蓋了高爾夫球場。　　　　쫓다 驅趕

　　경비 아저씨는 건물에 들어온 고양이를 내쫓았다.
　　警衛大叔將進到建築物裡來的小貓趕出去了。

□ **널다**　　　널고, 널어서,　hang
　　　　　　　널면, 너니까　晾、晒

例　아침에 옥상에 올라가서 빨래를 널었다.
　　早上上去頂樓晾了衣服。

　　햇빛에 널어놓은 고추가 잘 마르고 있다.
　　放在陽光下晒的辣椒正好好地被晒乾。

Ⅰ. 다음 단어와 반대되는 의미의 단어를 연결하세요.

1. 꽂다 •　　　　　　• ① 빼다

2. 낮추다 •　　　　　　• ② 높이다

3. 내놓다 •　　　　　　• ③ 물러서다

4. 나아가다 •　　　　　• ④ 악화되다

5. 나타나다 •　　　　　• ⑤ 절약하다

6. 나아지다 •　　　　　• ⑥ 사라지다

7. 낭비하다 •　　　　　• ⑦ 들여놓다

Ⅱ. 다음 (　　　) 안에서 문장에 알맞은 단어를 골라 ○표 하세요.

01 귀여운 그녀의 모습에 나도 모르게 마음이 (끌렸다, 끓였다).

02 우리나라는 남과 북으로 (나누어, 나뉘어) 있지만 그래도 한 민족이라고 생각한다.

03 옆집 친구들과 옥상에 올라가서 장난감 비행기를 (날리면서, 날면서) 재미있게 놀았다.

04 시험 문제가 너무 쉬워서 다 풀었는데도 시간이 30분이나 (남겼다, 남았다).

05 반 친구들이 나랑 옆 친구랑 사귄다는 소문을 (내서, 나서) 정말 당황스럽다.

單字	英語	中文	記住了嗎？
넓히다	widen	增長、擴大	
넘기다	hand over	翻（頁）、超過	
넘어가다	cross, pass	越過、超過	
넘치다	overflow	溢出、洋溢	
넣다	put (sth in/into sth)	放進	
녹다	melt	溶化	
놀리다	tease	嘲弄、嘲笑	
높이다	increase	提高、抬高	
놓다	lay, put	擺放、放開	
놓이다	lay on, feel easy (about)	放著、安心	
놓치다	miss	錯過、錯失、放掉	
눕히다	lay (sb down)	使躺下	
늘리다	increase	增加	
늘어나다	stretch	增加	
늘어서다	line (up)	排列	
늙다	be[get, grow] old	老	
늦추다	delay	推遲、延遲、放慢	
다가오다	approach	走近、來臨	
다녀가다	come by	來過	
다듬다	trim	挑（菜）、整理、修（剪）	
다루다	treat	操作、處理、玩（樂器）、談論	
다리다	iron	熨	
다투다	quarrel	爭吵、爭	
달다	hang, put up	懸、戴	
달라지다	change	變	
달려가다	dash	跑過去	
달아나다	escape	逃跑	
닳다	wear(out/down)	磨損	
담기다	be filled (with)	盛、裝	
담다	put sth in	盛、包含	

♪ 51

□ 넓히다[널피다]

넓히고, 넓혀서,
넓히면, 넓히니까

widen
增長、擴大

例 ① 여행은 견문을 넓히는 데 도움이 된다.
旅行有助於增廣見聞。

② 도로를 넓히면 교통 체증도 어느 정도는 해소될 것이다.
拓寬道路某種程度也會解決交通堵塞。

相似 확장하다 擴張
相反 좁히다 弄窄、縮小
*「넓다（寬廣）」的使動詞

□ 넘기다

넘기고, 넘겨서,
넘기면, 넘기니까

hand over
翻（頁）、超過

例 ① 책장을 한 장씩 넘기면서 소리를 내서 읽었다.
邊翻過一頁，邊唸出聲音。

② 제출 기한을 넘긴 서류는 접수가 불가능합니다.
恕不受理逾期文件（超過提交期限的文件）。

*위기를 넘기다
度過危機
침을 넘기다
吞下口水
*「넘다（越過）」的使動詞

□ 넘어가다

넘어가고, 넘어가서,
넘어가면, 넘어가니까

cross, pass
越過、超過

例 ① 최고기온이 영상 35도를 넘어갔습니다.
最高氣溫超過了零上35度。

② 저 산을 넘어가면 집에 갈 수 있을 거야.
越過那座山的話就能到家。

相似 넘다 超過
*열 번 찍어 안 넘어가는
나무 없다
直譯為「沒有砍十次還不倒
的樹」，比喻「有志者事竟
成」。

□ 넘치다

넘치고, 넘쳐서,
넘치면, 넘치니까

overflow
溢出、洋溢

例 ① 컵에 물을 너무 많이 부어서 넘칠 뻔했다.
杯子裡水倒太多，差點就要溢出來了。

② 그는 자신감이 넘치는 목소리로 발표를 시작했다.
他用自信滿滿的聲音開始了發表。

相似 넘다 溢出、超過
相反 모자라다 不夠
*（名詞）이/가 넘치다
溢出／超過～、～洋溢

動詞

□ **넣다[너타]**　넣고, 넣어서,　put (sth in/into sth)
넣으면, 넣으니까　放進

例　빈칸에 알맞은 말을 넣으십시오.　相反 빼다 抽出
請將正確的句子填入空格內。　　　　꺼내다 拿出

불고기를 양념할 때 배나 키위를 갈아서 넣으면 고기가 더
부드러워진다.
調味烤肉時，如果將梨子或奇異果磨碎後放入的話，肉就會變得更嫩。

□ **녹다**　녹고, 녹아서,　melt
녹으면, 녹으니까　溶化

例　얼음이 녹으면 물이 된다.　相反 얼다 凍
冰一溶化就會變成水。　　　　* （名詞）이/가 녹다
　　　　　　　　　　　　　　 ～溶化
아이스크림이 녹을까 봐 냉장고에 넣어 두었다.
擔心冰淇淋會溶化，已經放進冰箱裡了。

□ **놀리다**　놀리고, 놀려서,　tease
놀리면, 놀리니까　嘲弄、嘲笑

例　많이 먹고 뚱뚱한 아이를 돼지라고 놀렸다.
嘲笑吃得多又胖的小孩是豬。

남을 놀리는 행동은 상대방에게 큰 상처를 줄 수 있다.
嘲笑他人的行為有可能會對對方造成很大的傷害。

□ **높이다[노피다]**　높이고, 높여서,　increase
높이면, 높이니까　提高、抬高

例　① 홍수 피해를 입은 지역에 둑을 높이는 공사를 했다.　相似 낮추다 降低
對水災的受災區做了提高堤防的工程。　　　* 「높다（高）」的使動詞
② 실내 온도를 높이기 위해 물을 끓이고 난로를 피웠다.
為了提高室內溫度，燒水加熱暖爐。

□ 놓다[노타]

놓고, 놓아서,
놓으면, 놓으니까

lay, put
擺放、放開

例 ① 식탁 위에 밥그릇과 반찬 그릇을 놓았다.
餐桌上放了餐具和小菜碟子。

② 길을 건널 때는 위험하니까 손을 놓지 마.
過馬路時很危險，所以別放開手。

*마을을 놓다 放心
주사를 놓다 打針
말을 놓다
説半語（意指講話不用太拘
謹）

□ 놓이다[노이다]

놓이고, 놓여서,
놓이면, 놓이니까

lay on, feel easy (about)
放著、安心

例 ① 책상 위에 여러 가지 물건들이 놓여 있다.
桌上放著各式各樣的東西。

② 무사하다는 전화를 받고 그제서야 마음이 놓였다.
接到報平安的電話這才安心。

*마음이 놓이다
放心
*「놓다（放）」的被動詞

□ 놓치다[녿치다]

놓치고, 놓쳐서,
놓치면, 놓치니까

miss
錯過、錯失、放掉

例 그는 망설이다가 좋은 기회를 놓쳤다.
他猶豫不決而錯失了良機。

잡고 있던 밧줄을 놓치는 바람에 아래로 떨어졌다.
因為放掉抓在手中的繩子而掉到下面去了。

相反 잡다 抓
붙잡다 緊握
*버스를 놓치다
錯過公車
기회를 놓치다
錯過機會

□ 눕히다[누피다]

눕히고, 눕혀서,
눕히면, 눕히니까

lay (sb down)
使躺下

例 아기를 침대에 눕혀서 재웠다.
讓嬰兒躺在床上，哄他睡著了。

할머니를 바닥에 눕힌 후에 이불을 덮어 드렸다.
讓奶奶躺在地板後，為她蓋上了棉被。

*（名詞）을/를
（名詞）에 눕히다
讓～躺在～
*「눕다（躺）」的使動詞

☐ **늘리다**　늘리고, 늘려서,　increase
　　　　　　늘리면, 늘리니까　增加

例　동호회의 회원 수를 늘리기 위해 많은 노력을 했다.
　　為了讓同好會的會員人數增加，做了很多努力。

　　학생들은 쉬는 시간을 좀 더 늘려 달라고 부탁했다.
　　學生要求希望休息時間能再延長一點。

相反 줄이다 減少
*「늘다（增加）」的使動詞

☐ **늘어나다**　늘어나고, 늘어나서,　stretch
　　　　　　　늘어나면, 늘어나니까　增加

例　작년에 비해서 인구가 많이 늘어났다.
　　相較於去年，人口大大地增加了。

　　음식물 쓰레기의 양이 점점 늘어나고 있다.
　　廚餘的量漸漸在增加。

相似 증가하다, 늘다
　　　增加
相反 감소하다, 줄어들다
　　　減少
*（名詞）이/가 늘어나다
　～增加

☐ **늘어서다**　늘어서고, 늘어서서,　line (up)
　　　　　　　늘어서면, 늘어서니까　排列

例　공연 입장권을 예매하기 위해 사람들이 길게 늘어서 있다.
　　人們為了預購表演入場券而大排長龍。

　　이 길을 따라 조금만 더 걸어가면 길게 늘어서 있는 작고 아담한
　　집들이 보인다.
　　沿著這條路再走一會兒，就會看見長長一排小巧雅緻的房屋。

☐ **늙다[늑따]**　늙고, 늙어서,　be[get, grow] old
　　　　　　　늙으면, 늙으니까　老

例　사람은 누구나 나이가 들면 늙는다.
　　人無論是誰上了年紀都會老。

　　아버지의 흰머리를 보니 많이 늙으셨다는 생각이 들었다.
　　看到爸爸的白髮，覺得（爸爸）老了很多。

相反 젊다 年輕

□ 늦추다[늗추다]

늦추고, 늦춰서,
늦추면, 늦추니까

delay
推遲、延遲、放慢

例 자동차 속도를 조금 늦추어서 달렸다.
稍微放慢了速度開車。

급한 일이 생겨서 약속 시간을 한 시간 늦추었다.
因為突然有急事，所以將約定時間延後了一小時。

相似 미루다 拖延
相反 앞당기다, 당기다 提前
* (名詞) 을/를 늦추다
延遲〜
* 「늦다（遲、晚）」的使動詞

□ 다가오다

다가오고, 다가와서,
다가오면, 다가오니까

approach
走近、來臨

例 친구가 손을 흔들면서 다가오고 있다.
朋友正揮著手一邊走過來。

시험이 코앞으로 다가오자 긴장되기 시작했다.
考試近在眼前，開始緊張了。

相似 접근하다 接近
* (名詞) 이/가
(名詞) 에게/ (으)로 다가오다
〜向 / 往〜靠近

□ 다녀가다

다녀가고, 다녀가서,
다녀가면, 다녀가니까

come by
來過

例 네가 없는 사이에 친구가 다녀갔어.
你不在的時候朋友來過了。

여름에 이곳을 다녀간 관광객이 10만 명에 이른다.
夏天來過這裡的觀光客達10萬人。

* (名詞) 에 다녀가다,
(名詞) 을/를 다녀가다
來過〜

□ 다듬다[다듬따]

다듬고, 다듬어서,
다듬으면, 다듬으니까

trim
挑（菜）、整理、修（剪）

例 야채를 다듬어서 어머니께 갖다 드렸다.
把菜挑好後拿給了媽媽。

많이 자르지 마시고 조금만 다듬어 주세요.
請別剪太多，稍微修一下就好。

*손톱을 다듬다
修指甲
머리를 다듬다
修剪頭髮

動詞

♪ 52

☐ **다루다** 　다루고, 다뤄서,
　다루면, 다루니까

treat
操作、處理、玩（樂器）、
談論

例　① 나는 악기 다루는 일을 하고 있다.
　　　我的工作是在玩樂器。

② 뉴스에서는 이번 사건을 비중 있게 다루고 있다.
　　　新聞正在大幅談論（有分量地處理）這次的事件。

相似 취급하다 操縱、處理
　　　처리하다 處理

☐ **다리다** 　다리고, 다려서,
　다리면, 다리니까

iron
熨

例　어머니는 다리미로 옷을 다리고 있다.
　　媽媽正在用熨斗燙衣服。

와이셔츠를 잘 다려서 옷장에 걸어 놓았다.
襯衫燙好後掛在衣櫥裡了。

☐ **다투다** 　다투고, 다퉈서,
　다투면, 다투니까

quarrel
爭吵、爭

例　① 나는 동생과 성격이 달라서 자주 다툰다.
　　　我和弟弟／妹妹的個性不同，所以常常吵架。

② 선생님이 질문을 하자 학생들이 앞을 다투어 대답을 했다.
　　　老師一提問，學生就爭先恐後地搶著回答。

相似 싸우다 吵架
*우승을 다투다
　爭冠軍
　실력을 다투다
　較量實力

☐ **달다** 　달고, 달아서,
　달면, 다니까

hang, put up
懸、戴

例　국경일에는 대문에 태극기를 단다.
　　國慶日大門會掛太極旗。

어버이날에 아버지께 꽃을 달아 드렸다.
父親節為爸爸戴上了花。

相反 떼다 取下
*（名詞）을/를
　（名詞）에/에게 달다
　為～戴上～

♪ 52

□ **달라지다**　달라지고, 달라져서,　change
　　　　　　　　달라지면, 달라지니까　變

例　오랜만에 고향을 찾았는데 많이 달라진 모습이었다.
　　隔了許久再次回到家鄉，樣貌變了很多。

　　시대가 변하고 발전함에 따라 사람들의 생각도 달라졌다.
　　隨著時代變遷，人的想法也改變了。

相似 변화하다 變化
　　　바뀌다（被動）改變
*（名詞）이/가 달라지다
　~改變

□ **달려가다**　달려가고, 달려가서,　dash
　　　　　　　　달려가면, 달려가니까　跑過去

例　수업이 끝나자마자 매점으로 달려갔다.
　　一下課就往福利社跑去了。

　　아이는 같이 잘 놀다가도 툭하면 엄마한테 달려가곤 했다.
　　小孩就算在一起玩得很開心，還是動不動就會跑去找媽媽。

相似 뛰어가다 跑去

動詞

□ **달아나다**　달아나고, 달아나서,　escape
　　　　　　　　달아나면, 달아나니까　逃跑

例　도둑은 가게의 물건을 훔쳐서 달아났다.
　　小偷偷走店裡的物品後逃跑了。

　　경찰이 도착했을 때 범인은 이미 달아나고 현장에는 아무도 없었다.
　　警察抵達時，犯人已經逃跑了，現場空無一人。

相似 도망가다 逃跑
　　　도망치다 逃亡

□ **닳다[달타]**　닳고, 닳아서,　wear(out/down)
　　　　　　　　닳으면, 닳으니까　磨損

例　너무 오래 여기저기 돌아다니다 보니 신발이 닳아 버렸다.
　　四處奔走太久，皮鞋都磨破了。

　　엄마는 아이들에게 다시는 그런 일을 하지 말라고 입이 닳도록 잔소리를 했다.
　　媽媽叫小孩別再做那種事，嘮叨到嘴都說破了。

*（名詞）이/가 닳다
　~磨損
*입이 닳도록 잔소리를 하다
　嘮叨到嘴都說破了

♪ 52

□ **담기다**　담기고, 담겨서,　be filled (with)
　　　　　　　담기면, 담기니까　盛、裝

例　과일이 상자에 가득 담겨 있다.
　　箱子裡裝滿了水果。

　　어버이날에 부모님께 정성이 담긴 선물을 드리고 싶었다.
　　曾想在父母節的時候送父母一份滿懷真誠的禮物。

*「담다（盛、裝）」的被動詞

□ **담다[담따]**　담고, 담아서,　put sth in
　　　　　　　담으면, 담으니까　盛、包含

例　과일을 접시에 담아 놓았다.
　　水果盛在盤子裡了。

　　마음을 담아 정성스럽게 편지를 썼다.
　　真心誠意地寫了一封信。

I. 다음 <보기>처럼 제시된 단어의 사동사를 써 보십시오.

| <보기> | 넘다 : | ㄴㄱㄷ | 넘기다 |

01 녹다 : ㄴㅇㄷ

02 넓다 : ㄴㅎㄷ

03 높다 : ㄴㅇㄷ

04 늦다 : ㄴㅊㄷ

05 늘다 : ㄴㄹㄷ

06 눕다 : ㄴㅎㄷ

II. 다음 짝지어진 두 단어의 관계가 <u>잘못된</u> 것을 고르세요.

01 ① 견문 - 넘기다
　　② 기회 - 놓치다
　　③ 마음 - 놓이다
　　④ 속도 - 늦추다

02 ① 편지 - 다리다
　　② 야채 - 다듬다
　　③ 악기 - 다루다
　　④ 인구 - 늘어나다

單字	英語	中文	記住了嗎？
담당하다	take charge (of)	負責	
당기다	pull, draw	拉、提前	
당하다	suffer	蒙受	
닿다	touch	觸及	
대다	touch, supply	接觸	
대신하다	replace	代替	
대하다	face, treat	對待	
던지다	throw	投、丟、扔	
덜다	lessen	減少、省	
덮이다	be covered (with/in)	被覆蓋	
데다	burn oneself	燙傷	
데려오다	bring	帶來	
데우다	heat (up)	加溫	
데치다	blanch	汆燙	
도망가다	make one's[a] getaway	逃亡、逃跑、逃走	
돌다	turn	繞、轉	
돌려보내다	return	送回去、送還、歸還、退回	
돌려주다	give back	歸還	
돌리다	turn, work	（使）轉、（使）運轉、打／玩（陀螺）	
돌보다	look after	照顧	
돌아다니다	get around	走來走去	
돌아보다	look back	回頭看、回頭	
돌아서다	turn away	轉身	
되돌리다	restore	找回	
되돌아보다	look back	回顧	
되살아나다	revive	復活、甦醒、復甦、（記憶）重現	
두다	put	放置	
두려워하다	be afraid[fearful] (of)	害怕	
둘러보다	look (a)round	環顧、環視	
뒤떨어지다	fall behind	落後、跟不上	

53

□ **담당하다**

담당하고, 담당해서,
담당하면, 담당하니까

take charge (of)
負責

例 그는 회사에서 인사 관리를 담당하고 있다.
他在公司負責人事管理。

그 사람은 이 지역을 담당하고 있는 경찰관이다.
那個人是負責這個領域的警官。

相似 맡다, 책임지다 負責

□ **당기다**

당기고, 당겨서,
당기면, 당기니까

pull, draw
拉、提前

例 ① 의자를 앞으로 당겨 앉았다.
將椅子往前拉坐下了。

② 출발 시간을 한 시간 당겨도 괜찮을까요?
將出發時間提前一小時也沒關係嗎？

相反 밀다 推
늦추다 延遲
*입맛이 당기다
有食慾、想吃

□ **당하다**

당하고, 당해서,
당하면, 당하니까

suffer
蒙受

例 친구들 앞에서 아는 척했다가 망신을 당했다.
在朋友面前裝熟就出糗了。

버스에서 소매치기를 당해서 지갑을 잃어버렸다.
在公車上遇到扒手，所以遺失了皮夾。

*사고를 당하다
發生意外
창피를 당하다
丟臉、出糗

□ **닿다[다타]**

닿고, 닿아서,
닿으면, 닿으니까

touch
觸及

例 그는 자기의 손이 그녀의 손에 닿을까 봐 조심했다.
他小心翼翼，擔心自己的手會碰到她的手。

내 친구는 머리가 매우 길어서 거의 허리까지 닿는다.
我的朋友頭髮非常長，幾乎快到腰。

*（名詞）이/가
（名詞）에 닿다
～觸及～

動詞

♪ 53

☐ 대다

대고, 대서,
대면, 대니까

touch, supply
接觸

例　카드는 여기에 대시면 됩니다.
卡片觸碰這裡就可以了。

그는 안주에는 손도 안 대고 술만 마시고 있다.
他連下酒菜都不碰。

*핑계를 대다, 구실을 대다
　找藉口

☐ 대신하다

대신하고, 대신해서,
대신하면, 대신하니까

replace
代替

例　오늘은 바빠서 밥은 못 먹고 빵으로 아침을 대신했다.
今天忙到沒能吃飯就用麵包代替了早餐。

어머니는 어렸을 때부터 아버지를 대신해서 집안을 돌보셨다.
媽媽從我小時候開始就母代父職養家活口。

相似　대체하다　代替、替代

☐ 대하다

대하고, 대해서,
대하면, 대하니까

face, treat
對待

例　그는 나를 친구처럼 대해 주었다.
他待我如朋友一般。

매장 직원들은 손님들에게 친절하게 대했다.
賣場職員待客親切。

*（名詞）을/를
（名詞）처럼 대하다
待～如同～

☐ 던지다

던지고, 던져서,
던지면, 던지니까

throw
投、丟、扔

例　돌을 던져서 옆집 창문을 깨뜨렸다.
丟出石頭後打破了鄰居家的窗戶。

형은 화가 났는지 아끼던 기타를 방에 던져 버렸다.
哥哥好像生氣了，將珍惜的吉他扔在房裡了。

*질문을 던지다
提出問題
사표를 던지다
遞出辭呈

♪ 53

□ 덜다

덜고, 덜어서,
덜면, 더니까

lessen
減少、省

例 다 못 먹으면 음식을 덜어 놓고 먹으세요.
無法全吃光的話，請將食物（份量）減少來吃。

학비 부담을 덜어 드리려고 밤에 아르바이트를 시작했다.
我想幫忙減少學費的負擔，於是晚上開始打工。

相似 빼다 抽出
相反 더하다 增加
*걱정을 덜다 少擔心
 부담을 덜다 減少負擔
 고통을 덜다 減輕痛苦

□ 덮이다

덮이고, 덮여서,
덮이면, 덮이니까

be covered (with/in)
被覆蓋

例 가을 산은 단풍으로 덮여 있어서 아름다웠다.
秋天的時候山被楓葉覆蓋了，所以很美。

밤새 눈이 왔는지 온 세상이 하얀 눈으로 덮였네요.
可能是整晚下雪，整個世界都被白雪覆蓋了呢！

*（名詞）이/가
 （名詞）(으)로 덮이다
 ～被～覆蓋
*「덮다（蓋上）」的被動詞

□ 데다

데고, 데서,
데면, 데니까

burn oneself
燙傷

例 어렸을 때 난로에 손을 덴 적이 있다.
小時候曾被暖爐燙傷手。

요리하다가 끓는 물을 쏟는 바람에 발을 데었다.
因為做菜時倒掉滾燙的水而燙傷了腳。

□ 데려오다

데려오고, 데려와서,
데려오면, 데려오니까

bring
帶來

例 생일이라서 친구들을 잔뜩 집으로 데려왔다.
因為生日，所以帶了一堆朋友來家裡。

공원에 강아지를 데려와서 같이 산책을 했다.
帶小狗來公園一起散了步。

相似 데리고 오다 帶來

動詞

□ **데우다**　데우고, 데워서,　heat (up)
　　　　　　데우면, 데우니까　加溫

例　찌개가 식었으니 다시 데워 드릴게요.　相反 식히다 使~冷卻
　湯涼了，我再幫您熱一下。

　잠이 안 올 때 우유를 따뜻하게 데워 먹으면 좋다.
　睡不著時將牛奶加熱喝很好。

□ **데치다**　데치고, 데쳐서,　blanch
　　　　　　데치면, 데치니까　汆燙

例　시금치는 끓는 물에 살짝 데쳐 주세요.　相似 삶다 煮、熬
　請幫我將菠菜放入沸水中稍微汆燙一下。

　야채를 데칠 때 소금을 조금 넣어주면 색깔이 더 선명해진다.
　汆燙青菜時，加一點點鹽巴會讓顏色變得更加鮮明。

□ **도망가다**　도망가고, 도망가서,　make one's[a] getaway
　　　　　　　도망가면, 도망가니까　逃亡、逃跑、逃走

例　경찰이 도망가는 도둑을 쫓고 있다.　相似 도망치다 逃亡
　警察正在追逃跑的小偷。　　　　　　　　 달아나다 逃跑、逃走

　개는 사람을 피해서 산 속으로 도망갔다.
　狗避開人往山裡逃走了。

□ **돌다**　돌고, 돌아서,　turn
　　　　　돌면, 도니까　繞、轉

例　① 사거리에서 왼쪽으로 돌아서 세워 주세요.
　　請在十字路口左轉後停下。

　② 운동장을 10바퀴 돌고 나니 온몸에 땀이 흘렀다.
　　繞完運動場10圈後，全身都流汗了。

□ 돌려보내다

돌려보내고, 돌려보내서,
돌려보내면, 돌려보내니까

return
送回去、送還、歸還、退回

例 잘못 배달된 물건을 돌려보내려고 반품 신청을 했다.
想將宅配送錯的物品送回去，申請了退貨。

학교에서 조퇴하고 온 아이를 다시 학교로 돌려보냈다.
將從學校早退回來的孩子再次送回學校去了。

相似 돌려주다 歸還

□ 돌려주다

돌려주고, 돌려줘서,
돌려주면, 돌려주니까

give back
歸還

例 그에게 받은 선물을 다시 돌려주었다.
將從他那裡收到的禮物重新歸還（給他）了。

친구에게 빌린 책을 어디에 두었는지 기억나지 않아서 아직 못
돌려주고 있다.
不記得把向朋友借的書放在哪裡，所以還沒辦法歸還。

相似 돌려보내다 歸還、退回

□ 돌리다

돌리고, 돌려서,
돌리면, 돌리니까

turn, work
（使）轉、（使）運轉、
打／玩（陀螺）

例 ① 세탁기를 늦은 시간에 돌리지 마세요.
請勿在深夜用洗衣機。

② 아이들이 마당에서 팽이를 돌리고 있다.
一群小孩在院子裡打陀螺。

* 청소기를 돌리다
用吸塵器
*「돌다（轉）」的使動詞

□ 돌보다

돌보고, 돌봐서,
돌보면, 돌보니까

look after
照顧

例 어머니는 집에서 아이들을 돌보신다.
媽媽在家照顧孩子們。

편찮으신 할머니를 병원에서 간호사들이 돌봐 준다.
身體不適的奶奶在醫院由護士們幫忙照顧。

相似 보살피다 照料
도와주다 幫忙
*건강을 돌보다
調養身體
환자를 돌보다
照顧患者

動詞

♪54

□ **돌아다니다**　　돌아다니고, 돌아다녀서,　　get around
　　　　　　　　　돌아다니면, 돌아다니까　　走來走去

例　수업 시간에 여기저기 돌아다니면 안 된다.
　　不可以在上課時間到處走來走去。

　　밤늦게 돌아다니면 위험하니까 집에 일찍 들어와야 한다.
　　大半夜（在外面）閒逛很危險，必須早一點回家才行。

□ **돌아보다**　　　돌아보고, 돌아봐서,　　look back
　　　　　　　　　돌아보면, 돌아보니까　　回頭看、回頭

例　① 지난 학창 시절을 돌아보니 후회만 된다.　　*뒤를 돌아보다
　　　回顧過去學生時期，盡是後悔。　　　　　　　回頭看
　　② 이상한 소리에 뒤를 돌아봤는데 아무도 없었다.　과거를 돌아보다
　　　因奇怪的聲音而回頭看，但卻空無一人。　　　回顧過去

□ **돌아서다**　　　돌아서고, 돌아서서,　　turn away
　　　　　　　　　돌아서면, 돌아서니까　　轉身

例　돌아서는 그의 마지막 모습이 아직도 눈에 선하다.　相似 뒤돌아서다 轉身
　　他最後轉身（離去）的模樣，至今還歷歷在目。

　　누군가 부르는 소리를 듣고 가던 길을 멈추고 돌아섰다.
　　聽到有人在叫的聲音，停下腳步轉身了。

□ **되돌리다**　　　되돌리고, 되돌려서,　　restore
　　　　　　　　　되돌리면, 되돌리니까　　找回

例　나에게서 돌아선 그의 마음을 되돌리고 싶다.　相似 돌리다 轉
　　想找回他從我身上轉移的心。　　　　　　　　*되돌려 주다
　　　　　　　　　　　　　　　　　　　　　　歸還
　　지나간 시간을 되돌릴 수만 있다면 얼마나 좋을까?　되돌려 보내다
　　要是能找回過去的時光該有多好？　　　　　遣返、送回去

54

□ 되돌아보다

되돌아보고, 되돌아봐서,
되돌아보면, 되돌아보니까

look back
回顧

例 그는 가던 길을 멈추고 왔던 길을 되돌아보았다.
他停下腳步回顧來時路。

相似 돌아보다 回顧

힘들고 고생스러웠던 지난날들을 되돌아보니 잘 견뎌 준 내
자신이 대견스러웠다.
回顧過去那些艱辛的日子，很能吃苦耐勞的我自己真的很了不起。

□ 되살아나다

되살아나고, 되살아나서,
되살아나면, 되살아나니까

revive
復活、甦醒、復甦、（記憶）
重現

例 ① 죽은 나무를 되살아나게 하는 방법은 없을까?
有沒有能讓死去的樹死而復生的方法呢？

*기억이 되살아나다
記憶重現
경기가 되살아나다
景氣復甦

② 그의 사진을 보자 지난날의 악몽이 되살아났다.
看到他的照片，過去的惡夢就又再浮現了。

□ 두다

두고, 둬서,
두면, 두니까

put
放置

例 숙제를 집에 두고 안 가져왔다.
作業放在家裡沒有帶來。

相似 놓다 放、擱置
*（動詞）아/어 두다
表動作完成的狀態

지갑을 어디에 두었는지 기억이 나지 않는다.
想不起來皮夾放在哪裡。

□ 두려워하다

두려워하고, 두려워해서,
두려워하면, 두려워하니까

be afraid[fearful] (of)
害怕

例 죽음을 두려워했다면 이곳에 오지 않았을 것이다.
若怕死，就應該不會來這裡了。

相似 무서워하다, 겁내다
害怕

새로운 것에 도전할 때 누구나 두려워하는 마음이 있다.
挑戰新事物時，無論是誰心裡都會感到害怕。

動詞

□ 둘러보다

둘러보고, 둘러봐서,
둘러보면, 둘러보니까

look (a)round
環顧、環視

例 밖에 나가서 한 바퀴 좀 둘러보고 올게요.
我去外面稍微環顧一圈就回來。

겨우 정신을 차리고 사방을 둘러보았는데 아무것도 보이지
않았다.
好不容易回過神來，環顧四周，卻空無一人。

相似 살펴보다 察看

□ 뒤떨어지다

뒤떨어지고, 뒤떨어져서,
뒤떨어지면, 뒤떨어지니까

fall behing
落後、跟不上

例 우리의 기술은 선진국의 기술보다 뒤떨어져 있다.
我們的技術比先進國家的技術落後。

변화에 뒤떨어지고 싶지 않다면 끊임없이 배워야 한다.
如果不想跟不上變化，就必須不斷地學習才行。

相似 뒤처지다, 낙오되다
落後
相反 앞서다 領先
*유행에 뒤떨어지다
跟不上流行
시대에 뒤떨어지다
時代落伍了

Ⅰ. 다음 단어와 그 설명이 맞는 것을 연결하세요.

1. 돌보다　　　●　　　　　　　● ① 관심을 가지고 보살피다.

2. 데치다　　　●　　　　　　　● ② 어떤 것의 자리나 역할을
　　　　　　　　　　　　　　　　　바꾸어서 하다.

3. 둘러보다　　●　　　　　　　● ③ 모습이나 태도가 자신 있고
　　　　　　　　　　　　　　　　　떳떳하다.

4. 대신하다　　●　　　　　　　● ④ 끓는 물에 넣어서 살짝 익히다.

5. 당당하다　　●　　　　　　　● ⑤ 주위를 이리저리 살펴보다.

6. 도망가다　　●　　　　　　　● ⑥ 피하거나 쫓겨서 달아나다.

Ⅱ. 다음 빈칸에 들어갈 알맞은 말을 고르세요.

01 어제 발표 시간에 외운 것이 하나도 생각이 안 나서 창피를 (　　　).

① 당했다　　　　　　　② 당겼다
③ 담겼다　　　　　　　④ 받았다

02 가 : 어제 왜 전화를 안 받은 거야? 핑계 (　　　) 말고 솔직하게 말해.
나 : 아파서 일찍 잤어. 진짜니까 믿어 줘. 제발.

① 쓰지　　　　　　　　② 달지
③ 대지　　　　　　　　④ 하지

03 가 : 요즘 같은 시대에 누가 너처럼 옷을 입고 다녀?
나 : 남들은 유행에 (　　　) 생각하겠지만 난 상관없어.

① 되돌린다고　　　　　② 되살아난다고
③ 되돌아본다고　　　　④ 뒤떨어진다고

單字	英語	中文	記住了嗎？
뒤집다	upset	翻過來、反過來、顛倒	
드러나다	reveal itself	顯現、露出	
들다	hold	照進來、需要（花費）、裝入	
들르다	drop by	順路到、順道去	
들리다	be heard	聽見	
들어서다	go in(to), go up	進入、走進	
들어주다	grant	答應	
들여다보다	look in(to)	窺視、仔細看、檢視	
들이다	let sb in(to)	花費（時間）、投入（精力）	
따다	pick	摘、取得	
따라다니다	follow	糾纏	
따르다	follow	跟隨	
따지다	nitpick	追究	
때리다	hit	毆打	
떠나다	leave	離開、出發	
떠오르다	rise (up)	升起、浮現	
떠올리다	recall	想起	
떨리다	shake	發抖	
떨어뜨리다	drop	摔下	
떨어지다	fall	落下、落選	
떼다	take (sth) off	揭、摘下	
뚫다	dig	穿、鑽	
뛰어가다	run	跑去	
뛰어나다	outstanding	出眾的、卓越的	
뛰어내리다	jump	跳下	
뛰어넘다	jump (over)	越、跳	
뛰어다니다	run around	奔跑、奔走、跳來跳去、跑來跑去	
뛰쳐나가다	run out	跑出去	
뜨거워지다	become[get] hot	變熱	
뜨다	float	漂浮	

□ 뒤집다[뒤집따]

뒤집고, 뒤집어서,
뒤집으면, 뒤집으니까

upset
翻過來、反過來、顛倒

例 김치전이 타기 전에 얼른 뒤집어라.
在泡菜煎餅燒焦前快翻面！

아침에 너무 급하게 나오는 바람에 옷을 뒤집어서 입고 나왔다.
都怪早上太急著出來，才會把衣服反過來穿出門了。

*속을 뒤집다
反胃
집안을 뒤집다
把家裡翻了

□ 드러나다

드러나고, 드러나서,
드러나면, 드러나니까

reveal itself
顯現、露出

例 이 장면에는 주인공의 성격이 잘 드러나 있다.
這個場景裡完美顯現了主角的性格。

회의가 길어지자 사람들의 얼굴에는 피곤한 기색이 드러났다.
會議一拉長，大家的臉上就出現了倦容。

相似 나타나다 出現、露出
*（名詞）이/가 드러나다
顯現／露出～

□ 들다

들고, 들어서,
들면, 드니까

hold
照進來、需要（花費）、裝入

例 ① 이 일은 시간과 노력이 많이 든다.
這件事需要（花費）很多時間與努力。

② 남향으로 지은 집은 햇빛이 잘 든다.
朝向南方建造的房子採光很好（陽光很能照進來）。

③ 가방에는 여행에 필요한 물건들이 들어 있다.
包包裡裝著旅行需要的物品。

*단풍이 들다
楓葉變紅
잠이 들다
睡著
나이가 들다
上了年紀

□ 들르다

들르고, 들러서,
들르면, 들르니까

drop by
順路到、順道去

例 책을 사려고 서점에 잠깐 들렀다.
打算買書所以順道去了一趟書店。

집에 가는 길에 약국에 잠깐 들러서 감기약을 샀다.
回家的途中順道去了一下藥局，買了感冒藥。

*（名詞）에 잠깐 들르다
順道去一下～

動詞

♪ 55

□ 들리다

들리고, 들려서,
들리면, 들리니까

be heard
聽見

例 밤새 천둥소리가 들려서 잠을 못 잤다.
夜裡傳來雷聲，（使）我睡不著。

밖에서 시끄럽게 싸우는 소리가 들린다.
從外面傳來吵架的聲音。

* （名詞）이/가 들리다
  聽見／傳來～
* 「듣다（聽）」的被動詞

□ 들어서다

들어서고, 들어서서,
들어서면, 들어서니까

go in(to), go up
進入、走進

例 21세기에 들어서서 많은 변화가 생겼다.
進入21世紀後，產生了很多變化。

고향에 들어서면 왠지 마음이 편해진다.
一走進故鄉，不知為什麼心就變得很平靜。

相反 나가다, 나서다 出去
* （名詞）이/가 들어서다
  進入／走進～

□ 들어주다

들어주고, 들어줘서,
들어주면, 들어주니까

grant
答應

例 나는 다른 사람의 부탁을 잘 들어주는 편이다.
我屬於容易答應他人委託的類型。

친구의 고민을 들어주고 가끔은 조언을 해 주기도 한다.
聽了朋友的煩惱後，偶爾也會給予建議。

相似 받아들이다 接納
　　 허락하다 允許
相反 거절하다 拒絕
*부탁을 들어주다
  答應委託
  소원을 들어주다
  答應願望

□ 들여다보다

들여다보고, 들여다봐서,
들여다보면, 들여다보니까

look in(to)
窺視、仔細看、檢視

例 사람들의 마음을 들여다볼 수 있는 거울이 있다면 어떨까?
若有能窺視人心的鏡子，會如何呢？

이번 방학에는 내 자신을 들여다보고 반성하는 시간을
가져야겠다.
趁這次放假要好好檢視自我，給自己反省的時間。

相似 살펴보다 察看

♪ 55

□ 들이다

들이고, 들여서,
들이면, 들이니까

let sb in(to)
花費（時間）、投入（精力）

例 힘을 들여서 이 일을 해 봤자 인정받지 못할 것이다.
就算費力做了這件事，也得不到認同。

공부하는 시간을 많이 들인다고 해서 공부를 잘하는 것은
아니다.
並非說花很多時間念書就一定能念好。

*정성을 들이다
耗費／花精神
노력을 들이다
付出努力、投入精力、
下工夫
*「들다（進）」的使動詞

□ 따다

따고, 따서,
따면, 따니까

pick
摘、取得

例 ① 좋은 직장에 취직하기란 하늘의 별따기예요.
要在好公司工作好比摘天上的星星一樣難。

② 열심히 노력한 끝에 드디어 올림픽에서 금메달을 땄다.
認真努力的最後，終於在奧運上拿下了金牌。

*면허증을 따다
取得證照
학점을 따다
取得學分

□ 따라다니다

따라다니고, 따라다녀서,
따라다니면, 따라다니니까

follow
糾纏

例 ① 내 동생은 아직도 엄마만 졸졸 따라다닌다.
我弟弟／妹妹還是只緊緊黏著媽媽不放。

② 나는 그를 1년이나 따라다녔지만 그의 마음은 변하지 않았다.
我纏了他長達1年，但他還是沒有改變心意。

相似 쫓아다니다 緊跟

□ 따르다

따르고, 따라서,
따르면, 따르니까

follow
跟隨

例 ① 선생님이 읽는 대로 따라 읽으십시오.
請照老師唸的跟著唸。

② 어렸을 때는 어머니를 따라 시장에 자주 가곤 했다.
小時候常跟著媽媽去市場。

相似 뒤따르다 跟隨
相反 이끌다 領導
*유행을 따르다
趕／跟流行
명령에(을) 따르다
遵從命令

動詞

♪ 55

□ **따지다** 　따지고, 따져서,
　따지면, 따지니까

nitpick
追究

例　누가 잘못했는지 잘잘못을 하나하나 **따졌다**.
　　一一地追究是誰犯了錯。

相似 계산하다 算帳

　여자 친구가 하나하나 **따져** 물으니 남자가 귀찮다는 듯이 아무런
　대꾸도 하지 않았다.
　女朋友一一追問，但男人不耐煩似地一句話也不回。

□ **때리다** 　때리고, 때려서,
　때리면, 때리니까

hit
毆打

例　요즘에는 학교에서 선생님이 학생을 **때려서는** 안 된다.
　　最近在學校裡老師不能打學生。

相反 맞다 挨打

　골목에서 몇몇 아이들이 한 아이를 **때리며** 괴롭히고 있었다.
　那時在巷子裡有幾個小孩合起來毆打一個小孩，在欺負他。

□ **떠나다** 　떠나고, 떠나서,
　떠나면, 떠나니까

leave
離開、出發

例　고향을 **떠나서** 산 지 벌써 10년이 되었다.
　　離開故鄉生活已經過了10年。

*여행을 떠나다
去旅行
휴가를 떠나다
去度假

　내 친구는 디자인 공부를 하러 프랑스로 **떠나겠다고** 했다.
　我的朋友說要去法國學習設計。

□ **떠오르다** 　떠오르고, 떠올라서,
　떠오르면, 떠오르니까

rise (up)
升起、浮現

例　① 동쪽 하늘에는 태양이 서서히 **떠오르고** 있었다.
　　　太陽徐徐地升上東方的天空。

相似 솟아오르다 冒出、湧出
　　연상되다 聯想
*생각이 떠오르다
想起來
기억이 떠오르다
記起來

　② 아버지가 생일 선물로 사 준 시계를 보면 아버지 얼굴이
　　떠오른다.
　　看到爸爸買給我做為生日禮物的手錶，就會浮現爸爸的臉。

□ 떠올리다

떠올리고, 떠올려서,
떠올리면, 떠올리니까

recall
想起

例 행복했던 순간들을 **떠올려** 보세요.
請試著回想那些幸福的時刻。

헤어진 남자와의 추억을 **떠올려** 봐야 좋을 게 없다.
仔細想想和分手的男人之間的回憶，才發現沒有一件好事。

*「떠오르다（浮現）」的使
動詞

□ 떨리다

떨리고, 떨려서,
떨리면, 떨리니까

shake
發抖

例 추위로 온몸이 **떨려서** 아무것도 할 수 없었다.
因為寒冷而全身發抖，什麼也做不了。

많은 사람들 앞에서 발표를 하려니 너무 **떨린다**.
打算在很多人面前發表，但實在是太緊張了。

相似 긴장하다 緊張
*목소리가 떨리다
聲音發抖
가슴이 떨리다
心跳加速
*「떨다（發抖）」的使動詞

□ 떨어뜨리다

떨어뜨리고, 떨어뜨려서,
떨어뜨리면, 떨어뜨리니까

drop
摔下

例 너무 당황해서 휴대 전화를 **떨어뜨렸다**.
太過驚慌以致於把手機掉了。

깜짝 놀라서 들고 있던 컵을 **떨어뜨릴** 뻔했다.
嚇了一跳，差點把手中的杯子弄掉了。

相似 떨어트리다 使掉落
*수준을 떨어뜨리다
降低水準
가격을 떨어뜨리다
降價

□ 떨어지다

떨어지고, 떨어져서,
떨어지면, 떨어지니까

fall
落下、落選

例 ① 빗방울이 하나둘 **떨어지기** 시작했다.
雨滴一滴滴開始落下了。

② 비록 시험에 **떨어졌지만** 슬프지 않다.
雖然考試落榜了，但不會難過。

*성적이 떨어지다
成績退步
정이 떨어지다
感情變淡

動詞

□ **떼다** — 떼고, 떼서,
떼면, 떼니까

take (sth) off
揭、摘下

例 ① 벽에 붙어 있는 그림들을 모두 **떼어** 버렸다.
將掛在牆上的那些畫作全都拿下了。

② 술잔을 입술에 붙였다 **뗐다** 하면서 술을 마시는 척했다.
將酒杯一下拿到嘴邊又拿開，裝作一副在喝酒的樣子。

相反 붙이다, 대다 貼
*정을 떼다
　離間感情
　눈을 떼다
　轉移視線、不留意

□ **뚫다[뚤타]** — 뚫고, 뚫어서,
뚫으면, 뚫으니까

dig
穿、鑽

例 요즘에는 귀를 **뚫는** 남자들도 많다.
最近穿耳洞的男生也很多。

벽에 구멍을 **뚫어서** 공기가 빠져나갈 수 있도록 했다.
在牆壁上鑽了洞，讓空氣可以流通。

相反 막다 擋
*경쟁을 뚫다
　突破競爭

□ **뛰어가다** — 뛰어가고, 뛰어가서,
뛰어가면, 뛰어가니까

run
跑去

例 갑자기 소나기가 와서 집으로 **뛰어갔다**.
突然下起驟雨就跑回家去了。

친구가 갑자기 배가 아프다고 해서 약국으로 **뛰어가다가**
넘어졌다.
朋友突然説肚子痛而跑去藥局的路上，跑一跑跌倒了。

相似 달려가다 跑去

□ **뛰어나다** — 뛰어나고, 뛰어나서,
뛰어나면, 뛰어나니까

outstanding
出眾的、卓越的

例 그 사람은 노래와 춤 실력이 **뛰어나다**.
那個人唱歌和跳舞的實力出眾。

내 친구는 그림에 **뛰어난** 재능을 가지고 있다.
我朋友在繪圖方面擁有卓越的才能。

相似 우수하다 優秀
　　 대단하다 了不起

□ 뛰어내리다

뛰어내리고, 뛰어내려서,
뛰어내리면, 뛰어내리니까

jump
跳下

例 높은 건물에서 함부로 뛰어내리면 안 된다.
不可以隨便從高的建築物跳下。

부모님 몰래 창문으로 뛰어내리다가 다리를 다쳤다.
瞞著父母親跳下窗戶，腳就受傷了。

*（名詞）에서
（名詞）(으)로 뛰어내리다
從～往～跳下

□ 뛰어넘다[뛰어넘따]

뛰어넘고, 뛰어넘어서,
뛰어넘으면, 뛰어넘으니까

jump (over)
越、跳

例 앞에 놓인 장애물을 뛰어넘어야 한다.
必須越過眼前的障礙物。

자기 능력의 한계를 뛰어넘기란 참 어려운 일이다.
要超越自己能力的極限真是一件難事。

*한계를 뛰어넘다
超越極限
상식을 뛰어넘다
超出常識

□ 뛰어다니다

뛰어다니고, 뛰어다녀서,
뛰어다니면, 뛰어다니니까

run around
奔跑、奔走、跳來跳去、跑來跑去

例 아이가 친구들과 하루 종일 뛰어다니며 놀고 있다.
小孩和朋友們整天跑來跑去，到處玩耍。

학생들이 이 교실 저 교실로 뛰어다녀서 정신이 없다.
學生在教室間奔走，十分忙碌。

□ 뛰쳐나가다

뛰쳐나가고, 뛰쳐나가서,
뛰쳐나가면, 뛰쳐나가니까

run out
跑出去

例 그는 그 얘기를 듣자 밖으로 뛰쳐나갔다.
他一聽到那件事之後就跑出去外面了。

불이 났다는 소리를 듣고 모두 밖으로 뛰쳐나갔다.
聽到有人喊「失火了」，大家都跑出去外面了。

動詞

□ **뜨거워지다**　　뜨거워지고, 뜨거워져서,　　become[get] hot
　　　　　　　　　　뜨거워지면, 뜨거워지니까　　變熱

例　부끄러워서 얼굴이 점점 뜨거워졌다.　　*（名詞）이/가 뜨거워지다
　　因為害羞，所以臉就漸漸變紅了。　　　　〜變熱

　　감기에 걸려서 온몸이 불덩이처럼 뜨거워졌다.
　　因為感冒，全身變得像火球一樣熱。

□ **뜨다**　　　　　　뜨고, 떠서,　　　　float
　　　　　　　　　　뜨면, 뜨니까　　　　漂浮

例　하늘에 별들이 많이 떠 있다.　　相反 지다 落
　　天空布滿了很多星星。　　　　　　　　가라앉다 沉
　　　　　　　　　　　　　　　　　　*해가 뜨다
　　바다 위에 떠 있는 수많은 배들이 이쪽을 향해 움직였다.　　太陽升起
　　海上漂浮著的無數的船往這邊行駛過來了。　　배가 뜨다
　　　　　　　　　　　　　　　　　　船漂浮

Ⅰ. 다음 단어와 어울릴 수 있는 단어를 연결하십시오.

1. 소원을 ●	● ① 뚫다
2. 기억이 ●	● ② 따다
3. 정성을 ●	● ③ 따르다
4. 경쟁을 ●	● ④ 들이다
5. 명령에 ●	● ⑤ 떠오르다
6. 빗방울이 ●	● ⑥ 들어주다
7. 면허증을 ●	● ⑦ 떨어지다

Ⅱ. 설명하는 단어를 <보기>에서 골라 번호를 쓰세요.

<보기>	① 뒤집다	② 드러나다	③ 들르다	④ 들여다보다
	⑤ 떠올리다	⑥ 뛰어나다	⑦ 따지다	⑧ 뛰쳐나가다

01　안과 겉 또는 위와 아래를 뒤바꾸다.　　　　　　　　　(　　)

02　남보다 아주 많이 훌륭하거나 앞서다.　　　　　　　　(　　)

03　지나가는 길에 잠깐 들어가서 머무르다.　　　　　　　(　　)

04　밖에서 안을 보거나 가까이서 자세하게 보다.　　　　　(　　)

單字	英語	中文	記住了嗎？
뜯다	tear off	拆開	
뛰다	run	跑、工作	
마련하다	prepare	準備、辦置	
마무리하다	finish	完成、收尾	
마음먹다	make up one's mind	（下定）決心	
마주치다	come[run] across	遇到	
막다	block (up)	塞、擋	
막히다	be[get] clogged (with)	停滯、堵塞	
말리다	dry	晾（乾）、烘（乾）	
맛보다	taste	品嘗、體驗	
망가뜨리다	break (down)	弄壞、毀壞	
망가지다	be destroyed	壞	
망설이다	hesitate	躊躇、猶豫	
망치다	spoil	弄壞	
망하다	go under	倒、滅亡	
맞추다	adjust	對、訂做	
맞히다	guess right	使淋、使打中	
맡기다	leave, check	存、寄託、委託	
맡다1	smell	嗅、聞	
맡다2	take on	占、擔任	
매다	tie (up)	繫、綁、打	
맺다	bear, pay off	結（果實）、（締結）契約	
머무르다	stay	停留、滯留、逗留	
머뭇거리다	hesitate	猶豫、躊躇、遲疑	
먹히다	be eaten	被吃	
멈추다	stop	停	
멍들다	get a bruise	淤血	
메다	choke	擠滿、哽咽	
모색하다	seek	摸索	
모으다	gather	積蓄、收集	

♪ 57

□ **뜯다[뜯따]**

뜯고, 뜯어서,
뜯으면, 뜯으니까

tear off
拆開

例 선물을 받고 나서 상자의 포장을 뜯어 보았다.
收下禮物後，拆開了箱子的外包裝。

고장이 난 전자 제품을 모조리 뜯어서 수리했다.
將故障的電子產品全部拆開來修理了。

□ **뛰다**

뛰고, 뛰어서,
뛰면, 뛰니까

run
跑、工作

例 ① 나는 매일 운동장을 열 바퀴씩 뛴다.
我每天會跑運動場十圈。

相似 달리다 跑

② 그는 야구 선수로 십 년이 넘게 뛰었다.
他當棒球選手工作逾十年了。

□ **마련하다**

마련하고, 마련해서,
마련하면, 마련하니까

prepare
準備、辦置

例 유학을 가는 친구를 위해 환송회를 마련했다.
為要去留學的朋友準備了歡送會。

相似 준비하다, 장만하다
準備

결혼이 코앞에 닥쳐서 살림을 마련하느라 바쁘다.
婚禮迫在眉睫，為了準備家務十分忙碌。

□ **마무리하다**

마무리하고, 마무리해서,
마무리하면, 마무리하니까

finish
完成、收尾

例 이번 달 안까지 일을 마무리해야 한다.
這個月內要把工作完成才行。

相似 끝내다 結束、完成
정리하다 整理、清理

숙소에서 휴식을 취하며 여행을 마무리했다.
在下榻處休息為旅行畫下了句點。

動詞

□ **마음먹다[마음먹따]** 　마음먹고, 마음먹어서,
마음먹으면, 마음먹으니까

make up one's mind
（下定）決心

例 올해는 꼭 취업하기로 마음먹었다.
下定決心今年一定要找到工作。

다이어트를 하겠다고 굳게 마음먹고 운동을 시작했다.
說要減肥，下定決心開始運動了。

相似 결심하다 決心

□ **마주치다** 　마주치고, 마주쳐서,
마주치면, 마주치니까

come[run] across
遇到

例 그 사람과는 절대로 마주치고 싶지 않다.
絕不想遇到那個人。

길에서 우연히 옛날 친구와 마주쳤는데 너무 변해서 못 알아볼
뻔했다.
在路上偶然遇到了以前的朋友，但變太多了差點認不出來。

相似 （名詞）
와/과 마주치다
和～偶然相遇／碰到

□ **막다** 　막고, 막아서,
막으면, 막으니까

block (up)
塞、擋

例 밖이 너무 시끄러워 손으로 귀를 막았다.
外面太吵了，所以用手摀住了耳朵。

양산으로 햇빛을 막지 않으면 살이 금방 탄다.
如果不撐陽傘遮陽，皮膚馬上就會被晒黑。

相似 가리다 遮

□ **막히다[마키다]** 　막히고, 막혀서,
막히면, 막히니까

be[get] clogged (with)
停滯、堵塞

例 길이 막히는 바람에 약속 시간에 늦었다.
都是因為路上堵車，所以約會時間遲到了。

변기가 막혀서 비닐을 이용하여 변기를 뚫었다.
馬桶堵住了，所以利用塑膠管來通馬桶了。

相反 뚫리다（被動）打通
*기가 막히다
呼吸不順暢
길이 막히다
道路堵塞

動詞

□ **말리다**

말리고, 말려서,
말리면, 말리니까

dry
晾（乾）、烘（乾）

例 감기에 걸릴까 봐 젖은 머리를 말렸다.
怕會感冒，將溼頭髮吹乾了。

옷을 말리고 다림질까지 깔끔하게 해 놓았다.
將衣服晾乾，甚至還乾淨俐落地將衣服也燙好了。

相似 건조하다 乾燥

□ **맛보다[맏뽀다]**

맛보고, 맛봐서,
맛보면, 맛보니까

taste
品嘗、體驗

例 ① 주말 농장에서 채소를 재배한 후 수확의 기쁨을 맛보았다.
週末在農場栽種蔬菜後，體驗到收穫的喜悅。

② 친구가 만든 음식을 맛보니 깜짝 놀랄 정도로 맛이 좋았다.
品嚐了一口朋友做的料理，驚為天人地美味。

□ **망가뜨리다**

망가뜨리고, 망가뜨려서,
망가뜨리면, 망가뜨리니까

break (down)
弄壞、毀壞

例 실수로 친구의 카메라를 망가뜨려 버렸다.
不小心將朋友的相機弄壞了。

정부는 거짓말로 국민과의 신뢰를 망가뜨렸다.
政府用謊言破壞了與國民間的信賴。

相似 망가트리다 弄壞

□ **망가지다**

망가지고, 망가져서,
망가지면, 망가지니까

be destroyed
壞

例 자전거가 망가져서 걸어갈 수 밖에 없었다.
腳踏車壞了，所以只好走路了。

휴대 전화를 물속에 빠뜨렸는데 망가져 버렸다.
把手機掉到水裡結果就壞掉了。

相似 고장나다 故障
*（名詞）이/가 망가지다
～壞了

□ 망설이다

망설이고, 망설여서,
망설이면, 망설이니까

hesitate
躊躇、猶豫

例 부모님에게 사실대로 말할까 말까 망설이고 있다.
正在猶豫要不要對父母親老實説。

콧대가 높은 그녀에게 고백을 해도 될지 망설여진다.
躊躇是否可以向自視甚高的她告白。

相似 주저하다, 머뭇거리다
躊躇、猶豫

□ 망치다

망치고, 망쳐서,
망치면, 망치니까

spoil
弄壞

例 시험을 망쳐서 기분이 안 좋다.
把考試搞砸了，所以心情不好。

한 달 동안 준비했던 작품인데 망치고 말았다.
準備了一個月的作品，結果搞砸了。

*신세를 망치다
身敗名裂

□ 망하다

망하고, 망해서,
망하면, 망하니까

go under
倒、滅亡

例 새로 시작한 사업이 망하지 않도록 열심히 할 것이다.
要努力不讓新開始的事業毀了。

몇 번 사업이 망하기도 했지만 그것을 경험 삼아 다시 일어설 수 있었다.
雖然歷經幾次事業失敗，但將它當成經驗，就東山再起了。

*（名詞）이/가 망하다
～完蛋／倒閉／滅亡
*사업이 망하다
事業失敗
나라가 망하다
國家滅亡

□ 맞추다[맏추다]

맞추고, 맞춰서,
맞추면, 맞추니까

adjust
對、訂做

例 약속 시간에 맞춰 나갔다.
按約定時間出去了。

내 취미는 퍼즐을 맞추는 것이다.
我的興趣是拼拼圖。

*답을 맞추다
答對
입을 맞추다
接吻、説詞一致
옷을 맞추다
訂做衣服

□ **맞히다[마치다]**　맞히고, 맞혀서,　　guess right
　　　　　　　　　　맞히면, 맞히니까　　使淋、使打中

例　① 화분에 심은 꽃이 시들어져서 일부러 비를 맞혔다.　　*바람을 맞히다
　　　因為種在花盆裡的花凋零了，所以故意拿去讓雨淋。　　被放鴿子
　　② 그가 나에게 바람을 맞혔다. 다시는 그를 만나지 않을 것이다.　　*「맞다（挨打）」的使動詞
　　　他放我鴿子。我再也不要和他見面了。

□ **맡기다[맏끼다]**　맡기고, 맡겨서,　　leave, check
　　　　　　　　　　맡기면, 맡기니까　　存、寄託、委託

例　보관함에 짐을 맡긴 후에 쇼핑을 시작했다.　　*（名詞）에/에게
　　將行李寄放在保管箱後開始購物。　　　（名詞）을/를 맡기다
　　　　　　　　　　　　　　　　　　　　　將～委託給～
　　아침에는 어린이집에 아기를 맡기고 출근하느라 정신이 없다.　　*「맡다（代為保管）」的使
　　因為早上要將小孩託到托兒所才去上班，忙得不可開交。　　動詞

□ **맡다1[맏따]**　맡고, 맡아서,　　smell
　　　　　　　　　맡으면, 맡으니까　　嗅、聞

例　냄새를 맡아도 무슨 음식인지 모르겠다.　　*냄새를 맡다 嗅味道
　　就算聞到味道也不知道是什麼食物。

　　강아지는 공원에서 킁킁거리며 냄새를 맡았다.
　　小狗在公園不停抽動鼻子嗅味道。

□ **맡다2[맏따]**　맡고, 맡아서,　　take on
　　　　　　　　　맡으면, 맡으니까　　占、擔任

例　① 내가 일찍 도서관에 가서 자리를 맡고 있을 테니 천천히 와.　　*자리를 맡다
　　　我會一早就去圖書館占位子，你慢慢來。　　占位子
　　② 맡은 일에 최선을 다한다면 좋은 결과는 기다리지 않아도 올　　일을 맡다
　　　것이다.　　接下工作
　　　如果承辦的事都全力以赴的話，不用等待也會有好結果。

動詞

□ 매다

매고, 매서,
매면, 매니까

tie (up)
繫、綁、打

例 경기가 시작되기 전에 운동화 끈을 단단히 **맸다**.
比賽開始前，牢牢繫好運動鞋鞋帶了。

와이셔츠를 입고 넥타이를 **매고** 깔끔한 옷차림으로 외출했다.
穿襯衫打領帶，打扮得乾淨俐落外出了。

相反 풀다 解開
*넥타이를 매다
　打領帶
　끈을 매다
　繫（鞋）帶

□ 맺다[맫따]

맺고, 맺어서,
맺으면, 맺으니까

bear, pay off
結（果實）、（締結）契約

例 가을이 되니 나무에 열매가 **맺었다**.
到了秋天，樹上結了果實。

이슬이 **맺어** 있는 풀잎 사진을 보고 있으면 상쾌해진다.
只要看著結著露珠的草葉的照片，就會覺得神清氣爽。

*관계를 맺다
　結交關係
　인연을 맺다
　結緣
　결실을 맺다
　有成果

□ 머무르다

머무르고, 머물러서,
머무르면, 머무르니까

stay
停留、滯留、逗留

例 휴가 내내 호텔에서 **머무르며** 푹 쉴 것이다.
整個休假會一直逗留在飯店，好好休息。

한자리에 오래 **머무르는** 것이 지겨워서 다른 곳으로 옮겼다.
厭倦了長期停留在同一個地方，所以遷移到別的地方了。

相似 묵다 住宿
*（名詞）에/에서 머무르다
　在～停留／滯留／逗留

□ 머뭇거리다 [머묻꺼리다]

머뭇거리고, 머뭇거려서,
머뭇거리면, 머뭇거리니까

hesitate
猶豫、躊躇、遲疑

例 그는 **머뭇거리며** 그녀에게 사랑을 고백했다.
他猶豫不決向她做了愛的告白。

학생은 선생님의 질문에 잠시 **머뭇거리다가** 대답했다.
學生對於老師的提問稍微遲疑了一下之後回答了。

相似 주저하다, 망설이다
　躊躇、猶豫

♪58

□ **먹히다[머키다]** 먹히고, 먹혀서,
먹히면, 먹히니까

be eaten
被吃

例 너무 더워서 밥이 잘 안 먹힌다.
太熱了，飯沒有什麼人吃。

작은 닭은 호랑이에게 잡아 먹혀 버렸다.
小雞被老虎抓去吃掉了。

* （名詞）이/가
（名詞）에게 먹히다
～被～吃
*「먹다（吃）」的被動詞

□ **멈추다** 멈추고, 멈춰서,
멈추면, 멈추니까

stop
停

例 그는 갑자기 차를 멈추었다.
他突然將車子停下了。

사장님은 하던 말을 잠시 멈추고 직원들을 바라보았다.
社長暫時把話停住，望著員工。

□ **멍들다** 멍들고, 멍들어서,
멍들면, 멍드니까

get a bruise
淤血

例 책상 모서리에 부딪혔는데 파랗게 멍들었다.
撞上桌角淤青了。

눈 주위가 멍들어서 눈을 뜨기조차 힘들었다.
眼睛周圍淤血了，所以連要睜開眼都很難。

□ **메다** 메고, 메서,
메면, 메니까

choke
擠滿、哽咽

例 ① 시청 앞 광장에는 시위를 하는 사람들로 메어 터졌다.
市府前廣場因示威的人潮而擠爆了。

② 이산가족은 십 년 만의 상봉에 목이 메어 말을 잇지 못했다.
失散的親人相隔十年後重逢，喉嚨哽咽到說不出話來。

*목이 메다
喉嚨哽咽
가슴이 메다
胸口堵住

動詞

♪ 58

□ **모색하다[모새카다]**　모색하고, 모색해서,　seek
　　　　　　　　　　　　모색하면, 모색하니까　摸索

例　효과적인 해결책을 모색해 보자.　　　　相似　찾다　找
　　找找看有效的解決方案吧！

　　전기를 절약할 수 있는 새로운 방법을 모색했다.
　　找到了能省電的新方法。

□ **모으다**　　　　　　　모으고, 모아서,　gather
　　　　　　　　　　　　모으면, 모으니까　積蓄、收集

例　용돈을 모아서 사고 싶었던 가방을 구입했다.　相似　수집하다　收集
　　將零用錢存起來後買下了之前想買的包包。

　　해외여행을 갈 때마다 그 나라의 엽서를 모은다.
　　每次出國旅行時，就會收集那個國家的明信片。

Ⅰ. 다음 빈칸에 공통적으로 들어갈 단어를 고르세요.

01
- 주말마다 공원을 (　　　) 운동을 하니 몸이 가벼워졌다.
- 한국 선수 중에서 외국에서 (　　　) 있는 선수들이 많아졌다.

① 보다　　　　　　　　　　② 뛰다
③ 걷다　　　　　　　　　　④ 살다

02
- 처음 해 본 봉사활동을 통해 나눔의 기쁨을 (　　　).
- 다른 나라를 여행하면서 그 지방의 음식을 (　　　) 게 흥미롭다.

① 얻다　　　　　　　　　　② 느끼다
③ 맛보다　　　　　　　　　④ 먹어보다

03
- 팬들은 공연장에서 좋은 자리를 (　　　) 일찍부터 줄을 서 있었다.
- 최소한 자기가 (　　　) 일은 제대로 해야 한다고 생각한다.

① 잡다　　　　　　　　　　② 맡다
③ 하다　　　　　　　　　　④ 좋아하다

■ 틀리기 쉬운 [맞추다 vs 맞히다] 예문을 읽으며 제대로 이해하기!

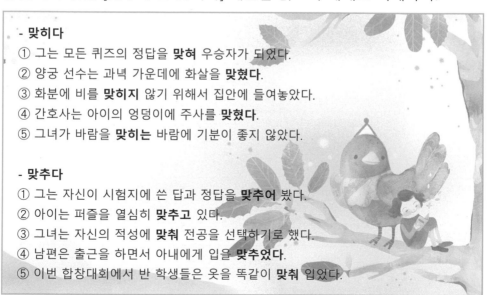

- 맞히다
① 그는 모든 퀴즈의 정답을 **맞혀** 우승자가 되었다.
② 양궁 선수는 과녁 가운데에 화살을 **맞혔다**.
③ 화분에 비를 **맞히지** 않기 위해서 집안에 들여놓았다.
④ 간호사는 아이의 엉덩이에 주사를 **맞혔다**.
⑤ 그녀가 바람을 **맞히는** 바람에 기분이 좋지 않았다.

- 맞추다
① 그는 자신이 시험지에 쓴 답과 정답을 **맞추어** 봤다.
② 아이는 퍼즐을 열심히 **맞추고** 있다.
③ 그녀는 자신의 적성에 **맞춰** 전공을 선택하기로 했다.
④ 남편은 출근을 하면서 아내에게 입을 **맞추었다**.
⑤ 이번 합창대회에서 반 학생들은 옷을 똑같이 **맞춰** 입었다.

單字	英語	中文	記住了嗎？
모자라다	be short (of)	不足	
모집하다	recruit	募集	
몰다	steer	驅（車）	
몰라보다	fail to recognize	認不出、不識～	
몰려들다	crowd (into/around)	湧入、蜂擁而入	
몰리다	be cornered	陷入	
무너지다	collapse	崩塌	
무서워하다	fear	怕	
묵다	stay	住宿	
묶다	tie (up)	繫、捆、綁	
묻히다	dredge	被埋沒	
물다	bite	咬、叮	
물러서다	step[stand] back	退出、後退	
물려주다	bequeath	傳給	
물리다	be bitten	被咬、被叮	
미끄러지다	slip (on)	滑動、滑倒	
미루다	postpone	延	
미치다	reach	波及、及	
믿다	believe	相信	
밀다	push	推	
밀려오다	crowd (into)	湧過來	
바뀌다	be changed	被換、改變	
바닥나다	run out	盡、完	
바라보다	look (at)	眺望、凝視	
바로잡다	straighten	糾正、改正	
바르다	cover	擦、抹、貼（壁紙）	
반영하다	reflect	反映	
반짝이다	glitter	閃爍、發光	
반하다	fall in love	迷戀、迷	
받아들이다	accept	接受	

□ 모자라다

모자라고, 모자라서,
모자르면, 모자라니까

be short (of)
不足

例 인원이 모자라서 축구 시합을 할 수 없다.
人數不足，因此無法進行足球比賽。

돈이 조금 모자라서 사고 싶었던 구두를 사지 못했다.
因為錢有一點不夠，沒能買下之前想買的鞋子。

相似 부족하다 不足、不夠
相反 남다 剩下

□ 모집하다[모지파다]

모집하고, 모집해서,
모집하면, 모집하니까

recruit
募集

例 학교에서 자원봉사를 모집하고 있던데 같이 할래?
學校在募集志工，要一起參加嗎？

신입사원을 모집하는 중이오니 많은 지원 바랍니다.
目前正在招募新進職員，請多多應徵。

相似 공모하다 公開募集
　　모으다 收集

□ 몰다

몰고, 몰아서,
몰면, 모니까

steer
驅（車）

例 ① 그녀는 어릴 때부터 차를 몰고 다녔다.
她從很小的時候就開始開車了。

② 어렸을 때 소를 모는 일을 해 본 적이 있다.
小時候曾做過趕牛的工作。

□ 몰라보다

몰라보고, 몰라봐서,
몰라보면, 몰라보니까

fail to recognize
認不出、不識～

例 고등학교 때 친구가 몰라보게 예뻐져서 부러웠다.
高中時的朋友漂亮得讓人認不出來，好令人羨慕。

내 능력을 몰라보다니……심사 위원들이 분명히 후회할 날이 올 거다.
竟然有眼不識泰山（竟然看不出我的能力）……評審們將來必會後悔無疑。

相反 알아보다 認出來

動詞

□ **몰려들다**　몰려들고, 몰려들어서,　crowd (into/around)
　　　　　　　　　몰려들면, 몰려드니까　湧入、蜂擁而入

例　날이 갑자기 어두워지고 먹구름이 몰려들었다.　相似 몰려오다 蜂擁而至
　　天色突然轉暗，烏雲密布。　　　　　　　　　　* （名詞）이/가 몰려들다
　　가수가 무대 위에 오르자 팬들이 무대 앞으로 몰려들었다.　　〜湧入
　　歌手一登上舞台，歌迷就往舞台前面擠去。

□ **몰리다**　몰리고, 몰려서,　be cornered
　　　　　　　몰리면, 몰리니까　陷入

例　누구라도 궁지에 몰리면 못 할 일이 없다.　* （名詞）이/가
　　任何人只要陷入絕境，就沒有做不到的事。　　（名詞）（으）로 몰리다
　　그 사람은 자신이 범인으로 몰리게 되자 억울해 했다.　　〜被當成〜
　　那個人在自己一被當成犯人的時候就喊冤了。

□ **무너지다**　무너지고, 무너져서,　collapse
　　　　　　　　무너지면, 무너지니까　崩塌

例　자식의 사고 소식을 듣자 가슴이 무너졌다.　* （名詞）이/가 무너지다
　　一聽到子女發生意外的消息，心都碎了。　　〜崩塌
　　지진으로 건물이 무너지고 많은 피해가 발생했다.
　　因地震建築物崩塌，災情嚴重。

□ **무서워하다**　무서워하고, 무서워해서,　fear
　　　　　　　　　무서워하면, 무서워하니까　怕

例　아이들은 천둥소리를 듣고 무서워했다.
　　小孩聽到雷聲覺得很害怕。
　　그가 무서워하는 것은 어머니 말고는 없다.
　　他只怕媽媽。

□ **묵다[묵따]**   묵고, 묵어서,   stay
묵으면, 묵으니까   住宿

例 여행하는 동안 어디에서 묵었어?   相似 머무르다 停留
旅行期間住在哪裡?   숙박하다 下榻、投宿

시골에 있는 할머니 집에서 며칠 동안 묵을 생각이다.   *（名詞）에서 묵다
打算要住鄉下奶奶家幾天。   在～住宿

□ **묶다[묵따]**   묶고, 묶어서,   tie (up)
묶으면, 묶으니까   繫、捆、綁

例 너무 더워서 긴 머리를 하나로 묶었다.   相似 매다 綁、繫
太熱了，所以將長髮綁成一束了。   相反 풀다 解開

번지점프를 하기 전에 허리에 줄을 단단히 묶었다.
高空彈跳前在腰上牢牢綁上了繩子。

□ **묻히다[무치다]**   묻히고, 묻혀서,   dredge
묻히면, 묻히니까   被埋沒

例 어둠에 묻힌 그의 모습은 흐릿하게만 보였다.   *（名詞）에 묻히다
被埋沒在黑暗之中的他的模樣，看起來很模糊。   被～埋沒

그는 친구들도 만나지 않고 일에 묻혀 살았다.
他連朋友也不見，過著被工作埋沒的生活。

□ **물다**   물고, 물어서,   bite
물면, 무니까   咬、叼

例 그녀는 불안할 때마다 입술을 무는 버릇이 있다.
每當她感到不安時，就會有咬嘴唇的習慣。

그는 담배를 물고 멍하니 하늘만 바라보고 있었다.
他叼著菸，只茫然地望著天空。

動詞

☐ 물러서다

물러서고, 물러서서,
물러서면, 물러서니까

step[stand] back
退出、後退

例 더 이상 물러설 곳도 내어줄 곳도 없다.
再也無路可退，也無處可讓。

한발 물러서서 보면 객관적인 시각을 가질 수 있을 것이다.
若退一步來看，就能具有客觀的角度。

相似 물러나다 退避
相反 나서다 出面
*뒤로 물러서다
　往後退

☐ 물려주다

물려주고, 물려줘서,
물려주면, 물려주니까

bequeath
傳給

例 매년 학교에서는 교복 물려주기 행사를 진행한다.
每年學校都會進行傳承校服的活動。

자녀에게 꼭 물려주고 싶은 것이 있다면, 그것은 무엇인지요?
若有非傳給子女不可的東西，那個東西會是什麼呢？

相反 물려받다 繼承
*（名詞）에게
　（名詞）을/를 물려주다
　將～傳給～

☐ 물리다

물리고, 물려서,
물리면, 물리니까

be bitten
被咬、被叮

例 뱀에게 물리면 위험하니 주의하시기 바랍니다.
若被蛇咬，就會有危險，所以請務必小心。

어젯밤에 모기한테 물린 곳이 가려워서 약을 발랐다.
昨晚被蚊子咬的地方很癢，所以塗了藥。

*（名詞）에게/한테 물리다
　被～咬

☐ 미끄러지다

미끄러지고, 미끄러져서,
미끄러지면, 미끄러지니까

slip (on)
滑動、滑倒

例 차가 눈길에 미끄러져 접촉 사고가 났다.
車在雪地上打滑，而發生了擦撞事故。

눈길에 미끄러지면서 머리를 바닥에 부딪쳐서 피가 났다.
在雪地上滑倒，頭撞到地板流血了。

*（名詞）이/가 미끄러지다
　～滑動

♪ 60

□ 미루다

미루고, 미뤄서,
미루면, 미루니까

postpone
延

例 오늘 할 일을 내일로 미뤄서는 안 된다.
今天要做的事不能延到明天。

갑자기 일이 생기는 바람에 약속을 두 시간 미뤘다.
因為突然有事，約會延後了兩小時。

相似 연기하다 延期
　　 늦추다 延後
相反 당기다 拉、提前
　　 앞당기다 提前

□ 미치다

미치고, 미쳐서,
미치면, 미치니까

reach
波及、及

例 ① 그는 한국 음악계에 큰 영향을 미쳤다.
他對韓國音樂界帶來很大的影響。

② 성적이 합격 점수에 못 미쳐서 시험에 떨어졌다.
因為成績未達合格分數而落榜了。

相似 끼치다 造成（影響）、
　　　　　添（麻煩）
*（名詞）에 미치다
　給予／及～

□ 믿다[믿따]

믿고, 믿어서,
믿으면, 믿으니까

believe
相信

例 내가 가장 믿는 사람은 바로 아내다.
我最相信的人就是太太。

여러분이 열심히 해 줄 거라 믿어 의심치 않습니다.
深信不疑大家會努力去做。

相似 신뢰하다 信賴

□ 밀다

밀고, 밀어서,
밀면, 미니까

push
推

例 누가 뒤에서 미는 바람에 넘어지고 말았다.
因為有人在後面推，最後才會跌倒。

차가 고장이 나서 움직이지 않자 주변 사람들이 차를 밀어
주었다.
車子故障發動不了，周圍的人就都來幫忙推了車子。

相反 당기다, 끌다 拉

動詞

□ **밀려오다** 　　밀려오고, 밀려와서, 　　　crowd (into)
　　　　　　　　　밀려오면, 밀려오니까 　　湧過來

例 영화를 보는 내내 감동이 밀려왔다. 　　　*（名詞）이/가 밀려오다
看電影時感動不時湧上。 　　　　　　　　　～湧來

밀려오는 파도 소리에 스르르 잠이 들었다.
聽著湧來的浪濤聲，不知不覺睡著了。

□ **바뀌다** 　　바뀌고, 바뀌어서, 　　　be changed
　　　　　　　　바뀌면, 바뀌니까 　　　被換、改變

例 공항에서 짐이 바뀌는 바람에 너무 당황스러웠다. 　*（名詞）이/가 바뀌다
當時因為在機場行李被調包而十分驚慌。 　　　（被動）～改變

그는 변덕스러운 성격이라서 하루에도 몇 번씩 생각이 바뀐다.
因為他個性反覆無常，所以想法一天會改變好幾次。

□ **바닥나다** 　　바닥나고, 바닥나서, 　　run out
　　　　　　　　　바닥나면, 바닥나니까 　盡、完

例 지나친 소비로 금세 돈이 바닥나고 말았다. 　相似 없어지다 沒有了
過度消費的結果，錢馬上就沒了。 　　　　　　*（名詞）이/가 바닥나다
　　　　　　　　　　　　　　　　　　　　　　　　～見底／沒了
갖고 있었던 식량이 바닥나서 먹을 것이 없었다.
那時原有的糧食全都見底了，所以沒東西可吃。

□ **바라보다** 　　바라보고, 바라봐서, 　　look (at)
　　　　　　　　　바라보면, 바라보니까 　眺望、凝視

例 그는 멍하니 하늘만 바라보고 있었다. 　相似 쳐다보다 仰望、凝視
那時他只是茫然地望著天空。

꿈을 좇는 것도 중요하지만 현실을 제대로 바라봐야 한다.
雖然追逐夢想也很重要，但要認清現實才行。

□ 바로잡다[바로잡따]

바로잡고, 바로잡아서,
바로잡으면, 바로잡으니까

straighten
糾正、改正

例 나쁜 습관을 바로잡는 것부터 변화는 시작된다.
從改正壞習慣開始改變。

相似 고치다 改正

아이의 잘못된 행동은 바로잡아 주는 것이 좋다.
小孩的錯誤行為要及時糾正比較好。

□ 바르다

바르고, 발라서,
바르면, 바르니까

cover
擦、抹、貼（壁紙）

例 며칠 동안 연고를 바르니 상처가 깨끗이 나았다.
擦了幾天的軟膏，傷口完全好了。

*약을 바르다
擦藥
화장품을 바르다
擦化妝品

지저분한 벽에 깨끗한 벽지를 바르고 나니 새 집처럼 보였다.
在髒亂不堪的牆上貼上乾淨的壁紙後，看起來就像新房子一樣。

□ 반영하다

반영하고, 반영해서,
반영하면, 반영하니까

reflect
反映

例 드라마는 현실을 반영하므로 배울 점이 많다.
由於電視劇反映現實，因此有很多地方可以學習。

시청자의 의견을 반영하여 제작하는 프로그램이 많아졌다.
反映觀眾意見製作的節目增加了。

□ 반짝이다

반짝이고, 반짝여서,
반짝이면, 반짝이니까

glitter
閃爍、發光

例 공기가 좋은 시골 하늘에는 무수히 많은 별이 반짝인다.
在空氣良好的鄉下，天空有浩瀚的星星在閃爍。

相似 빛나다 發光

학생들은 눈을 반짝이며 새로 오신 선생님을 쳐다보고 있었다.
那時學生眼睛閃閃發光望著新來的老師。

動詞

♪ 60

□ **반하다**　반하고, 반해서,　fall in love
　　　　　　반하면, 반하니까　迷戀、迷

例　첫눈에 반한 적이 있나요?　*첫눈에 반하다
　　有過一見鍾情的經驗嗎？　　一見鍾情

　　라디오에서 나오는 그의 목소리에 반해 버렸다.
　　被收音機裡他的聲音給迷住了。

□ **받아들이다**　받아들이고, 받아들여서,　accept
　　　　　　　받아들이면, 받아들이니까　接受

例　현실을 받아들이고 주어진 환경에 최선을 다하기로 했다.　相似 들어주다 答應
　　決定要接受現實，對現有的環境盡力而為。　　　수용하다 接納
　　　　　　　　　　　　　　　　　　　　　相反 거절하다 拒絕
　　소비자의 의견을 받아들여 제품의 단점을 보완하도록 했다.
　　接受消費者的意見，改善了產品的缺點。

Ⅰ. 다음 단어와 어울릴 수 있는 단어를 연결하세요.

1. 영향을　•　　　•　① 반하다

2. 의견을　•　　　•　② 바르다

3. 첫눈에　•　　　•　③ 미루다

4. 건물이　•　　　•　④ 미치다

5. 약속을　•　　　•　⑤ 무너지다

6. 화장품을　•　　　•　⑥ 받아들이다

Ⅱ. 다음 (　　　) 안에서 문장에 알맞은 단어를 골라 ○표 하세요.

01　들어오실 때는 문을 당기지 말고 (믿어, 밀어) 주세요.

02　뱀에 (물었을, 물렸을) 때에는 빨리 병원에 가는 것이 좋습니다.

03　머리를 쉽고 예쁘게 (묵을, 묶을) 수 있는 방법을 알려드릴게요.

04　부모님은 자식에게 유산을 (물러서지, 물려주지) 않고 사회에 환원하겠다고
　　하셨다.

單字	英語	中文	記住了嗎？
발생하다	happen	發生	
발휘하다	demonstrate	發揮	
밝다	bright	發亮	
밝히다	light (up)	照、查明	
밟다	step on	踏、踩	
밟히다	be stepped (on)	被踩	
밤새우다	stay[sit] up all night	熬夜	
방문하다	visit	訪問	
방치하다	neglect	放置	
뱉다	spit (out)	吐	
버려지다	be left out	被丟棄	
버티다	endure	支撐、堅持、忍耐、容忍	
번갈다	by turns	輪流	
벌리다	open	張開	
벗기다	take off	脫掉	
벗어나다	get out (of)	擺脫	
베다	cut	割	
변하다	change (to/into)	變	
병들다	get sick	生病	
보살피다	look after	照顧、關照、關懷	
보이다	be seen, show	看到	
부딪히다	be bumped[crashed] into	撞、遇到	
부러지다	be[get] broken	折斷	
부서지다	be broken	碎	
부치다	send	寄、匯	
불어나다	increase	增加、暴漲	
불태우다	ignite a fire	燒、燃起	
붐비다	be crowded (with)	擁擠	
붙이다	attach	貼、黏	
붙잡다	hold on (to)	緊抓、抓住、挽留	

♪ 61

□ 발생하다[발쌩하다]

발생하고, 발생해서,
발생하면, 발생하니까

happen
發生

例 여행 중에 예상치 못한 문제가 발생했다.
旅行中發生了預料之外的問題。

相似 생기다, 일어나다 發生

*사건이 발생하다
發生案件

건조한 날씨에 화재가 발생하지 않도록 주의하세요.
請小心避免在乾燥的天氣裡發生火災。

□ 발휘하다

발휘하고, 발휘해서,
발휘하면, 발휘하니까

demonstrate
發揮

例 여성이 능력을 발휘할 수 있는 환경을 조성해야 한다.
應該要打造一個可以讓女性發揮能力的環境。

*실력을 발휘하다
發揮實力

선생님은 학생들이 재능을 마음껏 발휘하도록 교육에 힘썼다.
老師致力於教學學生盡情發揮他們的才能。

動詞

□ 밝다[박따]

밝고, 밝아서,
밝으면, 밝으니까

bright
發亮

例 날이 밝기 전에 서둘러 출발하기로 했다.
決定要在天亮前趕緊出發。

*날이 밝다
天亮

어느덧 새해가 밝아서 나이를 한 살 더 먹었다.
不知不覺新年到來，又多了一歲。

□ 밝히다[발키다]

밝히고, 밝혀서,
밝히면, 밝히니까

light (up)
照、查明

例 ① 이 세상의 어둠을 밝히는 일을 하고 싶다.
想從事揭發這世界黑暗的工作。

*진실을 밝히다
揭發真相

② 사고의 원인을 밝혀 진상을 알려 달라고 호소했다.
號召要查明案件的原因，傳達真相。

♪ 61

□ **밟다[밥따]**

밟고, 밟아서,
밟으면, 밟으니까

step on
踏、踩

例　다른 사람들을 밟고 올라서면 과연 행복할까요?
踩著別人上去，究竟是否會幸福呢？

몽골 사람들은 다른 사람의 발을 밟으면 미안하다는 표시로 손을
잡는다.
蒙古人若踩到別人的腳，會握手以示歉意。

□ **밟히다[발피다]**

밟히고, 밟혀서,
밟히면, 밟히니까

be stepped (on)
被踩

例　지하철에서 옆에 서 있던 사람에게 발이 밟혔다.
在地下鐵裡被站在旁邊的人踩到了腳。

그는 바람을 피우다 여자 친구에게 꼬리가 밟혔다.
他劈腿被女朋友逮到了（被女朋友踩到了尾巴）。

*꼬리가 길면 밟힌다
夜路走多了總會遇到鬼／
多行不義必自斃
*「밟다（踩）」的被動詞

□ **밤새우다**

밤새우고, 밤새워서,
밤새우면, 밤새우니까

stay[sit] up all night
熬夜

例　시험 전날이라 밤새워 공부했다.
因為是考試前一天，所以熬夜念了書。

밤새운 후에는 피부 관리에 특별히 신경 써야 한다.
熬夜後必須要特別費心保養皮膚才行。

相似 새우다 熬夜
*밤을 새우다
熬夜

□ **방문하다**

방문하고, 방문해서,
방문하면, 방문하니까

visit
訪問

例　저희 홈페이지를 방문해 주셔서 감사합니다.
感謝您蒞臨我們的網頁。

다른 사람 집에 방문할 때는 작은 선물을 가져가는 것이 좋다.
要到別人家拜訪時，帶一個小禮物去比較好。

□ 방치하다

방치하고, 방치해서,
방치하면, 방치니까

neglect
放置

例 아이를 이대로 방치하다가는 더 안 좋아질지도 모른다.
把小孩這樣放著（不管），搞不好會變得更嚴重。

금방이라도 무너질 것 같은 건물을 방치해 둬서는 안 된다.
不可以放著眼看就要倒塌的建築物置之不理。

相似 내버려두다 放任不管

□ 뱉다[밷따]

뱉고, 뱉어서,
뱉으면, 뱉으니까

spit (out)
吐

例 아무데나 침을 뱉는 사람이 제일 싫다.
最討厭隨地吐痰的人。

달면 삼키고 쓰면 뱉는다는 속담이 있다.
有一句俗話說：「挑肥揀瘦（甘吞苦吐）」。

相反 삼키다 呑

□ 버려지다

버려지고, 버려져서,
버려지면, 버려지니까

be left out
被丟棄

例 거리에는 버려진 쓰레기들로 넘쳐났다.
街道上充滿著被丟棄的垃圾。

고아원에는 부모에게 버려진 아이들이 많다.
孤兒院裡有很多被父母拋棄的小孩。

*（名詞）이/가 버려지다
〜被拋棄

□ 버티다

버티고, 버텨서,
버티면, 버티니까

endure
支撐、堅持、忍耐、容忍

例 약으로 하루하루를 버티며 살고 있다.
用藥支撐過著每一天。

힘들어도 견디고 버티다 보면 좋은 날이 올 거다.
就算辛苦也忍耐堅持下去的話，總有一天會有好日子的。

相似 참다, 견디다 忍耐

動詞

♪ 61

□ **번갈다**　　　　번갈아서

by turns
輪流

例　친구와 번갈아 가며 운전을 했다.
和朋友輪流開了車。

학생들이 번갈아 학교에 오지 않았다.
學生輪流沒來學校。

*번갈아 하다
　輪流做
　번갈아 먹다
　輪流吃

□ **벌리다**　　　　벌리고, 벌려서,
　　　　　　　　　벌리면, 벌리니까

open
張開

例　아이들은 입을 크게 벌리고 노래를 불렀다.
一群孩子張大嘴巴唱了歌。

어머니는 두 팔을 벌려 아이를 힘껏 끌어안았다.
媽媽張開雙臂用力擁抱了孩子。

*입을 벌리다
　張開嘴
　팔을 벌리다
　張開手臂
　다리를 벌리다
　張開腿

□ **벗기다[벋끼다]**　　벗기고, 벗겨서,
　　　　　　　　　　벗기면, 벗기니까

take off
脫掉

例　아내는 남편의 양말을 벗겨 주었다.
妻子幫先生脫掉了襪子。

양파 껍질을 벗기고 작게 썰어 주세요.
請幫我將洋蔥皮削好後，切成小塊。

*옷을 벗기다
　脫衣服
　껍질을 벗기다
　剝／削皮

□ **벗어나다[버서나다]**　벗어나고, 벗어나서,
　　　　　　　　　　　벗어나면, 벗어나니까

get out (of)
擺脫

例　그는 모처럼 일에서 벗어나 마음껏 여유를 누렸다.
他難得擺脫工作，盡情享受了閒暇時光。

그녀는 가난에서 벗어나기 위해 열심히 돈을 벌었다.
她為了脫離貧窮，認真賺錢。

*（名詞）에서 벗어나다,
　（名詞）(으)로부터 벗어나
다
　擺脫／脫離～

□ **베다**

베고, 베서,
베면, 베니까

cut
割

例 종이에 손을 **베니** 너무 아팠다.
被紙張割到手痛得不得了。

요리할 때 칼에 **베지** 않도록 조심하세요.
請小心做菜時不要被刀子割到。

*（名詞）이/가
（名詞）에 베다
～被～割到

□ **변하다**

변하고, 변해서,
변하면, 변하니까

change (to/into)
變

例 어떻게 사랑이 **변하니**?
愛情怎麼會變呢？

오랜만에 가 본 고향은 많은 것이 **변해** 있었다.
隔了很久回到家鄉，很多事物早就變了。

相似 바뀌다 （被動）改變

□ **병들다**

병들고, 병들어서,
병들면, 병드니까

get sick
生病

例 환경오염으로 인해 자연이 점점 **병들어** 가고 있다.
環境汙染導致大自然漸漸開始生病了。

몸이 **병들고** 아프면 아무것도 할 수 없으니 건강이 가장 중요하다.
身體生病不舒服的話，就什麼事也做不了，所以健康最重要。

相似 아프다 不舒服、生病

□ **보살피다**

보살피고, 보살펴서,
보살피면, 보살피니까

look after
照顧、關照、關懷

例 그동안 **보살펴** 주셔서 감사합니다.
謝謝您這段期間的關照。

배려란, 남을 도와주거나 **보살펴** 주려는 마음이다.
所謂的照顧，就是幫助或關懷他人的心。

相似 돌보다 照顧
*아이를 보살피다
照顧小孩
부모님을 보살피다
照顧父母親

□ 보이다

보이고, 보여서,
보이면, 보이니까

be seen, show
看到

例　창문 밖으로 보이는 저 산은 무슨 산이야?
窗外看到的那座山是什麼山啊？

무슨 일이든지 즐겁게 하다 보면 원하는 결과가 보일 것이다.
無論什麼事只要樂在其中，就會看到希望的結果。

* （名詞）이/가 보이다
看到～
* 「보다（看）」的被動詞

□ 부딪히다[부디치다]

부딪히고, 부딪혀서,
부딪히면, 부딪히니까

be bumped[crashed] into
撞、遇到

例　상대 선수와 부딪혀서 부상을 입었다.
和對手相撞受傷了。

어려운 문제에 부딪혔을 때는 어떻게 극복하시나요?
遇到難題時，您都是如何克服呢？

相似 부딪치다 碰、撞、遇到
* （名詞）에 부딪히다
被～撞、遇到／面臨～
（名詞）와/과 부딪히다
和～相撞

□ 부러지다

부러지고, 부러져서,
부러지면, 부러지니까

be[get] broken
折斷

例　나무에서 떨어져서 뼈가 부러졌다.
從樹上摔下來，折斷了骨頭。

어렸을 때 농구를 하다가 팔이 부러진 적이 있다.
小時候曾打籃球打到手臂斷了。

* （名詞）이/가 부러지다
～折斷
* 뼈가 부러지다
骨頭折斷
다리가 부러지다
腿折斷

□ 부서지다

부서지고, 부서져서,
부서지면, 부서지니까

be broken
碎

例　발로 문을 찼더니 문이 부서져 버렸다.
用腳踢門，結果門就碎掉了。

교실에서 싸움이 벌어져 책상과 의자가 부서졌다.
在教室裡打起架來，桌子和椅子都碎了。

* （名詞）이/가 부서지다
～破碎

□ 부치다

부치고, 부쳐서,
부치면, 부치니까

send
寄、匯

例 고향에 계신 부모님께 편지를 부쳤다.
寄了信給家鄉的父母親。

부모님은 매달 나에게 용돈을 부쳐 주신다.
父母親每個月寄零用錢給我。

相似 보내다 寄、發送
* (名詞) 에게
　(名詞) 을/를 부치다
　寄～給～
*편지를 부치다 寄信
　돈을 부치다 寄/匯錢

□ 불어나다

불어나고, 불어나서,
불어나면, 불어나니까

increase
增加、暴漲

例 갑자기 폭우가 내려 하천의 물이 불어났다.
突然下大雨，河水暴漲了。

투자가 성공하자 재산이 불어나 여유가 생겼다.
投資一成功，財產增加手頭變寬裕了。

* (名詞) 이/가 불어나다
　～增加/暴漲
*강물이 불어나다
　河水暴漲
　재산이 불어나다
　財產增加

動詞

□ 불태우다

불태우고, 불태워서,
불태우면, 불태우니까

ignite a fire
燒、燃起

例 헤어진 여자 친구와 찍었던 사진들을 불태웠다.
燒了和分手的女朋友一起拍的照片。

열정을 불태우며 대회 기간 동안 최선을 다했다.
燃燒熱情，在比賽期間全力以赴了。

*열정을 불태우다
　燃燒熱情
　청춘을 불태우다
　燃燒青春

□ 붐비다

붐비고, 붐벼서,
붐비면, 붐비니까

be crowded (with)
擁擠

例 명절에는 귀성 행렬로 고속도로가 늘 붐빈다.
節慶時因探親人潮導致高速公路總是塞車。

유명한 관광지에는 관광객들로 붐비기 마련이다.
有名的觀光勝地總是會擁入大批觀光客。

相似 복잡하다, 혼잡하다
　　複雜、擁擠
*길이 붐비다
　道路堵塞
　도시가 붐비다
　都市擁擠

□ **붙이다[부치다]**　붙이고, 붙여서,　　attach
　　　　　　　　　　 붙이면, 붙이니까　　貼、黏

例　편지봉투에 우표를 붙였다.　　　　　　相反 떼다 拆下
　　在信封上貼了郵票。

　　수영장에서는 안전사고를 막기 위해서 미끄럼 방지 스티커를
　　붙이는 것이 좋다.
　　為了預防在游泳池發生意外，鋪上防滑貼片比較好。

□ **붙잡다[붙짭따]**　붙잡고, 붙잡아서,　　hold on (to)
　　　　　　　　　　 붙잡으면, 붙잡으니까　緊抓、抓住、挽留

例　지나가는 사람을 붙잡고 길을 물어 보았다.　相似 붙들다 抓住、挽留
　　攔下經過的人問了路。

　　그녀를 붙잡고도 싶었지만 더 이상 용기가 나지 않았다.
　　雖然想挽留她，但再也拿不出勇氣了。

Ⅰ. (　　　)에 알맞은 단어를 <보기>에서 골라 번호를 쓰세요.

<보기>　① 밝히다　　② 발생하다　　③ 부서지다

어제 저녁 비행기가 추락하는 사고가 (　1　).
이 사고로 인해 비행기가 떨어진 곳의 나무와 집이 (　2　) 다행히 인명 피해는 없었습니다. 항공사와 정부는 사고의 원인을 (　3　) 힘을 모으고 있습니다.

■ 틀리기 쉬운 [부치다 vs 붙이다] 예문을 읽으며 제대로 이해하기!

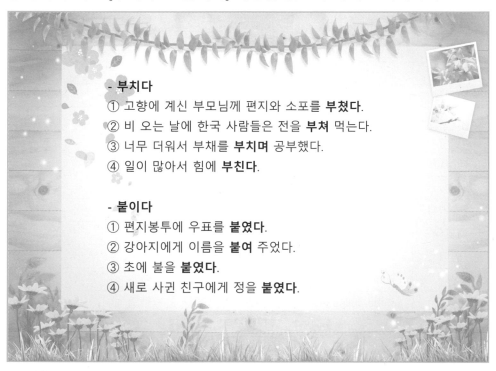

- 부치다
① 고향에 계신 부모님께 편지와 소포를 **부쳤다**.
② 비 오는 날에 한국 사람들은 전을 **부쳐** 먹는다.
③ 너무 더워서 부채를 **부치며** 공부했다.
④ 일이 많아서 힘에 **부친다**.

- 붙이다
① 편지봉투에 우표를 **붙였다**.
② 강아지에게 이름을 **붙여** 주었다.
③ 초에 불을 **붙였다**.
④ 새로 사귄 친구에게 정을 **붙였다**.

單字	英語	中文	記住了嗎？
붙잡히다	be caught	被抓住	
비다	empty	空	
비비다	rub	拌、揉	
비우다	empty (out)	空出	
비추다	light (up)	照耀、映	
비치다	be reflected (in)	映、透過	
비키다	step aside	躲開	
빌다	pray	祈求、央求	
빗다	comb (one's hair)	梳	
빛나다	shine	輝煌、閃耀	
빠뜨리다	throw into	使落入、落、漏掉	
빠지다	fall out, drop out	不參加、陷入	
빨개지다	blush	發紅	
빻다	crush	舂、搗、碾	
빼놓다	omit	除外、漏掉	
빼다	subtract	抽、減去、除去	
빼앗기다	be deprived of	被剝奪	
빼앗다	take	奪取	
뻗다	reach	伸展、伸開	
뽑다	pull (out/off/away)	拔	
뽑히다	be pulled (out)	被選，'뽑다'的被動詞	
뿌리다	sprinkle	撒、灑	
삐다	sprain	扭傷	
사귀다	go out (with)	交際	
사라지다	disappear	消失	
사로잡다	captivate	抓住、吸引	
삭제하다	delete	刪除	
살리다	save, use	使活、運用	
살아가다	make[earn] a living	活下去	
살아나다	revive	復活、活下來	

♪ 63

□ **붙잡히다[붙짜피다]**　붙잡히고, 붙잡혀서,
　　　　　　　　　　　　붙잡히면, 붙잡히니까

be caught
被抓住

例　끈질긴 추격 끝에 그는 경찰들에게 붙잡혔다.
　　在窮追不捨的追擊下，最後他被警察逮捕了。

　　시위를 하던 시민이 경찰에 붙잡혀 연행되었다.
　　進行示威的市民被警察抓住帶走了。

* （名詞）이/가
（名詞）에/에게 붙잡히다
〜被〜抓住
* 「붙잡다（抓住）」的被動
詞

□ **비다**　　비고, 비어서,
　　　　　　비면, 비니까

empty
空

例　일찍 출근했더니 사무실이 텅 비어 있었다.
　　一早就去上班，結果辦公室空無一人。

　　빈 그릇과 접시에 맛있는 음식을 담아 놓았다.
　　空碗盤上盛了美味的佳餚。

相反 차다 滿

□ **비비다**　비비고, 비벼서,
　　　　　　비비면, 비비니까

rub
拌、揉

例　비빔밥을 맛있게 비벼 먹었다.
　　拌飯拌得很美味吃掉了。

　　너무 추워서 두 손을 비비며 입김을 불었다.
　　因為太冷，搓揉雙手呵了一口氣。

*밥을 비비다
拌飯
손을 비비다
搓手

□ **비우다**　비우고, 비워서,
　　　　　　비우면, 비우니까

empty (out)
空出

例　공연이 끝날 때까지는 자리를 비워서는 안 된다.
　　到表演結束為止都不可以離席（空出位子）。

　　거듭되는 실패에 마음을 비우고 다시 도전하기로 마음먹었다.
　　因為接二連三的失敗，下定決心要去除雜念，再次挑戰。

*마음을 비우다
去除雜念
쓰레기를 비우다
清空垃圾

動詞

□ **비추다**　　비추고, 비춰서,　　light (up)
　　　　　　　　비추면, 비추니까　　照耀、映

例 ① 햇빛이 방을 비추니 뿌옇게 쌓인 먼지가 보였다.
　　　陽光照耀房間，就看見積了厚厚的一層灰。

② 얼굴에 뭐가 묻은 듯해서 거울에 얼굴을 비춰 보았다.
　　因為臉上好像沾到了什麼，所以就用鏡子照了一下臉。

□ **비치다**　　비치고, 비쳐서,　　be reflected (in)
　　　　　　　　비치면, 비치니까　　映、透過

例 창문에 사람 그림자가 비쳤다.
　　窗上映著人影。

속이 좀 비치니까 위에 옷을 더 입는 것이 좋을 거 같아.
　因為裡面有一點透，外面再穿一件衣服好像比較好。

*（名詞）이/가 비치다
　～透

□ **비키다**　　비키고, 비켜서,　　step aside
　　　　　　　　비키면, 비키니까　　躲開

例 먼저 지나가게 좀 비켜 주시겠어요?
　能請您先借過一下嗎?

둘이 할 얘기가 있는데 자리 좀 비켜 줄래요?
　我們兩人有事要談，方便迴避一下嗎?

*길을 비키다
　讓路
　자리를 비키다
　迴避

□ **빌다**　　빌고, 빌어서,　　pray
　　　　　　　빌면, 비니까　　祈求、央求

例 그녀는 소원을 빌며 기도를 했다.
　她許願祈禱了。

아이는 잘못했다며 엄마에게 손이 닳도록 빌었다.
　小孩説他錯了，向媽媽（求饒）求到手都磨破了。

*소원을 빌다
　許願
　잘못을 빌다
　賠不是

□ 빗다[빋따]

빗고, 빗어서,
빗으면, 빗으니까

comb (one's hair)
梳

例 머리를 예쁘게 빗은 후에 화장을 했다.
將頭髮梳漂亮後，化了妝。

머리를 빗기 전에 완전히 말리는 것이 좋아.
梳頭髮前要完全吹乾比較好。

*머리를 빗다
梳頭髮
털을 빗다
梳毛

□ 빛나다[빈나다]

빛나고, 빛나서,
빛나면, 빛나니까

shine
輝煌、閃耀

例 웨딩드레스를 입은 그녀는 보석처럼 빛났다.
穿上婚紗的她像寶石一樣閃耀。

오늘 밤은 유난히 별빛이 빛나서 별들이 쏟아질 것만 같다.
今天晚上格外星光閃耀，繁星就像要灑落一般。

相似 반짝이다 閃爍
*별이 빛나다
星星閃耀
피부가 빛나다
皮膚發光

동詞

□ 빠뜨리다

빠뜨리고, 빠뜨려서,
빠뜨리면, 빠뜨리니까

throw into
使落入、落、漏掉

例 ① 변기에 휴대 전화를 빠뜨려서 못 쓰게 됐다.
手機掉到馬桶裡，所以不能用了。

② 아침에 커피를 마시지 않으면 뭔가를 빠뜨린 기분이다.
早上不喝咖啡就感覺好像少了什麼。

相似 빠트리다 掉落、落入

□ 빠지다

빠지고, 빠져서,
빠지면, 빠지니까

fall out, drop out
不參加、陷入

例 ① 급한 일이 생겨 모임에 빠지게 됐다.
突然有急事，所以就不參加聚會了。

② 그는 궁지에 빠진 사람들을 도우며 살고 있다.
他活著幫助陷入困境的人。

*수업에 빠지다
曠課
곤란에 빠지다
陷入困境

□ 빨개지다

빨개지고, 빨개져서,
빨개지면, 빨개지니까

blush
發紅

例　그는 부끄러워서 얼굴이 금세 빨개졌다.
他很害羞，臉馬上就紅了。

그녀는 술을 한 모금이라도 마시면 얼굴이 빨개진다.
她就連喝一口酒，臉也會發紅。

* （名詞）이/가 빨개지다
～變紅／發紅

□ 빻다

빻고, 빻아서,
빻으면, 빻으니까

crush
舂、搗、碾

例　고추를 빻아서 고춧가루를 만들었다.
搗碎辣椒後製做了辣椒粉。

식빵을 직접 가루로 빻아서 튀김옷을 만들었다.
將吐司麵包直接搗成粉狀，製作了麵衣。

*고추를 빻다
搗辣椒
쌀을 빻다
碾米

□ 빼놓다[빼노타]

빼놓고, 빼놓아서,
빼놓으면, 빼놓으니까

omit
除外、漏掉

例　그 학생은 선생님의 말을 하나도 빼놓지 않고 필기했다.
那位學生將老師的話一句不漏地做了筆記。

수험생인 나만 빼놓고 우리 가족들은 모두 여행을 갔다.
準考生的我除外，家人們全都去旅行了。

□ 빼다

빼고, 빼서,
빼면, 빼니까

subtract
抽、減去、除去

例　① 책꽂이에서 책을 빼서 읽었다.
從書架上抽出書來看了。

② 살을 빼기 위해서 매일 조깅을 한다.
為了減肥而每天慢跑。

相反 넣다 放入
*살을 빼다
減肥

□ **빼앗기다[빼앋끼다]**　빼앗기고, 빼앗겨서,
　　　　　　　　　　　　빼앗기면, 빼앗기니까

be deprived of
被剝奪

例 선생님에게 만화책을 **빼앗겼다**.
漫畫書被老師搶走了。

게임을 하면 시간을 **빼앗기게** 되니 시간을 정해 놓고 하세요.
打電動就會占用掉時間，所以請先定好時間。

*（人）에게（名詞）을/를
빼앗기다
被～搶走～

□ **빼앗다[빼앋따]**　빼앗고, 빼앗아서,
　　　　　　　　　　빼앗으면, 빼앗으니까

take
奪取

例 친구의 돈을 **빼앗는** 나쁜 청소년들이 있다.
有搶朋友錢的不良少年。

제가 시간을 너무 **빼앗은** 건 아닌지 죄송합니다.
抱歉，我該不會占用了太多時間吧。

*돈을 빼앗다
搶錢
시간을 빼앗다
占用時間
힘을 빼앗다
奪去力量

□ **뻗다[뻗따]**　뻗고, 뻗어서,
　　　　　　　　뻗으면, 뻗으니까

reach
伸展、伸開

例 ① 기찻길은 해안을 따라 길게 **뻗어** 있다.
鐵路沿著海岸長長地伸展開來。

② 때린 사람보다 맞은 사람이 다리를 쭉 **뻗고** 잘 수 있다.
挨打的人比打人的人能睡得更安心（能將腿伸直睡覺）。

相似 펴다 打開
곧다 直

□ **뽑다[뽑따]**　뽑고, 뽑아서,
　　　　　　　　뽑으면, 뽑으니까

pull (out/off/away)
拔

例 아버지의 흰 머리카락을 **뽑아** 드렸다.
為爸爸拔掉了白頭髮。

은행에서 번호표를 **뽑고** 차례를 기다렸다.
在銀行抽號碼牌等輪到自己。

*표를 뽑다
抽票
이를 뽑다
拔牙

動詞

☐ 뽑히다[뽀피다]

뽑히고, 뽑혀서,
뽑히면, 뽑히니까

be pulled (out)
被選，'뽑다' 的被動詞

例 반장으로 **뽑힌** 사람은 나와 가장 친한 친구이다.
被選為班長的人是我最好的朋友。

대통령으로 **뽑힌** 그녀는 국민들에게 당선 소감을 밝혔다.
被選為總統的她向國民發表了當選感言。

*（名詞）이/가
（名詞）(으)로 뽑히다
～被選為～

☐ 뿌리다

뿌리고, 뿌려서,
뿌리면, 뿌리니까

sprinkle
撒、灑

例 국이 싱거워서 소금을 조금 **뿌렸다**.
湯很淡，所以撒了一點鹽巴。

꽃이 시들어서 물을 **뿌리고** 거름을 주었다.
花凋零了，所以澆了水、施了肥。

*씨를 뿌리다
播種
깨를 뿌리다
撒芝麻

☐ 삐다

삐고, 삐어서,
삐면, 삐니까

sprain
扭傷

例 눈길에서 넘어져 발목을 **삐었다**.
在雪地上跌倒扭傷了腳踝。

발목이 **삐지** 않게 운동하기 전에 준비체조를 했다.
運動前做了暖身操，以防腳踝扭傷。

*（名詞）이/가 삐다
～扭傷
（名詞）을/를 삐다
扭傷～

☐ 사귀다

사귀고, 사귀어서,
사귀면, 사귀니까

go out (with)
交際

例 그와 그녀는 오랫동안 **사귀어** 왔다.
他和她交往了很久。

한국 사람과 **사귀면** 한국어 공부에 도움이 될 거예요.
和韓國人交往的話，有助於韓語學習。

*（名詞）와/과 사귀다
和～交往
（名詞）을/를 사귀다
結交～

64

□ 사라지다

사라지고, 사라져서,
사라지면, 사라지니까

disappear
消失

例 시대에 따라 사라지거나 새롭게 생겨나는 직업이 있다.
有的職業會隨著時代消失不見或新產生出來。

그는 아무런 말도 남기지 않고 소리 없이 사라져 버렸다.
他沒留下隻字片語，無聲無息地消失了。

相似 없어지다 不見
相反 생기다 產生
*（名詞）이/가 사라지다
　～消失

□ 사로잡다[사로잡따]

사로잡고, 사로잡아서,
사로잡으면, 사로잡으니까

captivate
抓住、吸引

例 그 배우는 관객들을 단숨에 사로잡았다.
那個演員一下子就吸引住觀眾們。

그 남자는 그녀의 마음을 사로잡으려고 애를 썼다.
那個男人為了抓住她的心用盡心思。

*마음을 사로잡다
　抓住（人）心

□ 삭제하다[삭쩨하다]

삭제하고, 삭제해서,
삭제하면, 삭제하니까

delete
刪除

例 잘 안 나온 사진은 삭제했다.
把沒拍好的相片刪了。

잘못된 내용은 삭제하고 다시 만들었습니다.
刪除錯誤的內容，重做了。

相似 지우다 擦掉、去掉

□ 살리다

살리고, 살려서,
살리면, 살리니까

save, use
使活、運用

例 ① 의사는 환자를 살렸다.
醫生救活了病患。

② 전공을 살려서 경영을 하려고 한다.
打算活用所長經營事業。

相反 죽이다 殺死

動詞

☐ **살아가다**　살아가고, 살아가서,
　　　　　　　　살아가면, 살아가니까

make[earn] a living
活下去

例　앞으로는 꿈을 위해서 살아갈 것이다.
　　將來要為夢想而活。

　　사람들은 모두 나름대로 열심히 살아가고 있다.
　　人們都是各自認真地生活著。

☐ **살아나다**　살아나고, 살아나서,
　　　　　　　　살아나면, 살아나니까

revive
復活、活下來

例　그 회사는 망하기 직전에 다시 살아났다.
　　那間公司在倒閉前夕，又再次復活了。

　　그가 살아날 수 있었던 것은 모두 신의 뜻이다.
　　他之所以能活下來，一切都是神的旨意。

Ⅰ. (　　　　)에 알맞은 단어를 <보기>에서 골라 번호를 쓰세요.

<보기>　① 살아가다　　② 살아나다　　③ 살리다

고속도로에서 큰 교통사고가 발생했다. 운전사도 크게 다쳐 응급실에 실려 왔다. 의사는 그를 보자마자 (　1　) 수 있을지 장담을 할 수 없었다. 오랜 수술 끝에 결국 그 환자는 (　2　). 건강을 회복한 그는 앞으로의 삶은 신이 주신 선물이라고 생각하며 제대로 (　3　) 것이라고 다짐했다.

Ⅱ. 다음 밑줄 친 부분이 틀린 것을 고르세요.

01　① 밭에 난 잡초를 뽑혔다.
　　② 내 생각대로 대통령을 뽑았다.
　　③ 아이는 친구에게 장난감을 빼앗겨서 울었다.
　　④ 아이가 자신보다 덩치가 작은 아이들의 장난감을 빼앗아서 혼을 냈다.

02　① 경찰이 도주하던 범인을 붙잡았다.
　　② 붙잡힌 범인은 자신의 범죄를 부인했다.
　　③ 내일은 시간이 비니까 만날 수 있을 거 같다.
　　④ 평일이라 그런지 영화관의 좌석은 비워 있었다.

單字	英語	中文	記住了嗎？
살아남다	survive	倖存	
살아오다	live	活過來、活到	
살찌다	get fat	發胖	
살펴보다	examine	察看	
살피다	look	觀望、張望	
삶다	boil	煮、烹	
삼키다	swallow	吞下	
상상하다	imagine	想像	
상하다	spoil, hurt	壞、腐敗、傷	
새다	dawn, break	放亮	
새우다	stay[sit] up all night	通宵	
생각하다	think	想、考慮	
생겨나다	emerge	出現、產生	
생기다	be formed	生、有、長	
서두르다	hurry	急、忙	
섞다	mix (sth and/with sth)	混合	
선택하다	choice	選擇	
성공하다	succeed	成功	
세다	count (up)	數	
세우다	set (up)	停、制定	
속다	be deceived	被騙	
속이다	deceive	騙	
수리하다	repair	修理	
수선하다	repair	修理、修改	
숙이다	bend	低下（頭）、使垂下	
숨기다	hide	藏、掩蓋、隱瞞	
숨다	hide	藏	
숨지다	die	死亡	
시인하다	admit	承認	
시키다	make sb do	讓做、點菜	

♪ 65

□ 살아남다

살아남고, 살아남아서,
살아남으면, 살아남으니까

survive
倖存

例 그는 치열한 경쟁에서 살아남았다.
他在一場激烈的競爭中倖存下來了。

이번 사고에서 살아남은 사람들이 많지 않았다.
在這次意外中倖存的人不多。

相似 생존하다 生存
相反 죽다 死亡

□ 살아오다

살아오고, 살아와서,
살아오면, 살아오니까

live
活過來、活到

例 저는 지금까지 착하게 살아왔다고 자부합니다.
我很自豪活到現在為止問心無愧。

어머니는 지금까지 자식들에게 희생하며 살아왔다.
母親到目前為止都是為子女犧牲奉獻而活。

動詞

□ 살찌다

살찌고, 살쪄서,
살찌면, 살찌니까

get fat
發胖

例 살찌고 나니 맞는 옷이 없어서 우울하다.
發胖後，沒有一件衣服穿得下，所以心情很鬱悶。

통통하게 살찐 아이의 볼은 깨물고 싶을 정도로 귀여웠다.
小孩發胖的臉頰圓嘟嘟，可愛到令人想咬一口。

相反 마르다 消瘦
*살이 찌다
發胖

□ 살펴보다

살펴보고, 살펴봐서,
살펴보면, 살펴보니까

examine
察看

例 시험을 다 푼 후에 틀린 것이 없는지 다시 살펴보았다.
解完所有的考題後，再次檢查了是否有錯誤的地方。

구석구석 잘 살펴본 후에 이사할 집을 결정하기로 했다.
每個角落都仔細察看後，決定好要搬去的家。

♪ 65

□ **살피다**　살피고, 살펴서,　　look
　　　　　　　　살피면, 살피니까　　觀望、張望

例　길을 건널 때는 주위를 잘 살핀 후에 건너야 한다.
　　過馬路時要仔細觀望四周後再過去。

　　밤늦게 귀가한 그는 집안을 살피며 부모님 몰래 조용히
　　들어갔다.
　　深夜回家的他觀望家裡，瞞著父母悄悄進去了。

*주위를 살피다
　觀望四周
　집안을 살피다
　觀察家裡

□ **삶다[삼따]**　삶고, 삶아서,　　boil
　　　　　　　　삶으면, 삶으니까　　煮、烹

例　행주와 걸레는 자주 삶아 사용하는 것이 좋다.
　　擦拭布和抹布常煮過再使用比較好。

　　다이어트를 위해서 감자와 고구마를 삶아 먹었다.
　　為了減肥，煮馬鈴薯和地瓜吃了。

□ **삼키다**　삼키고, 삼켜서,　　swallow
　　　　　　　삼키면, 삼키니까　　吞下

例　씹고 있던 껌을 나도 모르게 삼켜 버렸다.
　　剛剛嚼的口香糖，我不知不覺吞下去了。

　　언니는 알약을 잘 삼키지 못해서 가루약을 먹는다.
　　姊姊無法順利吞下藥丸，所以服用藥粉。

相反 뱉다 吐
*달면 삼키고 쓰면 뱉는다
　直譯為「甘吞苦吐」，比喻
　「挑肥揀瘦」。

□ **상상하다**　상상하고, 상상해서,　　imagine
　　　　　　　　상상하면, 상상하니까　　想像

例　이곳에서는 상상하는 것은 모두 현실이 됩니다.
　　在這裡想像的一切都會變成現實。

　　미래의 나의 모습을 상상하며 열심히 살고 있다.
　　想像著自己未來的模樣，認真地生活。

65

□ 상하다

상하고, 상해서,
상하면, 상하니까

spoil, hurt
壞、腐敗、傷

例 ① 반찬이 상했는지 냄새가 났다.
小菜好像壞了，發出味道。

② 믿었던 친구에게 심한 말을 들어 마음이 상했다.
聽到過去信任的朋友對自己說了重話，內心受創。

*음식이 상하다
食物腐壞
기분이 상하다
傷心

□ 새다

새고, 새서,
새면, 새니까

dawn, break
放亮

例 책을 읽다가 날이 새는지도 몰랐다.
看書看到連天亮了都不知道。

친구와 오랜만에 만나서 밤이 새도록 수다를 떨었다.
和朋友很久不見，通宵閒聊。

*날이 새다
天亮
밤이 새다
通宵

□ 새우다

새우고, 새워서,
새우면, 새우니까

stay[sit] up all night
通宵

例 그는 밤을 새워 일을 마무리했다.
他通宵將工作做完了。

오랜만에 만난 친구와 밤을 새우며 이야기했다.
和很久沒見的朋友通宵聊天了。

相似 밤새우다 通宵、熬夜
*밤을 새우다
通宵、熬夜

□ 생각하다

생각하고, 생각해서,
생각하면, 생각하니까

think
想、考慮

例 앞으로 무슨 일을 할지 신중하게 생각했다.
慎重地考慮了將來要做什麼工作。

아무리 생각해도 어떻게 하는 것이 좋을지 모르겠다.
再怎麼想也不知如何是好。

動詞

♪ 65

□ **생겨나다**　생겨나고, 생겨나서,　emerge
생겨나면, 생겨나니까　出現、產生

例　동네에 커피숍이 우후죽순으로 생겨났다.
社區裡咖啡店如雨後春筍般出現。

相似　생기다　產生
相反　사라지다　消失
없어지다　不見

유행을 따라 새롭게 생겨나고 사라지는 것이 많다.
隨著流行新出現了之後又消失不見的事物很多。

□ **생기다**　생기고, 생겨서,　be formed
생기면, 생기니까　生、有、長

例　① 나는 여자 친구가 생겼으면 좋겠다.
我要是有女朋友的話就好了。

*문제가 생기다
發生問題
사고가 생기다
發生意外

② 시장에서 파는 사과가 아주 먹음직스럽게 생겼다.
市場賣的水果看來長得十分可口。。

□ **서두르다**　서두르고, 서둘러서,　hurry
서두르면, 서두르니까　急、忙

例　마감 시간이 다 되었으니 서둘러 주세요.
截止時間到了，請快點。

相反　느긋하다　鬆緩、悠閒

급할 때일수록 서두르지 말고 여유를 가지세요.
愈是緊急的時候愈不要著急，請慢慢來。

□ **섞다[석따]**　섞고, 섞어서,　mix (sth and/with sth)
섞으면, 섞으니까　混合

例　이것저것 섞어서 칵테일을 만들어 봤다.
把這個和那個混合後試做了雞尾酒。

*（名詞）을/를 섞다
混合
（名詞）와/과 섞다
與～混合

여러 곡식을 섞어서 밥을 지으면 건강에 좋다.
混合各種穀物來煮飯的話，有益健康。

□ 선택하다[선태카다]

선택하고, 선택해서,
선택하면, 선택하니까

choice
選擇

例 마음에 드는 것으로 선택하세요.
請選擇您中意的東西。

내가 선택한 것을 끝까지 믿어 보겠다.
我始終都會相信我的選擇。

相似 고르다, 택하다 選擇

□ 성공하다

성공하고, 성공해서,
성공하면, 성공하니까

succeed
成功

例 그는 사업에 성공해서 부자가 되었다.
他事業成功之後成了有錢人。

성공한 사람들은 대부분 긍정적인 사고를 가지고 있다.
成功的人大部分都有正面的思維。

相反 실패하다 失敗

□ 세다

세고, 세서,
세면, 세니까

count (up)
數

例 돈이 맞는지 다시 세어 봐.
再數數看錢對不對。

두 사람은 앞으로 셀 수 없이 많은 날들을 함께 해야 한다.
兩個人將來要一起度過無數多的日子。

相似 계산하다 計算
*돈을 세다
數錢
날짜를 세다
算日子

□ 세우다

세우고, 세워서,
세우면, 세우니까

set (up)
停、制定

例 ① 저기 횡단보도 앞에서 세워 주세요.
請停在那邊的斑馬線前面。

② 계획을 세우는 것보다 실천이 중요하다.
實踐比擬定計畫重要。

*차를 세우다
停車
계획을 세우다
擬定計畫
건물을 세우다
建造建築物

☐ 속다[속따]

속고, 속아서,
속으면, 속으니까

be deceived
被騙

例 **속는** 셈치고 그 사람의 부탁을 들어 주었다.
當作是被騙，答應了他的請求。

그는 다른 사람에게 절대 **속을** 사람이 아니다.
他絕對不是會被別人騙的人。

* (名詞) 이/가
(名詞) 에게 속다
～被～騙

☐ 속이다

속이고, 속여서,
속이면, 속이니까

deceive
騙

例 그 배우는 사람들에게 나이를 감쪽같이 **속였다**.
那個演員對大眾不著痕跡地隱瞞了年紀。

피는 못 **속인다고** 아들의 모습은 아버지와 똑같았다.
都説血緣騙不了人，兒子長得和父親如出一轍。

*학력을 속이다
隱瞞學歷
나이를 속이다
隱瞞年紀

☐ 수리하다

수리하고, 수리해서,
수리하면, 수리하니까

repair
修理

例 휴대 전화가 고장 나서 **수리하러** 갔다.
手機因為故障，所以拿去修理了。

집을 **수리하고** 싶어서 견적을 내 보았다.
想修理房子，所以試著估算了一下。

相似 고치다 修理

☐ 수선하다

수선하고, 수선해서,
수선하면, 수선하니까

repair
修理、修改

例 굽이 닳아서 구두를 **수선했다**.
鞋跟磨損，所以修理了鞋子。

옷이 좀 큰데 **수선할** 수 있을까요?
衣服有一點大，可以修改嗎？

♪ 66

□ **숙이다**　　숙이고, 숙여서,　　bend
　　　　　　　　숙이면, 숙이니까　　低下（頭）、使垂下

例　그는 수업시간 내내 고개를 푹 숙이고 있었다.
　　他上課時間一直低著頭。

　　한국에서는 어른에게 머리를 숙여 인사를 한다.
　　在韓國會低頭向長輩打招呼。

*벼는 익을수록 고개를
숙인다
直譯為「稻穗越成熟，頭垂
得越低」。比喻「越有學養
的人越謙虛」。

□ **숨기다**　　숨기고, 숨겨서,　　hide
　　　　　　　　숨기면, 숨기니까　　藏、掩蓋、隱瞞

例　나한테 뭐 숨기는 거 없어?
　　沒有什麼事情隱瞞我嗎？

　　아이가 게임을 못하도록 게임기를 숨겨 두었다.
　　將電動藏起來讓孩子沒辦法玩。

相似 감추다 隱藏

□ **숨다**　　숨고, 숨어서,　　hide
　　　　　　　숨으면, 숨으니까　　藏

例　아이와 숨은 그림 찾기를 했다.
　　和小孩一起找隱藏的圖。

　　어머니는 아이가 잘 하는지 숨어서 지켜보았다.
　　媽媽躲起來觀察小孩是否表現良好。

□ **숨지다**　　숨지고, 숨져서,　　die
　　　　　　　　숨지면, 숨지니까　　死亡

例　지진으로 인해 많은 사람이 숨지고 말았다.
　　由於地震的關係，很多人因此而死亡。

　　사고로 숨진 피해자 가족들을 위한 성금을 모금했다.
　　為意外致死的被害者家屬募款了。

相似 죽다 死

動詞

□ **시인하다**
시인하고, 시인해서,
시인하면, 시인하니까

admit
承認

例　그는 자신의 잘못을 시인하고 용서를 빌었다.
他承認自己的錯誤，乞求了原諒。

그 회사는 제품에 하자가 있다고 시인하였다.
那間公司承認了產品有瑕疵。

相似 인정하다　承認
相反 부정하다　否定
　　 부인하다　否認

□ **시키다**
시키고, 시켜서,
시키면, 시키니까

make sb do
讓做、點菜

例　① 선생님이 시킨 일을 제시간에 끝냈다.
將老師吩咐的事準時完成了。

② 먹고 싶은 음식이 있으면 모두 시키세요.
您如果有想吃的東西都可以點。

Ⅰ. 다음 <u>반대</u> 의미를 가진 단어끼리 연결하세요.

1. 삼키다　●　　　　　　●　① 뱉다

2. 생겨나다　●　　　　　●　② 사라지다

3. 성공하다　●　　　　　●　③ 부인하다

4. 시인하다　●　　　　　●　④ 실패하다

▌ 성공하는 7가지 방법

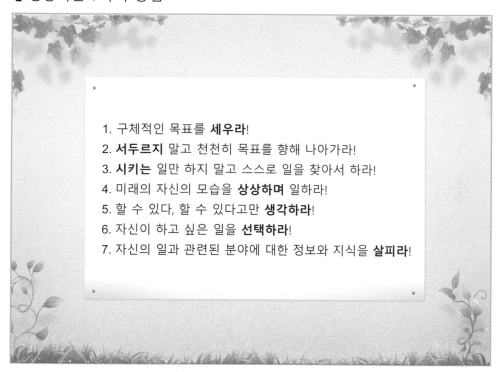

1. 구체적인 목표를 **세우라**!
2. **서두르지** 말고 천천히 목표를 향해 나아가라!
3. **시키는** 일만 하지 말고 스스로 일을 찾아서 하라!
4. 미래의 자신의 모습을 **상상하며** 일하라!
5. 할 수 있다, 할 수 있다고만 **생각하라**!
6. 자신이 하고 싶은 일을 **선택하라**!
7. 자신의 일과 관련된 분야에 대한 정보와 지식을 **살피라**!

單字	英語	中文	記住了嗎？
식히다	cool down	弄涼	
신기다	put on sb	給穿上	
신뢰하다	trust	信賴	
싣다	load, print	裝載、登載	
실리다	be put	裝載、登載	
실패하다	failure	失敗	
심다	plant	栽、植	
싸우다	fight	吵鬧	
쌓다	pile up	堆積、積累	
쌓이다	pile up	積、積累	
쏘다	shoot	射（箭）、打（槍）、螫	
쏟아지다	pour	淋、溢	
쓰러지다	collapse	倒、倒下	
쓸다	sweep	打掃	
씌우다	cover	蒙上	
씻기다	be washed, wash	給……洗	
아끼다	save	省	
안기다	hug	被抱、抱給、獻給	
앉히다	sit	使坐下	
알아듣다	understand	聽懂	
알아맞히다	guess right	猜中、猜	
알아보다	check	打聽、分辨、看懂	
알아주다	recognize	理解、承認、認可	
앞당기다	advance	提早	
앞두다	have sth ahead	迫近、前、前夕	
야단맞다	be scolded roundly	被訓斥	
야단치다	give a good scolding	訓斥	
어기다	break	違背、不遵守	
어울리다	match	合適、配合	
얻다	get	受到、得到	

♪ 67

☐ **식히다[시키다]**　식히고, 식혀서,　cool down
　　　　　　　　　　食히면, 식히니까　弄涼

例　너무 뜨거워서 좀 식힌 후에 먹으려고요.
　　因為太燙了，所以想弄涼一點後再吃。

　　시원한 냉면을 먹으며 한여름의 더위를 식혔다.
　　吃著爽口的冷麵，消除了仲夏的暑氣。

相反 데우다 弄熱
*「식다（涼）」的使動詞
*더위를 식히다
　消暑

☐ **신기다**　　신기고, 신겨서,　put on sb
　　　　　　　　신기면, 신기니까　給穿上

例　외출하려고 아기에게 양말을 신겼다.
　　打算外出，為小嬰兒穿上了襪子。

　　나는 편찮으신 아버지께 신발을 신겨 드렸다.
　　我為身體欠安的父親穿上了鞋子。

相反 벗기다 給脫下
*「신다（穿）」的使動詞

☐ **신뢰하다**　신뢰하고, 신뢰해서,　trust
　　　　　　　　신뢰하면, 신뢰하니까　信賴

例　그는 내가 완전히 신뢰할 수 있는 사람이다.
　　他是可以讓我完全信賴的人。

　　저축을 하고 싶은데 신뢰할 수 있는 은행을 좀 추천해
　　주시겠어요?
　　我想要儲蓄，能推薦一下可以信賴的銀行嗎？

相似 믿다 相信
相反 불신하다 不信
　　의심하다 懷疑

☐ **싣다[싣따]**　싣고, 실어서,　load, print
　　　　　　　　실으면, 실으니까　裝載、登載

例　① 자동차에 짐을 다 실었어?
　　　行李全都放上車了嗎？

　　② 이번 달 잡지에 실을 글이니까 빨리 부탁드립니다.
　　　是這個月要登在雜誌上的文章，所以請您盡快。

*짐을 싣다
　裝行李
　기사를 싣다
　刊登報導
*（名詞）에
　（名詞）을/를 싣다
　在～裝載／刊登～

動詞

♪ 67

□ **실리다**　실리고, 실려서,
실리면, 실리니까
be put
裝載、登載

例 ① 트럭에 실려 있는 사과가 싱싱해 보였다.
貨車上裝著的蘋果看起來很新鮮。

② 이 책에는 이번 사건과 관련된 사진들이 실려 있다.
這本書裡刊登了與這次事件相關的照片。

* （名詞）에
（名詞）이/가 실리다
在～裝載／刊登～
*「싣다（裝、刊登）」的被
動詞

□ **실패하다**　실패하고, 실패해서,
실패하면, 실패하니까
failure
失敗

例 실패하는 것을 두려워하지 마.
別害怕失敗。

아버지 사업이 실패한 후 우리 집은 꽤 어렵게 살았다.
父親事業失敗後我們家就過得相當艱困。

相反 성공하다 成功

□ **심다[심따]**　심고, 심어서,
심으면, 심으니까
plant
栽、植

例 봄에 심은 꽃이 활짝 피었다.
春天栽種的花盛開了。

옥상 텃밭에 채소를 심는 도시 농업이 유행이다.
在頂樓種菜的都市農業很流行。

□ **싸우다**　싸우고, 싸워서,
싸우면, 싸우니까
fight
吵鬧

例 아이들은 원래 싸우면서 크는 거야.
小孩原本就是打打鬧鬧長大的。

옆집 부부는 매일 싸우더니 결국 이혼했다고 하더라.
隔壁夫婦每天吵架，結果聽說離婚了。

* （名詞）와/과 싸우다
和～吵架／打架

□ **쌓다[싸타]**　쌓고, 쌓아서,　pile up
쌓으면, 쌓으니까　堆積、積累

例　상자를 여기에 쌓아 주세요.
箱子請堆放在這裡。
너는 기초부터 다시 쌓아야 할 것 같아.
你好像得再重新奠定基礎才行。

*경력을 쌓다
累積經歷
경험을 쌓다
累積經驗

□ **쌓이다[싸이다]**　쌓이고, 쌓아서,　pile up
쌓이면, 쌓이니까　積、積累

例　밤새 눈이 와서 하얗게 쌓였다.
整晚下雪，雪積得白白一片。
스트레스가 쌓여서 병이 되었나 봐.
好像因為累積壓力，而生病了。

*피로가 쌓이다
累積疲勞
*（名詞）이/가 쌓이다
累積～
*「쌓다（堆積）」的被動詞

□ **쏘다**　쏘고, 쏴서,　shoot
쏘면, 쏘니까　射（箭）、開（槍）、螫

例　경찰이 범인에게 총을 쐈대요.
聽說警察對犯人開了槍。
벌이 얼굴을 쏴서 퉁퉁 부었다.
被蜜蜂螫傷臉，所以臉腫得鼓鼓的。

□ **쏟아지다**　쏟아지고, 쏟아져서,　pour
쏟아지면, 쏟아지니까　淋、溢

例　태풍 때문에 비가 쏟아지듯이 오네요.
因為颱風，下起傾盆大雨（雨有如傾盆落下）呢！
옷에 주스가 쏟아져서 얼룩이 생겼어요.
因為果汁灑到衣服上而產生了汙漬。

*（名詞）이/가 쏟아지다
～（傾盆）灑落

♪ 67

□ 쓰러지다

쓰러지고, 쓰러져서,
쓰러지면, 쓰러지니까

collapse
倒、倒下

例　태풍에 나무가 쓰러졌다.
樹因颱風而倒下了。

술 취한 아저씨가 길에 쓰러져 있었다.
酒醉的大叔倒在路上。

相反　일어서다　站起來
*（名詞）이/가 쓰러지다
　倒下

□ 쓸다

쓸고, 쓸어서,
쓸면, 쓰니까

sweep
打掃

例　바닥을 쓸고 나서 걸레로 닦았다.
掃完地後，用抹布擦了。

집 앞의 눈을 쓸지 않으면 벌금을 내야 한다.
若不打掃門前的雪，就得繳交罰金。

□ 씌우다[씨우다]

씌우고, 씌워서,
씌우면, 씌우니까

cover
蒙上

例　호흡이 곤란한 환자에게 산소마스크를 씌웠다.
為呼吸困難的患者戴上氧氣罩。

아직 날이 추우니까 아이 모자 좀 씌우고 나가자.
因為天氣還很冷，所以幫孩子戴個帽子再出門吧！

*（名詞）을/를
　（人）에게 씌우다
　為～戴上～
*「쓰다（戴）」的使動詞

□ 씻기다

씻기고, 씻겨서,
씻기면, 씻기니까

be washed, wash
給……洗

例　엄마는 아이를 씻긴 후에 재웠다.
媽媽幫小孩洗完澡後，哄他睡了。

엄마는 아이의 손을 깨끗하게 씻겨 주었다.
媽媽幫小孩將手洗乾淨了。

*「씻다（洗）」的使動詞

□ **아끼다** 아끼고, 아껴서,
아끼면, 아끼니까

save
省

例 환경을 위해 물을 아껴 씁시다.
為了環境，節省用水吧！

시간을 낭비하지 말고 아껴 써야 한다.
別浪費時間，要珍惜使用。

相似 절약하다 節約
相反 낭비하다 浪費

□ **안기다** 안기고, 안겨서,
안기면, 안기니까

hug
被抱、抱給、獻給

例 아기가 엄마에게 안겨서 자고 있다.
小嬰兒被媽媽抱在懷裡睡覺。

졸업을 한 친구에게 꽃다발을 안겨 주었다.
獻給畢業的朋友一束花。

*（名詞）이/가
（人）에게 안기다
～被～抱
*「안다（抱）」的被動詞與
使動詞

□ **앉히다[안치다]** 앉히고, 앉혀서,
앉히면, 앉히니까

sit
使坐下

例 환자를 의자에 앉혀 주세요.
請讓病患坐在椅子上。

그는 아들을 앞에 앉혀 놓고 잘못을 타일렀다.
他讓兒子坐在前面，諄諄教悔（他的）錯誤。

*（名詞）을/를
（名詞）에 앉히다
讓～坐在～
*「앉다（坐）」的使動詞

□ **알아듣다[아라듣따]** 알아듣고, 알아들어서,
알아들으면, 알아들으니까

understand
聽懂

例 내가 한 말 알아듣겠어?
能聽懂我說的話嗎？

한국어를 2달 정도 배웠는데 이제는 조금 알아들을 수 있다.
學了2個月左右的韓語，現在能聽懂一些了。

相似 이해하다 理解

動詞

♪ 68

□ 알아맞히다 [아라마치다]

알아맞히고, 알아맞혀서,
알아맞히면, 알아맞히니까

guess right
猜中、猜

例　이 문제 답을 **알아맞혀** 봐.
　　猜猜看這個問題的答案。

　　내일 학교 식당에 반찬이 뭐가 나올지 **알아맞혀** 볼까?
　　要不要猜猜看明天學校餐廳會有什麼小菜？

*답을 알아맞히다
　猜答案

□ 알아보다

알아보고, 알아봐서,
알아보면, 알아보니까

check
打聽、分辨、看懂

例　① 고향으로 가는 첫 비행기를 **알아봤다**.
　　　打聽了回家鄉最早的班機。

　　② 나는 친구가 소개해 준 남자를 한 눈에 **알아봤다**.
　　　我一眼就認出來朋友介紹給我的男人。

相反 몰라보다　認不出

□ 알아주다

알아주고, 알아줘서,
알아주면, 알아주니까

recognize
理解、承認、認可

例　내 마음을 **알아주는** 것은 너 뿐이다.
　　只有你理解我的心。

　　저 여자가 이 분야에서 **알아주는** 전문가래.
　　聽說那個女人是這個領域裡公認的專家。

相似 이해하다　理解
　　　인정하다　承認

□ 앞당기다[압땅기다]

앞당기고, 앞당겨서,
앞당기면, 앞당기니까

advance
提早

例　결혼 날짜를 조금 **앞당겨도** 되겠어요?
　　結婚日期稍微提前也沒關係嗎？

　　매년 6월에 하는 정기 검사를 올해는 한 달 **앞당겨** 진행하기로
　　했다.
　　每年6月做的定期檢查，今年決定提前一個月進行。

相似 당기다　拉、提前
相反 미루다　拖延
　　　늦추다　延後
　　　연기하다　延期

□ 앞두다[압뚜다]

앞두고, 앞둬서,
앞두면, 앞두니까

have sth ahead
迫近、前、前夕

例 졸업을 한 학기 앞두고 휴학을 했다.
畢業前一學期休學了。

수술을 앞두고 불안한 마음에 잠을 못 잤다.
手術前夕心裡很不安而失眠了。

□ 야단맞다[야단맏따]

야단맞고, 야단맞아서,
야단맞으면, 야단맞으니까

be scolded roundly
被訓斥

例 숙제를 안 해서 선생님께 야단맞았다.
沒做作業，所以被老師罵了。

사실대로 말하면 야단맞을까 봐 거짓말을 했다.
怕老實說出來會挨罵就說謊了。

相似 혼나다 挨罵
相反 혼내다 教訓
　　야단치다 訓斥

□ 야단치다

야단치고, 야단쳐서,
야단치면, 야단치니까

give a good scolding
訓斥

例 아이들을 야단치고 나니 마음이 아팠다.
訓斥孩子後，心很痛。

학생들에게 조용히 하라고 야단쳐도 소용이 없었다.
就算訓斥學生要他們安靜，還是沒有用。

相似 혼내다 教訓
相反 야단맞다, 혼나다 挨罵

□ 어기다

어기고, 어겨서,
어기면, 어기니까

break
違背、不遵守

例 이번에는 약속 어기지 마.
這次別違反約定。

부모님 뜻을 어기고 유학을 왔으니까 열심히 공부해야 돼.
既然違背父母親的意思來留學，就要認真念書才行。

相反 지키다 遵守
*법을 어기다
違法
규칙을 어기다
違反規則

動詞

♪68

□ **어울리다**　　어울리고, 어울려서,　　match
　　　　　　　　어울리면, 어울리니까　　合適、配合

例　정말 잘 어울리는 한 쌍이네요.
　　真的是很相配的一對。

　　이 색깔이 수미 씨한테 더 잘 어울리는 것 같아요.
　　這個顏色好像更適合秀美小姐。

□ **얻다[얻따]**　　얻고, 얻어서,　　get
　　　　　　　　얻으면, 얻으니까　　受到、得到

例　이웃집에서 설탕을 조금 얻어 왔다.
　　向鄰居要了一點砂糖來。

　　옆집 아기 엄마에게 아기 옷과 장난감을 많이 얻어 왔다.
　　從隔壁小孩的媽媽那裡得到了很多小孩的衣服和玩具。

*방을 얻다
得到房間
병을 얻다
得病

I. 다음 빈칸에 공통적으로 들어갈 단어를 고르세요.

01
- 스트레스가 (　　　) 건강에 해롭다.
- 산에 눈이 (　　　) 경치가 정말 아름답다.

① 싸우다　　　　　　　② 쌓이다
③ 야단치다　　　　　　④ 식히다

02
- 범인이 반항하자 결국 경찰이 총을 (　　　).
- 벌에 (　　　) 부었을 때는 신용카드 등을 이용하여 벌침을 긁어 낸 후 얼음찜질을 해야 한다.

① 쏘다　　　　　　　　② 잡다
③ 쓸다　　　　　　　　④ 씻다

II. 다음 (　　　) 안에서 문장에 알맞은 단어를 골라 ○표 하세요.

01
휴가철에는 비행기 표를 구하기 어려우니 빨리 (알아보고, 알아듣고) 예매하세요.

02
갑자기 비가 (쓰러지기, 쏟아지기) 시작하자 사람들이 비를 피할 수 있는 곳으로 뛰어 들어갔다.

03
오늘 학교에서 친구와 떠들다가 선생님께 (야단쳤어요, 야단맞았어요).

04
일주일 후로 다가온 출국을 (어기고, 앞두고) 친구도 만나고 짐도 싸는 등 출국 준비를 하기 시작했어요.

05
오랜만에 야구장에 가서 (신나게, 어울리게) 응원을 하고 나니 스트레스가 확 풀렸어요.

單字	英語	中文	記住了嗎？
얻어먹다	beg one's food	吃他人給的、挨罵	
얼다	freeze	結冰	
얼리다	freeze	凍結、結凍	
없애다	remove	消滅、清除、掃蕩	
엎드리다	face down	俯臥	
여기다	consider	感到、認為	
여쭈다	ask	稟告、請教	
연기하다	postpone	延期	
연장하다	extend	延長	
염려하다	worry (about)	擔憂	
예상하다	anticipate	預想、預料	
예측하다	predict	預測	
오가다	come and go	往來	
오르내리다	go up and down	成為話題、上下、升降	
오르다	climb (up)	上、上升、上漲	
올리다	raise	舉、揚、抬高、增加	
옮기다	move	搬、移	
외우다	memorize	記住	
외치다	cry (out)	喊	
위하다	care for	為、愛	
응모하다	enter (for)	應募、報名、參加、報考、投稿	
의심하다	doubt	懷疑	
의하다	by	依靠、根據	
이기다	win	贏、勝	
이끌다	lead	領導、帶領、引導	
이동하다	move	移動、遷移	
이루다	make	實現、達到	
이루어지다	be achieved	實現	
이름나다	well-known	聞名	
이어지다	continue	連續、連接	

□ 얻어먹다[어더먹따]

얻어먹고, 얻어먹어서,
얻어먹으면, 얻어먹으니까

beg one's food
吃他人給的、挨罵

例 ① 매번 친구에게 얻어먹어서 미안하다.
很抱歉每次都向朋友討東西吃。

② 아침부터 과장님께 욕을 얻어먹었더니 하루 종일 기분이
나빴다.
因為一早就挨科長罵，所以整天心情都很差。

□ 얼다

얼고, 얼어서,
얼면, 어니까

freeze
結冰

例 너무 추워서 손발이 꽁꽁 얼었다.
因為太冷，手腳都凍得硬邦邦了。

길이 얼어서 미끄러우니까 조심하세요.
因為路面結冰了很滑，所以請多加小心。

相反 녹다 溶化、融化
*얼음이 얼다
冰結凍
물이 얼다
水結冰／凍

□ 얼리다

얼리고, 얼려서,
얼리면, 얼리니까

freeze
凍結、結凍

例 등산 갈 때 물을 얼려서 가져가면 시원하게 마실 수 있어요.
去登山時將水凍結後帶去，就能喝到清涼的水了。

더운 여름에는 아이스크림 대신 과일을 얼려서 먹으면
맛있습니다.
在炙熱的夏天裡吃結凍後的水果代替冰淇淋很好吃。

相反 녹이다 溶化、融化
*얼음을 얼리다, 물을 얼리다
結冰
*「얼다（結冰）」的使動詞

□ 없애다[업쌔다]

없애고, 없애서,
없애면, 없애니까

remove
消滅、清除、掃蕩

例 방이 좁아서 침대를 없앴다.
房間很窄，所以把床鋪清掉了。

음주운전을 없애기 위해 다 같이 노력해야 한다.
為了掃蕩酒後駕駛，要大家一起努力才行。

*「없다（沒有）」的使動詞

□ **엎드리다[업뜨리다]**　엎드리고, 엎드려서,
　　　　　　　　　　　　　엎드리면, 엎드리니까

face down
俯臥

例　나는 엎드려서 책을 읽는 습관이 있다.
　　我有趴著看書的習慣。

　　엎드려서 자면 심장에 좋지 않다고 해요.
　　聽說趴著睡的話對心臟不好。

*（名詞）에 엎드리다
　趴在～

□ **여기다**　여기고, 여겨서,
　　　　　　　여기면, 여기니까

consider
感到、認為

例　우리는 모두 그 친구를 범인으로 여겼다.
　　我們全都認為那個朋友是犯人。

　　김 경위는 경찰관이라는 직업을 천직으로 여기고 있다.
　　金警衛認為警官這個職業是天職。

相似　생각하다　認為
*（名詞）을/를
　（名詞）(으)로 여기다
　認為～是～

□ **여쭈다**　여쭈고, 여쭤서,
　　　　　　　여쭈면, 여쭈니까

ask
稟告、請教

例　제가 한 말씀 여쭈어도 되겠습니까?
　　可以讓我稟告幾句話嗎？

　　결정하기 전에 부모님께 먼저 여쭈어 보는 게 어때?
　　做決定前先請教父母親看看如何呢？

相似　여쭙다　稟告
　　　묻다　詢問
　　　말하다　說
*（名詞）에게/에 여쭈다
　稟告／請教～

□ **연기하다**　연기하고, 연기해서,
　　　　　　　　연기하면, 연기하니까

postpone
延期

例　갑자기 일이 생겨서 약속을 연기했다.
　　因為突然有事，所以將約定延期了。

　　일정이 변경돼서 비행기 표를 다음 주로 연기해야만 한다.
　　因為行程變更，只得將機票延期至下週才行。

相似　미루다　拖延
　　　늦추다　延後
相反　당기다, 앞당기다　提前

♪ 69

□ **연장하다**　연장하고, 연장해서,　extend
　　　　　　　연장하면, 연장하니까　延長

例　비자를 연장할 때가 되었다.
　　到了延長簽證的時候了。

　　계약 기간을 연장할 수 있을까요?
　　能延長合約時間嗎？

□ **염려하다[염녀하다]**　염려하고, 염려해서,　worry (about)
　　　　　　　　　　　염려하면, 염려하니까　擔憂

例　잘 하고 있으니까 너무 염려하지 마세요.　　相似　걱정하다, 근심하다
　　一直都做得很好，所以請別太擔憂。　　　　　　　擔心

　　나라의 미래를 염려하는 마음은 모두 같다.
　　擔憂國家未來的心，大家都一樣。

□ **예상하다**　예상하고, 예상해서,　anticipate
　　　　　　　예상하면, 예상하니까　預想、預料

例　이번 경기의 결과는 내가 예상한 대로다.　　相似　예측하다　預測
　　這次比賽的結果如我預料的一樣。　　　　　　　추측하다　推測、猜測

　　비가 올 것을 예상하고 우산을 챙겨 나왔다.
　　預料到會下雨，帶了雨傘出來。

□ **예측하다[예츠카다]**　예측하고, 예측해서,　predict
　　　　　　　　　　　예측하면, 예측하니까　預測

例　태풍의 피해를 예측하기 힘들다.　　相似　추측하다　推測、猜測
　　難以預測颱風造成的損失。　　　　　　　예상하다　預想、預料

　　매번 축구 경기의 결과를 예측하여 맞히는 사람이 화제가
　　되었다.
　　預測中每次足球比賽結果的那個人成了（大家討論的）話題。

動詞

♪ 69

□ **오가다**　　오가고, 오가서,　　come and go
　　　　　　　　　오가면, 오가니까　　往來

例　거리에는 수많은 사람들이 오가고 있다.
　　街上有無數的人來來往往。

　　이 버스는 지하철역과 학교를 5분에 한 번씩 오가는 버스다.
　　這班公車每5分鐘就會往返地鐵站和學校。

□ **오르내리다**　오르내리고, 오르내려서,　go up and down
　　　　　　　　　오르내리면, 오르내리니까　成為話題、上下、升降

例　① 남의 입에 오르내릴 일은 하지 않는 게 좋다.
　　　會落人口實的事（會成為別人話題的事），不要做比較好。

　　② 하루 종일 몇 번이나 계단을 오르내렸는지 모르겠다.
　　　一整天不知道上下了幾次樓梯。

*입에 오르내리다
被議論

□ **오르다**　　오르고, 올라서,　　climb (up)
　　　　　　　　오르면, 오르니까　　上、上升、上漲

例　① 산에 올라 하늘을 바라보았다.
　　　上山仰望天空。

　　② 요즘 물가가 너무 오르는 것 같다.
　　　最近物價好像上漲太多。

相反　내려가다, 내리다
　　　下、下去

□ **올리다**　　올리고, 올려서,　　raise
　　　　　　　　올리면, 올리니까　　舉、揚、抬高、增加

例　① 승객 여러분, 짐은 머리 위 선반에 올려 주십시오.
　　　各位乘客，請將行李拿上去頭上方的行李架上。

　　② 임금을 올려 달라는 직원들의 요구를 어떻게 할까요?
　　　要怎麼處理職員對於調漲薪資的要求呢？

相反　내리다　下、下去
*결혼식을 올리다
舉行婚禮
성과를 올리다
獲得成果

♪ 70

☐ **옮기다[옴기다]** 옮기고, 옮겨서, move
옮기면, 옮기니까 搬、移

例 책상을 창문 옆으로 옮겼다. * (名詞) 을/를
將書桌搬到了窗戶旁邊。 (名詞) (으)로 옮기다
將~搬到~
환자를 빨리 병원으로 옮깁시다.
趕快將病患移送醫院吧。

☐ **외우다** 외우고, 외워서, memorize
외우면, 외우니까 記住

例 오늘 배운 단어를 모두 외우세요. 相似 암기하다 背
請記下所有今天所學的單字。

나는 가사를 외우는 노래가 거의 없다.
我幾乎沒有一首歌有記住歌詞。

☐ **외치다** 외치고, 외쳐서, cry (out)
외치면, 외치니까 喊

例 '도둑이야'라고 큰 소리로 외쳤지만 아무도 나오지 않았다. 相似 소리치다 大喊
雖然大聲喊了：「有小偷」，但沒有一個人出來。

산에 올라가서 '야호'하고 외치고 나니 스트레스가 확 풀렸다.
上山喊了：「呀吼」後，壓力一掃而空。

☐ **위하다** 위하고, 위해서, care for
위하면, 위하니까 為、疼愛

例 ① 공부는 자기를 위해서 하는 일이다. * (名詞) 을/를 위해서,
念書是為了自己而做的事。 (動詞) 기 위해서
為了~
② 우리 이웃집 아주머니는 강아지를 자식처럼 위했다.
我們鄰居大嬸將小狗視如己出，疼愛有加
（疼愛小狗就像是自己的子女一樣）。

動詞

□ **응모하다**　응모하고, 응모해서,
응모하면, 응모하니까

enter (for)
應募、報名、參加、報考、投稿

例　자동차 디자인 공모전에 응모했다.
報名了汽車設計公開募集作品展。

백화점 경품 행사에 응모해서 경품으로 자전거를 받았다.
因為參加百貨公司的贈品活動而得到了自行車贈品。

* （名詞）에 응모하다
應募／報名／參加／報考／投稿～

□ **의심하다**　의심하고, 의심해서,
의심하면, 의심하니까

doubt
懷疑

例　함부로 남을 의심하는 것은 좋지 않다.
隨便懷疑他人不太好。

과장님을 잠시라도 의심한 것이 매우 미안했다.
哪怕是一時也好，之前懷疑過課長的事，十分抱歉。

相反 믿다 相信
　　신뢰하다 信賴

□ **의하다**　의하고, 의해서,
의하면, 의하니까

by
依靠、根據

例　사람의 생각은 언어에 의하여 표현된다.
人的想法是靠語言來表現的。

소문에 의하면 그 사람은 외국으로 이민을 갔다고 한다.
根據傳聞，據説那個人移民去了國外。

* （名詞）에 의하면,
　（名詞）에 의해서
依靠／根據～

□ **이기다**　이기고, 이겨서,
이기면, 이기니까

win
贏、勝

例　이번 경기에서 어느 팀이 이겼어?
這次比賽哪一隊贏了？

이번 시합에서 우리 팀이 이겨도 결승전에는 올라갈 수 없다.
這次比賽就算我們隊伍贏了，也無法進入決賽。

相似 승리하다 勝利
相反 지다 輸
　　패배하다 敗北

動詞

□ 이끌다

이끌고, 이끌어서,
이끌면, 이끄니까

lead
領導、帶領、引導

例 ① 그의 노력은 팀을 우승으로 이끌었다.
他的努力帶領團隊走向了勝利。

② 나는 동생들을 이끌고 놀이공원에 갔다.
我帶弟弟妹妹去了遊樂園。

□ 이동하다

이동하고, 이동해서,
이동하면, 이동하니까

move
移動、遷移

例 직원들은 회의실로 이동했다.
職員前往會議室了。

제비는 겨울에 남쪽으로 이동하는 철새다.
燕子是冬天會往南邊遷移的候鳥。

* (名詞) (으)로 이동하다
往~移動／遷移

□ 이루다

이루고, 이뤄서,
이루면, 이루니까

make
實現、達到

例 꿈을 이루지 못하면 고향에 돌아가지 않을 것이다.
無法實現夢想的話，就不回去家鄉。

꿈을 이룬 사람들 대부분은 도전을 두려워하지 않았다는
공통점이 있다.
實現夢想的人大部分都有一個共通點，就是不怕挑戰。

相似 달성하다 達成
　　　 실현하다 實現
*꿈을 이루다
　實現夢想
　목적을 이루다
　達成目的

□ 이루어지다

이루어지고, 이루어져서,
이루어지면, 이루어지니까

be achieved
實現

例 나의 어릴 적 소원이 이루어졌다.
我小時候的心願實現了。

이루어질 수 없는 사랑을 해본 적이 있나요?
曾談過無法實現的戀愛嗎？

相似 실현되다 實現
*꿈이 이루어지다
　夢想實現
　목적이 이루어지다
　目的達成

□ **이름나다**　　이름나고, 이름나서,　　well-known
　　　　　　　　　이름나면, 이름나니까　　聞名

例　그는 세계에서 이름난 가수이다.　　　　相似 유명하다 有名
　　他是舉世聞名的歌手。

　　여기가 서울에서 이름난 빵집인데, 오후에 오면 빵이 없어.
　　這裡是首爾有名的麵包店，下午來的話就沒有麵包了。

□ **이어지다**　　이어지고, 이어져서,　　continue
　　　　　　　　　이어지면, 이어지니까　　連續、連接

例　이 글 다음에 이어질 내용을 고르십시오.　　相反 끊어지다
　　請選出連接在這段文字之後的內容。　　　　　　斷了、斷絕了

　　고려청자의 색깔을 내는 방법은 이어지지 못하고 끊어졌다.
　　高麗青瓷的染色技術無法延續而失傳了。

Ⅰ. 다음 단어와 어울릴 수 있는 단어를 연결하세요.

1. 발이 •　　　　　　• ① 얼다

2. 꿈이 •　　　　　　• ② 여쭈다

3. 일정을 •　　　　　　• ③ 연기하다

4. 버스로 •　　　　　　• ④ 이동하다

5. 말씀을 •　　　　　　• ⑤ 응모하다

6. 경품에 •　　　　　　• ⑥ 이루어지다

Ⅱ. 다음 빈칸에 알맞은 단어를 고르세요.

01 오늘 깜박하고 지갑을 안 가져와서 친구에게 점심을 (　　　　).

① 집중했다　　　　　　② 놓쳤다
③ 얻어먹었다　　　　　④ 인정했다

02 이제 나도 다 컸으니까 부모님께서 자식보다 자신을 (　　　　) 사셨으면 좋겠어.

① 위해서　　　　　　② 섞어서
③ 분리해서　　　　　④ 지켜서

03 엄마가 이번에 영어 점수를 (　　　　) 새 스마트폰을 사 주신다고 하셨어.

① 어기면　　　　　　② 외우면
③ 이름나면　　　　　④ 올리면

單字	英語	中文	記住了嗎？
이해하다	understand	理解、聽懂、體諒	
익다	boil, grow	熟、醃好	
익히다	boil	使熟、使醃好	
인상하다	raise	提高	
인정받다	get recognized	被認定	
인정하다	acknowledge	承認、認定、認可、認同	
인하다	be caused by	由於、因為	
일어나다	get up	發生	
일으키다	raise sb up	扶起、開創	
읽히다	be read, read	‘읽다’的使動態	
입히다	dress	給……穿上	
잇다	connect	連接、繼承	
자라다	grow (up)	長大、成長	
작아지다	become smaller	變小、縮小	
잘되다	go (on) well	順遂、順利	
잠그다	lock	鎖、閉	
잠기다	be locked	被鎖	
잠들다	fall asleep	睡著	
잡다	catch	捕捉、抓	
잡수다	eat	‘먹다’的尊敬語	
잡아먹다	prey on	捕食	
잡히다	be caught	被捕	
재우다	put[get, send] sb to sleep[bed]	讓睡覺、哄睡	
적립되다	earn	被積存、被累積	
적히다	be written (down)	被寫（進）	
전달하다	deliver	傳達、轉交	
전망하다	rake, prospect	展望	
전하다	deliver	轉交、轉達	
접다	fold	折疊	
접히다	be folded	被折疊	

♪ 71

□ 이해하다

이해하고, 이해해서,
이해하면, 이해하니까

understand
理解、聽懂、體諒

例 제 말을 이해했지요?
聽懂我的話了吧？

언제나 나를 이해해 줘서 고마워요.
謝謝你總是體諒我。

相反 오해하다 誤會

□ 익다[익따]

익고, 익어서,
익으면, 익으니까

boil, grow
熟、腌好

例 감자가 다 익으면 드셔도 됩니다.
馬鈴薯全熟了的話就可以享用。

가을은 각종 과일들이 익어 가는 수확의 계절이다.
秋天是各種水果日漸成熟的收穫的季節。

*（名詞）이/가 익다
　～成熟
*고기가 익다
　肉熟了
　김치가 익다
　泡菜熟成

動詞

□ 익히다[이키다]

익히고, 익혀서,
익히면, 익히니까

boil
使熟、使腌好

例 ① 돼지고기는 잘 익혀서 먹어야 해요.
　　豬肉要完全熟了才吃。

② 김치는 이틀 정도 밖에 두어 익힌 후 냉장고에 넣어야
　맛있다.
　泡菜放在外面兩天左右，熟成後要放冰箱才好吃。

*고기를 익히다
　使肉熟
　김치를 익히다
　泡菜醃熟
*「익다（熟）」的使動詞

□ 인상하다

인상하고, 인상해서,
인상하면, 인상하니까

raise
提高

例 이번에 회사에서 월급을 인상해 준대요.
聽說這次公司會提高月薪。

정부는 다음 달부터 지하철 요금을 인상하기로 결정했다.
政府決定從下個月開始要提高地下鐵的收費。

相似 올리다
　　揚起、使提高
相反 인하하다 降低
　　내리다 落下

♪ 71

□ **인정받다[인정바따]**　인정받고, 인정받아서, 　　get recognized
　　　　　　　　　　　　　인정받으면, 인정받으니까　　被認定

例　그는 이번 출장에서 영어 실력을 인정받았다.　　　*능력을 인정받다
　　他這次出差時英語實力受到肯定。　　　　　　　　能力受到肯定

　　가수가 된 후 가족에게 인정받기까지 10년이 걸렸어요.
　　成為歌手後，花了10年得到家人肯定。

□ **인정하다**　　　　인정하고, 인정해서, 　　acknowledge
　　　　　　　　　　인정하면, 인정하니까　　承認、認定、認可、認同

例　이제 네 잘못을 인정하겠어?　　　　　　　　　*잘못을 인정하다
　　現在要承認是你的錯了嗎？　　　　　　　　　　承認錯誤
　　나는 나 때문에 우리 팀이 패배했다는 것을 인정할 수 없었다.　　能력을 인정하다
　　我無法認同是我害我們隊敗北的。　　　　　　　　認可能力

□ **인하다**　　　　　인하고, 인해서, 　　be caused by
　　　　　　　　　　인하면, 인하니까　　由於、因為

例　지진으로 인해 많은 사람이 다쳤다.　　　　　　*（名詞）(으)로 인해서
　　由於地震的緣故，很多人受了傷。　　　　　　　　由於～
　　어젯밤 화재는 누전으로 인한 것으로 밝혀졌다.
　　昨天晚上的火災被揭發是因為漏電所致。

□ **일어나다**　　　　일어나고, 일어나서, 　　get up
　　　　　　　　　　일어나면, 일어나니까　　發生

例　오늘 아침에 학교 앞에서 교통사고가 일어났다.　　相似 발생하다 發生
　　今天早上在學校前面發生了交通事故。　　　　　　*사고가 일어나다
　　한국전쟁이 1950년에 일어나서 3년 동안 계속되었다.　　發生意外／事故
　　韓國戰爭於1950年發生後持續了3年。　　　　　　　전쟁이 일어나다
　　　　　　　　　　　　　　　　　　　　　　　　　發生戰爭

♪ 71

□ 일으키다

일으키고, 일으켜서,
일으키면, 일으키니까

raise sb up
扶起、開創

例 ① 넘어져 우는 아이를 일으켰다.
扶起了跌倒在哭的小孩。

② 이 사업을 일으킨 사람은 우리 아버지이다.
開創這個事業的人是我的父親。

*사업을 일으키다
開創事業
전쟁을 일으키다
引發戰爭

□ 읽히다[일키다]

읽히고, 읽혀서,
읽히면, 읽히니까

be read, read
'읽다' 的使動態

例 이 동화책은 아이에게 읽히면 좋지요.
這本故事書讓小孩讀的話不錯吧！

이 책은 수많은 사람들에게 읽혀 온 고전이다.
這本書是無數人讀過的經典。

* (人) 에게 책을 읽히다
讓～唸／讀／看書
*「읽다 (唸)」的使動詞與
被動詞

□ 입히다[이피다]

입히고, 입혀서,
입히면, 입히니까

dress
給……穿上

例 아이에게 옷을 입히는 것을 도와주세요.
請幫我給孩子穿上衣服。

그 옷 말고 이번에 새로 산 옷을 입힐까요?
不要穿那件衣服，這次要不要給他穿上新買的衣服呢？

* (人) 에게 옷을 입히다
給～穿上衣服
*「입다 (穿)」的使動詞

□ 잇다[읻따]

잇고, 이어서,
이으면, 이으니까

connect
連接、繼承

例 이 다리는 강남과 강북을 잇는 역할을 한다.
這座橋扮演著連接江南和江北的角色。

그는 아버지의 대를 이어 설렁탕 집을 운영하고 있다.
他繼承父親那一代的事業，經營雪濃湯店。

*대를 잇다
傳宗接代
생계를 잇다
維持生計

動詞

357

♪ 71

□ 자라다

자라고, 자라서,
자라면, 자라니까

grow (up)
長大、成長

例 못 본 사이에 키가 많이 자랐구나.
沒見到的這段期間身高長高了不少呢！

나는 서울에서 태어나고 서울에서 자랐다.
我在首爾出生，在首爾長大。

相似 성장하다 成長

□ 작아지다

작아지고, 작아져서,
작아지면, 작아지니까

become smaller
變小、縮小

例 살이 쪘는지 옷이 작아져서 못 입겠네요.
好像因為胖了所以衣服變小了，應該穿不下了呢！

발표하는 학생의 목소리가 점점 작아졌다.
報告的學生聲音漸漸變小了。

相反 커지다 變大

□ 잘되다

잘되고, 잘돼서,
잘되면, 잘되니까

go (on) well
順遂、順利

例 결혼하신다니 정말 잘됐네요. 축하해요.
聽說您要結婚了，真是太好了。恭喜！

부모님들이 가장 바라시는 것은 자식이 잘되는 것이다.
父母親最希望的就是子女能過得順遂。

相反 못되다 壞、不順利

□ 잠그다

잠그고, 잠가서,
잠그면, 잠그니까

lock
鎖、閉

例 문을 잠그고 나왔어요?
是鎖上門後出來的嗎？

가스를 쓴 후에는 밸브를 잘 잠가야 위험하지 않아요.
用完瓦斯後，要將瓦斯閥好好關上才不會發生危險。

相似 닫다 關閉
相反 열다 打開

♪ 72

☐ **잠기다**　　　잠기고, 잠겨서,　　　be locked
　　　　　　　　　잠기면, 잠기니까　　　被鎖

例　문은 잠겨 있고 열쇠는 없고 어떡하지요?　　　* (名詞) 이/가 잠기다
　　門鎖上了，沒有鑰匙，怎麼辦？　　　　　　　 上鎖
　　　　　　　　　　　　　　　　　　　　　　* 「잠그다 (鎖) 」的被動詞
　　이 문은 저절로 잠기니까 열쇠로 잠글 필요가 없다.
　　這道門會自動上鎖，所以不需要用鑰匙鎖上。

☐ **잠들다**　　　잠들고, 잠들어서,　　　fall asleep
　　　　　　　　　잠들면, 잠드니까　　　睡著

例　나는 잠들면 누가 업어 가도 모른다.　　　相似 자다 睡
　　要是我一睡著，被誰背走也不知道。　　　相反 깨다 醒
　　　　　　　　　　　　　　　　　　　　* 열대야
　　요즘은 열대야 때문에 쉽게 잠들 수 없다.　　 熱帶夜，指最低氣溫25°C以
　　最近因為熱帶夜所以很難睡著。　　　　　　　 上的夜晚。

☐ **잡다[잡따]**　　잡고, 잡아서,　　　catch
　　　　　　　　　잡으면, 잡으니까　　　捕捉、抓

例　경찰이 범인을 잡았다.　　　相反 놓다 放開
　　警察抓住了犯人。　　　　　　 　　놓치다 放走、錯過
　　　　　　　　　　　　　　　　 * 기회를 잡다
　　위험하니까 버스 손잡이를 꼭 잡으세요.　　 抓住機會
　　很危險，所以請務必抓住公車扶手。　　　　 손을 잡다
　　　　　　　　　　　　　　　　　　　　 牽手、握手、合作

☐ **잡수다**　　　잡수고, 잡숴서,　　　eat
　　　　　　　　　잡수면, 잡수니까　　　'먹다' 的尊敬語

例　할머니, 진지 잡수세요.　　　* 「먹다 (吃) 」的敬語
　　奶奶，請用餐。

　　아버지께서는 진지를 다 잡수신 후에 외출하셨어요.
　　父親用完餐後，外出了。

☐ **잡아먹다[자바먹따]**　　잡아먹고, 잡아먹어서,　　prey on
　　　　　　　　　　　　잡아먹으면, 잡아먹으니까　　捕食

例　어젯밤에 도마뱀이 모기를 잡아먹는 것을 보았다.
　　昨晚看見蜥蜴捕食蚊子。

　　이번 주말에 놀러가서 돼지 한 마리를 잡아먹기로 했다.
　　決定這個週末出遊要抓一隻豬來吃。

☐ **잡히다[자피다]**　　잡히고, 잡혀서,　　be caught
　　　　　　　　　　잡히면, 잡히니까　　被捕

例　도둑이 경찰에게 잡혔다.
　　小偷被警察逮捕了。

　　이쪽 바다에서는 새우가 많이 잡힌다.
　　在這邊的海上可以捕獲到大量的蝦（蝦子大量被捕獲）。

*（名詞）이/가
　（人）에게 잡히다
　〜被〜捕
*「잡다（抓、捕）」的被動
　詞

☐ **재우다**　　재우고, 재워서,　　put[get, send] sb to sleep[bed]
　　　　　　　재우면, 재우니까　　讓睡覺、哄睡

例　얘들아, 아기를 재웠으니까 조용히 놀아.
　　小朋友，已經哄睡小嬰兒了，所以要安靜地玩。

　　처음에는 아이를 재우는 것이 힘들었는데, 지금은 요령이
　　생겼어요.
　　第一次哄小孩睡很難，但現在掌握到要領了。

*「자다（睡）」的使動詞

☐ **적립되다[정닙뙤다]**　　적립되고, 적립돼서,　　earn
　　　　　　　　　　　　적립되면, 적립되니까　　被積存、被累積

例　커피 한 잔을 드실 때마다 포인트가 적립됩니다.
　　每喝一杯咖啡時，就會累積點數。

　　적립된 포인트는 물건을 구매할 때 사용하실 수 있습니다.
　　在購買物品的時候可以使用累積的點數。

相似　쌓이다　被堆積

□ 적히다[저키다]

적히고, 적혀서,
적히면, 적히니까

be written (down)
被寫（進）

例 여기에 적힌 대로 찾아 가시면 됩니다.
按照這裡寫的去就行了。

교실에서 떠들어서 칠판에 이름이 적혔다.
在教室喧譁，所以名字被寫在黑板上。

* （名詞）이/가
（名詞）에 적히다
　～被寫進／被寫在～
*「적다（寫）」的被動詞

□ 전달하다

전달하고, 전달해서,
전달하면, 전달하니까

deliver
傳達、轉交

例 사장님의 지시 사항을 전달하겠습니다.
我會傳達社長的指示事項。

이것 좀 저 사람에게 전달해 주시겠어요?
能請您將這個轉交給那個人嗎？

相似 전하다 傳達、轉交
* （人）에게
（名詞）을/를 전달하다
　將～傳達／轉交給～

□ 전망하다

전망하고, 전망해서,
전망하면, 전망하니까

rake, prospect
展望

例 ① 정부는 올해 경제가 좋아질 거라고 전망했다.
政府預期今年經濟會變好。

② 이 아파트는 야경을 전망하기에 좋은 위치에 있다.
這棟公寓位於眺望夜景的好位置。

□ 전하다

전하고, 전해서,
전하면, 전하니까

deliver
轉交、轉達

例 제 메모 좀 전해 주세요.
請幫忙轉交一下我的留言／便條。

나는 사람들에게 내 마음을 전하기가 무척 어렵다.
我很難向他人傳達我的心意。

相似 전달하다 傳達、轉交
* （名詞）에게
（名詞）을/를 전하다
　轉交／傳達～給～

□ 접다[접따]

접고, 접어서,
접으면, 접으니까

fold
折疊

例 먼저 종이를 반으로 접으세요.
請先將紙折成一半。

색종이로 배를 접을 줄 아세요?
您會用色紙折船嗎？

□ 접히다[저피다]

접히고, 접혀서,
접히면, 접히니까

be folded
被折疊

例 살이 쪄서 뱃살이 접혀요.
發胖後出現小腹（肚皮被折疊）。

접혀 있는 페이지를 펼쳐 책을 읽기 시작했다.
翻開折起來的那一頁，開始看書。

* （名詞）이/가 접히다
　〜被折疊
*「접다（折疊）」的被動詞

Ⅰ. 다음 단어와 의미와 <u>반대인</u> 것을 고르세요.

1. 잇다　　　●　　　　　　　●　① 끊다

2. 재우다　　●　　　　　　　●　② 열다

3. 잠그다　　●　　　　　　　●　③ 깨우다

4. 인상하다 ●　　　　　　　●　④ 인하하다

Ⅱ. 설명하는 단어를 <보기>에서 골라 번호를 쓰세요.

<보기>	① 접다	② 잡수다	③ 적립되다	④ 인정하다	⑤ 전하다
	⑥ 잇다	⑦ 익다	⑧ 자라다	⑨ 이해하다	⑩ 전망하다

01　　앞날을 미리 내다보다.　　　　　　　　　　　　(　　)

02　　말이나 글의 뜻을 아는 것　　　　　　　　　　(　　)

03　　옳다고 생각하고 받아들이다.　　　　　　　　　(　　)

04　　열을 받아 삶아지고 구워지고 쪄지다.　　　　　(　　)

05　　종이를 구부려서 한쪽이 다른 쪽에 겹치게 만들다.　(　　)

動詞

單字	英語	中文	記住了嗎？
젓다	stir	划、攪、搖	
정리하다	tidy	整理	
젖다	get[be] wet[drenched]	淋溼	
제공되다	be offered	被提供	
제외하다	exclude[except] (sth from sth)	除外	
제출하다	submit	提出	
조르다	pester	糾纏	
졸다	doze	打盹	
졸리다	sleepy	睏	
좁히다	narrow	擠緊、縮小	
주고받다	exchange	交換	
주어지다	be given	現有、賦予	
죽이다	kill	殺	
줄어들다	decrease	減少、收縮	
줄이다	reduce	縮小、減少	
줍다	pick up	拾	
중단하다	stop	中斷	
지나가다	pass (by)	過去	
지나치다	pass (by)	閃過、放過	
지내다	live	過、度過	
지다	lose	輸	
지르다	yell	叫喊	
지우다	erase	擦	
지치다	be[get, become] tired	累	
지켜보다	wait and see	照料、注視	
지키다	obey	遵守	
집다	pick up	夾	
짓다	build	蓋、建、燒飯	
쫓기다	be pursued[chased, hunted]	被追	
쫓다	pursue	追	

♪ 73

□ 젓다[젇따]

젓고, 저어서,
저으면, 저으니까

stir
划、攪、搖

例 설탕을 넣은 후 잘 저으세요.
加入砂糖後請好好攪拌。

배를 천천히 저으면서 주변의 경치를 감상했다.
一邊慢慢地划船，一邊欣賞了周遭的風景。

*고개를 젓다 搖頭

□ 정리하다

정리하고, 정리해서,
정리하면, 정리하니까

tidy
整理

例 책상을 좀 정리하고 일을 시작해야지.
稍微整理一下書桌，該開始工作了。

방안을 정리한 지 너무 오래되어 엉망이다.
房間太久沒整理，亂成一團。

相似 치우다 收拾

動詞

□ 젖다[젇따]

젖고, 젖어서,
젖으면, 젖으니까

get[be] wet[drenched]
淋溼

例 비를 맞아서 머리가 다 젖었다.
因為淋雨，所以頭髮全都溼了。

비를 맞아 젖은 옷을 갈아입었다.
將淋到雨而溼掉的衣服換掉了。

相反 마르다 乾

□ 제공되다

제공되고, 제공돼서,
제공되면, 제공되니까

be offered
被提供

例 그 호텔은 조식만 제공됩니다.
那間飯店只提供早餐。

성적 우수자에게는 기숙사와 장학금이 제공된다.
提供宿舍和獎學金給成績優秀的人。

相似 주다 給

♪ 73

□ 제외하다

제외하고, 제외해서,
제외하면, 제외하니까

exclude[except] (sth from sth)
除外

例　수업 시간을 제외하고는 언제나 시간이 있어요.
上課時間除外，隨時都有空。

　　토요일과 일요일을 제외하고 일주일에 5일을 근무합니다.
星期六和星期日除外，一週上5天班。

相似 빼다 除外
*（名詞）을/를 제외하고
　〜除外

□ 제출하다

제출하고, 제출해서,
제출하면, 제출하니까

submit
提出

例　내일까지 보고서를 제출하세요.
請在明天前提出報告。

　　회사에 제출할 서류는 모두 준비됐어요.
要提交給公司的文件全都準備好了。

相似 내다 拿出

□ 조르다

조르고, 졸라서,
조르면, 조르니까

pester
糾纏

例　아이가 장난감을 사 달라고 졸랐다.
小孩纏著要買玩具。

　　부모님께 용돈을 올려 달라고 졸랐지만 헛수고였다.
雖然纏著父母親要求增加零用錢，但徒勞無功。

□ 졸다

졸고, 졸아서,
졸면, 조니까

doze
打盹

例　수업시간에 졸지 마세요.
上課時間請別打瞌睡。

　　봄이라 그런지 버스에도 지하철에도 조는 사람이 많았다.
可能是春天的關係，在公車和地鐵裡打瞌睡的人很多。

♪73

□ 졸리다

졸리고, 졸려서,
졸리면, 졸리니까

sleepy
睏

例 어제 잠을 제대로 못 자서 그런지 좀 졸려요.
可能是昨天沒睡好，所以有一點睏。

운전할 때 졸리면 잠시 도로 옆에 차를 세우고 쉬세요.
開車時睏的話，請先將車暫時停在馬路旁休息一下。

□ 좁히다[조피다]

좁히고, 좁혀서,
좁히면, 좁히니까

narrow
擠緊、縮小

例 간격을 좀 좁혀서 앉아 주세요.
請稍微坐靠近一點（縮短間距坐）。

도로를 좁혀서 자전거 전용 도로를 만들었다.
將道路縮窄後做了自行車專用道。

相反 넓히다 弄寬

動詞

□ 주고받다[주고받따]

주고받고, 주고받아서,
주고받으면, 주고받으니까

exchange
交換

例 수료식에서 친구들과 선물을 주고받았다.
在結業式上和朋友們互相交換了禮物。

직장 동료들과 술잔을 주고받으며 하루의 스트레스를 풀었다.
和公司同事傳杯換盞（交換酒杯），消除了一天的壓力。

□ 주어지다

주어지고, 주어져서,
주어지면, 주어지니까

be given
現有、賦予

例 나에게 주어진 시간을 충실하게 이용해야겠다.
我得充分利用現有的時間。

내게 이렇게 좋은 기회가 주어질지는 꿈에도 몰랐다.
作夢也沒想到會賦予我如此絕佳的機會。

□ **죽이다[주기다]**　죽이고, 죽여서,　kill
　　　　　　　　　　죽이면, 죽이니까　殺

例　남자를 죽인 사람은 놀랍게도 그의 아내였다.
　　令人吃驚的是殺掉男人的人竟然是他的老婆。

　　그는 마음이 약해서 벌레 한 마리도 못 죽이는 사람이다.
　　他的心很脆弱，是連一隻小蟲也不敢殺的人。

相反 살리다 救活
*「죽다（死）」的使動詞

□ **줄어들다**　줄어들고, 줄어들어서,　decrease
　　　　　　　줄어들면, 줄어드니까　減少、收縮

例　여름이라 더워서 그런지 식사량이 줄어들었다.
　　可能是夏天很熱，所以食量變小了。

　　드라이클리닝을 안 하고 세탁기에 빨았더니 옷이 줄어들었다.
　　不乾洗，丟到洗衣機裡洗，衣服就縮水了。

相似 줄다 減少、減輕
相反 늘어나다 增加、增長、拉長

□ **줄이다**　줄이고, 줄여서,　reduce
　　　　　　줄이면, 줄이니까　縮小、減少

例　바지가 좀 긴데 길이를 좀 줄여야겠어요.
　　褲子有一點長，得將長度改短一點了。

　　소비를 줄이고 저축을 늘려야 하는데, 쉽지 않네요.
　　應該要減少消費，多多儲蓄，但很不容易呢！

相反 늘리다 拉長、使增長、使增加
*「줄다（減少）」的使動詞

□ **줍다[줍따]**　줍고, 주워서,　pick up
　　　　　　　　주우면, 주우니까　拾

例　길에서 돈을 주웠어요.
　　在路上撿到了錢。

　　공원에 떨어진 휴지를 주우세요.
　　請撿起掉在公園裡的衛生紙。

♪ 74

□ 중단하다

중단하고, 중단해서,
중단하면, 중단하니까

stop
中斷

相反 계속하다 繼續

例 화가 난 선생님은 수업을 중단하고 교실을 나가셨다.
老師怒氣沖沖停止教課，離開了教室。

점심 시간이 되어 모두 작업을 중단하고 식당으로 갔다.
到午休時間就中止所有的工作前往餐廳了。

□ 지나가다

지나가고, 지나가서,
지나가면, 지나가니까

pass (by)
過去

例 이 또한 지나갈 것이다.
這一切也都會過去。

지나간 세월은 되돌릴 수가 없다.
過去的歲月無法重來。

□ 지나치다

지나치고, 지나쳐서,
지나치면, 지나치니까

pass (by)
閃過、放過

例 생각에 잠긴 채 걷다가 우리 집을 지나쳤다.
若有所思地走著走著就錯過了我們家。

우연히 길에서 만난 옛 남자친구를 모른 척하고 지나쳤다.
偶然在路上遇見前男友，裝作不認識擦身而過了。

□ 지내다

지내고, 지내서,
지내면, 지내니까

live
過、度過

相似 살다 生活
　　 보내다 度過

例 어떻게 지내세요?
您過得如何？

저는 학교 다니며 잘 지내고 있어요.
我在上學，過得很好。

動詞

□ **지다**　　　지고, 져서,　　　lose
　　　　　　　　지면, 지니까　　　輸

例 이기고 **지는** 게 그렇게 중요해요?　　　相似 패배하다 敗北
　　輸贏有那麼重要嗎？　　　　　　　　　相反 이기다 贏

　　이번 경기는 **졌지만** 다음에는 꼭 이길 거예요.
　　雖然這次比賽輸了，但下次就非贏不可。

□ **지르다**　　　지르고, 질러서,　　　yell
　　　　　　　　　지르면, 지르니까　　　叫喊

例 골목길에서 괴한을 만난 그녀는 비명을 **질렀다**.　　　*소리를 지르다
　　她在巷子裡遇到怪人，發出了尖叫。　　　　　　　　　 大喊

　　크게 소리를 **지르면** 스트레스가 좀 풀릴 거예요.
　　大聲喊叫的話，就會釋放一些壓力。

□ **지우다**　　　지우고, 지워서,　　　erase
　　　　　　　　지우면, 지우니까　　　擦

例 여자들은 화장을 **지우고** 나면 다른 사람 같다.
　　女人卸妝後就像另一個人一樣。

　　잘못 쓴 것은 지우개로 **지우고** 다시 써도 됩니다.
　　寫錯的部分可以用橡皮擦擦掉後再重寫。

□ **지치다**　　　지치고, 지쳐서,　　　be[get, become] tired
　　　　　　　　지치면, 지치니까　　　累

例 더위에 **지쳐서** 아무 것도 하기 싫어요.　　　相似 피곤하다 疲勞
　　受夠了酷暑，什麼都不想做。

　　어제 오늘 너무 **지쳐서** 좀 쉬어야겠어요.
　　昨天和今天都太累了，該休息一下了。

♪ 74

□ 지켜보다

지켜보고, 지켜봐서,
지켜보면, 지켜보니까

wait and see
照料、注視

例 수영장에서 노는 아이를 잘 지켜보았다.
好好地看守在游泳池玩耍的孩子。

TV로 월드컵 축구 경기를 지켜보며 맥주를 마셨다.
邊看電視播出的世足賽，邊喝啤酒。

□ 지키다

지키고, 지켜서,
지키면, 지키니까

obey
遵守

例 저는 약속을 잘 지키는 사람이 좋아요.
我喜歡信守承諾的人。

한국에서는 예의를 지키는 것이 매우 중요하다.
在韓國遵守禮儀十分重要。

相反 어기다 違反
*약속을 지키다
信守承諾
규칙을 지키다
守規則

□ 집다[집따]

집고, 집어서,
집으면, 집으니까

pick up
夾

例 한국 사람들은 젓가락으로 반찬을 집어 먹는다.
韓國人是用筷子夾配菜來吃。

그는 잘 익은 고기를 하나 집어서 내 접시에 놓아 주었다.
他夾了一片烤好的肉放在我的盤子裡。

□ 짓다[짇따]

짓고, 지어서,
지으면, 지으니까

build
蓋、建、燒飯

例 ① 시골에 집을 짓고 살고 싶다.
想在鄉下蓋房子生活。

② 솥에 밥을 짓고 반찬을 만들었다.
鍋子裡煮了飯，而且做了小菜。

*이름을 짓다
命名
시를 짓다
作詩

動詞

□ 쫓기다[쫃끼다]

쫓기고, 쫓겨서,
쫓기면, 쫓기니까

be pursued[chased, hunted]
被追

例 일에 쫓기고 시간에 쫓겨서 마음의 여유가 전혀 없다.
被工作追著跑，被時間追著跑，心一點餘裕也沒有。

경찰에게 쫓기고 있는 그 범인은 어디에 숨어 있을까?
被警察追緝的那名犯人會躲在哪裡呢？

* （名詞）이/가
（人）에게 쫓기다
　〜被〜追
*「쫓다（追）」的被動詞

□ 쫓다[쫃따]

쫓고, 쫓아서,
쫓으면, 쫓으니까

pursue
追

例 닭 쫓던 개가 지붕만 쳐다본다는 속담이 있다.
有一句俗話說：「趕雞之犬徒仰屋頂」。

지하철역에서 쫓고 쫓기는 추격전이 시작되었다.
在地鐵站展開了你追我跑（追、被追）的追擊戰。

*닭 쫓던 개가 지붕만 쳐다본다
直譯為「追著雞跑的狗只能
望著屋頂」，比喻束手無策
無可奈何的心情。

Ⅰ. 다음 빈칸에 공통적으로 들어갈 단어를 고르세요.

01
- 커피를 잘 (　　　) 드세요.
- 배를 천천히 (　　　) 강 건너편까지 갔다 왔다.

① 접다　　　　　　　　　② 젓다
③ 녹이다　　　　　　　　④ 운전하다

02
- 언제 여기 이렇게 큰 건물을 (　　　)?
- 내가 맛있게 밥을 (　　　) 줄게 저녁 먹고 가.

① 짓다　　　　　　　　　② 맡다
③ 쌓다　　　　　　　　　④ 젓다

Ⅱ. 다음 밑줄 친 부분과 의미가 비슷한 것을 고르세요.

01
나는 약속을 안 지키는 사람이 제일 싫다.

① 어기는　　　　　　　　② 가리는
③ 준비하는　　　　　　　④ 선택하는

02
지원서는 언제까지 제출해야 됩니까?

① 작성해야　　　　　　　② 내야
③ 만들어야　　　　　　　④ 받아야

03
우리 극장의 관객이 점점 줄어들고 있는데, 방법이 없을까요?

① 증가하고　　　　　　　② 커지고
③ 감소하고　　　　　　　④ 작아지고

單字	英語	中文	記住了嗎？
쫓아내다	drive sb out	趕出、驅逐	
쫓아다니다	follow (sb around)	尾隨	
찌다	gain weight	胖	
찍히다	get stamped	被蓋章	
찢기다	be[get] torn	被撕	
찢다	tear	撕、撕破	
찢어지다	be[get] torn	破、被撕破	
차다	kick	踢	
차리다	prepare, recover ones senses	準備飯菜、打起	
차지하다	take possession (of)	占、獲得	
참다	bear	忍住	
참석하다	attend	出席、參加	
찾아내다	find (out)	找到	
찾아다니다	look for	到處尋找	
찾아보다	look for	查找、查閱、尋訪	
찾아뵈다	visit	拜訪	
채우다	fill (in/up)	裝滿	
챙기다	pack (up)	準備好、照顧	
처리하다	handling	處理	
쳐다보다	look (at)	凝視、仰望	
추진하다	propel	推進、運作、開展、進展	
치다	hit	彈、打	
치우다	tidy (up)	整理、收拾	
커지다	bigger[larger]	變大	
켜지다	light	（燈）開了	
키우다	raise	養	
태우다	burn	燒、燒焦	
택하다	choose (from/between)	選擇	
터지다	burst	爆炸、裂	
털다	dust (off/down)	撣	

♪ 75

□ **쫓아내다[쪼차내다]**　쫓아내고, 쫓아내서,
　　　　　　　　　　쫓아내면, 쫓아내니까

drive sb out
趕出、驅逐

例　집안으로 날아들어 온 새를 쫓아냈다.
　　將飛進家裡的鳥趕了出去。

　　나는 졸음을 쫓아내기 위해 찬물로 세수를 했다.
　　我為了趕走睡意，用冷水洗了臉。

□ **쫓아다니다**　　　　쫓아다니고, 쫓아다녀서,
　　[쪼차다니다]　쫓아다니면, 쫓아다니니까

follow (sb around)
尾隨

例　우리 집 강아지는 나만 쫓아다닌다.
　　我家小狗只會追著我跑來跑去。

相似　따라다니다 追隨、
　　　　　　　跟隨

　　어렸을 때 여자 뒤만 쫓아다니더니 지금은 달라졌네.
　　小時候只會跟在女生後面跑來跑去，現在都變了呢！

□ **찌다**　　　　찌고, 쪄서,
　　　　　　찌면, 찌니까

gain weight
胖

例　요즘 살이 많이 쪘는지 몸이 무겁다.
　　最近好像胖了很多，身體很重。

相反　빠지다 掉、脫落

　　살이 찌면 무릎에 안 좋으니까 꾸준히 다이어트를 하세요.
　　胖的話，對膝蓋不好，所以請認真減肥。

□ **찍히다[찌키다]**　　찍히고, 찍혀서,
　　　　　　　　　찍히면, 찍히니까

get stamped
被蓋章

例　그 계약서에 찍힌 도장은 내 것이 맞다.
　　那份合約書上蓋的圖章是我的沒錯。

*사진이 찍히다
被照相
도장이 찍히다
被蓋章

　　그 편지에는 부산지역 우체국의 소인이 찍혀 있었다.
　　那封信上蓋著釜山地區郵局的郵戳。

動詞

♪ 75

☐ **찢기다[찔끼다]**　　찢기고, 찢겨서,　　　　be[get] torn
　　　　　　　　　　　찢기면, 찢기니까　　　被撕

例　옷이 못에 걸려서 찢겼다.
　　衣服被釘子鉤住所以被撕破了。　　　　　　相似 찢어지다 被撕破
　　　　　　　　　　　　　　　　　　　　　*（名詞）이/가 찢기다
　　헤어지자는 말을 듣는 순간 가슴이 찢기는 듯했다.　　～被撕
　　聽到「分手吧！」這句話的瞬間，胸口有如被撕裂般。　*「찢다（撕）」的被動詞

☐ **찢다[찔따]**　　　　찢고, 찢어서,　　　　　tear
　　　　　　　　　　　찢으면, 찢으니까　　　撕、撕破

例　화가 나서 시험지를 찢어 버렸다.
　　因為生氣所以就將考卷撕破了。

　　고향에서 온 편지 봉투를 찢고 편지를 꺼냈다.
　　撕開從家鄉寄來的信封，拿出了信。

☐ **찢어지다**　　　　　찢어지고, 찢어져서,　　be[get] torn
　　　　　　　　　　　찢어지면, 찢어지니까　破、被撕破

例　집에는 찢어진 우산밖에 없었다.
　　家裡只有破掉的傘。　　　　　　　　　　　相似 찢기다 被撕
　　　　　　　　　　　　　　　　　　　　　*（名詞）이/가 찢어지다
　　어? 언제 이 티셔츠가 찢어졌지?　　　　　～破（裂）／被撕破
　　咦？這件T恤是什麼時候被撕破了？

☐ **차다**　　　　　　　차고, 차서,　　　　　kick
　　　　　　　　　　　차면, 차니까　　　　　踢

例　거기 공 좀 이쪽으로 차 주세요.
　　請幫我將那邊的球踢過來。　　　　　　　　*공을 차다
　　　　　　　　　　　　　　　　　　　　　踢球
　　한참 자고 있는데 문을 발로 차는 소리가 났다.
　　睡了好一會兒，卻傳來用腳踢門的聲音。

□ **차리다**

차리고, 차려서,
차리면, 차리니까

prepare, recover ones senses
準備飯菜、打起

例 ① 저녁 차릴 시간이 됐네.

到了要準備晚餐的時間呢！

② 고생하시는 부모님을 생각해서 정신 좀 차려라.

想想辛苦的父母親，振作一下。

*상을 차리다
擺桌
정신을 차리다
提起精神、振作起來

□ **차지하다**

차지하고, 차지해서,
차지하면, 차지하니까

take possession (of)
占、獲得

例 이 책상은 쓸데없이 자리만 차지하니 버리자.

這張書桌一點用處也沒有，光是占位子，所以就丟了吧！

마이클 씨는 이번 한국어 말하기 대회에서 1등을 차지했다.

麥克先生在這次韓語演講比賽中獲得了第1名。

□ **참다[참따]**

참고, 참아서,
참으면, 참으니까

bear
忍住

例 나는 웃음을 참느라고 혼이 났다.

我為了忍住笑意，（憋得）很辛苦。

근처에 화장실이 없는데 참을 수 있겠어요?

附近沒有廁所，你能忍得住嗎？

□ **참석하다**

참석하고, 참석해서,
참석하면, 참석하니까

attend
出席、參加

例 이번 회의에 참석하실 거예요?

您會出席這次會議嗎？

나는 다음 주에 부산에서 열리는 행사에 참석하러 간다.

我下星期會去參加舉辦在釜山的活動。

相似 참가하다 參加

動詞

♪ 75

□ **찾아내다**　찾아내고, 찾아내서,　find (out)
　　　　　　　찾아내면, 찾아내니까　找到

例　동생이 숨겨 둔 초콜릿을 찾아냈다.
　　找到了弟弟／妹妹藏起來的巧克力了。

相似 발견하다 發現
相反 숨기다 藏

　경찰은 숨어 있는 범인을 찾아내어 경찰서로 데려갔다.
　警察找出躲藏的犯人後，帶去警察局了。

□ **찾아다니다**　찾아다니고, 찾아다녀서,　look for
　　　　　　　찾아다니면, 찾아다니니까　到處尋找

例　학생회장은 학생들을 찾아다니며 행사 참석을 부탁했다.
　　學生會長到處尋找學生，拜託他們來參加活動。

　시간이 나면 경치 좋은 곳을 찾아다니며 여행을 하고 싶다.
　有空的話，想到處走訪風景好的地方，去旅行。

□ **찾아보다**　찾아보고, 찾아봐서,　look for
　　　　　　찾아보면, 찾아보니까　查找、查閱、尋訪

例　먼저 가까운 곳부터 찾아보는 게 어때요?
　　先從近的地方開始查找如何？

相似 찾다 找

　단어의 뜻을 사전에서 찾아보고, 그래도 모르면 질문하세요.
　從字典上查出單字的解釋後還是不懂的話，就請提問。

□ **찾아뵈다**　찾아뵈고, 찾아봬서,　visit
　　　　　　찾아뵈면, 찾아뵈니까　拜訪

例　오늘 점심 때 댁으로 찾아봬도 될까요?
　　今天中午可以去府上拜訪嗎？

相似 찾아뵙다 拜訪

　오늘은 꼭 교수님을 찾아뵈러 학교에 가야겠다.
　今天非去學校拜訪教授不可。

♪ 76

□ **채우다** 　　채우고, 채워서, 　　fill (in/up)
　　　　　　　　 채우면, 채우니까 　　裝滿

例　나는 방 전체를 책으로 채우는 것이 꿈이다. 　　相反 비우다 空出
　　我的夢想是用書將整個房間填滿。 　　*「차다（滿）」的使動詞

　　자전거 바퀴에 공기가 빠져서 공기를 채워야 해요.
　　自行車輪胎洩氣了，要打氣才行。

□ **챙기다** 　　챙기고, 챙겨서, 　　pack (up)
　　　　　　　　 챙기면, 챙기니까 　　準備好、照顧

例　① 여행 갈 짐은 다 챙겼어요?
　　要去旅行的行李都準備好了嗎？

　　② 나는 친구들의 생일을 꼭 챙긴다.
　　我一定都會好好準備朋友的生日。

□ **처리하다** 　　처리하고, 처리해서, 　　handling
　　　　　　　　　 처리하면, 처리하니까 　　處理

例　빨리 처리해 주시면 감사하겠습니다.
　　如果您能迅速為我們處理的話，將會十分感謝您的。

　　호의는 고맙지만 혼자 처리할 수 있어요.
　　雖然很感謝您的好意，但我自己可以處理。

□ **쳐다보다** 　　쳐다보고, 쳐다봐서, 　　look (at)
　　　　　　　　　 쳐다보면, 쳐다보니까 　　凝視、仰望

例　아까부터 왜 자꾸 저를 쳐다보세요? 　　相似 바라보다 望、看
　　為什麼您從剛才開始就一直盯著我看呢？

　　밤하늘의 별을 쳐다보며 음악을 들었다.
　　仰望著夜空的星星聽了音樂。

□ **추진하다**　　추진하고, 추진해서,　　propel
　　　　　　　　추진하면, 추진하니까　　推進、運作、開展、進展

例　그럼 계획대로 일을 추진하겠습니다.　　相似 진행하다 進行
　　那麼我會照計畫進展工作。

　　추진하고 있는 일은 잘 되어 가고 있어요?
　　正在進展的工作進行得順利嗎？

□ **치다**　　치고, 쳐서,　　hit
　　　　　　치면, 치니까　　彈、打

例　① 피아노 잘 치시네요.　　*기타를 치다
　　您鋼琴彈得很好呢！　　　彈吉他
　　② 케빈 씨의 노래가 끝나자 모두 박수를 쳤다.　　골프를 치다
　　凱文先生的歌一結束，大家就立即鼓掌。　　打高爾夫

□ **치우다**　　치우고, 치워서,　　tidy (up)
　　　　　　　치우면, 치우니까　　整理、收拾

例　방 좀 치우고 살아라.　　相似 정리하다 整理
　　稍微整理一下房間再住。　　　　청소하다 打掃

　　다 드셨으면 상을 치워도 될까요?
　　您都吃完了的話，我可以收拾桌子了嗎？

□ **커지다**　　커지고, 커져서,　　bigger[larger]
　　　　　　　커지면, 커지니까　　變大

例　소식을 듣고 마음속의 걱정이 커져만 갔다.　　相反 작아지다 變小
　　聽到消息後，心裡就只是變得更加擔心。

　　일이 점점 커져서 이젠 나 혼자 감당할 수 없게 되었다.
　　工作漸漸增加，如今已到了我無法獨自承擔的地步。

♪ 76

□ **켜지다**

켜지고, 켜져서,
켜지면, 켜지니까

light
（燈）開了

例 집에 불이 켜져 있었다.
家裡亮著燈。

배터리가 나가서 휴대 전화가 켜지지 않았다.
電池沒電了，所以手機開不了。

相反 꺼지다 熄滅
*불이 켜지다
燈亮著
전자 제품이 켜지다
電子產品開著

□ **키우다**

키우고, 키워서,
키우면, 키우니까

raise
養

例 나무를 키우는 일은 환경을 위해 좋은 일이다.
栽種樹木這件事情是對環境有益的事。

집에서 강아지를 한 마리 키워 볼 생각 있어요?
有在家裡養一隻小狗看看的想法嗎？

相似 기르다 養、栽種
*자식을 키우다
養育子女
*「크다（大）」的使動詞

□ **태우다**

태우고, 태워서,
태우면, 태우니까

burn
燒、燒焦

例 마당에서 낙엽을 태웠다.
在院子燒了落葉。

물을 너무 조금 넣고 밥을 짓다가 밥을 태웠다.
水放太少了，煮著煮著飯都燒焦了。

*애를 태우다
操心
*「타다（焦、糊）」的使動詞

□ **택하다[태카다]**

택하고, 택해서,
택하면, 택하니까

choose (from/between)
選擇

例 이 중에서 하나만 택하세요.
請在這當中選一個。

사랑과 우정 중에 무엇을 택할 거예요?
在愛情與友情中會選擇什麼呢？

相似 고르다 挑
선택하다 選擇

動詞

♪ 76

□ 터지다

터지고, 터져서,
터지면, 터지니까

burst
爆炸、裂

例 피곤해서 그런지 입술이 터졌다.
可能是累了的關係，嘴唇裂了。

풍선이 터지자 놀란 아이가 울음을 터뜨렸다.
汽球一爆炸，受到驚嚇的小孩馬上號啕大哭。

*배가 터지다
（吃得）撐破肚子

□ 털다

털고, 털어서,
털면, 터니까

dust (off/down)
撣

例 옷에 묻은 눈을 좀 털고 들어오세요.
請將衣服上的雪稍微撣一撣再進來。

먼저 가구의 먼지를 털고 청소를 해야겠다.
得先將家具的灰塵撣掉再打掃。

Ⅰ. 다음 단어와 어울릴 수 있는 단어를 연결하세요.

1. 상을　●　　　　　　●　① 털다

2. 살이　●　　　　　　●　② 찌다

3. 먼지를　●　　　　　●　③ 차리다

4. 회의에　●　　　　　●　④ 찾아뵈다

5. 교수님을　●　　　　●　⑤ 차지하다

6. 과반수를　●　　　　●　⑥ 참석하다

Ⅱ. 다음 빈칸에 알맞은 단어를 고르세요.

01　외로움과 우울증은 아무도 나에 대해 신경 쓰지 않을 때 생기는 것이 아니고, 나를 (　　　) 줄 거라 기대했던 사람이 나에 대해 신경 쓰지 않을 때 생긴다고 한다.

- 좋은 글 중에서 -

① 야단칠　　　　　　② 챙겨
③ 존경해　　　　　　④ 쫓아낼

02　지나간 시간에 한탄한다는 것이 무슨 의미가 있겠는가? 너는 과거를 후회하며 가지 않았던 길을 (　　　) 지금보다 나았을 것이라 생각하지만 과거의 시간이 주어진다 해도 너의 선택은 다르지 않을 것이다. 그것이 바로 너, 자신의 모습이다.

- 헤르만 헤세 -

① 택했더라면　　　　② 잊었더라도
③ 염려했더라도　　　④ 그리워했더라도

單字	英語	中文	記住了嗎？
토하다	vomit	吐	
튀기다	fry	炸	
틀다	turn on	擰、開	
틀리다	be wrong	錯誤、不對	
파다	dig	挖、掘、刻	
펼치다	spread (out)	實現、打開	
포기하다	give up	拋棄、放棄	
표현하다	express	表現、表達	
풀다	untie	解開	
풀리다	come untied	解開、消	
피하다	avoid	避	
합치다	unite	合、合併	
해결하다	settle	解決	
해내다	accomplish	做到	
해보다	try	做做看	
향하다	face	前往	
허락하다	permit	允許	
헤매다	roam (around/about)	徘迴、迷	
헤어지다	part (from)	分手、別	
헤엄치다	swim	游泳	
혼내다	give (sb) a scolding	斥責	
활용하다	use	活用	
훔치다	steal	偷	
흐르다	flow	流	
흔들다	shake	搖	
흔들리다	shake	搖晃	
흘러가다	flow	流去	
흘리다	spill	撒、丟	
힘내다	pluck up one's heart	加油	
힘쓰다	strive	努力、幫助、用力	

77

□ **토하다** 토하고, 토해서, vomit
토하면, 토하니까 吐

例 멀미 때문에 먹은 것을 모두 **토했**다.
因為暈眩將吃的全都吐出來了。

열이 많이 나고 자꾸 **토하는데** 어떻게 해야 하지요?
發高燒一直嘔吐，該如何是好？

□ **튀기다** 튀기고, 튀겨서, fry
튀기면, 튀기니까 炸

例 나는 **튀긴** 음식을 별로 좋아하지 않는다.
我不太喜歡油炸的食物。

닭을 깨끗한 기름에 **튀겨서** 그런지 느끼하지 않고 맛있었다.
可能因為雞是用乾淨的油炸的，所以不油膩又好吃。

動詞

□ **틀다** 틀고, 틀어서, turn on
틀면, 트니까 擰、開

例 물을 **틀어** 놓고 샤워를 했다. 相似 켜다 開
轉開水後沖了澡。

TV나 음악을 **틀어** 놓고 공부를 하면 집중이 안 된다.
打開電視或音樂念書的話會無法專心。

□ **틀리다** 틀리고, 틀려서, be wrong
틀리면, 틀리니까 錯誤、不對

例 계산이 좀 **틀린** 것 같은데. 相似 잘못하다 做錯
好像有一點計算錯誤。 相反 맞다 正確、對
*답이 틀리다
이번 일은 네가 **틀렸으니까**, 친구에게 먼저 사과하지 그래? 答案錯誤
這次的事是你不對，所以不如先向朋友道歉吧？

□ **파다** | 파고, 파서,
파면, 파니까 | dig
挖、掘、刻

例 ① 땅을 파고 나무를 심었다.
挖地種了樹。

② 나는 도장을 하나 새로 팠다.
我新刻了一個印章。

□ **펼치다** | 펼치고, 펼쳐서,
펼치면, 펼치니까 | spread (out)
實現、打開

例 내 꿈을 펼칠 기회가 왔다.
實現我夢想的機會來了。

우산을 펼쳐서 친구와 같이 썼다.
打開雨傘和朋友一起撐了。

相似 펴다 打開、舒展

□ **포기하다** | 포기하고, 포기해서,
포기하면, 포기하니까 | give up
拋棄、放棄

例 너무 쉽게 희망을 포기하지 마세요.
請別太輕易放棄希望。

진학을 포기하고 취직하기로 했어요.
決定放棄升學，去就業。

□ **표현하다** | 표현하고, 표현해서,
표현하면, 표현하니까 | express
表現、表達

例 지금의 행복한 마음을 말로는 표현할 수가 없다.
現在幸福的心情無以言表。

네 생각을 표현하지 않으면 우리가 어떻게 알 수 있겠어?
若你不將想法表達出來，我們怎麼會知道？

相似 나타내다 表現、表示、
表達

♪ 77

□ 풀다

풀고, 풀어서,
풀면, 푸니까

untie
解開

例 ① 짐을 풀고 좀 쉬세요.
　　請卸下行李，休息一下。

② 퇴근하고 집에 오면 가장 먼저 넥타이를 푼다.
　　下班後一回家就會先解開領帶。

*스트레스를 풀다
抒解壓力
화를 풀다
消氣

□ 풀리다

풀리고, 풀려서,
풀리면, 풀리니까

come untied
解開、消

例 ① 남자 친구 화는 좀 풀렸어?
　　男朋友氣消一點了嗎？

② 신발 끈이 풀리면 누군가가 나를 그리워하고 있다는 말이
　　있다.
　　有一句話説：「鞋帶鬆開的話代表有人在想我。」

*일이 풀리다
事情解決
문제가 풀리다
問題解決
*「풀다（解開）」的被動詞

動詞

□ 피하다

피하고, 피해서,
피하면, 피하니까

avoid
避

例 비를 좀 피하고 갈까?
　　要不要避一下雨再走呢？

출퇴근 시간을 피해서 지하철을 타야 사람이 없다.
要避開上下班時間搭地鐵才會沒有人。

□ 합치다

합치고, 합쳐서,
합치면, 합치니까

unite
合、合併

例 친구와 힘을 합쳐서 커피숍을 운영하기로 했다.
　　決定要和朋友一起合力經營咖啡店。

결혼한 오빠 부부가 부모님과 합쳐서 살기로 했다.
結婚的哥哥（和嫂嫂）夫婦決定要和父母親合住。

相似 합하다 聯合、合併
*힘을 합치다
合力

♪ 77

□ **해결하다**　해결하고, 해결해서,
해결하면, 해결하니까

settle
解決

例　돈 문제는 다 해결했어?
錢的問題全解決了嗎？

집안 문제를 해결하기 위해 형제들이 모여서 의논했다.
為了解決家裡的問題，兄弟聚在一起作了討論。

相似　풀다 解開
*문제를 해결하다
解決問題

□ **해내다**　해내고, 해내서,
해내면, 해내니까

accomplish
做到

例　이 일을 혼자 해낼 수 있겠어?
這件事一個人可以做到嗎？

맡은 일을 문제없이 모두 해내고 나니 기분이 정말 좋았다.
將任務順利達成，心情真的很好。

□ **해보다**　해보고, 해봐서,
해보면, 해보니까

try
做做看

例　해보지도 않고 포기하겠다고?
是説連試都不試就要放棄嗎？

한 번 해보면 그렇게 어려운 일이 아니라는 것을 알게 될 거야.
只要試過一次就會了解其實並不是那麼困難的事。

□ **향하다**　향하고, 향해서,
향하면, 향하니까

face
前往

例　사람들의 눈길이 모두 그 아가씨에게 향했다.
眾人的目光全都轉向了那位小姐。

첫 월급을 받아서 집으로 향하는 발걸음이 가볍다.
領到了第一次月薪後回家的步伐十分輕快。

*（人）에게 향하다
向～
（名詞）(으)로 향하다
往～

□ **허락하다[허라카다]**   허락하고, 허락해서, 허락하면, 허락하니까

permit
允許

例 이렇게 인터뷰를 허락해 주셔서 정말 감사합니다.
真的很感謝您答應（接受）我們的專訪。

부모님께서 한국 유학을 허락해 주셔서 오게 되었어요.
父母親允許我到韓國留學，所以我就來了。

相似 승낙하다
　　　承諾、答應、同意
相反 거절하다 拒絕
　　　금지하다 禁止

□ **헤매다**   헤매고, 헤매서, 헤매면, 헤매니까

roam (around/about)
徘徊、迷路

例 숙소를 못 찾아 벌써 한 시간째 헤매고 있다.
找不到住處，已經徘徊了一個小時。

여기저기를 헤매고 돌아다녔는데도 어디가 어딘지 알 수 없었다.
到處徘徊，繞來繞去也搞不清楚哪裡是哪裡。

□ **헤어지다**   헤어지고, 헤어져서, 헤어지면, 헤어지니까

part (from)
分手、別

例 ① 어제 친구들하고 몇 시쯤 헤어졌어?
昨天幾點左右和朋友們道別的？

② 어제 헤어진 여자 친구로부터 전화가 왔다.
昨天分手的女朋友打了電話來。

□ **헤엄치다**   헤엄치고, 헤엄쳐서, 헤엄치면, 헤엄치니까

swim
游泳

例 바다에서 헤엄칠 수 있어?
你可以在海裡游泳嗎？

물속에는 물고기들이 헤엄치고 있었다.
魚在水裡游著泳。

相似 수영하다 游泳

動詞

♪ 78

□ **혼내다**

혼내고, 혼내서,
혼내면, 혼내니까

give (sb) a scolding
斥責

例 아이들이 잘못하면 혼내야 한다.
小孩做錯事就是該斥責。

공공장소에서 버릇없는 아이들을 혼내지 않는 엄마들이 많다.
很多媽媽們都不在公共場合教訓沒禮貌的小孩。

相似 야단치다 叱責
相反 혼나다, 야단맞다 挨罵
*혼을 내다
叱責

□ **활용하다**

활용하고, 활용해서,
활용하면, 활용하니까

use
活用

例 시간을 잘 활용하는 사람이 성공한다.
善用時間的人會成功。

옥상을 활용하여 텃밭을 만드는 사람들이 늘고 있다.
活用頂樓來耕種的人正在增加。

相似 이용하다 利用

□ **훔치다**

훔치고, 훔쳐서,
훔치면, 훔치니까

steal
偷

例 남의 물건을 훔치면 절대 안 돼.
絕對不可以偷別人的東西。

사업에 실패했을 때 너무 배가 고파서 빵을 훔쳐 먹은 적이 있다.
事業失敗時，曾因為肚子太餓而偷麵包來吃。

□ **흐르다**

흐르고, 흘러서,
흐르면, 흐르니까

flow
流

例 ① 시간이 정말 빨리 흐른다.
時間真的流逝得很快。

② 나도 모르게 눈에서 눈물이 흘렀다.
我不自覺地從眼中流下了淚水。

*강물이 흐르다
河水奔流
시간이 흐르다
時間流逝

♪ 78

□ 흔들다

흔들고, 흔들어서,
흔들면, 흔드니까

shake
搖

例 친구들에게 손을 흔들며 인사했다.
向朋友揮手打了招呼。

나는 아니라는 표시로 말없이 고개를 흔들었다.
我不發一語搖頭否認了。

□ 흔들리다

흔들리고, 흔들려서,
흔들리면, 흔들리니까

shake
搖晃

例 배가 흔들려서 멀미가 난다.
因為船會搖晃而暈船。

너에 대한 내 마음은 절대 흔들리지 않아.
我對你的心絕不會動搖。

* （名詞）이/가 흔들리다
　～搖晃
* 「흔들다（搖）」的被動詞

□ 흘러가다

흘러가고, 흘러가서,
흘러가면, 흘러가니까

flow
流去

例 흘러가는 시간 속에 영원한 것은 없다.
在流逝的時間裡沒有永遠的事物。

우리의 미래가 어디로 흘러갈지 아는 사람은 아무도 없다.
我們的未來會流向哪裡，沒有人知道。

□ 흘리다

흘리고, 흘려서,
흘리면, 흘리니까

spill
撒、丟

例 밥 먹을 때 흘리지 말고 먹어.
吃飯時，別吃得到處都是（別吃到掉出來）。

학교에 오다가 길에 흘렸는지 지갑이 보이지 않았다.
好像是在來學校的路上弄丟了，沒看到皮夾。

相似 떨어뜨리다 使掉落

♪ 78

□ 힘내다

힘내고, 힘내서,
힘내면, 힘내니까

pluck up one's heart
加油

例 다 왔으니까 조금만 더 힘내!
快到了，再加油一下就好！

실망한 친구에게 힘내라고 위로해 주었다.
安慰失望的朋友叫他加油。

□ 힘쓰다

힘쓰고, 힘써서,
힘쓰면, 힘쓰니까

strive
努力、幫助、用力

例 지금은 학업에 힘써야 할 때다.
現在是該在學業上努力的時候。

저를 위해 힘써 주셔서 정말 고맙습니다.
真的很感謝您為了我而努力幫忙。

相似 노력하다 努力
　　 애쓰다 努力、費心

Ⅰ. 설명하는 단어를 <보기>에서 골라 번호를 쓰세요.

<보기>	① 활용하다	② 틀다	③ 합치다
	④ 튀기다	⑤ 허락하다	⑥ 해결하다

01　기계나 장치를 작동시키다.　　　　　　　　　　　　　(　　　)

02　여럿을 모아 하나가 되게 하다.　　　　　　　　　　　(　　　)

03　사건이나 문제를 풀거나 처리하다.　　　　　　　　　(　　　)

04　음식물을 끓는 기름에 넣어 익히다.　　　　　　　　(　　　)

05　윗사람이 아랫사람의 요청을 들어주다.　　　　　　(　　　)

06　가지고 있는 기능이나 능력을 제대로 잘 쓰다.　　(　　　)

Ⅱ. 다음 (　　　) 안에서 문장에 알맞은 단어를 골라 ○표 하세요.

01　점심 먹은 것이 체했는지 자꾸 (토하고, 헤매고) 싶은데 약 있어요?

02　사람들은 저에게 꿈을 이뤘다고 말하지만 다 (피우고, 포기하고) 다른 길로 가고 싶을 때 가지 않은 것뿐입니다.

03　한국 사람들이 집들이 선물로 휴지를 주는 것은 앞으로 하는 모든 일이 잘 (풀라는, 풀리라는) 뜻입니다.

04　태풍 때문에 간판이 (흔들리고, 흔들고) 있어서 너무 위험하니 외출하지 않는 것이 좋겠습니다.

05　수영장에서 수영을 배운 사람은 바다나 강에서는 (헤어질, 헤엄칠) 수 없다고 들었는데 정말 그래요?

形容詞

形容詞（40～45天）

單字	英語	中文	記住了嗎？
가늘다	thin	細的	
가능하다	possible	可能的	
가렵다	itchy	癢的	
간단하다	simple	簡單的	
강하다	strong	強的	
갸름하다	slender	略長的	
거칠다	rough	粗糙的、粗暴的	
건조하다	dry, arid	乾燥的	
게으르다	lazy	懶的、懶惰的	
경솔하다	rash	輕率的	
고유하다	inheren	固有的	
곧다	straight	筆直的、正直的	
공손하다	polite	恭敬的、謙恭的	
관계없다	be no skin off one's nose	無關的	
괴롭다	painful	難過的、難受的、痛苦的	
굉장하다	wonderful	了不起的、宏偉的	
굵다	thick	粗的	
궁금하다	curious (about)	想知道的、好奇的	
귀중하다	precious	貴重的、珍貴的	
귀찮다	troublesome	麻煩的	
귀하다	rare	尊貴的、高貴的、貴重的	
그립다	miss	思慕的、懷念的	
급하다	urgent	急的、緊急的	
깊다	deep	深的	
까다롭다	particular (about)	乖僻的、複雜的、挑剔的	
깐깐하다	strict	仔細的、吹毛求疵的、難搞的、一絲不苟的	
깔끔하다	neat	乾淨俐落的、簡潔的、工整的	
낡다	old, worn	舊的	
낯설다	unfamiliar	陌生的	
너그럽다	generous	寬大的、寬容的、寬厚的	

♪ 79

□ **가늘다**
가늘고, 가늘어서,
가늘면, 가느니까

thin
細的

例 내 친구는 허리가 개미처럼 가늘다.
我的朋友腰就像螞蟻一樣細。

그의 손가락은 여자처럼 하얗고 가는 데다가 길었다.
他的手指像女生一樣白皙又纖細，而且很修長。

相似 얇다 薄的
相反 두껍다 厚的
　　 굵다 粗的
*목소리가 가늘다
　 聲音細

□ **가능하다**
가능하고, 가능해서,
가능하면, 가능하니까

possible
可能的

例 이렇게 적은 돈으로 이곳에서 생활이 가능할지 모르겠다.
不知道是否有可能用這麼少的錢在這裡生活。

우리는 가능한 한 모든 수단과 방법을 찾아내서 이 일을 반드시
성공시키겠다.
我們盡可能找出一切手段和方法，非讓這件事成功不可。

相似 되다 行
相反 불가능하다 不可能的
*가능한 한
　 盡可能

□ **가렵다[가렵따]**
가렵고, 가려워서,
가려우면, 가려우니까

itchy
癢的

例 어제 모기에 물린 데가 아직도 가렵다.
昨天被蚊子叮的地方還是很癢。

피부가 타서 가려운 데다가 조금씩 아프기까지 하다.
皮膚晒傷了不僅癢，甚至還有點痛。

相似 간지럽다 癢的

□ **간단하다**
간단하고, 간단해서,
간단하면, 간단하니까

simple
簡單的

例 복잡하게 생각하지 마세요. 이 일은 아주 간단해요.
請別想得太複雜。這件事非常簡單。

비자 신청 방법이 간단해서 누구나 쉽게 할 수 있다.
申請簽證的方法很簡單，任誰都能輕鬆辦到。

相似 단순하다 單純的、
　　　　　　 簡單的
　　 쉽다 容易的
相反 복잡하다 複雜的
　　 어렵다 困難的

形容詞

□ **강하다**

강하고, 강해서,
강하면, 강하니까

strong
強的

例　힘으로 보면 남자가 여자보다 강하다.
若從力氣來看，男人比女人強。

태풍이 와서 나무가 쓰러질 정도로 강한 바람이 분다.
颱風來襲，風吹得強到樹都會倒下的程度。

相似 세다 強的
相反 약하다 弱的
*추위/더위에 강하다
耐寒／熱的
열에 강하다
耐熱的

□ **갸름하다**

갸름하고, 갸름해서,
갸름하면, 갸름하니까

slender
略長的

例　내 친구는 얼굴이 갸름하고 예쁘게 생겼다.
我的朋友臉蛋略長，長得很漂亮。

요즘에는 동그란 얼굴보다는 갸름한 얼굴을 선호한다.
最近比起圓臉，更偏愛長臉。

□ **거칠다**

거칠고, 거칠어서,
거칠면, 거치니까

rough
粗糙的、粗暴的

例　며칠 동안 제대로 잠도 못자고 일을 했더니 피부가 거칠다.
這幾天都沒睡好，一直工作，皮膚很粗糙。

그는 지금까지 거친 남자 역할들을 많이 맡아서 연기해 왔다.
他到目前為止演過很多次粗魯男人的角色。

相反 부드럽다
柔和的、溫和的
*운전이 거칠다
駕駛方式很粗暴
숨이 거칠다
呼吸急促

□ **건조하다**

건조하고, 건조해서,
건조하면, 건조하니까

dry, arid
乾燥的

例　건조한 날씨에는 산불을 조심해야 한다.
乾燥的天氣要小心山上發生火災。

가을 날씨는 습도가 낮고 건조한 편이다.
秋天的氣候溼度偏低且乾燥。

相似 메마르다
乾旱的、貧瘠的
相反 습하다 潮溼的
*피부가 건조하다
皮膚乾燥

79

□ 게으르다

게으르고, 게을러서,
게으르면, 게으르니까

lazy
懶的、懶惰的

例 게으른 사람들은 성공하기 힘들다.
懶惰的人很難成功。

그는 게을러서 일처리가 항상 늦다.
他很懶，所以處理事情總是慢吞吞。

相反 부지런하다 勤勞的

□ 경솔하다

경솔하고, 경솔해서,
경솔하면, 경솔하니까

rash
輕率的

例 그는 성격이 신중하지 못하고 경솔한 편이다.
他個性較不謹慎且輕率。

선생님의 말씀을 듣고 보니 내가 경솔하게 행동한 것 같다.
聽了老師一席話，我的行為好像太輕率了。

相似 가볍다
輕的、隨便的
相反 신중하다
慎重的、謹慎的
침착하다
沉著的

□ 고유하다

고유한

inherent
固有的

例 우리나라의 고유한 전통문화를 잘 보존해야 한다.
我國固有的傳統文化應該要好好保存。

한글은 세종대왕이 창제한 우리나라의 고유한 글자이다.
韓文字由世宗大王所創制，是我國固有的文字。

相似 유일하다 唯一的

□ 곧다[곧따]

곧고, 곧아서,
곧으면, 곧으니까

straight
筆直的、正直的

例 ① 이곳은 면적이 넓어서 그런지 도로도 곧게 뻗어 있다.
可能因為這裡的面積很寬，所以連道路也筆直延伸下去。

② 그는 가정환경이 좋지 않았음에도 불구하고 곧게 잘 자랐다.
儘管他的家庭環境不好，但他還是正直地長大了。

相似 바르다 正直的
相反 굽다 彎曲的
*성격이 곧다
個性正直

形容詞

□ **공손하다**　공손하고, 공손해서,
공손하면, 공손하니까

polite
恭敬的、謙恭的

例　아들은 손님들에게 공손하게 인사를 했다.
兒子謙恭地向客人打了招呼。

어른에게 술잔을 받을 때에는 두 손으로 공손하게 받아야 한다.
從長輩那裡接過酒杯時要雙手謙恭地接下才行。

相似　겸손하다
謙遜的、謙虛的
相反　불손하다
不謙恭的、不恭敬的
*태도가 공손하다
態度恭敬／謙恭

□ **관계없다[관게업따]**　관계없고, 관계없어서,
관계없으면, 관계없으니까

be no skin off one's nose
無關的

例　이 일은 너하고 관계없는 일이야.
這件事與你無關。

발표 주제와 관계없는 이야기는 삼가 주시기 바랍니다.
與發表主題無關的事，敬請斟酌。

相似　상관없다　無關

□ **괴롭다[괴롭따]**　괴롭고, 괴로워서,
괴로우면, 괴로우니까

painful
難過的、難受的、痛苦的

例　살다 보면 괴로운 일은 누구에게나 다 있다.
人生在世，每個人都會有難過的事。

부모님께 거짓말을 하려니 마음이 너무 괴로웠다.
打算對父母親說謊，心裡非常難受。

相似　힘들다　吃力的、難的
相反　즐겁다　愉快的
기쁘다　高興的、
開心的

□ **굉장하다**　굉장하고, 굉장해서,
굉장하면, 굉장하니까

wonderful
了不起的、宏偉的

例　모든 사람들 앞에서 공개된 그의 태권도 실력은 굉장했다.
在所有人面前公開的他的跆拳道實力，還真了不起。

새로 지은 박물관이 굉장하다고 했는데 실제로 와 보니 역시
정말 크고 멋있었다.
據說新建好的博物館很宏偉，實際來此一看，果然十分雄偉。

相似　대단하다　了不起的
훌륭하다　優秀的

□ 굵다[국따]

굵고, 굵어서,
굵으면, 굵으니까

thick
粗的

例 코끼리처럼 굵은 다리를 '코끼리 다리'라고도 한다.
像大象一樣粗的腿就稱為「象腿」。

손가락이 굵고 단단해서 도저히 반지가 들어가지 않았다.
手指頭又粗又結實，戒指根本套不進去。

相似 두껍다 厚的
相反 가늘다 細的
　　 얇다 薄的

□ 궁금하다

궁금하고, 궁금해서,
궁금하면, 궁금하니까

curious (about)
想知道的、好奇的

例 그는 호기심이 많아서 궁금한 것을 참지 못한다.
他好奇心很強，想知道的事都無法忍住。

어릴 적 친구들이 무엇을 하면서 지내는지 궁금하다.
好奇小時候的朋友在做什麼，過得如何。

□ 귀중하다

귀중하고, 귀중해서,
귀중하면, 귀중하니까

precious
貴重的、珍貴的

例 너는 나에게 그 무엇과도 바꿀 수 없을 만큼 아주 귀중한 존재다.
你對我而言是用任何東西都無法替代，十分珍貴的存在。

어머니께서 돌아가실 때 주신 이 반지는 나에게 아주 귀중한 물건이다.
母親過世時給我的這枚戒指，對我而言是十分珍貴的物品。

相似 소중하다
　　 珍貴的、貴重的、
　　 寶貴的
　　 귀하다
　　 尊貴的、寶貴的

□ 귀찮다[귀찬타]

귀찮고, 귀찮아서,
귀찮으면, 귀찮으니까

troublesome
麻煩的

例 오늘은 비가 와서 그런지 밖에 나가기가 귀찮다.
可能是因為今天下雨，懶得出去外面。

어머니는 귀찮다는 듯이 대답도 안 하시고 나가 버리셨다.
媽媽不耐煩似地一句話也不回就出去了。

相似 번거롭다
　　 麻煩的、煩瑣的
　　 성가시다 煩人的
*（動詞）기가 귀찮다
　　 懶得（做）～

形容詞

□ **귀하다**

귀하고, 귀해서,
귀하면, 귀하니까

rare
尊貴的、高貴的、貴重的

例 이 세상에 생명보다 귀한 것이 있을까?
這個世界上會有比生命還貴重的東西嗎？

아버지께서 우리 집에 귀한 손님이 올 거라고 하셨다.
父親說我們家裡會有尊貴的客人來訪。

相似 소중하다
　　珍貴的、貴重的、
　　寶貴的
　　귀중하다
　　貴重的、珍貴的

□ **그립다[그립따]**

그립고, 그리워서,
그리우면, 그리우니까

miss
思慕的、懷念的

例 고향에 계신 부모님이 그리울 때면 이곳을 찾곤 한다.
想念家鄉的父母親時就常會來這裡。

가족과 친척들이 모두 모여 같이 놀던 때가 그리웠다.
很懷念家人和親戚大家聚在一起玩的時候。

相似 생각나다 想起來

□ **급하다[그파다]**

급하고, 급해서,
급하면, 급하니까

urgent
急的、緊急的

例 아침에 늦게 일어나서 밥을 급하게 먹고 학교에 갔다.
因為早上很晚才起來，急忙吃了飯就去學校了。

사장님께서 갑자기 급한 일이 생기셔서 회의에 참석 못 하신다고 합니다.
社長說突然有急事，無法出席參加會議。

相似 빠르다 快的
相反 느리다 慢的
　　느긋하다 悠閒的
*성격이 급하다
個性急躁、急性子
일이 급하다
事情緊急

□ 깊다[김따]

깊고, 깊어서,
깊으면, 깊으니까

deep
深的

例 옛날 옛날에 깊은 산속에 한 나무꾼이 살았어요.
很久很久以前在深山裡住了一個樵夫。

깊은 물속은 알아도 얕은 사람 마음속은 모른다는 속담이 있다.
有一句俗語說：「人心難測（即便深水可測，但淺薄的人內心仍深不可測）」。

相似 깊숙하다 深邃的
相反 얕다 淺的、膚淺的
*밤이 깊다 夜深
관계가 깊다 關係深厚
인상이 깊다 印象深刻
*깊은 물속은 알아도 얕은 사람 마음속은 모른다
意即「寧測十丈水深，難測一丈人心」，比喻「人心難測」

□ 까다롭다[까다롭따]

까다롭고, 까다로워서,
까다로우면, 까다로우니까

particular (about)
乖僻的、複雜的、挑剔的

例 그는 까다로운 성격 탓에 주변에 친구가 많지 않다.
都怪他生性乖僻，所以周邊朋友不多。

입학 신청 서류가 까다롭기 때문에 꼼꼼하게 잘 챙겨야 한다.
因為入學申請文件繁瑣，所以要仔細好好準備才行。

相似 복잡하다 複雜的
깐깐하다 難搞的
*입맛이 까다롭다 嘴很挑
절차가 까다롭다 程序繁瑣
조건이 까다롭다 條件嚴苛

□ 깐깐하다

깐깐하고, 깐깐해서,
깐깐하면, 깐깐하니까

strict
仔細的、吹毛求疵的、難搞的、一絲不苟的

例 그는 성격이 깐깐해서 같이 일할 때 참 피곤하다.
他個性吹毛求疵，所以和他一起工作的時候很累。

안경을 쓴 깐깐해 보이는 남자가 이쪽으로 다가왔다.
一位戴著眼鏡看起來一絲不苟的男人往這邊走來了。

相似 까다롭다
乖僻的、難搞的
*깐깐하게 따지다 追根究柢
목소리가 깐깐하다 聲音嚴肅

□ 깔끔하다

깔끔하고, 깔끔해서,
깔끔하면, 깔끔하니까

neat
乾淨俐落的、簡潔的、工整的

例 딸의 방은 깔끔하고 예쁘게 꾸며 놓았다.
女兒的房間布置得簡潔又漂亮。

면접 볼 때 옷차림은 깔끔하게, 태도는 예의 있게 해야 한다.
面試時打扮要乾淨俐落，態度要謙遜有禮。

相似 깨끗하다 乾淨的
相反 지저분하다
骯髒的、髒亂的
더럽다
骯髒的

形容詞

□ **낡다[낙따]**　낡고, 낡아서,
　　　　　　　　낡으면, 낡으니까

old, worn
舊的

例　집이 너무 낡아서 수리해야 한다.
　　房子太舊了要整修才行。

　　우리 아버지께서는 20년 이상이 된 낡은 구두를 즐겨 신으신다.
　　我父親很喜歡穿那雙已經20年以上的舊鞋。

相似　오래되다　很久的

□ **낯설다[낟썰다]**　낯설고, 낯설어서,
　　　　　　　　　낯설면, 낯서니까

unfamiliar
陌生的

例　우리 집 문 앞에 낯선 남자가 서 있었다.
　　之前我們家門前站著一位陌生男子。

　　이곳은 처음 와 봤지만 꿈속에서 본 것처럼 낯설지 않았다.
　　雖然是第一次來到這裡，但好像在夢裡見過般一點都不陌生。

相似　생소하다
　　　生疏的、不熟悉的
相反　익숙하다
　　　熟練的、熟悉的
　　　낯익다
　　　面熟的
*표정이 낯설다　陌生的表情
　목소리가 낯설다　陌生的聲音

□ **너그럽다[너그럽따]**　너그럽고, 너그러워서,
　　　　　　　　　　너그러우면,너그러우니까

generous
寬大的、寬容的、寬厚的

例　제 잘못을 너그럽게 용서해 주십시오.
　　請您寬宏大量地原諒我的過錯。

　　그는 힘들고 어려운 생활 속에서도 넉넉하고 너그러운 품성을
　　갖고 있다.
　　他即使在艱困的生活環境裡，依然有寬大為懷且寬容的品性。

相似　관대하다　寬大的
*성격이 너그럽다　性格寬厚
　마음이 너그럽다　胸襟寬大

Ⅰ. 다음 짝지어진 두 단어의 관계가 나머지 하나와 <u>다른</u> 것을 고르세요.

01 ① 가늘다 - 굵다
　　② 강하다 - 약하다
　　③ 거칠다 - 부드럽다
　　④ 굉장하다 - 대단하다

02 ① 간단하다 - 복잡하다
　　② 까다롭다 - 깐깐하다
　　③ 경솔하다 - 신중하다
　　④ 게으르다 - 부지런하다

03 ① 깊다 - 얕다
　　② 낯설다 - 낯익다
　　③ 괴롭다 - 즐겁다
　　④ 귀중하다 - 소중하다

Ⅱ. 다음 단어와 그 설명이 맞는 것끼리 연결하세요.

1. 낡다 　●

2. 귀찮다 　●

3. 가능하다 　●

4. 공손하다 　●

5. 너그럽다 　●

6. 궁금하다 　●

7. 고유하다 　●

● ① 말이나 행동이 겸손하고 예의
　　바르다.

● ② 물건 등이 오래되다.

● ③ 할 수 있거나 될 수 있다.

● ④ 마음에 들지 않고 괴롭거나
　　하기 싫다.

● ⑤ 무엇이 알고 싶어 마음이
　　답답하고 안타깝다.

● ⑥ 어느 사물에만 특별히 가지고
　　있거나 원래부터 가지고 있다.

● ⑦ 마음이 넓고 여유가 있다.

單字	英語	中文	記住了嗎？
넉넉하다	enough	富裕的、足夠的	
네모나다	square	四角的、四方的	
놀랍다	surprising	驚人的	
느긋하다	relaxed	寬鬆的、悠悠的	
느끼하다	greasy	油膩的	
다양하다	various	多種多樣的	
다정하다	friendly	親切的、熱情的、親密的	
단단하다	hard	硬的	
단순하다	simple	單純的	
단정하다	tidy	端正的	
달콤하다	sweet	甜美的、甜蜜的、甜的	
담백하다	light, clean (taste)	坦白的、（味道）清淡的	
답답하다	stuffy, feel heavy	沉悶的、令人焦急的	
당당하다	confident	堂堂的、堂堂正正的、理直氣壯的	
대단하다	great	了不起的、不簡單的	
독특하다	unusual	獨特的	
동그랗다	round	渾圓的	
동일하다	same (as)	同樣的	
둔하다	dense	遲鈍的	
둥글다	round	圓的	
뒤늦다	belated	晚的、遲的	
드물다	rare	稀少的、罕見的	
든든하다	reassured	結實的、牢固的、踏實的、（肚子）飽的	
딱딱하다	stiff	堅硬的、莊嚴的、僵硬的	
뚜렷하다	definite	鮮明的、清楚的	
뛰어나다	excellent	優秀的、卓越的	
마땅하다	suitable	合適的、應該的	
매콤하다	spicy	微辣的	
멋지다	wonderful	帥氣的、極好的	
명랑하다	cheerful	明朗的	

넉넉하다[넝너카다]
넉넉하고, 넉넉해서,
넉넉하면, 넉넉하니까

enough
富裕的、足夠的

例 그는 생활 형편이 넉넉해서 부족함이 없이 자랐다.
他生活環境富裕，所以衣食無缺地長大。

먹을 것을 넉넉하게 사 왔으니 마음 편하게 먹어라.
吃的東西買來了很多（買來得很充足），儘管放心吃吧！

相似 충분하다
充分的
相反 부족하다
不足的、不夠的
*시간이 넉넉하다 時間充裕
마음이 넉넉하다 心胸寬大

네모나다
네모나고, 네모나서,
네모나면, 네모나니까

square
四角的、四方的

例 책이나 공책은 대부분 모양이 네모나다.
書或筆記本大多數都是四方形。

앞에 있는 네모난 상자에 무엇이 들어 있는지 궁금하다.
很好奇前面的四角箱子裡裝了什麼。

놀랍다[놀랍따]
놀랍고, 놀라워서,
놀라우면, 놀라우니까

surprising
驚人的

例 학교에서 놀라운 소식을 들었다.
在學校聽到了驚人的消息。

잘못을 했는데도 당당한 그의 태도가 정말 놀라웠다.
就算做錯了，他態度依舊理直氣壯，真的很令人吃驚。

相似 굉장하다 驚人的
신기하다 神奇的

느긋하다[느그타다]
느긋하고, 느긋해서,
느긋하면, 느긋하니까

relaxed
寬鬆的、悠悠的

例 나는 성격이 느긋해서 주위 사람들이 답답해할 때가 많다.
我的個性從容，所以常讓周圍的人覺得很悶。

걱정이 돼서 건강 검진 결과를 느긋하게 기다릴 수 없었다.
因為擔心，所以無法悠閒地等待健康檢查結果。

相似 여유롭다
從容的、悠閒的
相反 급하다 急的
조급하다 著急的

形容詞

♪ 81

□ 느끼하다

느끼하고, 느끼해서,
느끼하면, 느끼하니까

greasy
油膩的

例　피자를 많이 먹었더니 너무 느끼했다.
吃了很多披薩，太油膩了。

기름이 많이 들어 있는 음식은 느끼해서 김치하고 같이 먹는 게 좋다.
掺了很多油的食物吃起來會很油膩，所以搭配泡菜一起吃比較好。

相反 담백하다 清淡的
*음식이 느끼하다
食物油膩
목소리가 느끼하다
油腔滑調

□ 다양하다

다양하고, 다양해서,
다양하면, 다양하니까

various
多種多樣的

例　서점에는 다양한 종류의 책들이 있다.
書店裡有各種種類的書。

여행은 우리에게 다양한 경험과 지식들을 가져다준다.
旅行帶給我們各種經驗和知識。

*종류가 다양하다
種類繁多
색깔이 다양하다
顏色多樣

□ 다정하다

다정하고, 다정해서,
다정하면, 다정하니까

friendly
親切的、熱情的、親密的

例　그는 다정하고 따뜻한 사람이다.
他是一個熱情又溫暖的人。

두 연인은 다정하게 손을 잡고 걸었다.
情侶兩人親密地牽著手走。

相似 친절하다
親切的
사이좋다
融洽的、親密的

□ 단단하다

단단하고, 단단해서,
단단하면, 단단하니까

hard
硬的

例　그는 운동을 많이 해서 몸이 아주 단단하다.
他常運動，身體很結實。

얼음이 단단하게 얼어서 마치 돌처럼 딱딱하다.
冰塊堅固地凍結，有如石頭般堅硬。

相似 딱딱하다
堅硬的、硬邦邦的
딴딴하다
堅硬的、結實的
相反 부드럽다
柔軟的
말랑말랑하다
軟綿綿的

□ **단순하다**

단순하고, 단순해서,
단순하면, 단순하니까

simple
單純的

例 나는 복잡한 사람보다는 단순한 사람이 더 좋다.
比起複雜的人，我更喜歡單純的人。

남자들은 생각이 단순해서 여자들의 복잡한 심리를 잘 이해하지
못한다.
男人想法單純，所以無法理解女人複雜的心理。

相似 간단하다 簡單的
相反 복잡하다 複雜的

□ **단정하다**

단정하고, 단정해서,
단정하면, 단정하니까

tidy
端正的

例 그 아이는 머리를 단정하게 빗어서 뒤로 묶었다.
那個孩子將頭髮梳整齊綁到後面了。

우리 회사에서는 용모가 단정하고 품행이 바른 사람을 모집한다.
我們公司正在招募相貌端正且品性正直的人。

相似 깔끔하다 乾淨俐落的
*용모가 단정하다
相貌端正
옷차림이 단정하다
衣冠整齊

□ **달콤하다**

달콤하고, 달콤해서,
달콤하면, 달콤하니까

sweet
甜美的、甜蜜的、甜的

例 아이들은 달콤한 음식을 좋아한다.
小孩喜歡甜食。

그와의 첫 키스는 초콜릿처럼 달콤했다.
和他的初吻如同巧克力般甜蜜。

相似 달다 甜的

□ **담백하다[담배카다]**

담백하고, 담백해서,
담백하면, 담백하니까

light, clean (taste)
坦白的、（味道）清淡的

例 ① 그는 성격이 솔직하고 담백하다.
他個性直率又坦白。

② 이 음식은 맛이 담백하고 깔끔해서 여자들이 좋아한다.
這個食物味道清淡又爽口，女生很喜歡。

相似 깔끔하다
清爽的、爽口的
相反 느끼하다
油膩的

形容詞

□ **답답하다[답따파다]**　답답하고, 답답해서,
답답하면, 답답하니까

stuffy, feel heavy
沉悶的、令人焦急的

例 ① 엘리베이터를 타면 답답해서 숨이 막힐 것 같다.
一搭電梯就覺得很悶，彷彿快要窒息。

② 대화 도중에 적당한 단어가 생각나지 않으면 정말 답답하다.
對話過程中若想不到適當的單字真的會很悶。

相似 갑갑하다
悶的、透不過氣的
相反 시원하다
涼爽的、痛快的
*속이 답답하다 心裡煩悶
　가슴이 답답하다 胸口悶

□ **당당하다**　당당하고, 당당해서,
당당하면, 당당하니까

confident
堂堂的、堂堂正正的、理直氣壯的

例 잘못이 없으면 당당하게 이야기하십시오.
如果沒做錯，就請堂堂正正地說出來。

어디서든지 당당한 그의 모습은 정말 매력적이다.
在任何地方他都顯得氣宇軒昂，真的很有魅力。

相似 떳떳하다 堂堂正正的、
理直氣壯的
*태도가 당당하다
態度理直氣壯
말투가 당당하다
語氣侃侃

□ **대단하다**　대단하고, 대단해서,
대단하면, 대단하니까

great
了不起的、不簡單的

例 그의 요리 솜씨가 대단한 모양이다.
他的料理手藝似乎很了不起的樣子。

요즘 가수와 배우로 활동하고 있는 그는 인기가 대단하다.
最近以歌手和演員身分活動的他人氣很旺。

相似 뛰어나다 卓越的
굉장하다 了不起的
*고집이 대단하다 十分固執
규모가 대단하다 規模很大

□ **독특하다[독트카다]**　독특하고, 독특해서,
독특하면, 독특하니까

unusual
獨特的

例 그의 독특한 옷차림은 사람들의 관심을 끌었다.
他獨特的穿著打扮引來群眾的關注。

사람들은 각기 자신만이 갖고 있는 독특한 개성이 있다.
人各自擁有自己獨特的個性。

相似 특이하다 特殊的
색다르다 與眾不同的
相反 평범하다 平凡的

82

□ 동그랗다[동그라타]

동그랗고, 동그래서,
동그라면, 동그라니까

round
渾圓的

例 소풍을 온 아이들은 동그랗게 앉아서 게임을 했다.
來郊遊的那些孩子圍成圓圈坐在一起玩了遊戲。

내 동생은 얼굴도 동그랗고 눈도 동그래서 정말 귀엽다.
我弟弟臉也圓，眼睛也圓，真的很可愛。

相似 둥글다 圓的

□ 동일하다

동일하고, 동일해서,
동일하면, 동일하니까

same (as)
同樣的

例 여기 모인 사람들은 출신지가 모두 동일하다.
聚集在這裡的人出身地全都一樣。

이번 연구는 동일한 재료로 동일한 조건에서 진행된다.
這次研究會用同樣的材料在同樣的條件下進行。

相似 같다 相同的
다름없다 沒有不同的
相反 다르다 不同的
상이하다 相異的

□ 둔하다

둔하고, 둔해서,
둔하면, 둔하니까

dense
遲鈍的

例 그는 행동이 느리고 둔하다.
他的行動慢又遲鈍。

날씨가 춥다고 해서 옷을 많이 입었더니 몸이 둔해서
움직이기가 불편하다.
聽說天氣很冷就穿了很多衣服，反而讓身體遲鈍，造成行動不便。

*행동이 둔하다
動作遲鈍
감각이 둔하다
感覺遲鈍
머리가 둔하다
腦袋遲鈍

□ 둥글다

둥글고, 둥글어서,
둥글면, 둥그니까

round
圓的

例 지구가 둥글다는 것은 모두가 아는 사실이다.
地球是圓的是眾所周知的事實。

추석에는 너 나 할 것 없이 둥근 달을 보면서 소원을 빈다.
中秋節大家（不分你我）都對著圓圓的月亮許願。

相似 동그랗다 圓的
*성격이 둥글다
個性圓滑

☐ **뒤늦다[뒤늗따]**　　뒤늦고, 뒤늦어서,
뒤늦으면, 뒤늦으니까

belated
晚的、遲的

例 잘못을 깨닫고 **뒤늦게** 후회해 봤자 소용없다.
意識到錯誤，後悔莫及（就算事後後悔也沒用）。

다른 사람들이 모두 출발하고 나서 그는 **뒤늦게** 출발했다.
等到其他人全都出發後，他很晚才出發。

*뒤늦게 알다
很晚才知道
뒤늦게 나타나다
很晚才出現

☐ **드물다**　　드물고, 드물어서,
드물면, 드무니까

rare
稀少的、罕見的

例 요즘 같은 세상에 이렇게 착하고 정직한 사람은 **드물다**.
最近在這世上如此善良又正直的人十分罕見。

이곳은 인적이 **드문** 곳이라 저녁 늦게는 다니지 않는 것이 좋다.
這裡是人煙稀少的地方，晚上不要行經此地比較好。

相似 적다 少的
相反 흔하다 常見的
*인적이 드물다
人煙稀少

☐ **든든하다**　　든든하고, 든든해서,
든든하면, 든든하니까

reassured
結實的、牢固的、踏實的、
（肚子）飽的

例 ① 네가 옆에 있으니 마음이 **든든하다**.
有你在身旁，心裡覺得很踏實。

② 해야 할 일이 많으니 밥을 **든든하게** 먹고 시작하자.
要做的事很多，飯吃飽後開始工作吧！

相似 믿음직하다 可靠的
　　 배부르다（肚子）飽的
*주머니가 든든하다
直譯為「口袋很牢靠」，相當
於中文的「口袋很深」，比喻
錢很多。

☐ **딱딱하다[딱따카다]**　　딱딱하고, 딱딱해서,
딱딱하면, 딱딱하니까

stiff
堅硬的、莊嚴的、僵硬的

例 ① 마루가 **딱딱해서** 누우니 허리가 아팠다.
因為地板很硬，所以躺下來腰很痛。

② 사무실 분위기가 너무 **딱딱해서** 아무 말 없이 일만 했다.
因為辦公室氣氛很僵，所以就默默地只做了工作。

相似 단단하다 硬的
相反 부드럽다 柔軟的
*표정이 딱딱하다
表情僵硬
말투가 딱딱하다
語氣生硬

□ 뚜렷하다[뚜려타다]

뚜렷하고, 뚜렷해서,
뚜렷하면, 뚜렷하니까

definite
鮮明的、清楚的

例 우리나라는 사계절이 뚜렷한 기후를 갖고 있다.
我國擁有四季分明的氣候。

나는 아버지를 닮아서 이목구비가 뚜렷한 편이다.
我像父親，所以五官算立體。

相似 분명하다 分明的
확실하다 確實的
*의견이 뚜렷하다
意見明確
모습이 뚜렷하다
外貌出眾

□ 뛰어나다

뛰어나고, 뛰어나서,
뛰어나면, 뛰어나니까

excellent
優秀的、卓越的

例 그 사람은 노래와 춤 솜씨가 뛰어나다.
那個人的歌曲和舞藝精湛。

이보다 뛰어난 경치는 어디에도 없을 것이다.
應該找不到比這裡更佳的景緻。

相似 대단하다, 굉장하다
了不起的
*능력이 뛰어나다
能力卓越
성적이 뛰어나다
成績優異

□ 마땅하다

마땅하고, 마땅해서,
마땅하면, 마땅하니까

suitable
合適的、應該的

例 이 일을 맡을 마땅한 사람을 소개해 주세요.
請幫我介紹適合負責這個工作的人。

그 사람이 누구든 잘못을 했다면 벌을 받는 것이 마땅하다.
那個人認為無論誰只要做錯事就該接受處罰。

相似 알맞다 正合適的
당연하다 當然的
相反 못마땅하다
不滿意的
마땅찮다
不滿意的、不合適的

□ 매콤하다

매콤하고, 매콤해서,
매콤하면, 매콤하니까

spicy
微辣的

例 스트레스를 받으면 매콤한 음식이 먹고 싶다.
受到壓力就會想吃微辣的食物。

된장찌개에 청양 고추를 썰어 넣었더니 국물이 아주 매콤하다.
將青陽辣椒切好加入大醬湯之後，湯變得非常辣。

相似 맵다 辣的

形容詞

♪ 82

□ **멋지다[멀찌다]**　멋지고, 멋져서,
멋지면, 멋지니까

wonderful
帥氣的、極好的

例　아버지는 옷을 멋지게 차려 입고 나가셨다.
父親打扮得很帥氣，出門了。

自身의 의견을 당당하게 표현하는 그 친구가 매우 멋졌다.
那位朋友理直氣壯地表達出自己的意見，十分帥氣。

相似 멋있다 帥氣的

□ **명랑하다[명낭하다]**　명랑하고, 명랑해서,
명랑하면, 명랑하니까

cheerful
明朗的

例　아이들의 성격이 모두 밝고 명랑했다.
小孩的個性都很活潑開朗。

나는 웃으면서 명랑하게 말했지만 상대방은 들은 척도 안 했다.
我面帶笑容開朗地說了，但對方裝作沒聽見（連裝作聽見這件事都不做）。

相似 활발하다 活潑的
쾌활하다 開朗的
相反 우울하다 憂鬱的

Ⅰ. 다음 짝지어진 두 단어의 관계가 나머지 하나와 <u>다른</u> 것을 고르세요.

01　　① 담백하다 - 깔끔하다　　　② 당당하다 - 답답하다
　　　③ 독특하다 - 특이하다　　　④ 마땅하다 - 당연하다

02　　① 뚜렷하다 - 분명하다　　　② 드물다 - 흔하다
　　　③ 대단하다 - 굉장하다　　　④ 동그랗다 - 둥글다

03　　① 둔하다 - 예민하다　　　　② 답답하다 - 시원하다
　　　③ 넉넉하다 - 너그럽다　　　④ 느긋하다 - 서두르다

Ⅱ. 설명하는 단어를 <보기>와 같이 써 보세요.

| <보기> | ㄷㅈㅎㄷ | : 옷차림이나 몸가짐 등이 얌전하고 바르다. | 단정하다 |

01　　ㄷㅋㅎㄷ　 : 맛이 기분 좋게 달고 맛있다.

02　　ㄷㅈㅎㄷ　 : 정이 많다.

03　　ㄷㅇㅎㄷ　 : 어떤 것과 비교하여 똑같다.

04　　ㄷㅅㅎㄷ　 : 복잡하지 않고 간단하다.

05　　ㄷㅇㅎㄷ　 : 모양, 색깔, 형태 등이 여러 가지로 많다.

單字	英語	中文	記住了嗎？
목마르다	thirsty	（口）渴的	
못생기다	ugly	（長得）醜的	
무덥다	stifling	悶熱的	
미끄럽다	slippery	滑的	
믿음직스럽다	reliable	可靠的	
밉다	detestable	可惡的、醜的	
밤늦다	late at night	夜深的	
버릇없다	(be) ill-mannered	無禮的	
부드럽다	soft	柔軟的、溫和的	
부럽다	envious (of)	羨慕的	
부족하다	insufficient	不足的、不夠的	
부지런하다	diligent	勤勉的、勤快的、勤奮的	
분명하다	clear	分明的、明顯的	
불가능하다	impossible	不可能的	
불쌍하다	pitiful	可憐的	
불평등하다	unfair	不平等的	
뻔하다	transparent	明顯的	
사이좋다	compatible	關係好的	
상관없다	have nothing to do with	沒關係的	
상쾌하다	refreshing	爽快的	
새롭다	fresh	新的	
색다르다	different	異樣的、新奇的	
생생하다	vivid	活生生的	
서늘하다	chilly	冷颼颼的	
서운하다	sad (about)	捨不得的	
서투르다	unskilled	不熟練的	
선명하다	clear	鮮明的	
선선하다	cool	涼快的	
섭섭하다	regrettable	遺憾的	
소박하다	simple (and honest)	樸素的、樸實的、簡樸的	

□ 목마르다[몽마르다]

목마르고, 목말라서,
목마르면, 목마르니까

thirsty
（口）渴的

例 너무 목말라서 물을 벌컥벌컥 마셨다.
太渴了，所以咕嚕咕嚕喝了。

녹음할 때는 목마르니까 물을 좀 준비해 주세요.
因為錄音時會渴，請準備一下水。

*목이 마르다
（口）渴

□ 못생기다[몯쌩기다]

못생기고, 못생겨서,
못생기면, 못생겼으니까

ugly
（長得）醜的

例 그는 못생긴 데다가 성격까지 나쁘다.
他不僅長得醜，而且個性也不好。

그는 못생겼지만 재미있고 성격이 좋아서 인기가 많다.
他雖然長得醜，但因為風趣、個性好，所以很受歡迎。

相反 잘생기다
長得帥／漂亮

□ 무덥다[무덥따]

무덥고, 무더워서,
무더우면, 무더우니까

stifling
悶熱的

例 장마가 끝나면 무더운 여름이 온다.
梅雨季一結束，悶熱的夏天就來臨了。

올 여름은 무덥고 비가 많이 내리겠습니다.
今年夏天很悶熱，應該會常常下雨。

□ 미끄럽다[미끄럽따]

미끄럽고, 미끄러워서,
미끄러우면, 미끄러우니까

slippery
滑的

例 눈길이 미끄러워 넘어져서 다쳤다.
雪路很滑而跌倒受傷了。

길이 미끄러우니까 운전 조심하세요.
因為路上很滑，請小心開車。

形容詞

□ **믿음직스럽다**
[미듬직쓰럽따]

믿음직스럽고, 믿음직스러워서,
믿음직스러우면, 믿음직스러우니까

reliable
可靠的

例 제대한 아들이 믿음직스러워 보였다.
兒子退伍後看來十分可靠。

뭐니 뭐니 해도 장남이 믿음직스러운 법이다.
不管怎麼說，理所當然還是長男可靠。

相似 듬직하다
穩重的、可靠的
든든하다
牢固的、牢靠的
믿음직하다
可靠的

□ **밉다[밉따]**

밉고, 미워서,
미우면, 미우니까

detestable
可惡的、醜的

例 직장 동료 중에 미운 사람이 있으면 힘든 법이죠.
職場同事中若有討厭的人，當然會累吧！

그녀는 밉지도 예쁘지도 않은 평범한 얼굴이었다.
她有一張不令人討厭，也不討人喜歡的平凡臉蛋。

相反 예쁘다, 곱다
漂亮的、美麗的

□ **밤늦다[밤늗따]**

밤늦고, 밤늦어서,
밤늦으면, 밤늦으니까

late at night
夜深的

例 밤늦은 시간에 전화하는 것은 예의가 아니다.
在深夜時間打電話沒有禮貌。

밤늦도록 돌아다니지 말고 일찍 집에 들어와.
別閒晃到深夜，早一點回家。

□ **버릇없다[버르덥따]**

버릇없고, 버릇없어서,
버릇없으면, 버릇없으니까

(be) ill-mannered
無禮的

例 버릇없는 아이들에게는 예의를 가르쳐야 된다.
應該要教導那些無禮的小孩禮貌。

선생님은 학생이 버릇없다는 이유로 체벌을 가했다.
老師以學生無禮為由加以體罰。

相似 건방지다 傲慢無禮的
무례하다 無禮的

□ **부드럽다[부드럽따]**　부드럽고, 부드러워서,
　　　　　　　　　　　　부드러우면, 부드러우니까

soft
柔軟的、溫和的

例　부드러운 성격의 여자를 만나고 싶다.
　　想和個性溫柔的女生交往。

　　할머니는 이가 좋지 않아 주로 부드러운 음식을 드신다.
　　奶奶牙齒不好，主要都吃軟的食物。

相反 거칠다 粗糙的
*피부가 부드럽다
　皮膚柔嫩

□ **부럽다[부럽따]**　부럽고, 부러워서,
　　　　　　　　　　부러우면, 부러우니까

envious (of)
羨慕的

例　부러우면 지는 거야. 자신감을 가져.
　　羨慕的話就輸了。要有自信！

　　그 사람의 유창한 영어실력이 부럽다.
　　很羨慕那個人流暢的英語實力。

□ **부족하다[부조카따]**　부족하고, 부족해서,
　　　　　　　　　　　　부족하면, 부족하니까

insufficient
不足的、不夠的

例　돈이 조금 부족한데 빌려줄래?
　　錢有點不夠，可以借我嗎？

　　그는 아직 실력이 부족해서 배워야 할 것이 많다.
　　他實力尚嫌不足，所以還有很多東西要學。

相似 모자라다
　　不夠的
相反 넉넉하다
　　足夠的、充裕的
　　충분하다
　　充分的、足夠的

□ **부지런하다**　부지런하고, 부지런해서,
　　　　　　　　부지런하면, 부지런하니까

diligent
勤勉的、勤快的、勤奮的

例　부지런한 사람이 성공하는 법이다.
　　勤勉的人理所當然會成功。

　　그녀는 워낙 부지런해서 살찔 틈이 없다.
　　她原本就很勤快，所以沒有發胖的空間。

相反 게으르다 懶惰的

形容詞

☐ **분명하다**　분명하고, 분명해서,
분명하면, 분명하니까

clear
分明的、明顯的

例　그 사람이 내 지갑을 가져 간 것이 분명하다.
很明顯是那個人拿走了我的皮夾。

그는 매사에 맺고 끊는 것이 분명한 사람이다.
他是一個凡事當機立斷（結交和了斷都很分明）的人。

相似 확실하다 確實的

☐ **불가능하다**　불가능하고, 불가능해서,
불가능하면, 불가능하니까

impossible
不可能的

例　아이가 자동차를 끈다는 것은 불가능하다.
小孩子不可能會開車。

불가능한 일이란 없으니 마음먹은 일은 도전해 보세요.
世上沒有什麼不可能的事，既然下定決心就請挑戰看看。

相反 강능하다 可能的

☐ **불쌍하다**　불쌍하고, 불쌍해서,
불쌍하면, 불쌍하니까

pitiful
可憐的

例　불쌍한 이웃들을 위해 성금을 모아 전달했다.
為可憐的鄰居募款後，轉交給他們。

전쟁으로 인해 부모를 잃게 된 아이들이 너무 불쌍했다.
因戰爭失去父母的小孩實在是太可憐了。

☐ **불평등하다**　불평등하고, 불평등해서,
불평등하면, 불평등하니까

unfair
不平等的

例　사회에 남아 있는 불평등한 문제를 해결해야 한다.
應該要解決社會上殘存的不平等問題。

여전히 여성이 남성보다 불평등한 대우를 받는 일이 있다.
比起男性，女性仍會受到不平等待遇。

相反 평등하다 平等的

□ **뻔하다**

뻔하고, 뻔해서,
뻔하면, 뻔하니까

transparent
明顯的

例 그런 일로 새삼 놀라기는, 뻔한 일 아니었어?
怎麼會因為那種事再次受到驚嚇，那不是很明顯的事嗎？

그가 지금 눈을 깜빡이는 것을 보니 거짓말하는 것이 뻔하다.
看到他現在直眨眼，顯然就是在説謊。

相似 분명하다 分明的
　　 확실하다 確實的
*（動詞／形容詞）는/은/을
게 뻔하다
很明顯／顯然～

□ **사이좋다[사이조타]**

사이좋고, 사이좋아서,
사이좋으면, 사이좋으니까

compatible
關係好的

例 그 부부는 참 사이좋아 보인다.
那對夫妻看起來感情真好。

당신은 사이좋은 친구가 몇 명이나 있나요?
你有幾位關係密切的朋友呢？

相似 다정하다 深情的
　　 친하다 要好的、親近的
*사이가 좋다
關係好／密切

□ **상관없다[상과넙따]**

상관없고, 상관없어서,
상관없으면, 상관없으니까

have nothing to do with
沒關係的

例 너와 상관없는 일이니 신경 쓰지 마.
因為是與你無關的事，你別管。

오늘 만나든 내일 만나든 나는 상관없어.
無論今天見還是明天見，我都無所謂。

相似 관계없다 無關的

□ **상쾌하다**

상쾌하고, 상쾌해서,
상쾌하면, 상쾌하니까

refreshing
爽快的

例 새벽 공기를 맡으며 운동하니 참 상쾌하다.
呼吸著凌晨的空氣做運動真是爽快。

오랫동안 미루던 일을 마무리하니 마음이 상쾌하고 편안해졌다.
完成拖延了很久的工作，內心既舒暢又舒坦。

*공기가 상쾌하다
空氣清爽
기분이 상쾌하다
心情舒暢

形容詞

□ **새롭다[새롭따]**　새롭고, 새로워서,　fresh
　　　　　　　　　　　새로우면, 새로우니까　新的

例　다른 새로운 소식이 있나요?
有沒有其他新的消息呢？

그동안 하던 일을 정리하고 새로운 일에 도전하고 싶다.
想整理好這段時間做的事，挑戰新的工作。

□ **색다르다[색따르다]**　색다르고, 색달라서,　different
　　　　　　　　　　　　색다르면, 색다르니까　異樣的、新奇的

例　그녀의 디자인은 색달라서 맘에 든다.
她的設計新穎，令人滿意。

그 음식은 지금까지 먹어보지 못한 색다른 맛이었다.
那道食物有一種至今從未嚐過、不同凡響的味道。

相似　특이하다, 독특하다
　　　獨特的

□ **생생하다**　생생하고, 생생해서,　vivid
　　　　　　　생생하면, 생생하니까　活生生的

例　그때의 기억은 생생해서 잊을 수가 없다.
那時的記憶栩栩如生，無法忘記。

기자는 사건의 생생한 현장을 사진으로 담았다.
記者將活生生的案發現場透過照片記錄下來。

□ **서늘하다**　서늘하고, 서늘해서,　chilly
　　　　　　　서늘하면, 서늘하니까　冷颼颼的

例　가을이 돼서 그런지 저녁에는 서늘하다.
可能是到了秋天，晚上冷颼颼。

정상에 오르니 서늘한 바람이 불어서 상쾌했다.
上到頂端，冷颼颼的風吹來很舒爽。

相似　시원하다, 선선하다
　　　涼爽的、爽快的、
　　　痛快的

□ **서운하다**

서운하고, 서운해서,
서운하면, 서운하니까

sad (about)
捨不得的

例 4년 동안 같이 공부했는데 고향으로 돌아간다니 서운하다.
一起念書念了4年，聽到要返鄉了很捨不得。

그는 사랑하는 여자가 자기의 마음을 몰라주는 것이 서운하기만
하다.
對於他愛的女人無法理解自己的心只感到難過。

相似 섭섭하다
捨不得的、遺憾的

□ **서투르다**

서투르고, 서툴러서,
서투르면, 서투르니까

unskilled
不熟練的

例 혼자 산 지 오래됐지만 요리는 아직 서툴러요.
雖然一個人住了很久，但還是不太會做菜。

신입사원이라 많이 서투르니까 여러분이 잘 지도해 주세요.
因為是新進職員，有很多地方還不熟，請各位多多指教。

相反 능숙하다 熟練的

□ **선명하다**

선명하고, 선명해서,
선명하면, 선명하니까

clear
鮮明的

例 축구 선수의 다리에는 수술 자국이 선명했다.
足球選手腿上手術的痕跡很明顯。

새로 출시된 제품은 얇고 가벼우며 화면이 선명하다.
新上市的產品輕薄，而且畫面鮮明。

相似 뚜렷하다
鮮明的、分明的
분명하다
分明的
相反 흐리다 模糊的

□ **선선하다**

선선하고, 선선해서,
선선하면, 선선하니까

cool
涼快的

例 나무 밑에 있으니 선선한 바람이 불었다.
在樹下吹著涼快的風。

주말인 내일은 종일 선선하겠으니 바깥 활동을 하시기에
좋겠습니다.
明天週末整天應該都會很涼快，十分適合從事戶外活動。

相似 시원하다
涼爽的、爽快的、
痛快的
서늘하다
冷颼颼的、涼快的

□ **섭섭하다[섭써파다]**　섭섭하고, 섭섭해서, 섭섭하면, 섭섭하니까

regrettable
遺憾的

例　믿었던 사람이라서 더 섭섭했다.
因為是曾經信任的人才更加覺得遺憾。

친구는 그동안 섭섭했다며 쌓인 불만을 토로했다.
朋友說這段時間很難過，傾吐了積壓的不滿。

相似　서운하다
　　　捨不得的、可惜的

□ **소박하다[소바카다]**　소박하고, 소박해서, 소박하면, 소박하니까

simple (and honest)
樸素的、樸實的、簡樸的

例　요즘은 소박한 것에서 행복을 느낀다.
最近在樸實中感覺到幸福。

남은 인생에서 소박한 꿈이 있다면 바다가 있는 곳에 작은 집을 짓는 것이다.
若說餘生中還懷有樸實的夢想，那就是在海邊蓋一間小房子。

相似　수수하다
　　　樸素的、儉樸的、
　　　樸實的
相反　화려하다　華麗的

Ⅰ. 다음 단어와 비슷한 의미의 단어를 연결하세요.

1. 버릇없다　　•　　　　　•　① 듬직하다

2. 분명하다　　•　　　　　•　② 무례하다

3. 부족하다　　•　　　　　•　③ 모자라다

4. 믿음직스럽다　•　　　•　④ 확실하다

Ⅱ. 다음 (　　　　) 안에서 문장에 알맞은 단어를 골라 ○표 하세요.

01　오랜만에 만난 부모님의 얼굴에는 주름이 (선명했다, 생생했다).

02　목표가 (분명한, 뻔한) 사람은 언젠가는 그 꿈을 이룰 수 있을 것이다.

03　해야 할 일을 다 끝내고 집으로 돌아오는 길에 마음이 (상쾌하기, 선선하기)만 했다.

04　(새로운, 색다른) 도약을 위해 대학원에 진학하기로 마음먹고 직장을 그만두었다.

單字	英語	中文	記住了嗎？
소심하다	timid	膽小的	
소용없다	be useless	沒用的	
소중하다	precious	珍貴的、貴重的	
속상하다	upset	傷心的	
손쉽다	easy	容易的	
솔직하다	honest	率直的	
습하다	humid	潮溼的	
시리다	cold	發涼的、冷的、凍的、寒的、（牙齒）酸痛的	
신기하다	amazing	神奇的	
신비롭다	mysterious	神秘的	
신선하다	fresh	新鮮的	
신중하다	caution	慎重的	
심각하다	serious	嚴重的	
심하다	heavy	嚴重的、厲害的	
싱겁다	bland	（味道）淡的、無聊的	
싱싱하다	fresh	新鮮的	
쌀쌀하다	chilly	冷颼颼的	
쑥스럽다	bashful	難為情的	
쓸모없다	be useless	沒用的	
쓸쓸하다	lonely	冷清的、寂寞的	
씩씩하다	energetic	矯健的、剛強的、朝氣蓬勃的	
아깝다	valuable	可惜的、浪費的	
아쉽다	sorry	捨不得的、可惜的	
안전하다	safe	安全的	
안타깝다	sad	惋惜的、可惜的、可憐的、難受的、難過的	
알맞다	proper	適合的、合適的	
얇다	thin	薄的	
얌전하다	gentle	文靜的	
얕다	shallow	淺的、短淺的	
어색하다	awkward	生硬的、不自然的、尷尬的、彆扭的	

☐ **소심하다**

소심하고, 소심해서,
소심하면, 소심하니까

timid
膽小的

例 그녀는 너무 소심해서 상처를 잘 받는다.
她太過於膽小，所以很容易受傷。

나는 상당히 소심해서 작은 일에도 신경을 많이 쓴다.
我相當膽小，所以一點小事也會很在意。

相反 대담하다 大膽的

☐ **소용없다[소용업따]**

소용없고, 소용없어서,
소용없으면, 소용없으니까

be useless
沒用的

例 그에게 아무리 부탁해 봤자 소용없다.
就算再怎麼拜託他也沒用。

이제 소용없는 일이니 더 이상 연락하지 마세요.
如今說什麼都沒用，請別再和我聯絡了。

相似 쓸모없다, 쓸데없다
沒用的

☐ **소중하다**

소중하고, 소중해서,
소중하면, 소중하니까

precious
珍貴的、貴重的

例 사람의 인연은 소중한 것이므로 무례하게 굴어서는 안 된다.
人的緣分很珍貴，因此不可對人無禮。

모든 순간이 다 소중하므로 한 순간도 헛되이 보내서는 안 된다.
因為每分每秒都很珍貴，就連一刻也不可以虛度。

相似 귀중하다 貴重的

☐ **속상하다[속쌍하다]**

속상하고, 속상해서,
속상하면, 속상하니까

upset
傷心的

例 정말 속상해서 할 말이 없네요.
真是傷心到無話可說呢！

친구랑 오해가 생겨서 싸웠더니 속상하다.
跟朋友產生誤會而吵架，真傷心。

形容詞

□ **손쉽다** 손쉽고, 손쉬워서, 손쉬우면, 손쉬우니까

easy
容易的

例 운동화를 손쉽게 세탁하는 법을 아세요?
您知道容易地清洗運動鞋的方法嗎?

이 제품은 설치하기가 손쉬워서 그런지 잘 팔린다.
可能是這個產品很容易安裝,所以很暢銷。

相似 수월하다, 쉽다
容易的

□ **솔직하다[솔찌카다]** 솔직하고, 솔직해서, 솔직하면, 솔직하니까

honest
率直的

例 그녀는 자신의 감정에 솔직한 편이다.
她對自己的感情較為率直。

그는 거짓이나 숨김이 없고 솔직한 성격이다.
他沒有虛假或隱瞞,個性率直。

相似 정직하다 正直的

□ **습하다[스파다]** 습하고, 습해서, 습하면, 습하니까

humid
潮溼的

例 날씨가 덥고 습해서 사우나에 들어온 것 같다.
天氣熱又潮溼,好像進到三溫暖一樣。

습한 날씨에는 곰팡이가 생기기 쉬우니 주의하세요.
潮溼的天氣容易發霉,請小心。

相反 건조하다 乾燥的

□ **시리다** 시리고, 시려서, 시리면, 시리니까

cold
發涼的、冷的、凍的、寒的、
(牙齒)酸痛的

例 이가 시려서 차가운 음식을 먹을 수 없다.
牙齒酸痛到無法吃冰冷的食物。

장갑도 안 끼고 있었더니 손이 시려워서 얼 지경이다.
手套也不戴,手冷到快凍僵了。

♪ 86

□ 신기하다

신기하고, 신기해서,
신기하면, 신기하니까

amazing
神奇的

例 마술은 보고 또 봐도 신기하기만 하다.
魔術無論怎麼看都覺得很神奇。

신기하고 환상적인 세계로 당신을 초대합니다.
邀請您前往神奇又夢幻的世界。

□ 신비롭다[신비롭따]

신비하고, 신비해서,
신비하면, 신비하니까

mysterious
神祕的

例 바다 속 세상은 신비롭고 아름다웠다.
海底世界既神祕又美麗。

그녀는 영화 속에서 신비로운 매력을 발산했다.
她在電影裡散發一股神祕的魅力。

相似 신비하다, 시비스럽다
神祕的

□ 신선하다

신선하고, 신선해서,
신선하면, 신선하니까

fresh
新鮮的

例 신선한 생선과 야채를 구입했다.
買了新鮮的魚和蔬菜。

타지에서의 생활이 나에게는 신선하기만 했다.
在外地的生活對我而言僅止於新鮮。

相似 싱싱하다
新鮮的
새롭다
嶄新的、有新鮮感的

□ 신중하다

신중하고, 신중해서,
신중하면, 신중하니까

caution
慎重的

例 신중한 사람은 믿을 만하다.
慎重的人，值得相信。

그는 매사에 신중해서 실수를 하는 법이 없다.
因為他對每件事都很審慎，所以總能萬無一失。

相反 경솔하다 輕率的

形容詞

♪ 85

☐ **심각하다[심가카다]** 　심각하고, 심각해서,　serious
　심각하면, 심각하니까　嚴重的

例　청소년 스마트폰 중독이 심각한 상태이다.　相似 심하다 嚴重的
青少年智慧型手機中毒的狀況很嚴重。

그 선수는 부상이 심각해서 경기에 출전할 수 없게 됐다.
那位選手因為受傷嚴重而無法參賽。

☐ **심하다** 　심하고, 심해서,　heavy
　심하면, 심하니까　嚴重的、厲害的

例　통증이 심하면 병원에 다시 오세요.　相似 심각하다 嚴重的
如果痛的症狀很嚴重，就請再到醫院來。

그 친구에게 심한 말을 들어서 기분이 좋지 않다.
因為聽到那位朋友說的重話而心情不好。

☐ **싱겁다[싱겁따]** 　싱겁고, 싱거워서,　bland
　싱거우면, 싱거우니까　（味道）淡的、無聊的

例　먹어보고 싱거우면 소금을 넣어.　相反 짜다 鹹的
試吃後覺得淡的話就加鹽巴。

키 큰 사람이 싱겁다더니 그를 보면 그 말이 딱 맞다.
聽說個子高的人很無聊，一看到他便印證了那句話無誤。

☐ **싱싱하다** 　싱싱하고, 싱싱해서,　fresh
　싱싱하면, 싱싱하니까　新鮮的

例　싱싱한 재료를 골라 요리했다.　相似 신선하다 新鮮的
挑選新鮮的食材做了料理。

재래시장에서 파는 채소들이 마트보다 더 싱싱했다.
在傳統市場賣的蔬菜比超市更新鮮。

□ **쌀쌀하다**

쌀쌀하고, 쌀쌀해서,
쌀쌀하면, 쌀쌀하니까

chilly
冷颼颼的

例 아직 날이 쌀쌀하니 따뜻한 옷을 준비하세요.
天還是冷颼颼，請準備保暖的衣服。

낮에는 덥겠으나 아침과 저녁에는 쌀쌀하겠습니다.
雖然白天可能會很熱，但早晨和晚上應該都會冷颼颼。

相似 서늘하다 冷颼颼的

□ **쑥스럽다[쑥쓰럽따]**

쑥스럽고, 쑥스러워서,
쑥스러우면, 쑥스러우니까

bashful
難為情的、不好意思

例 처음 본 사람에게는 말을 걸기가 쑥스럽다.
和初次見面的人攀談很不好意思。

작품이라고 말하기에는 쑥스럽지만 잘 구경해 주세요.
雖然要稱為作品有一點難為情，但還是希望您參觀愉快！

相似 부끄럽다 害羞的

形容詞

□ **쓸모없다[쓸모업따]**

쓸모없고, 쓸모없어서,
쓸모없으면, 쓸모없으니까

be useless
沒用的

例 나에게 쓸모없는 물건들을 정리하였다.
將對我沒有用的物品清理掉了。

이 세상에 쓸모없는 것이란 존재하지 않는다.
這世上並不存在所謂一無是處的事。

相似 소용없다, 쓸데없다
沒用的

□ **쓸쓸하다**

쓸쓸하고, 쓸쓸해서,
쓸쓸하면, 쓸쓸하니까

lonely
冷清的、寂寞的

例 비가 내리는 날은 유독 쓸쓸하다.
下雨的日子裡格外寂寞。

가을에는 이유 없이 쓸쓸한 기분이 든다.
秋天會毫無理由地感到寂寞。

相似 외롭다, 고독하다
孤獨的

□ **씩씩하다[씩씨카다]**　씩씩하고, 씩씩해서,
씩씩하면, 씩씩하니까

energetic
矯健的、剛強的、朝氣蓬勃的

例　아이들은 언제나 씩씩하니까 안심이다.
小孩總是朝氣蓬勃，所以很放心。

그는 탈락했을 때도 씩씩한 모습을 보여 줬다.
他被淘汰時也展現出堅強的模樣。

□ **아깝다[아깝따]**　아깝고, 아까워서,
아까우면, 아까우니까

valuable
可惜的、浪費的

例　① 그걸 돈 주고 샀다니 돈이 아깝다.
竟然花錢買了那個東西，真浪費錢。

② 이번 시험에서 겨우 1점 차로 합격하지 못한 것이 너무
아깝다.
這次考試僅僅以1分之差沒能合格，太可惜了。

□ **아쉽다[아쉽따]**　아쉽고, 아쉬워서,
아쉬우면, 아쉬우니까

sorry
捨不得的、可惜的

例　오랜만에 만났는데 금방 헤어지려니 아쉽다.
過那麼久才見面，卻馬上就要分開了，好捨不得。

이제 와서 그만두기에는 그동안의 노력이 너무 아쉽다.
事到如今才要放棄，這段時間的努力就太可惜了。

相似　안타깝다
可惜的
서운하다
捨不得的、可惜的

□ **안전하다**　안전하고, 안전해서,
안전하면, 안전하니까

safe
安全的

例　이 놀이기구는 안전하니까 걱정하지 않으셔도 됩니다.
這個遊樂器材很安全，所以您可以不用擔心。

요즘같이 사건 사고가 많은 곳보다는 안전한 사회에서 살고 싶다.
比起像是最近發生重大事故這麼多的地方，更想在安全的社會下生活。

相反　위험하다 危險的

□ **안타깝다[안타깝따]**　안타깝고, 안타까워서,
안타까우면, 안타까우니까

sad
惋惜的、可惜的、可憐的、難受的、難過的

例　혼자 사는 독거노인들을 보니 안타깝다.
看到一個人生活的獨居老人，覺得很難受。

부모 없는 아이들이 안타까워 후원을 하기로 마음먹었다.
可憐無父無母的小孩，決心要援助他們。

相似　불쌍하다, 가엾다
可憐的

□ **알맞다[알맏따]**　알맞고, 알맞아서,
알맞으면, 알맞으니까

proper
適合的、合適的

例　빈칸에 알맞은 어휘를 고르세요.
請選出適合填入空格的詞彙。

과일과 야채는 칼로리가 낮아 다이어트에 알맞은 음식이다.
水果和蔬菜的熱量低，是適合減肥時吃的食物。

相似　적당하다, 맞다
適當的、適合的

□ **얇다[얄따]**　얇고, 얇아서,
얇으면, 얇으니까

thin
薄的

例　여름이라 얇은 이불을 덮고 잔다.
因為是夏天，所以蓋薄的棉被睡覺。

옷이 너무 얇아서 쌀쌀한 날씨에 입기엔 좋지 않다.
衣服太薄，所以不適合在冷颼颼的天氣穿。

相反　두껍다 厚的

□ **얌전하다**　얌전하고, 얌전해서,
얌전하면, 얌전하니까

gentle
文靜的

例　아이들은 얌전하고 예의가 발랐다.
小孩很文靜又有禮貌。

우리 집 고양이는 다른 고양이보다 순하고 얌전하다.
我家的貓比別的貓溫馴又文靜。

相反　포악하다
殘暴的、霸道的
거칠다
粗心的、粗魯的

形容詞

♪ 86

□ **얕다[얃따]**　얕고, 얕아서,
얕으면, 얕으니까

shallow
淺的、短淺的

例　깊은 곳에 가지 말고 얕은 물에서 놀아.
別去深處，在淺的水域玩。

그는 미술에 관해서는 지식이 얕아서 전시회에 자주 가서
공부한다.
他對美術相關的知識淺薄，所以常去展示會增廣見聞。

相反 깊다 深的

□ **어색하다[어새카다]**　어색하고, 어색해서,
어색하면, 어색하니까

awkward
生硬的、不自然的、尷尬的、
彆扭的

例　처음 만난 사람과는 어색해서 대화하기가 어렵다.
和初次遇見的人很尷尬，所以難以交談。

저 여배우는 성형수술을 많이 해서 그런지 얼굴이 어색하다.
那位女演員可能常做整型手術，所以臉不自然。

相反 자연스럽다 自然的

Ⅰ. 설명하는 단어를 <보기>에서 골라 번호를 쓰세요.

| <보기> | ① 소심하다 | ② 솔직하다 | ③ 쑥스럽다 |
| | ④ 씩씩하다 | ⑤ 얌전하다 | |

01 굳세고 위엄스럽다. 　　　　　　　　　　　　　　　　　　(　　　)

02 거짓이나 숨김이 없이 바르고 곧다. 　　　　　　　　　　　(　　　)

03 성품이나 태도가 침착하고 단정하다. 　　　　　　　　　　(　　　)

04 대담하지 못하고 조심성이 지나치게 많다. 　　　　　　　　(　　　)

05 하는 짓이나 모양이 자연스럽지 못하며 부끄럽다. 　　　　(　　　)

Ⅱ. 다음 빈칸에 알맞은 단어를 골라 번호를 쓰세요. (단, 복수 정답 가능)

| <보기> | ① 아쉽다 | ② 안타깝다 | ③ 아깝다 |

01 지진으로 부모를 잃은 아이들을 보니 너무 (　　　　　).

02 그녀가 만든 케이크는 예뻐서 먹기가 (　　　　　) 정도였다.

03 4년 동안 같이 산 친구와 헤어지게 돼서 (　　　　　).

04 별로 쓸데도 없는 장난감을 백만 원을 넘게 주고 샀다니 돈이 (　　　　　).

05 이번 시합에서 겨우 2점 차로 우승을 놓친 것이 너무 (　　　　　).

單字	英語	中文	記住了嗎？
엄격하다	strict	嚴格的	
엄청나다	huge	厲害的、宏壯的、極其、非常	
엉뚱하다	unpredictable	古怪的、出乎意料的	
여유롭다	have (time, money) to spare	寬裕的、悠閒的	
연하다	tender	嫩的、軟的	
오래되다	old	古老的、陳舊的	
올바르다	correct	正確的、正直的	
옳다	right	對的、正確的	
외롭다	lonely	寂寞的、孤寂的	
우아하다	elegant	優雅的、文雅的	
우울하다	depressed	憂鬱的	
위대하다	great	偉大的	
유익하다	useful	有益的	
유창하다	fluent	流利的	
유쾌하다	cheerful	愉快的	
이롭다	advantageous	（有）利的、（有）益的、（有）好處的	
익숙하다	skilled	熟識的、熟練的	
일정하다	fixed	一定的、規定的	
자연스럽다	natural	自然的	
잘나다	better than others	了不起的	
저렴하다	cheap	低廉的、便宜的	
적당하다	proper	適當的	
적절하다	proper	恰當的、適當的	
점잖다	gentle	穩重的、莊重的	
정확하다	exact	正確的	
중요하다	important	重要的、要緊的	
지겹다	boring	煩的	
지루하다	boring	無聊的、沒意思的	
지저분하다	unclean	骯髒的	
진하다	strong	（顏色）深的、（茶）濃醇的	

□ **엄격하다[엄껴카따]** 　엄격하고, 엄격해서, 엄격하면, 엄격하니까

strict
嚴格的

例　우리 아버지는 엄격하신 편이다.
我爸爸算是較為嚴格。

우리 선생님은 엄격하기로 소문나신 분이다.
我的老師是一位以嚴格聞名的人。

□ **엄청나다** 　엄청나고, 엄청나서, 엄청나면, 엄청나니까

huge
厲害的、宏壯的、極其、非常

例　그 방은 엄청나게 넓었다.
那個房間極其寬敞。

相似 대단하다 了不起的

이렇게 엄청난 더위에 여기까지 오신 여러분, 환영합니다.
歡迎在如此酷暑蒞臨此處的各位。

□ **엉뚱하다** 　엉뚱하고, 엉뚱해서, 엉뚱하면, 엉뚱하니까

unpredictable
古怪的、出乎意料的

例　그에게는 엉뚱한 면이 있어서 재밌다.
他有出乎意料的一面，很有趣。

相似 유별나다 與眾不同的
相反 평범하다 平凡的

그는 사장님께 혼이 나고 엉뚱하게 나에게 화를 냈다.
他被社長罵後，出乎意料地對我發了脾氣。

□ **여유롭다[여유롭따]** 　여유롭고, 여유로워서, 여유로우면, 여유로우니까

have (time, money) to spare
寬裕的、悠閒的

例　일이 바쁘지만 주말에는 좀 여유롭다.
雖然工作很忙，但週末有一點悠閒。

여유로운 노년을 보내기 위해 열심히 돈을 벌고 있다.
為了能悠閒度過老年，正在認真賺錢。

□ **연하다**

연하고, 연해서,
연하면, 연하니까

tender
嫩的、軟的

例 이 고기는 정말 연하고 맛있다.
這個肉真的很嫩又好吃。

이 생선의 가시는 연해서 그냥 먹어도 된다.
這條魚的刺很軟，所以可以直接吃。

相似 부드럽다 柔嫩的
相反 질기다 硬的

□ **오래되다**

오래되고, 오래돼서,
오래되면, 오래되니까

old
古老的、陳舊的

例 이 냉장고는 너무 오래돼서 소리가 크다.
這個冰箱太古老了，所以聲音很大。

나는 오래된 책에서 나는 냄새를 좋아한다.
我喜歡舊書裡散發出來的味道。

相似 낡다 舊的

□ **올바르다**

올바르고, 올발라서,
올바르면, 올바르니까

correct
正確的、正直的

例 그는 올바르고 성실한 사람이다.
他是一個正直又誠實的人。

치과 의사 선생님이 양치질을 올바르게 하는 법을 가르쳐
주었다.
牙醫教了我正確刷牙的方法。

相似 바르다
　　　正確的、正直的

□ **옳다[올타]**

옳고, 옳아서,
옳으면, 옳으니까

right
對的、正確的

例 네 말이 무조건 다 옳다.
你說的話絕對都對。

옳고 그름을 판단하는 것은 늘 어렵다.
判斷是非往往很難。

相似 바르다 正確的、正直的
相反 그르다 錯的、歪的

□ 외롭다[외롭따]

외롭고, 외로워서,
외로우면, 외로우니까

lonely
寂寞的、孤寂的

例 외로울 때는 가족의 사진을 꺼내 보곤 한다.
寂寞時常常會拿出家人的照片來看。

같이 살던 친구가 이사를 가서 그런지 요즘 조금 외로워.
可能是住在一起的朋友搬家了，所以最近有一點寂寞。

相似 쓸쓸하다 寂寞的
　　고독하다 孤獨的

□ 우아하다

우아하고, 우아해서,
우아하면, 우아하니까

elegant
優雅的、文雅的

例 발레리나들이 우아하게 춤을 추며 무대로 나왔다.
女芭蕾舞者優雅地跳著舞蹈登上了舞台。

파티에서 입을 고급스럽고 우아한 원피스가 필요해.
需要一件在派對上穿的高尚又優雅的連身洋裝。

相似 고상하다
　　高尚的、高雅的

□ 우울하다

우울하고, 우울해서,
우울하면, 우울하니까

depressed
憂鬱的

例 비오는 날은 왠지 기분이 우울하다.
下雨的日子心情總是會莫名地憂鬱。

우울할 때 우울한 노래를 들으면 더 우울하다.
憂鬱時若聽憂鬱的歌曲，就會更加憂鬱。

相似 울적하다
　　鬱悶的
相反 쾌활하다, 명랑하다
　　開朗的

□ 위대하다

위대하고, 위대해서,
위대하면, 위대하니까

great
偉大的

例 어머니의 사랑은 위대하다.
媽媽的愛很偉大。

화폐에는 보통 그 나라의 위대한 인물의 초상이 그려져 있다.
貨幣上通常都會印有該國偉人的肖像。

相似 뛰어나다 卓越的
　　훌륭하다 優秀的

形容詞

♪ 87

□ **유익하다[유이카다]**　유익하고, 유익해서,　useful
　　　　　　　　　　　　유익하면, 유익하니까　有益的

例　어렸을 때 책을 많이 읽는 것이 유익하다.　相似 이롭다 有利的
　　小時候多讀書有益。　　　　　　　　　　　相反 무익하다 無益的
　　이런 음식들은 건강에 유익하므로 자주 먹는 것이 좋다.　해롭다 有害的
　　由於這種食物對健康有益，常吃比較好。

□ **유창하다**　유창하고, 유창해서,　fluent
　　　　　　　유창하면, 유창하니까　流利的

例　한국어를 유창하게 구사하는 외국인들이 많아졌다.　相似 막힘없다, 거침없다
　　流暢運用韓語的外國人變多了。　　　　　　　　　流利的、流暢的
　　유창하게 자신의 의견을 말하는 선배의 모습은 정말 멋있었다.
　　前輩暢談自己意見的模樣真的很帥。

□ **유쾌하다**　유쾌하고, 유쾌해서,　cheerful
　　　　　　　유쾌하면, 유쾌하니까　愉快的

例　유쾌한 여행이 되시기 바랍니다.　相似 즐겁다 愉快的
　　祝您旅途愉快。　　　　　　　　相反 불쾌하다 不快的
　　오랜만에 가족들이 모여 유쾌하게 보냈다.
　　隔了很久家人相聚在一起歡度了時光。

□ **이롭다[이롭따]**　이롭고, 이로워서,　advantageous
　　　　　　　　　이로우면, 이로우니까　（有）利的、（有）益的、
　　　　　　　　　　　　　　　　　　　　（有）好處的

例　담배는 몸에 이로울 것이 없다.　相反 해롭다 有害的
　　香菸對身體沒有好處。　　　　　* （名詞）에/（人）에게
　　내 말을 듣는 것이 이로울 것이다.　이롭다
　　聽我的話有益。　　　　　　　　　對～（有）利/益/好處

□ 익숙하다[익쑤카다]

익숙하고, 익숙해서,
익숙하면, 익숙하니까

skilled
熟識的、熟練的

例 익숙한 사람들과 있는 것이 편하다.
和熟識的人在一起很自在。

익숙한 솜씨로 야채를 썰고 물을 끓여 음식을 만들었다.
以熟練的手藝切菜、燒水，下廚做了菜。

□ 일정하다

일정하고, 일정해서,
일정하면, 일정하니까

fixed
一定的、規定的

例 실내의 온도를 일정하게 유지하십시오.
請維持固定的室溫。

요즘 야근이 많아서 귀가 시간이 일정하지 않다.
最近常加班，所以回家時間不固定。

□ 자연스럽다

자연스럽고, 자연스러워서,
자연스러우면, 자연스러우니까

natural
自然的

例 그는 자연스러운 미소를 지으며 나에게 말을 걸었다.
他露出自然的微笑向我攀談。

그 남자의 행동이 너무 자연스러워서 사기꾼이라는 것을 조금도
의심하지 못했다.
那個男人的行為舉止太過自然，所以從來都沒有懷疑過他是騙子。

相反 불자연스럽다
不自然的
어색하다
尷尬的

□ 잘나다

잘나고, 잘나서,
잘나면, 잘났으니까

better than others
了不起的

例 나는 잘난 척 하는 사람이 제일 싫다.
我最討厭裝出一副了不起樣子的人。

많은 부모들은 자기 자식이 잘난 사람으로 성장하기를 바란다.
很多父母都期望自己的子女長大後能成為一個了不起的人。

相反 못나다 沒出息的

形容詞

☐ **저렴하다**　　저렴하고, 저렴해서,　　cheap
　　　　　　　　　저렴하면, 저렴하니까　　低廉的、便宜的

例　이 가게는 가격이 저렴해서 늘 사람이 많다.　　　相似 싸다 便宜的
　　這間店價格低廉，所以總是很多人。　　　　　　　相反 비싸다 貴的

　　이 시장이 다른 곳보다 물건이 많이 저렴한 편이다.
　　這個市場比起其他地方東西算是便宜很多。

☐ **적당하다**　　적당하고, 적당해서,　　proper
　　　　　　　　　적당하면, 적당하니까　　適當的

例　이 정도 물건에 이 가격이면 적당한 편이다.　　　相似 적절하다 恰當的
　　這些東西若是這個價格算合理（適當）。　　　　　　　　알맞다 正合適的
　　　　　　　　　　　　　　　　　　　　　　　　　　　적합하다
　　이 수영장은 그리 깊지 않아 아이들이 놀기에 적당하다.　　適合的、合適的、適當的
　　這個游泳池沒那麼深，適合小孩玩耍。

☐ **적절하다**　　적절하고, 적절해서,　　proper
　　　　　　　　　적절하면, 적절하니까　　恰當的、適當的

例　청년 실업에 대한 적절한 대책이 필요하다.　　　相似 적당하다 適當的
　　針對失業青年需要一個適當的對策。　　　　　　　　　알맞다 正合適
　　짧은 치마를 입고 어른이 계신 집을 방문하는 것은 적절하지　　적합하다
　　않다.　　　　　　　　　　　　　　　　　　　　適合的、合適的、適當的
　　穿短裙去長輩家拜訪不恰當。　　　　　　　　　相反 부적절하다
　　　　　　　　　　　　　　　　　　　　　　　　　不適當的、不妥的

☐ **점잖다[점잔타]**　　점잖고, 점잖아서,　　gentle
　　　　　　　　　　　점잖으면, 점잖으니까　　穩重的、莊重的

例　그는 점잖은 사람이다.　　　相反 경박하다 輕浮的
　　他是一個穩重的人。

　　점잖은 자리에 그런 옷차림은 적절하지 못하다.
　　在莊重的場合那種穿著並不恰當

♪ 88

□ 정확하다[정화카다]

정확하고, 정확해서,
정확하면, 정확하니까

exact
正確的

例 내 방 시계가 정확하지 않은 것 같다.
我房間的時鐘好像不準。

정확하게 다시 한 번 말씀해 주시겠어요?
能請您再確切地說一次嗎？

相似 확실하다
　　 確實的、確切的
相反 부정확하다
　　 不正確的

□ 중요하다

중요하고, 중요해서,
중요하면, 중요하니까

important
重要的、要緊的

例 지금은 무엇보다 공부가 중요하다.
現在念書比任何事情重要。

오후에 중요한 약속이 있어서 시간을 낼 수 없어요.
下午有重要的約會，所以無法抽出時間。

□ 지겹다[지겹따]

지겹고, 지겨워서,
지겨우면, 지겨우니까

boring
煩的

例 아무리 맛있는 음식도 계속 먹으면 지겹다.
再怎麼好吃的食物，一直吃也會膩。

출퇴근을 반복하는 직장 생활이 이제 지겨워 죽겠다.
日復一日上下班的職場生活如今都要煩死了。

□ 지루하다

지루하고, 지루해서,
지루하면, 지루하니까

boring
無聊的、沒意思的

例 이렇게 지루한 영화는 처음 봤다.
這麼無聊的電影還是第一次看到。

이 선생님의 강의는 늘 지루하고 따분하다.
這位老師的課向來都很無聊又乏味。

相似 따분하다 沒意思的
　　 무료하다 無聊的
相反 재미있다 有趣的

形容詞

♪ 88

□ 지저분하다

지저분하고, 지저분해서,
지저분하면, 지저분하니까

unclean
骯髒的

例 나는 지저분한 것을 싫어해서 청소를 열심히 하는 편이다.
我討厭髒亂，所以算是會認真打掃的類型。

이 옷은 너무 지저분한 거 같은데 깨끗한 옷으로 갈아입고 가라.
這件衣服好像太髒，換上乾淨的衣服再走。

相似 더럽다 骯髒的
相反 깨끗하다 乾淨的

□ 진하다

진하고, 진해서,
진하면, 진하니까

strong
（顏色）深的、（茶）濃醇的

例 내 립스틱 색깔이 너무 진하지 않아?
我的唇膏顏色不會太深嗎？

진한 커피를 한 잔 마시면 잠이 깰 거야.
喝一杯濃醇的咖啡就會醒來。

相似 짙다 深的、濃的
相反 옅다 淺的
　　 연하다 淡的、淺的

Ⅰ. 설명하는 단어를 <보기>에서 골라 번호를 쓰세요.

<보기>　① 옳다　② 유쾌하다　③ 엉뚱하다　④ 엄격하다　⑤ 위대하다

01　틀리지 않다.　　　　　　　　　　　　　　　　　　　(　　)

02　즐겁고 기분이 좋다.　　　　　　　　　　　　　　　　(　　)

03　매우 훌륭하고 크고 놀랍다.　　　　　　　　　　　　(　　)

04　말이나 행동이 보통사람과 다르고 이상하다.　　　　(　　)

05　정해진 규칙을 따르는 것이 매우 분명하다.　　　　　(　　)

Ⅱ. 다음 밑줄 친 부분과 의미가 비슷한 것을 고르세요.

01　영화가 너무 재미없고 지루한데 우리 그만 보고 다른 거 해요.

　① 독특한데　　　　　　　② 속상한데
　③ 따분한데　　　　　　　④ 무서운데

02　주말이라 여유롭게 집에서 쉬고 싶은데 밀린 집안일 때문에 쉴 틈이 없다.

　① 고생하게　　　　　　　② 쉽게
　③ 한가하게　　　　　　　④ 만족하게

03　이런 자료는 수업시간에 사용하기에 적절하지 않은 것 같아요.

　① 적당하지　　　　　　　② 아깝지
　③ 부담스럽지　　　　　　④ 유치하지

單字	英語	中文	記住了嗎？
질기다	tough	硬的、有嚼勁的	
짙다	thick	濃的、濃厚的	
차분하다	calm	文靜的	
창피하다	shame	丟臉的、害羞的	
충분하다	enough	足夠的	
캄캄하다	very dark	漆黑的	
커다랗다	big	很大的、巨大的	
탁하다	murky	污濁的	
특별하다	special	特別的	
특이하다	unusual	特異的、特別的	
튼튼하다	solid	健康的、結實的	
편리하다	convenient	便利的、方便的	
편안하다	comfortable	舒服的	
편찮다	sick	不舒服的、不適的	
평등하다	equality	平等的	
평범하다	ordinary	平凡的	
포근하다	warm, cozy	暖和的、柔軟的	
풍부하다	rich	豐富的	
한가하다	free	閑暇的	
해롭다	harmful (to)	有害的	
험하다	rough	艱險的、崎嶇的	
화려하다	fancy	華麗的	
화창하다	bright	晴朗的	
확실하다	sure	確實的	
환하다	bright	明亮的	
황당하다	absurd	荒唐的	
훌륭하다	superb	精彩的、優秀的、出色的	
흐릿하다	dim	陰沉的、模糊的	
흔하다	common	有的是、常見的	
희미하다	dim	模糊的、隱約的	

□ 질기다

질기고, 질겨서,
질기면, 질기니까

tough
硬的、有嚼勁的

例 고기를 너무 오래 구우면 질겨서 못 먹는다.
肉烤太久就會硬掉，所以不能吃。

냉면은 질긴 편이어서 보통 가위로 잘라서 먹는다.
冷麵有嚼勁，所以通常都會用剪刀剪斷後來吃。

相反 연하다 軟的、嫩的、
淡的、淺的

□ 짙다[짇따]

짙고, 짙어서,
짙으면, 짙으니까

thick
濃的、濃厚的

例 그 배우는 짙은 눈썹이 매력적이다.
那位演員的濃眉很有魅力。

짙은 안개 때문에 비행기 출발이 연기되었다.
因為濃霧，飛機延期出發了。

相似 진하다 深的、濃烈的
相反 옅다 淺的
연하다 淡的、淺的、
軟的、嫩的

□ 차분하다

차분하고, 차분해서,
차분하면, 차분하니까

calm
文靜的

例 미진 씨는 성격이 차분하다.
美珍小姐個性文靜。

면접관의 질문에 차분하게 대답했다.
沉著穩重地回答了面試官的提問。

相似 침착하다 沉著的

□ 창피하다

창피하고, 창피해서,
창피하면, 창피하니까

shame
丟臉的、害羞的

例 난 창피하면 얼굴이 빨개진다.
我一害羞就會臉紅。

길에서 넘어져서 창피해 죽는 줄 알았다.
在路上跌倒，丟臉死了。

相似 부끄럽다 害羞的

形容詞

89

□ 충분하다

충분하고, 충분해서,
충분하면, 충분하니까

enough
足夠的

例　시험 시간은 50분이면 충분하지요?
考試時間50分鐘夠吧？

음식은 이 정도 준비하면 충분할 거야.
食物準備這樣就夠了。

相似 넉넉하다
充裕的、足夠的
相反 부족하다, 모자라다
不夠的

□ 캄캄하다

캄캄하고, 캄캄해서,
캄캄하면, 캄캄하니까

very dark
漆黑的

例　별은 캄캄한 밤에 잘 보인다.
星星在漆黑的夜裡看得很清楚。

앞일을 생각하면 캄캄하지만 희망을 잃지 않으려고 노력하고
있다.
雖然一想到未來就覺得眼前一片漆黑，但還是不想失去希望，不斷努力。

相似 어둡다 黑暗的
깜깜하다 漆黑的
相反 밝다 明亮的

□ 커다랗다[커다라타]

커다랗고, 커다래서,
커다라면, 커다라니까

big
很大的、巨大的

例　저기 커다란 새가 날아간다.
那裡一隻巨大的鳥飛走了。

내 첫사랑은 커다란 눈을 가진 소녀였다.
我的初戀是個擁有一雙大眼睛的女孩。

相似 크다 大的

□ 탁하다[타카다]

탁하고, 탁해서,
탁하면, 탁하니까

murky
污濁的

例　물이 탁해서 아무 것도 보이지 않는다.
水很汙濁，所以什麼也看不到。

실내 공기가 탁해서 환기를 시키고 있다.
因為室內空氣很汙濁，所以正在通風。

相反 맑다 清澈的
깨끗하다 乾淨的

□ 특별하다[특뼐하다]

특별하고, 특별해서,
특별하면, 특별하니까

special
特別的

例 이번 방학에 **특별한** 계획 있어?
這次放假有特別的計畫嗎？

아침에 마시는 커피 한 잔은 그녀에게 아주 **특별하다**.
早上喝一杯咖啡，對她而言很特別。

相似 특이하다
　　特殊的、特別的
相反 평범하다 平凡的

□ 특이하다

특이하고, 특이해서,
특이하면, 특이하니까

unusual
特異的、特別的

例 우리 반 동수는 성격이 정말 **특이하다**.
我們班的東秀個性真的很特別。

그의 **특이한** 목소리는 한 번 들으면 잊을 수가 없다.
他特別的聲音只要聽一次就忘不了。

相似 특별하다 特別的
相反 평범하다 平凡的

□ 튼튼하다

튼튼하고, 튼튼해서,
튼튼하면, 튼튼하니까

solid
健康的、結實的

例 아이가 정말 **튼튼해** 보이네요.
小孩真的看起來很結實呢！

이 휴대 전화는 **튼튼해서** 5년째 사용하고 있다.
這台手機很耐用，已經用了第5年。

相反 약하다 弱的、薄弱的

□ 편리하다[펼리하다]

편리하고, 편리해서,
편리하면, 편리하니까

convenient
便利的、方便的

例 이 가방은 주머니가 많아서 **편리하다**.
這個包包因為袋子很多，所以很方便。

과학의 발달은 우리의 생활을 매우 **편리하게** 만들었다.
科學的發達讓我們的生活變得十分便利。

相似 편하다 方便的
相反 불편하다 不方便的

形容詞

☐ 편안하다

편안하고, 편안해서,
편안하면, 편안하니까

comfortable
舒服的

例 이 의자는 푹신푹신해서 아주 편안하다.
因為這張椅子很柔軟，所以非常舒服。

우리 가족을 생각하면 마음이 편안하고 행복하다.
一想到我的家人，就會感到安心又幸福。

相似 편하다 自在的
相反 불편하다 不自在的

☐ 편찮다[편찬타]

편찮고, 편찮아서,
편찮으면, 편찮으니까

sick
不舒服的、不適的

例 어디가 편찮으세요?
您哪裡不適嗎？

어머니가 편찮으셔서 걱정이 많아요.
因為母親（身體）欠安，很擔心。

相似 아프다
不舒服的、痛的
*「아프다（不舒服）」的敬語

☐ 평등하다

평등하고, 평등해서,
평등하면, 평등하니까

equality
平等的

例 남자와 여자는 평등하다.
男女平等。

모든 국민은 법 앞에 평등하다.
在法律面前人人平等（所有國民在法律面前一律平等）。

相反 불평등하다
不平等的
차별하다
差別待遇、歧視

☐ 평범하다

평범하고, 평범해서,
평범하면, 평범하니까

ordinary
平凡的

例 그는 평범하고 성실한 사람이다.
他是一個平凡又誠實的人。

나는 평범한 지금의 생활이 좋다.
我喜歡現在平凡的生活。

相反 비범하다
非凡的、不平凡的
특이하다
特殊的、特別的

□ 포근하다

포근하고, 포근해서,
포근하면, 포근하니까

warm, cozy
暖和的、柔軟的

例 오늘은 봄 날씨처럼 포근하네.
今天的天氣像春天一樣暖和。

포근한 잠자리에서 푹 자고 일어나니 몸이 가벼웠다.
在柔軟的床上好好睡一覺起來，身體變輕盈了。

相似 따뜻하다 溫暖

□ 풍부하다

풍부하고, 풍부해서,
풍부하면, 풍부하니까

rich
豐富的

例 우리나라는 자원이 풍부하지 않다.
我國的資源不豐富。

감정이 풍부해야 좋은 배우가 될 수 있다.
要感情豐富才能成為一位好演員。

相似 넉넉하다 充裕的
　　충분하다 充分的
相反 부족하다
　　不足的、不夠的
*경험이 풍부하다 經驗豐富
지식이 풍부하다 知識豐富

□ 한가하다

한가하고, 한가해서,
한가하면, 한가하니까

free
閒暇的

例 방학이라서 요즘은 조금 한가한 편이에요.
因為放假，最近稍微比較清閒呢！

한가하게 영화도 보고 음악도 들으며 쉬고 싶다.
想悠閒地看看電影，聽聽音樂，休息一下。

相似 한가롭다
　　清閒的、悠閒的
相反 바쁘다 忙碌的

□ 해롭다[해롭따]

해롭고, 해로워서,
해로우면, 해로우니까

harmful (to)
有害的

例 담배는 건강에 해롭다.
香菸對健康有害。

벌레라고 다 해로운 것은 아니다.
並非所有的蟲子都有害。

相似 유해하다 有害的
　　나쁘다 不好的
相反 이롭다 有利的

形容詞

□ **험하다**

험하고, 험해서,
험하면, 험하니까

rough
艱險的、崎嶇的

例 그 일은 네가 하기에 너무 험하지 않아?
你來做那件事不會太艱難嗎？

길이 너무 험해서 차를 타고 가도 시간이 많이 걸린다.
因為路太崎嶇，就算搭車去也會花很多時間。

*길이 험하다
道路崎嶇

□ **화려하다**

화려하고, 화려해서,
화려하면, 화려하니까

fancy
華麗的

例 그 옷차림은 학생에게는 너무 화려한 것 같아.
那個打扮對學生而言好像太過華麗。

스타들의 생활은 겉으로는 화려해 보이지만 그 실상은
알 수 없다.
明星的生活表面上看來雖光鮮亮麗，但實際上就不得而知。

相反 소박하다 樸素的

□ **화창하다**

화창하고, 화창해서,
화창하면, 화창하니까

bright
晴朗的

例 오늘은 날씨가 화창하다.
今天天氣風和日麗。

이렇게 화창한 오후에는 공원에서 산책을 하는 것이 제격이다.
如此晴朗的下午在公園散步是最好不過了。

相似 맑다 晴朗的
*날씨가 화창하다
天氣風和日麗

□ **확실하다[확씰하다]**

확실하고, 확실해서,
확실하면, 확실하니까

sure
確實的

例 이 길이 확실하니까 이쪽으로 갑시다.
我很確定是這條路，（我們）往這邊走吧！

이 사람이 물건을 훔치는 것을 본 게 확실합니까?
你確定看到這個人偷東西了嗎？

相似 틀림없다
沒錯的、錯不了
정확하다
正確的
분명하다
分明的、肯定的
相反 불확실하다
不確實的、不確定的

□ 환하다

환하고, 환해서,
환하면, 환하니까

bright
明亮的

例 집에는 환하게 불이 켜져 있었다.
家裡開了燈燈火通明。

어머니는 환한 미소로 나를 반겨 주었다.
母親以開朗的笑容來迎接我。

相似 밝다 明亮的
相反 어둡다 黑暗的

□ 황당하다

황당하고, 황당해서,
황당하면, 황당하니까

absurd
荒唐的

例 그런 황당한 거짓말을 믿으란 말이야?
你是要我相信那種荒唐的謊言嗎？

버스에서 내 발을 밟고 오히려 화를 내는 황당한 사람을 만났다.
在公車上遇到踩到我的腳反倒還發火的荒唐的人。

□ 훌륭하다

훌륭하고, 훌륭해서,
훌륭하면, 훌륭하니까

superb
精彩的、優秀的、出色的

例 음식 맛이 정말 훌륭하군요.
食物的味道真的很出色呢！

모든 부모님들은 자신의 아이가 훌륭한 사람이 되기를 바란다.
所有父母親都期望自己的小孩能成為一個優秀的人。

相似 뛰어나다 卓越的
*인품이 훌륭하다
人品好

□ 흐릿하다[흐리타다]

흐릿하고, 흐릿해서,
흐릿하면, 흐릿하니까

dim
陰沉的、模糊的

例 날씨가 흐릿한 것이 비가 올 것 같다.
天氣陰陰的，好像快要下雨了。

흐릿한 등잔불 아래에서 떡을 썰고 있는 어머니를 보았다.
看到了在昏暗的燈光下切著年糕的母親。

相似 흐리다 模糊的
*기억이 흐릿하다
記憶模糊

形容詞

♪ 90

□ **흔하다**

흔하고, 흔해서,
흔하면, 흔하니까

common
有的是、常見的

例　요즘은 여름이라서 수박이 흔하다.
最近是夏天，所以有的是西瓜。

내 이름은 너무 흔해서 한 반에 같은 이름이 두세 명이나 있다.
因為我的名字太常見了，一個班上同名（的人）有兩三位之多。

相似 많다 多的
相反 적다 少的
　　 귀하다 寶貴的
　　 드물다 稀有的、罕見的

□ **희미하다**

희미하고, 희미해서,
희미하면, 희미하니까

dim
模糊的、隱約的

例　저기 희미하게 보이는 것이 뭐야?
那裡隱約看到的東西是什麼？

10년도 더 지난 일이라서 기억이 희미하다.
因為事情已經過了10年多，所以記憶模糊。

相似 흐릿하다 模糊的
相反 뚜렷하다, 선명하다
　　 鮮明的、清楚的

I. 다음 단어와 의미가 <u>반대인</u> 것을 골라 연결하세요.

1. 해롭다 •　　　　　　• ① 이롭다

2. 질기다 •　　　　　　• ② 연하다

3. 충분하다 •　　　　　• ③ 환하다

4. 캄캄하다 •　　　　　• ④ 부족하다

II. 다음 빈칸에 알맞은 단어를 <보기>에서 골라 번호를 쓰세요.

> <보기>　① 험하다　② 차분하다　③ 튼튼하다　④ 포근하다　⑤ 특이하다

01　이 여행 가방은 아주 (　　　　) 10년째 여행갈 때마다 사용하고 있어요.

02　갑자기 불이 나는 등 위험에 빠졌을 때 생각은 (　　　　) 행동은 신속하게 하는 것이 좋다.

03　여기서부터는 길이 (　　　　) 빨리 운전할 수가 없어요.

04　이 모자는 디자인이 (　　　　) 개성이 있는 거 같아요.

05　오늘은 어제보다 날씨가 춥지 않고 (　　　　), 우리 오랜만에 산책 좀 할까요?

副詞

副詞（46～50天）

單字	英語	中文	記住了嗎？
가득	full	滿	
가만히	still	靜靜地、不言地	
간신히	barely	好不容易、勉強	
간절히	earnestly	殷切地	
게다가	besides	加上	
겨우	barely	好不容易、僅僅	
결코	never	決（不）、絕對（不）	
곧	at once	馬上、立刻	
골고루	evenly	均匀地	
과연	indeed	果真、究竟	
괜히	in vain	白白地、無謂地	
그다지	so, that	不怎麼	
그대로	as it is[stands]	照樣、仍然、就那樣	
그저	just, only	唯、只	
기껏해야	at (the) most	最多、頂多、充其量	
꽤	quite	相當地、好	
꾸준히	steadily	不懈地、不斷地	
끊임없이	constantly	不斷地	
끝내	after all	終於	
내내	throughou	一直	
너무나	so	過於	
다행히	fortunately	幸好、幸虧	
달리	unlike	另外、別	
당분간	for a while	暫時	
당연히	naturally	當然地	
대개	generally	大概、大多	
대부분	most (of)	大部分	
대체로	generally	大致	
대충	roughly	大致地、粗略地、隨便地、敷衍地	
더구나	besides	況且、再加上	

□ 가득

full
滿

例　컵에 물이 가득 찼다.
杯子裡裝滿了水。

가방에 물건들이 가득 들어 있다.
包包裡裝著滿滿的東西。

相似 꽉 滿滿地
*가득 차다 充滿
　가득 채우다 填滿、裝滿
　가득 담기다 裝滿、盛滿

□ 가만히

still
靜靜地、不言地

例　움직이지 말고 가만히 있어 봐요.
別動，先靜靜地待著。

우리는 몇 시간 동안 아무 말 없이 가만히 앉아 있었다.
我們好幾個小時都沒說話，靜靜地坐著。

相似 가만 等一下
　　　잠자코 老老實實地、
　　　　　　默默地
*가만히 있다
　靜靜地待著
　가만히 서 있다
　靜靜地站著

□ 간신히

barely
好不容易、勉強

例　출발하려던 막차 버스를 간신히 잡아 탔다.
好不容易攔下正要出發的末班公車，搭上了（車）。

점수가 70점 이상이면 합격인데 70점을 받아 간신히 합격했다.
分數70分以上就合格，拿到70分勉強合格了。

相似 겨우
　　　勉強、好不容易

□ 간절히

earnestly
殷切地

例　그에게 간절히 부탁했으나 냉정하게 돌아갔다.
雖然我殷切地拜託他，但他無情地回去了。

우리 모두의 소원이 이루어지기를 간절히 기도합니다.
殷切地祈禱我們大家的願望都能實現。

相似 절실히
　　　切實地、迫切地
*간절히 바라다 殷切期盼
　간절히 원하다 殷切希望
　간절히 빌다 殷切祈求

副詞

□ 게다가

besides
加上

> 例 날씨는 잔뜩 흐리고 게다가 바람까지 불었다.
> 天色灰濛濛，加上還刮起了風。
>
> 내 친구는 성격도 좋고 게다가 공부도 잘한다.
> 我的朋友個性好，而且還很會念書。

相似 더구나
再加上、更何況
심지어
甚至於

□ 겨우

barely
好不容易、僅僅

> 例 ① 그의 운전 경력은 겨우 1년밖에 안 된다.
> 他的駕駛經歷才僅僅1年而已。
>
> ② 며칠 밤을 새워야 겨우 작품을 완성할 수 있었다.
> 通宵幾個晚上才好不容易能完成作品。

相似 간신히 好不容易、
勉強
기껏 頂多
고작 最多、充其量

□ 결코

never
決（不）、絕對（不）

> 例 어떠한 상황에서도 결코 거짓말을 해서는 안 된다.
> 在任何情況下都絕對不可以說謊。
>
> 아무리 어렵고 힘들어도 결코 포기하지 않을 것이다.
> 無論再怎麼困難和累人也絕不會放棄。

相似 절대로 絕對
*결코＋（否定句）
決／絕對（不）～

□ 곧

at once
馬上、立刻

> 例 진실은 곧 밝혀지게 될 것이다.
> 真相馬上就會揭曉。
>
> 선생님께서 곧 오실 테니까 조금만 기다려 보세요.
> 老師馬上就會來，請稍候。

相似 바로 就、馬上
곧바로 立刻

□ 골고루

evenly
均勻地

例 아이들에게 간식을 골고루 나눠 주었다.
平均分配零食給小孩們。

편식하지 않고 반찬을 골고루 먹어야 건강하다.
不偏食，菜要均衡吃才健康。

□ 과연

indeed
果真、究竟

例 우리가 들었던 말들이 과연 사실일까요?
我們之前聽到的那些話究竟是不是事實呢？

이 방법으로 과연 그들을 설득할 수 있을까?
用這個方法究竟能否說服他們呢？

□ 괜히

in vain
白白地、無謂地

例 아무 이유 없이 괜히 그 사람에게 화를 냈다.
毫無理由無謂地對那個人發了火。

괜히 쓸데없는 곳에 돈을 쓰지 말고 저축해 두세요.
請別將錢白白花在沒用的地方，要儲蓄起來。

相似 쓸데없이
沒用、無意義地
공연히
無謂地、白白地

□ 그다지

so, that
不怎麼

例 그의 방법은 그다지 도움이 되지 않았다.
他的方法不怎麼管用。

나는 그와 몇 번 만났을 뿐 그다지 친한 사이는 아니다.
我只和他見過幾次面，關係不怎麼親近。

相似 그리 那麼、不怎麼
별로 不太、不怎麼
*그다지＋（否定句）
不怎麼～

副詞

♪ 91

□ 그대로

as it is[stands]
照樣、仍然、就那樣

相似　그냥　就那樣

例　집에 오자마자 옷을 입은 채로 그대로 잠들었다.
一回到家，穿著衣服就那樣睡著了。

요리책에 나와 있는 그대로 따라하면 요리를 맛있게 만들 수 있다.
依照料理書上寫的那樣做，就能做出美味的料理。

□ 그저

just, only
唯、只

相似　그냥　就那樣

例　두 사람은 아무 말 없이 그저 바라만 보고 있다.
兩個人一句話也不說，只是望著彼此。

그는 의자에서 꼼짝도 안 하고 그저 울기만 했다.
他在椅子上一動也不動，就只是哭個不停。

□ 기껏해야[기꺼태야]

at (the) most
最多、頂多、充其量

相似　고작　充其量、最多
　　　기껏　才
　　　겨우　僅僅

例　새로 온 직원은 기껏해야 스무 살밖에 안 돼 보인다.
新來的員工看起來頂多只有二十歲。

우리가 가진 돈을 모두 모아도 기껏해야 백만 원도 안 된다.
就算將我們所有的錢合起來，最多也還不到一百萬圜。

□ 꽤

quite
相當地、好

相似　상당히　相當
　　　제법　夠

例　이 책은 그림도 많고 꽤 흥미로워 보인다.
這本書圖畫既多，看起來也相當有趣。

그는 얼굴도 잘생긴 데다가 운동도 잘해서 꽤 인기가 많다.
他不僅臉長得帥，而且也很擅長運動，所以相當受歡迎。

♪ 92

□ 꾸준히

steadily
不懈地、不斷地

例 외국어 공부는 매일 꾸준히 하는 것이 효과적이다.
學習外語是要每天都不懈怠才會有效果。

나는 1년 동안 꾸준히 운동한 결과 다이어트에 성공했다.
我1年來不斷地運動，終於減肥成功了。

相似 끊임없이 不斷地
계속 繼續
*꾸준히 연습하다
不斷練習
꾸준히 노력하다
努力不懈

□ 끊임없이[끄니멉씨]

constantly
不斷地

例 사회는 끊임없이 변화하고 발전하고 있다.
社會不斷地在變化和發展。

올해는 유난히 사건과 사고가 끊임없이 발생하고 있다.
今年特別多案件和意外事故不斷在發生。

相似 내내 一直
꾸준히 不斷地
계속 繼續

□ 끝내[끈내]

after all
終於

例 잃어버렸던 아이를 끝내 찾을 수 없었다.
終究還是沒能找到走失的小孩。

사건이 발생한 지 15년이 지났지만 끝내 범인이 잡히지 않았다.
雖然案件發生至今已過了15年，但始終還是沒抓到犯人。

相似 마침내, 드디어, 결국
終於

副詞

□ 내내

throughout
一直

例 오늘 아침부터 저녁까지 내내 비가 내리고 있다.
今天從早到晚一直都在下雨。

그는 아까부터 내내 저렇게 앉아만 있고 아무 것도 하지 않고 있다.
他從剛剛開始就只是一直那樣坐著，什麼事也不做。

相似 계속 繼續
줄곧 一直
끊임없이 不斷地

□ 너무나

so
過於

例　그의 이야기는 너무나 재미가 없었다.
他的故事太無聊了。

우리가 이렇게 행동하는 것은 너무나 이상한 일이다.
我們這種行為太奇怪了。

相似 너무 太

□ 다행히

fortunately
幸好、幸虧

例　사고가 났지만 다행히 다친 사람은 아무도 없었다.
雖然發生意外，但幸虧沒有人受傷。

날씨는 흐렸지만 다행히 비가 오지 않아서 예정대로 바다에 가기로 했다.
雖然天氣陰陰的，但幸好沒下雨，所以決定如期去海邊。

□ 달리

unlike
另外、別

例　이번 문제를 좀 달리 생각해 보자.
稍微換個方式思考看看這次的題目吧！

그는 옛날과 달리 친절하고 다정한 사람이 되어 있었다.
他有別以往，變成一個既親切又熱情的人。

相似 다르게 不同
相反 같이 相同
　　　똑같이 一模一樣
* (名詞) 와/과 달리
和～不同

□ 당분간

for a while
暫時

例　이번 사건은 당분간 두고 보기로 했다.
決定先暫時將這次的案件放著觀察一陣子。

최근 경기가 좋지 않은데 이러한 불경기가 당분간 계속될 전망이다.
最近景氣不好，不景氣的現象將會暫時持續好一陣子。

相似 얼마간 一段時間
*당분간 쉬다 暫時休息

□ 당연히

naturally
當然地

例 이 문제는 당연히 대표가 책임을 져야 한다.
這個問題當然應該由代表來負責。

우리는 국민으로서 그 사고에 대해 당연히 알 권리가 있다.
我們身為國民對於那件意外事故當然有權利知道。

相似 마땅히 應該、應當
물론 當然

□ 대개

generally
大概、大多

例 이곳의 가게들은 대개 6시면 문을 닫는다.
這裡的店大概6點就關門了。

여름에는 대개 바다나 계곡으로 휴가를 떠난다.
夏天大多都去海邊或溪谷度假。

相似 대체로 大致
대부분 大部分
주로 主要
거의 幾乎

□ 대부분

most (of)
大部分

例 옛날에 쓰인 책들은 대부분 한자로 되어 있다.
以前用的書大部分是漢字編撰。

영화나 드라마에 나오는 주인공은 대부분 죽지 않는다.
電影或電視劇裡出現的主角大部分都不會死。

相似 대개 大概、大致
대체로 大致
거의 幾乎
주로 主要

副詞

□ 대체로

generally
大致

例 한국 사람들은 설날이나 추석에 대체로 고향을 찾는다.
韓國人過年或中秋節大多會返鄉。

오늘 날씨는 대체로 맑다가 오후부터 차차 흐려지겠습니다.
今天天氣大致晴朗，下午開始應該會漸漸轉陰。

相似 대개 大概、大致
대부분 大部分

♪ 92

□ 대충

roughly
大致地、粗略地、隨便地、敷衍地

 '수박 겉 핥기'라는 속담은 어떤 일을 대충 한다는 의미다.
俗話「蜻蜓點水（舔西瓜皮）」是指「膚淺而不深入的接觸（某事敷衍了事）」的意思。

이번 일은 대충 넘어가면 안 되고 원인을 철저하게 알아내야 한다.
這次的事不可以隨便就這樣算了，要徹底了解原因才行。

相似 대략, 대강 大略、大致
*수박 겉 핥기
直譯為「舔西瓜皮」，意即「蜻蜓點水」、「淺嘗輒止」。

□ 더구나

besides
況且、再加上

 날씨가 추운데 더구나 전기도 끊겨 버렸다.
天氣很冷，再加上也斷電了。

현재 어려운 상황인데 더구나 건강까지 안 좋아져서 걱정이다.
現在情況困難，再加上連健康也變差了，所以很擔心。

相似 게다가 加上
　　　더군다나 再加上

Ⅰ. 다음 의미가 비슷한 단어끼리 연결하세요.

<table>
<tr><td>1. 꽤</td><td>•</td><td>•</td><td>① 곧</td></tr>
<tr><td>2. 대충</td><td>•</td><td>•</td><td>② 그냥</td></tr>
<tr><td>3. 바로</td><td>•</td><td>•</td><td>③ 대강</td></tr>
<tr><td>4. 괜히</td><td>•</td><td>•</td><td>④ 제법</td></tr>
<tr><td>5. 겨우</td><td>•</td><td>•</td><td>⑤ 간신히</td></tr>
<tr><td>6. 그저</td><td>•</td><td>•</td><td>⑥ 쓸데없이</td></tr>
<tr><td>7. 끊임없이</td><td>•</td><td>•</td><td>⑦ 꾸준히, 내내</td></tr>
</table>

Ⅱ. 다음 (　　　) 안에서 문장에 알맞은 단어를 골라 ○표 하세요.

01　자동차 사고가 크게 났지만 (당연히, 다행히) 크게 다친 사람은 많지 않았다.

02　동생이 좋아하는 장난감을 사 왔는데도 (그다지, 그대로) 좋아하지 않았다.

03　아까 버스정류장 앞에서 본 그 사람의 얼굴이 (끝내, 내내) 생각이 났다.

04　오늘은 온도가 높은 데다가 (더구나, 다행히) 습도까지 높아서 불쾌지수가 아주 높다.

單字	英語	中文	記住了嗎？
더욱	more	更	
도대체	at all, (how/what/why) on earth	怎麼也、根本、到底	
도리어	on the contrary	反倒	
도무지	at all	完全、怎麼也、一點也、根本	
도저히	utterly, more than	怎麼也、無論如何	
되도록	as as possible	盡量、盡可能	
드디어	finally	終於	
따라서	so, therefore	因此	
따로	separately	另、另外	
때때로	sometimes	有時、時而	
또는	or	或者、或是	
똑같이	alike	一模一樣	
뜻밖에	unexpectedly	意外地、不料、出乎意料	
마음껏	as much as one likes	盡量、盡情	
마음대로	as one likes	隨便、隨心所欲	
마찬가지로	alike	一樣、同樣	
마치	as if	好像、宛如	
마침	just in time	正好、恰好	
마침내	finally	終於、最後	
만일	if, in case (of)	萬一	
멀리	far	遠遠地	
모처럼	after a long time	難得、好不容易	
몰래	secretly	偷偷地、稍稍地、瞞著、背著	
몹시	extremely	非常	
무사히	safely	平安地、沒有過失地	
무조건	unconditional	無條件	
무척	very	相當地、特別地	
미리	beforehand	預先、事先、先	
및	and	及、和、與	
바로	just, straight	正確地、一直、就是	

□ 더욱

more
更

例 시험기간이 다가오자 학생들은 **더욱** 열심히 공부했다.
考試期間漸漸逼近，學生更認真念書了。

아버지의 건강이 시간이 지날수록 **더욱** 나빠지고 있다.
父親的健康隨著時間過去每況愈下。

相似 더 更
점점 漸漸
한층 更、更加

□ 도대체

at all, (how/what/why) on earth
怎麼也、根本、到底

例 ① 나한테 **도대체** 하고 싶은 말이 뭐야?
你到底想對我說什麼？

② 나는 당신을 **도대체** 이해할 수가 없다.
我根本無法理解你。

相似 도무지 完全、怎麼也
도저히 無論如何
대체 究竟、到底

□ 도리어

on the contrary
反倒

例 잘못한 사람이 **도리어** 화를 내서 당황했다.
很吃驚做錯事的人反倒還發脾氣。

도움을 주려고 한 일인데 **도리어** 방해만 되고 말았다.
原本想幫忙，但結果反倒幫了倒忙。

相似 오히려 反而

□ 도무지

at all
完全、怎麼也、一點也、根本

例 그가 왜 그런 말을 했는지 **도무지** 모르겠다.
根本不知道他為什麼要說那種話。

약을 먹었는데도 **도무지** 상태가 좋아지지 않는다.
就算吃了藥，狀態一點也沒有好轉。

相似 도대체 到底、根本
도저히 無論如何
*도무지＋（否定句）
完全／怎麼也~

□ 도저히

utterly, more than
怎麼也、無論如何、絕對

例　나는 그 사람을 도저히 용서할 수 없다.
我絕對無法原諒那個人。

나는 그가 무슨 말을 하는지 도저히 알아들을 수가 없었다.
我怎麼也聽不懂他說什麼。

相似　도무지　完全、怎麼也
　　　도대체　到底、根本
*도저히＋（否定句）
無論如何～

□ 되도록

as as possible
盡量、盡可能

例　비가 언제 올지 모르니 되도록 일찍 출발하는 게 좋겠어요.
不知道何時會下雨，最好盡可能早一點出發。

여름철 식중독을 예방하려면 음식은 되도록 익혀서 먹으세요.
夏季若想預防食物中毒，食物請盡量熟了後再吃。

*되도록＋（動詞）는 것이
좋다/좋아요/좋습니다
最好盡量／盡可能～

□ 드디어

finally
終於

例　시험이 끝나고 드디어 방학을 했다.
考試結束後，終於放假了。

꿈에서조차 그리워했던 사람을 드디어 만나게 되었다.
終於見到連在夢裡都思念的人。

相似　마침내, 결국　終於

□ 따라서

so, therefore
因此

例　담배는 몸에 해롭다. 따라서 끊는 것이 좋다.
香菸對身體有害。因此最好戒掉。

물가가 많이 올랐다. 따라서 월급도 올라야 한다.
物價上漲了不少。因此月薪也要調漲才行。

相似　그러므로, 그래서
　　　因此、所以

□ 따로

separately
另、另外

例 나는 부모님과 떨어져서 **따로** 살고 있다.
我和父母親分開各自住。

교수님께 **따로** 드릴 말씀이 있어서 기다렸습니다.
我另外有話要對教授說，所以等待了教授。

相似 별도로 另外
　　따로따로 各自
相反 함께, 같이 一起

□ 때때로

sometimes
有時、時而

例 나는 **때때로** 친구하고 여행을 간다.
我時而會和朋友一起去旅行。

아버지는 **때때로** 집안일을 돕기도 하신다.
父親有時也會幫忙做做家事。

相似 가끔, 이따금, 어쩌다,
　　간혹 偶爾、有時
相反 자주, 흔히 常、經常

□ 또는

or
或者、或是

例 배 **또는** 비행기를 이용해서 제주도에 갈 수 있다.
可以搭船或飛機去濟州島。

월요일 **또는** 금요일에 시간을 내서 찾아뵙겠습니다.
星期一或星期五我會抽空拜訪您。

相似 혹은 或、或者

副詞

□ 똑같이[똑까치]

alike
一模一樣

例 내 동생은 엄마하고 얼굴이 **똑같이** 생겼다.
我弟弟／妹妹和媽媽的臉長得一模一樣。

학생들은 선생님의 말투나 행동을 **똑같이** 따라하면서 장난을 친다.
學生們調皮搗蛋將老師的言行舉止模仿得一模一樣。

相反 달리 不同

□ 뜻밖에[뜯빠께]

unexpectedly
意外地、不料、出乎意料

例 늦게 끝날 것 같았는데 뜻밖에 빨리 끝났다.
原以為好像會很晚結束，出乎意料地很早就結束了。

부모님께서 반대하실 줄 알았는데 뜻밖에 찬성해 주셨다.
原以為父母親會反對，不料卻贊成了。

相似 의외로
　　意外地、出乎意料

□ 마음껏[마음껃]

as much as one likes
盡量、盡情

例 이곳에서 당신의 꿈을 마음껏 펼쳐 보십시오.
請在這裡盡情實現你的夢想。

시험이 끝났으니 오늘은 마음껏 노래하고 춤추며 즐기자.
既然考試結束了，今天就盡情地唱歌、跳舞，享受一下吧！

相似 실컷　盡情
　　충분히　充分

□ 마음대로

as one likes
隨便、隨心所欲

例 나는 내가 하고 싶은 대로 마음대로 하면서 살고 싶다.
我想按照自己想做的去做，過著隨心所欲的生活。

이곳은 관계자 외에는 마음대로 들어갈 수 없는 곳이다.
這裡是除了相關人士外，無法隨意進入的地方。

□ 마찬가지로

alike
一樣、同樣

例 친구도 나와 마찬가지로 그 사람을 싫어했다.
朋友也和我一樣討厭過那個人。

오늘도 어제와 마찬가지로 무더운 날씨가 계속되었다.
今天也和昨天一樣天氣持續悶熱。

相反 달리　不同
* (名詞) 와/과 마찬가지로
　和～一樣

□ 마치

as if
好像、宛如

例 그 아이는 마치 천사처럼 예쁘고 순수했다.
那個小孩宛如天使般漂亮又單純。

그는 마치 아무것도 안 들리는 것처럼 행동했다.
他好像什麼都聽不見一樣行動了。

*마치（名詞）처럼
彷彿～一樣

□ 마침

just in time
正好、恰好

例 시내에 가려고 나왔는데 마침 빈 택시가 왔다.
想去市區，出來正好來了一輛空的計程車。

내가 전화하려던 참이었는데 마침 전화 잘 했어.
我原本正想打電話過去，剛好你就打來了。

相似 때마침 正好、碰巧
우연히 偶然

□ 마침내

finally
終於、最後

例 3년의 작업 끝에 마침내 작품이 완성됐다.
工作3年，最後作品終於完成了。

그 범인은 마침내 자기의 죄를 모두 인정했다.
那個犯人終於承認了自己所有的罪。

相似 드디어, 결국, 끝내
終於

□ 만일[마닐]

if, in case (of)
萬一

例 만일 내가 제시간에 돌아오지 않으면 먼저 가세요.
萬一我沒有準時回來，您就先走。

만일 이 일이 잘못된다면 제가 모든 책임을 지고
그만두겠습니다.
萬一這件事出了什麼差錯，我會負起全責，辭職不做。

相似 만약, 혹시
萬一、如果
*만일＋（動詞／形容詞）
다면/(으)면
萬一／如果～的話

副詞

□ 멀리

far
遠遠地

例　나는 당신에게서 멀리 떠나갈 것이다.
我會離你遠去。

아이들한테 위험한 물건들을 멀리 던져 버렸다.
將那些會對孩子造成危險的物品扔得遠遠的。

相反　가까이 近

□ 모처럼

after a long time
難得、好不容易

例　우리 모처럼 만났는데 우울한 얘기는 하지 말자.
我們難得見面，就別聊憂鬱的事吧！

모처럼 시간을 내서 찾아왔는데 못 보고 가니 아쉽다.
難得抽空拜訪，沒見到面就要走，好可惜。

相似　오래간만에
隔了好久、闊別已久、
久違

□ 몰래

secretly
偷偷地、稍稍地、瞞著、背著

例　그는 아내 몰래 조금씩 비상금을 감춰 놓았다.
他瞞著老婆一點一點地藏了私房錢。

내 친구는 부모님 몰래 남자친구를 만나고 있다.
我朋友瞞著父母親交了男朋友。

*몰래 도망가다
偷偷逃跑
몰래 훔치다
偷偷盜竊

□ 몹시[몹씨]

extremely
非常

例　학생들의 말을 듣고 선생님은 몹시 화를 내셨다.
聽完學生的話後，老師勃然大怒。

아이들끼리 가는 여행이라서 부모님들은 몹시 걱정이 됐다.
小孩子他們自己要去旅行，父母親非常擔心。

相似　무척 特別
상당히 相當
대단히 非常、相當

□ 무사히

safely
平安地、沒有過失地

例 아무 일 없이 무사히 잘 다녀오시기 바랍니다.
希望您能平安無事回來。

이번 축제는 어떤 문제도 발생하지 않고 무사히 잘 마쳤다.
這次慶典沒有發生任何問題，圓滿落幕了。

□ 무조건[무조껀]

unconditional
無條件

相似 무작정 盲目
　　　무턱대고 胡亂

例 내가 좋아하는 사람이라면 뭘 하든 무조건 좋다.
如果是我喜歡的人，他做什麼我都無條件喜歡。

나에게 항상 큰 힘이 되었던 오빠의 말이라면 무조건 믿고
따른다.
只要是總帶給我莫大力量的哥哥說的話，我都會無條件相信並跟隨。

□ 무척

very
相當、特別

相似 매우 很、十分
　　　상당히 相當
　　　대단히 非常、相當
　　　몹시 非常

例 오랜만에 고향에 돌아가서 어머니를 뵈니 무척 기뻤다.
隔了好久回到家鄉看到母親特別開心。

처음 유학을 와서 언어와 음식 때문에 무척 고생을 했었다.
第一次來留學，因為語言和食物而吃了相當多苦頭。

□ 미리

beforehand
預先、事先、先

相似 먼저 先

例 집에 오자마자 여행 준비물부터 미리 챙겼다.
一回到家就先整理了旅行用品。

지난해 장마로 피해를 입었던 주민들은 미리 철저한 대비를
했다.
去年因梅雨受害的居民事先做好了萬全準備。

□ 및[믿]

and
及、和、與

例　대학 입학 원서 교부 및 접수는 1층 사무실에서 한다.
大學入學申請書繳交與受理在1樓辦公室。

환경오염을 막기 위해서는 학교 및 가정에서부터 환경 교육이
이루어져야 한다.
為了防止環境汙染，應該要從學校與家庭開始實踐環境教育。

相似　그리고　而且

□ 바로

just, straight
正確地、一直、就是

例　① 거짓말 하지 말고 바로 말해라.
別說謊，從實招來！

② 청소년이 바로 이 나라의 미래다.
青少年就是這個國家的未來。

③ 학교가 끝나는 대로 바로 집으로 돌아가야 한다.
一放學就得馬上回家才行。

相似　똑바로　直、如實
　　　즉시　立刻
　　　곧장　一直
　　　곧　立即、馬上

Ⅰ. 다음 의미가 비슷한 단어끼리 연결하세요.

1. 마침　　　•

2. 미리　　　•

3. 또는　　　•

4. 도리어　　•

5. 뜻밖에　　•

•　① 혹은

•　② 먼저

•　③ 우연히

•　④ 오히려

•　⑤ 의외로

Ⅱ. 다음 (　　　)에 알맞은 단어를 <보기>에서 골라 번호를 쓰세요.

<보기>　① 따라서　　② 마침내

01　어려서부터 체격과 체력이 좋지 못했던 박지성은 힘든 훈련을 하면서도 한 번도 그만 두고 싶다는 말을 하지 않고 체력을 보완할 수 있는 기본 운동을 하루도 거르지 않으며 최선을 다했다. (　　　) 박지성은 세계 최고의 명문 팀에서 활약하며 최고의 선수로 자리매김하였다.

02　칭찬은 고래도 춤추게 한다는 말이 있다. 이 말은 칭찬의 긍정적인 효과를 설명하는 말이다. 그렇지만 칭찬이 언제나 긍정적인 효과를 발휘하는 것은 아니다. 입에 쓴 약이 병에는 좋다는 말처럼 때에 따라서는 칭찬보다 솔직한 충고가 더 효과적일 때도 있는 법이다. (　　　) 다른 사람을 가르치는 교사라면 칭찬이 필요할 때와 충고가 필요할 때를 아는 것이 매우 중요하다.

單字	英語	中文	記住了嗎？
반드시	surely	一定	
방금	just (now)	剛剛、剛才	
벌써	already	已經、早	
변함없이	still	仍然、仍舊	
별로	not much	不怎麼、不太	
비록	(even) though	雖然、儘管	
빠짐없이	no exception	全部、無遺漏地	
살며시	lightly	稍稍地、偷偷地	
살짝	slightly	微微地、輕輕地	
상당히	considerably	相當地、好	
서서히	slowly	慢慢地	
설마	surely	難道、不至於、怎麼會、怎麼可能	
솔직히	honestly	直率地、坦白地、坦承地	
수시로	frequently	隨時、時常	
스스로	by oneself	自己、親自	
슬쩍	stealthily	輕輕地、偷偷地	
실제로	really	其實、實際上	
실컷	as much as one likes	盡情地	
심지어	even	甚至	
쓸데없이	to no purpose	白白地、徒然	
아까	a while ago	剛才、剛剛	
아무튼	anyway	總之、反正、無論如何	
약간	a little	若干、稍微	
어느새	before I knew it	不知不覺	
어쨌든	anyway	不管怎樣、無論如何、總而言之、總之	
어쩌다가	by chance	偶爾、碰巧	
어쩌면	maybe	難說、或許、為什麼、怎麼	
어쩐지	somehow	難怪、怪不得、不知怎麼回事、不知怎麼搞的	
어차피	after all	反正、既然	
억지로	against one's will	勉強	

□ 반드시

surely
一定

| 例 | 열심히 노력하면 반드시 성공할 것이다.
認真努力就一定會成功。 | 相似 꼭, 틀림없이 一定 |

지금은 비록 힘들지라도 반드시 좋은 날이 올 거야.
現在就算很辛苦，好日子一定會來臨。

□ 방금

just (now)
剛剛、剛才

| 例 | 그는 방금 나갔는데 오다가 못 봤어요?
他剛剛出去了，來的時候沒看到他嗎？ | 相似 막 剛、剛剛 |

저도 방금 도착했으니까 미안해할 필요 없어요.
我也是剛剛才到，所以不必覺得抱歉。

□ 벌써

already
已經、早

| 例 | 한국에 온 지 벌써 10년이 지났다.
來到韓國已經過了10年。 | 相似 이미 已經 |

벌써 시간이 이렇게 됐네. 정말 재미있어서 시간 가는 줄 몰랐네.
沒想到時間已經這麼晚了！因為真的很有趣，都不知道時間過得這麼快。

□ 변함없이[변하멉씨]

still
仍然、仍舊

| 例 | 두 사람은 결혼한 지 10년이 지났는데도 변함없이 서로를
사랑한다.
就算兩個人結婚10年了，仍舊愛著彼此。 | 相似 여전히 依然 |

세 살 버릇 여든까지 간다고 그는 어른이 돼서도 변함없이
당근을 먹지 않는다.
聽說「三歲定八十」，他就算長大成人仍然不吃紅蘿蔔。

副詞

□ 별로

not much
不怎麼、不太

例　저는 운동을 별로 좋아하지 않아요.
我不太喜歡運動。

주말인데도 별로 사람이 많지 않았다.
就算週末也是人不怎麼多。

相似　그다지, 별반　不怎麼
*별로＋（否定句）
　不怎麼～

□ 비록

(even) though
雖然、儘管

例　그는 비록 가난하지만 마음만은 부자다.
他雖然窮，但心卻是富裕的。

비록 사소한 것일지라도 아내에게 다 얘기하는 것이 좋다.
儘管是雞毛蒜皮的小事，也全都要告訴老婆比較好。

*비록＋（動詞／形容詞）
(으)ㄹ지라도
儘管～也～
비록（動詞／形容詞）지만
雖然～、但～

□ 빠짐없이[빠지멉씨]

no exception
全部、無遺漏地

例　준비물은 빠짐없이 챙겨 왔어요?
準備好的東西一個也不漏地帶來了嗎。

모두 바쁘시겠지만 빠짐없이 참석해 주시기 바랍니다.
雖然大家很忙，仍希望能全部出席。

□ 살며시

lightly
稍稍地、偷偷地

例　그는 누가 볼까 봐 살며시 사무실로 들어왔다.
他擔心有人看到就悄悄地進了辦公室。

밤이 깊어 식구들이 모두 잠든 후에 살며시 집을 빠져 나왔다.
深夜家人全睡著之後偷偷地出門了。

相似　몰래　偷偷地、悄悄地
　　　살짝　輕輕
　　　슬쩍　悄悄地

□ 살짝

slightly
微微地、輕輕地

例 그는 그녀를 보자마자 살짝 미소를 지었다.
他一見到她就微微笑了。

아무도 나의 생일을 몰라 줘서 살짝 서운한 마음이 들었다.
都沒有人知道我的生日，所以覺得有一點難過。

相似 조금 稍微
　　살며시 輕輕地、悄悄
地
　　슬쩍 悄悄地

□ 상당히

considerably
相當地、好

例 시험 결과에 상당히 만족하고 있습니다.
對考試結果相當滿意。

성형수술을 하고 한 달이 지나자 상당히 자연스러워졌다.
做完整型手術一個月後就變得相當自然了。

相似 아주 很、非常
　　많이 多
　　무척 特別

□ 서서히

slowly
慢慢地

例 수술 후에 건강이 서서히 회복되었다.
手術後慢慢康復了。

날씨가 따뜻해지면서 서서히 눈이 녹기 시작했다.
隨著天氣回暖，慢慢地雪開始融化了。

相似 조금씩 一點一點、
慢慢
　　천천히 慢慢地

副詞

□ 설마

surely
難道、不至於、怎麼會、怎麼
可能

例 그가 설마 그런 일을 저질렀을 리가 없다.
他怎麼可能闖出那種禍。

설마 무슨 일이 있겠어요? 걱정하지 마세요.
難道會發生什麼事嗎？請別擔心。

□ 솔직히[솔찌키]

honestly
直率地、坦白地、坦承地

例 솔직히 말해서 나는 네가 정말 부러워.
坦白說，我真的很羨慕你。

엄마가 묻는 말에 솔직히 대답해 주면 좋겠다.
希望你能坦白回答媽媽問的話。

相似 사실대로 如實地

□ 수시로

frequently
隨時、時常

例 가스는 수시로 점검해야 한다.
瓦斯應該要隨時檢查。

그는 그녀에게 수시로 전화를 걸어 어디에 있는지 확인했다.
他隨時打電話給她確認她在哪裡。

相似 자주 常常

□ 스스로

by oneself
自己、親自

例 성인이 된 후에 내 생활비는 스스로 벌어서 산다.
長大後，我自己賺生活費過活。

무슨 일이든 아이가 스스로 결정할 수 있도록 해야 한다.
無論何事都應該要讓小孩能自己做決定。

相似 혼자 獨自

□ 슬쩍

stealthily
輕輕地、偷偷地

例 그는 슬쩍 나에게 와서 말을 걸었다.
他偷偷地來找我搭了話。

아무도 눈치 채지 못하게 옆에 앉은 그녀의 손을 슬쩍 잡았다.
不讓任何人發現，偷偷地握住了坐在身旁的她的手。

相似 살며시 輕輕地、
　　　悄悄地
　　살짝 微微、輕輕

□ 실제로

really
其實、實際上

例 그 영화는 실제로 있었던 일을 재구성하여 만들었다.
那部電影是將實際上發生的事重新架構後製作而成的。

그녀를 실제로 만나 보니 생각했던 것과 별반 다르지 않았다.
實際見過她後，發現和想像中沒有什麼不同。

相似 진짜로 真的
직접 親自

□ 실컷[실컫]

as much as one likes
盡情地

例 먹고 싶은 대로 실컷 먹어.
你想吃什麼都盡量吃。

스트레스를 해소하기 위해 노래방에서 실컷 노래를 불렀다.
為了排解壓力，在KTV盡情唱了歌。

相似 마음껏(맘껏)
盡情、盡量

□ 심지어

even
甚至

例 두 사람은 모습뿐만 아니라 심지어 성격도 비슷하다.
兩個人不只外貌，甚至連個性都很相像。

그는 고등학생인데 담배는 기본이고 심지어 술도 마신다.
他雖然是高中生，但抽菸是基本，甚至還喝酒。

相似 하물며 何況

□ 쓸데없이[쓸떼업씨]

to no purpose
白白地、徒然

例 남의 일에 쓸데없이 상관하지 마세요.
請別多管閒事。

일이 이렇게 되다니 쓸데없이 시간 낭비만 한 셈이 되었다.
事已至此，算是白白浪費了時間。

相似 괜히 白白地、無謂地

副詞

‹483

□ 아까

a while ago
剛才、剛剛

例　아까 같이 얘기하던 분이 선생님이에요?
剛剛一起聊天的那位是老師嗎？

남자친구랑 통화했어요? 아까 전화 왔었는데요.
妳跟男朋友通過電話了嗎？他剛剛來過電話。

相似　방금　剛剛

□ 아무튼

anyway
總之、反正、無論如何

例　아무 일도 없었으니 아무튼 다행이다.
沒發生什麼事，總之真是萬幸。

이유를 꼬집어 말할 수는 없지만 아무튼 나는 그녀가 좋다.
雖然無法明確說出理由來，但總之我喜歡她。

相似　어쨌든, 여하튼, 하여튼
　　　反正

□ 약간[약깐]

a little
若干、稍微

例　약간 싱거운데 소금을 더 넣을까요?
味道有一點淡，要不要再加一點鹽巴呢？

글에 약간 어색한 부분이 있는데 수정할까요?
文章裡有些地方不太自然，要不要修改呢？

相似　조금　一點點

□ 어느새

before I knew it
不知不覺

例　소나기가 내리더니 어느새 화창해졌다.
下完驟雨，不知不覺變得風和日麗。

딸이 태어난 게 엊그제 같은데 어느새 결혼을 한다니 세월이
참 빠르다.
女兒出生就像前幾天的事一樣，不知不覺竟然要結婚了，歲月過得真快。

相似　벌써　不知不覺、已經
　　　어느덧　不知不覺

□ 어쨌든[어짿뜬]

anyway
不管怎樣、無論如何、總而言之、總之

例 **어쨌든** 제가 실수한 일이니 제가 책임지겠습니다.
總而言之是我的失誤，我會負責。

어쨌든 한 번 사는 인생인데 즐겁게 살아야 하지 않을까요?
不管怎樣人生只有一次，應該要開心地過不是嗎？

相似 아무튼, 하여튼,
　　 어쨌든지 無論如何

□ 어쩌다가

by chance
偶爾、碰巧

例 그 곳은 단골집이 아니고 **어쩌다가** 한번 가 봤을 뿐이다.
那裡不是我常光顧的店，只是碰巧去過一次。

외국에서 살면서 **어쩌다가** 한국 사람을 만나면 반갑기 그지없다.
在國外生活偶爾遇到韓國人就會高興得不得了。

相似 우연히 偶然

□ 어쩌면

maybe
難說、或許、為什麼、怎麼

例 ① **어쩌면** 그와 헤어질지도 모른다.
或許會和他分手也不一定。

② 그는 **어쩌면** 저렇게 잘 생겼을까?
他怎麼會長得那麼帥呢？

副詞

□ 어쩐지

somehow
難怪、怪不得、不知怎麼回事、不知怎麼搞的

例 초등학교 동창이라 **어쩐지** 낯이 익었다.
因為是小學同學，難怪覺得面熟。

어쩐지 아이들이 조용하다 싶어 가 봤더니 자고 있더군.
才在想小孩怎麼會那麼安靜（不知怎麼回事很安靜），過去一看才發現原來睡著了！

相似 왠지 不知為什麼

□ 어차피

after all
反正、既然

> 例 **어차피** 할 거니깐 즐겁게 하자.
> 反正要做，就開心地做吧！
>
> **어차피** 해야 할 일이라면 빨리 하는 게 낫다.
> 既然（早晚）都得做，不如就趕快做。

相似 이왕, 기왕 既然

□ 억지로[억찌로]

against one's will
勉強

> 例 모임에 나가고 싶지 않았지만 **억지로** 나갔다.
> 雖然原本不想去參加聚會，但還是勉強去了。
>
> 아이들에게 무슨 일이든지 **억지로** 시키면 역효과가 나기 쉽다.
> 無論什麼事，勉強小孩去做的話，反而容易產生反效果。

相似 어쩔 수 없이,
　　 할 수 없이, 마지못해
　　 不得已

Ⅰ. 다음 단어와 비슷한 의미의 단어를 연결하세요.

1. 벌써 　　•　　　　　　　•　　① 막

2. 방금 　　•　　　　　　　•　　② 이미

3. 반드시 　•　　　　　　　•　　③ 여전히

4. 변함없이 •　　　　　　　•　　④ 틀림없이

Ⅱ. 다음 빈칸에 알맞은 단어를 <보기>에서 골라 번호를 쓰세요.

<보기> ① 어차피 　　② 어쩌다가 　　③ 어쩌면 　　④ 어쩐지

01 　그 사람도 (　　　　) 나를 좋아하고 있는지도 몰라.

02 　(　　　　) 그가 약속을 어길 사람이 아닌데. 사고가 나서 못 온 거군요.

03 　계획도 없이 (　　　　) 가게 된 여행에서 지금의 남편을 만났다.

04 　시간이 흐르면 (　　　　) 잊어버릴 테니 너무 슬퍼하지 않았으면 좋겠다.

單字	英語	中文	記住了嗎？
언젠가	sometime	曾經、記不起是什麼時候、總有一天	
얼른	quickly	快、立即	
여전히	still	依然、仍然	
역시	as expected	果然、到底是	
영원히	forever	永遠、永久	
오히려	rather	反而	
온통	all	全部、完全	
완전히	completely	全都、完全	
왜냐하면	because	因為、原因是	
왠지	somehow	不知怎麼、總覺得	
우연히	accidentally	偶然地	
워낙	very	非常、太	
원래	naturally	原來、本來、原本	
의외로	unexpectedly	竟然、居然、不料	
이따	later	回頭、過一會兒、等一下、等一會兒、待會兒	
이따금	sometimes	有時、偶爾、不時	
이리	here	這邊、這裡	
이리저리	here and there	到處	
이만	now	到這裡	
이만큼	this much	這種程度、這樣地	
이미	already	已經	
일부러	on purpose	故意地	
자세히	in detail	仔細地、詳細地	
잔뜩	heavily	滿、充滿、十足	
잘못	fault	弄錯、錯誤地	
잠시	for a moment	一會兒、暫時	
저절로	by itself	自動地、自然、自己	
적어도	at least	最起碼、至少	
절대로	never	絕對、決	
점점	gradually	漸漸	

☐ 언젠가

> sometime
> 曾經、記不起是什麼時候、總有一天

例 그 사람은 언젠가 만난 적이 있다.
曾經見過那個人。

언젠가 꿈을 이루는 날이 올 거라고 믿는다.
我相信總有一天會實現夢想。

☐ 얼른

> quickly
> 快、立即

例 얼른 일어나서 아침 먹어.
快起床吃早餐。

너무 늦은 것 같은데 얼른 가 봐.
好像太晚了，快去吧！

相似 어서 快
　　 빨리 快
　　 급히 急忙
相反 천천히 慢慢地

☐ 여전히

> still
> 依然、仍然

例 여름이 다 지난 줄 알았는데, 여전히 덥구나.
以為夏天已經過去了，依然很熱呢！

이 식당은 십년 전이나 지금이나 여전히 맛이 있네.
這間餐廳無論十年前還是現在，仍然那麼美味呢！

相似 아직도 還
　　 변함없이 不變地

☐ 역시

> as expected
> 果然、到底是

例 역시 너는 나를 잊지 않았구나.
果然你沒有忘記我呢！

세상 어느 좋은 곳보다 역시 우리 집이 제일 편하다.
世界上任何好地方都比不上我們家舒適（比起世上任何好地方，果然還是我們家最舒適）。

相似 과연 果然

副詞

♪ 97

□ 영원히

forever
永遠、永久

例　만약에 영원히 살 수 있다면 행복할까?
如果能長生不老（永遠活著），會幸福嗎？

이곳에 살던 시절의 기억을 영원히 잊을 수 없을 것 같다.
曾住過這裡的記憶永遠都忘不了。

相似　영영 永遠、永久

□ 오히려

rather
反而

例　네가 잘못하고 오히려 큰소리치는 거야?
是你做錯了反而還大吵大鬧嗎？

이런 곳에서 치료를 받다가는 오히려 더 큰 병에 걸릴 것 같다.
在這種地方接受治療好像反而會病得更嚴重。

相似　도리어 反而

□ 온통

all
全部、完全

例　교통사고로 얼굴이 온통 상처투성이다.
因為交通意外臉上傷痕累累。

아침에 일어나니 세상이 온통 하얀 눈으로 덮여 있었다.
早上起來發現世界被整片白雪覆蓋著。

相似　모두, 다 全都
　　　전부 全部

□ 완전히

completely
全都、完全

例　며칠 전에 친구와 한 약속을 완전히 잊어버리고 있었다.
完全把幾天前和朋友做的約定忘得一乾二淨。

두 달 만에 갔더니 커피숍 분위기가 완전히 바뀌었더라고.
時隔兩個月，咖啡廳的氣氛完全煥然一新。

相似　아예 乾脆

♪ 97

□ 왜냐하면

| | because
因為、原因是 |

例 등산이 취소되었다. 왜냐하면 비가 왔기 때문이다.
登山取消了。因為下雨的緣故。

이 영화는 꼭 보고 싶어. 왜냐하면 내가 좋아하는 배우가
나오거든.
很想看這部電影。因為那裡面有我喜歡的演員。

*왜냐하면（動詞／形容詞）
기 때문이다 因為～

□ 왠지

somehow
不知怎麼、總覺得

例 오늘은 왠지 좋은 일이 생길 것 같다.
今天不知怎麼好像會有好事發生。

이번 축구 시합은 왠지 예감이 안 좋아.
這次足球比賽總覺得有不好的預感。

相似 어쩐지
　　難怪、不知怎麼搞的

□ 우연히

accidentally
偶然地

例 어제 명동에서 우연히 선생님을 만났다.
昨天在明洞偶然遇見了老師。

우연히 목격한 교통사고 때문에 경찰서에 다녀왔다.
因為偶然目擊了交通事故而去了一趟警察局。

相似 뜻밖에
　　意外、出乎意料

□ 워낙

very
非常、太

例 딸이 그 한국 가수를 워낙 좋아해서 저도 알게 되었어요.
女兒非常喜歡那個韓國歌手，所以我也知道他。

남편의 요리 솜씨가 워낙 좋아서 저는 설거지를 주로 해요.
因為老公的料理手藝太好，所以我主要都是負責洗碗。

相似 매우 很、十分
　　무척 特別
*워낙（動詞／形容詞）
아서/어서
因為非常／太～、所以～

□ 원래

naturally
原來、本來、原本

例　원래 주황색을 좋아해서 주황색 옷이 많아요.
原本就喜歡橙色，所以有很多件橙色的衣服。

우리 집 사람들이 원래 키가 크고 마른 편이에요.
我們家的人原本就個子偏高又苗條。

相似　본래　本來、原來

□ 의외로

unexpectedly
竟然、居然、不料

例　집이 의외로 깨끗한데?
家裡意外地乾淨呢？

아버지께서 화를 내실 줄 알았는데, 의외로 아무 반응이 없었다.
原本以為父親會發脾氣，居然毫無反應。

相似　뜻밖에
意外、出乎意料

□ 이따

later
回頭、過一會兒、等一下、等一會兒、待會兒

例　우리 조금 이따 한잔 어때?
我們等一下去喝一杯如何？

아직 일이 안 끝났으니까 이따 전화할게.
工作還沒有做完，待會兒再打給你。

相似　이따가　等一會兒

□ 이따금

sometimes
有時、偶爾、不時

例　늘 밝은 진수도 이따금 우울해할 때가 있다.
總是開朗的鎮秀偶爾也有憂鬱的時候。

어두운 밤이면 이따금 고향 생각이 나곤 했다.
一到黑夜就會不時想起故鄉。

相似　때로　有時
가끔　偶爾、不時
간혹　偶爾、有時
相反　자주　常常

♪ 98

□ 이리

here
這邊、這裡

例 이리 와서 앉으세요.
請來這裡坐。

오늘 처음 오신 분들은 이리 나와 주세요.
今天第一次來的人請過來這邊。

相似 이리로
　　　 到這邊、到這裡

□ 이리저리

here and there
到處

例 지갑을 이리저리 찾아봤지만 끝내 찾지 못했다.
雖然到處尋找皮夾，但終究還是沒找到。

얘들아, 이리저리 돌아다니지 말고 여기에 앉아 있어라.
孩子們，別到處走來走去，坐在這裡！

相似 여기저기 到處

□ 이만

now
到這裡

例 그럼 이만 일어나 보겠습니다.
那麼我就此先起身了。

제 말은 이만 여기에서 줄이겠습니다.
我的話就說到這裡。

□ 이만큼

this much
這種程度、這樣地

例 우리 고향에도 이만큼 높은 산이 있어요.
我們家鄉也有這麼高的山。

이만큼 한국어를 잘하는 외국인을 본 적 있어요?
有見過韓文這麼好的外國人嗎？

相似 이만치 這個程度

副詞

♪ 98

□ 이미

already
已經

例 이미 지난 일이니 잊어버려.
已經是過去的事了，就忘了吧！

밥을 먹기에는 이미 늦었으니 술이나 한잔 하자.
要吃飯已經很晚了，就喝一杯酒吧！

相似 벌써 已經
相反 아직 還

□ 일부러

on purpose
故意地

例 일부러 그런 것이 아니에요. 미안합니다.
不是故意那樣的。很抱歉！

남자친구를 놀리려고 일부러 화가 난 척을 했다.
想戲弄男朋友所以故意裝出生氣的樣子。

相似 고의로 故意

□ 자세히

in detail
仔細地、詳細地

例 이해가 잘 안 되는데 좀 자세히 말씀해 주시겠어요?
我不太理解，能請您稍微說得仔細一點嗎？

여기 시설에 대해서 제가 자세히 안내해 드리겠습니다.
為你詳細地介紹這裡的設施。

相似 세세히, 소상히
詳細地、仔細地

□ 잔뜩

heavily
滿、充滿、十足

例 비가 오려는지 하늘이 잔뜩 흐렸다.
可能快下雨了，天空都灰濛濛。

가방 속에는 교재 대신 만화책이 잔뜩 들어 있었다.
包包裡裝滿漫畫，而不是（取代了）課本。

相似 매우 很、十分
가득 充滿
*잔뜩 흐리다
灰濛濛、陰沉沉

□ 잘못

fault
弄錯、錯誤地

例 사람을 잘못 보셨어요.
您看錯人了。

계란찜에 소금 대신 설탕을 잘못 넣었다.
在蒸蛋裡將鹽巴錯放成砂糖了。

□ 잠시

for a moment
一會兒、暫時

例 잠시 화장실에 다녀와도 됩니까?
可以暫時去一趟化妝室嗎？

그는 잠시 걸음을 멈추고 생각에 잠겼다.
他暫時停下了腳步沉思。

相似 잠깐, 잠깐만, 잠시만
一會兒、暫時

□ 저절로

by itself
自動地、自然、自己

例 바람이 부는지 문이 저절로 열렸다.
可能是風在吹，門自己開了。

김 대리를 보면 저절로 웃음이 나온다.
一看到金代理，自然就笑出來了。

□ 적어도

at least
最起碼、至少

例 생일 파티에 적어도 10명은 오겠지?
生日派對至少會來10個人吧？

유학 가면 한 달 생활비가 적어도 100만 원은 든다고 하던데.
去留學的話，聽說一個月生活費至少會花100萬圜。

相似 최소한 最少、至少

副詞

□ 절대로

never
絕對、決

例 절대로 아이를 때리면 안 된다.
絕對不可以打小孩。

절대로 꿈을 포기하지 말고 힘내세요.
絕對別放棄夢想，請加油！

相似 결코
決（不）、絕對（不）
절대 絕對
*절대로＋（否定句）絕對～

□ 점점

gradually
漸漸

例 11월에 들어서니 점점 날씨가 추워진다.
進入11月，天氣漸漸變冷了。

물가가 점점 올라서 서민들의 걱정이 이만저만이 아니다.
物價漸漸上漲，老百姓非常擔心。

相似 차츰 慢慢、漸漸
점차 逐漸

Ⅰ. 다음 단어와 비슷한 의미의 단어를 골라 연결하세요.

1. 얼른　　•　　　　　　•　① 가끔

2. 점점　　•　　　　　　•　② 차츰

3. 절대로　•　　　　　　•　③ 빨리

4. 이따금　•　　　　　　•　④ 결코

Ⅱ. 다음 빈칸에 알맞은 단어를 <보기>에서 골라 번호를 쓰세요.

<보기>　① 온통　　② 역시　　③ 의외로　　④ 여전히　　④ 오히려

01　무척 날씬해서 많이 안 먹을 줄 알았는데 (　　　) 많이 먹는 모습을 보고 놀랐다.

02　더운 여름에는 (　　　) 시원한 냉면이 최고야.

03　비가 오려는지 하늘은 (　　　) 먹구름뿐이었다.

04　네가 잘못해 놓고 사과하지 않고 (　　　) 화를 내다니 어이가 없다.

05　10년 만에 만난 첫사랑의 그녀는 (　　　) 예뻤다.

單字	英語	中文	記住了嗎？
정말로	truly	真的	
정성껏	with one's whole heart	精心地、盡心地	
정확히	exactly	正確地	
제대로	properly	好好地、恰當	
제발	for goodness' sake	千萬、務必	
제법	quite	像樣、夠、相當好	
조만간	soon	不久（後）、遲早	
좀처럼	rare	不容易、不輕易	
종종	occasionally	常、不時	
줄곧	continuously	始終、一直	
즉	in other words	就是說、也就是	
차라리	rather	寧肯、寧可、還不如、倒不如	
차차	gradually	慢慢、逐漸	
최소한	minimum	至少	
틀림없이	certainly	必、肯定	
하도	too (much)	太、非常	
하루빨리	as soon as possible	盡早、盡快	
하루하루	everyday	天天	
하마터면	almost	差一點、險些	
한꺼번에	all together	一下子、同時	
한참	quite a while	半天、好久	
한창	at the height	正在……時候	
한편	meanwhile	（另）一方面	
함부로	thoughtlessly	亂、隨便	
해마다	annually	每年、逐年	
혹시	by any chance	如果、萬一	
활짝	wide(open)	敞（開）、大大	
훨씬	a lot	更加、得多	
흔히	often	一般、常常	
힘껏	with all one's strength[might]	竭盡全力	

□ 정말로

truly
真的

例 경치가 정말로 아름답다.
風景真的很美。

정말로 오늘 수업이 취소됐어?
今天的課真的取消了嗎？

相似 정말, 진짜, 진짜로
　　真的

□ 정성껏[정성껃]

with one's whole heart
精心地、盡心地

例 직접 정성껏 만든 비누를 친구들에게 선물했다.
將自己精心做的肥皂送給朋友當禮物。

엄마가 정성껏 차려 준 집 밥이 세상에서 최고다.
媽媽在家裡精心為我準備的飯是世上最好吃的。

相似 성심껏 誠心
　　성의껏 誠心誠意

□ 정확히[정화키]

exactly
正確地

例 돈 계산은 정확히 했어?
錢算清楚了嗎？

나이는 정확히 모르겠는데, 나보다 많을 것 같아.
不知道確切的年紀，但好像比我大。

□ 제대로

properly
好好地、恰當

例 숙제를 좀 제대로 해 오세요.
請好好做完作業後再來。

어제 잠을 제대로 못 자서 그런지 좀 피곤하다.
可能是昨天沒睡好，所以有一點累。

相似 잘 好、好好

副詞

□ **제발**

for goodness' sake
千萬、務必

例　제발 부탁이에요.
務必拜託您了。

제 비밀을 제발 지켜 주세요.
請務必替我保守祕密。

□ **제법**

quite
像樣、夠、相當好

例　오늘 날씨가 제법 추운데.
今天天氣真夠冷。

남이 버린 물건이지만 깨끗이 닦아 놓으니 제법 쓸 만했다.
雖然是別人丟掉的東西，但擦乾淨後還挺好用的。

相似　꽤　相當

□ **조만간**

soon
不久（後）、遲早

例　조만간 좋은 소식이 올 거야.
遲早會有好消息。

조만간 여자 친구에게 헤어지자고 말할 예정이다.
不久後打算要對女朋友提分手。

相似　곧　馬上、立刻

□ **좀처럼**

rare
不容易、不輕易

例　이런 기회는 좀처럼 오지 않으니 이번 기회를 꼭 잡으세요.
這種機會得來不易，請務必要把握住這次機會。

마지막 손님이 좀처럼 안 가서 오늘 늦게 퇴근해야 할 것 같아.
最後一位客人不輕易離開，所以今天可能得很晚下班了。

*좀처럼＋（否定句）
不容易／不輕易～

□ 종종

occasionally
常、不時

例 앞으로 종종 연락하고 지내자.
以後經常保持聯絡吧！

돌아가신 부모님이 종종 생각이 난다.
不時會想起過世的父母親。

相似 자주 常、常常

□ 줄곧

continuously
始終、一直

例 이 회사에 취직하게 되길 줄곧 희망했다.
之前一直希望能在這間公司工作。

자동차로 한 시간을 줄곧 달리니 바다가 나왔다.
一直開車開了一小時後，大海出現了。

相似 계속 繼續、不斷
끊임없이 不斷
내내 一直、始終

□ 즉

in other words
就是說、也就是

例 그는 구청에서 일한다. 즉 공무원이다.
他在區廳（區公所）工作，也就是公務員。

나는 지난 5월, 즉 한달 전에 한국으로 유학을 왔다.
我是5月，也就是一個月前來韓國留學了。

□ 차라리

rather
寧肯、寧可、還不如、倒不如

例 빵을 먹느니 차라리 김밥을 먹겠다.
與其吃麵包，還不如吃紫菜包飯。

그런 사람하고 결혼을 하느니 차라리 평생 혼자 사는 게 낫다.
與其要和那種人結婚，還不如一輩子一個人生活比較好。

*（動詞）느니 차라리
（動詞）는 게 낫다.
與其～還不如～比較好。

□ 차차

gradually
慢慢、逐漸

例　그 일은 차차 이야기하기로 했다.
決定要慢慢說那件事。

발자국 소리가 차차 가깝게 들려 왔다.
聽到腳步聲逐漸逼近。

相似　차츰　慢慢
　　　점차　逐漸
　　　천천히　慢慢地

□ 최소한

minimum
至少

例　여기서부터 부산까지는 최소한 두 시간 이상 걸릴 것이다.
從這裡到釜山至少要花兩小時以上。

친구 생일에 선물은 못 해도 최소한 축하한다는 말은 해야겠지?
就算朋友生日沒送禮物，至少也該說一聲恭喜吧？

相似　적어도　至少、起碼

□ 틀림없이[틀리멉씨]

certainly
必、肯定

例　이번엔 우리 팀이 틀림없이 우승한다니까. 나만 믿어.
這次我們隊上肯定會奪下冠軍。儘管相信我。

이 시간까지 집에 안 오다니 틀림없이 무슨 일이 있는 거야.
竟然到這個時間還沒有回家，肯定是發生什麼事了。

相似　확실히
　　　確實地、確切地
　　　꼭　一定
　　　반드시　一定、必定

□ 하도

too (much)
太、非常

例　날씨가 하도 더워서 어지러울 지경이다.
天氣太熱都快要昏倒了。

숙제가 하도 많아서 어제 잠을 조금밖에 못 잤더니 피곤하네.
作業太多，昨天就只睡了一會兒，很累呢！

相似　아주　很、非常
　　　상당히　相當
　　　많이　多
*하도（動詞／形容詞）
아서/어서
因為太～

□ 하루빨리

as soon as possible
盡早、盡快

例 하루빨리 공부를 끝내고 취직해야 할 텐데.
應該要盡快念完書去就業。

하루빨리 그녀와 결혼해서 행복한 가정을 만들고 싶다.
想盡早和她結婚共組幸福的家庭。

□ 하루하루

everyday
天天

例 하루하루 날씨가 추워져 간다.
一天一天變得越來越冷了。

보고서 제출을 하루하루 미루다가 결국 못 내고 말았다.
報告書提交一天拖過一天，最後就沒交了。

□ 하마터면

almost
差一點、險些

例 하마터면 마지막 버스를 놓칠 뻔했다.
差一點兒就要錯過了最後一班公車。

하마터면 빙판에 미끄러져 크게 다칠 뻔했다.
差一點兒就要滑倒在冰地上受重傷了。

相似 자칫 稍有不慎
*하마터면 （動詞）(으)ㄹ
뻔했다
差一點兒就要～了

副詞

□ 한꺼번에

all together
一下子、同時

例 피자 한 판을 나 혼자 한꺼번에 먹어 버렸다.
我一個人一口氣吃掉了一份披薩。

이 카드로 저 친구들 것까지 한꺼번에 계산해 주세요.
請用這張卡連那些朋友的東西也一同結帳。

相反 따로 另外
　　　각자 各自

□ 한참

quite a while
半天、好久

例　무슨 숙제를 그렇게 한참 하니?
什麼作業要做那麼久呢？

산에 갔다 온 지 한참 됐는데, 오랜만에 등산이나 갈까요?
自從上次上山回來已經過了很久，很久沒去登山了，要不要去啊？

相似　오래 好久、長久

□ 한창

at the height
正在……時候

例　한창 샤워 중인데 갑자기 단수가 되어 당황했다.
正在沖澡時突然停水很驚慌。

지금 식당이 한창 붐빌 시간이라서 아마 자리가 없을 거예요.
現在這個時候是餐廳正忙的時間，所以可能會沒有位子。

相似　한창때 正盛

□ 한편

meanwhile
（另）一方面

例　그의 친절은 고마웠지만 한편 부담스럽기도 했다.
雖然很感謝他的親切，但另一方面也覺得有壓力。

고향에 돌아가게 돼서 기뻤지만 한편 매우 섭섭하기도 했다.
雖然回家鄉很開心，但一方面也覺得捨不得。

□ 함부로

thoughtlessly
亂、隨便

例　거리에 함부로 쓰레기를 버리면 안 된다.
不可以在街道上亂丟垃圾。

남의 물건을 함부로 만지는 것은 좋은 행동이 아니다.
隨便觸碰他人的物品是不好的行為。

相似　마구 亂、亂來
　　　막 亂、胡亂
　　　분별없이 冒然

♪100

□ **해마다**

annually
每年、逐年

例 결혼 연령이 해마다 높아지고 있다.
結婚年齡逐年升高。

해마다 봄이면 앞산에 꽃이 활짝 핀다.
每年一到春天，前山就會花朵盛開。

相似 매해, 매년 每年

□ **혹시**

by any chance
如果、萬一

例 혹시 피곤하시면 내일 다시 만날까요?
如果您很累的話，要不要明天再見面呢？

혹시 내일 지구가 멸망한다면 뭘 할 거예요?
如果明天地球滅亡的話，你會做什麼呢？

相似 만일 萬一、如果

□ **활짝**

wide(open)
敞（開）、大大

例 환기 좀 시키게 창문을 활짝 열어라.
敞開窗戶稍微通風一下。

그녀의 활짝 웃는 모습이 보기 좋다.
她大笑的樣子很好看。

*활짝 웃다
（開心）大笑
꽃이 활짝 피다
花朵盛開

副詞

□ **훨씬**

a lot
更加、得多

例 짧은 머리가 훨씬 예쁘네.
短髮更加漂亮呢！

예전에 비해 한국어 실력이 훨씬 좋아졌구나.
相較於過去，韓語實力變得更好了啊！

相似 무척 特別

♪100

□ 흔히

often
一般、常常

例 흔히 하는 말로 싼 게 비지떡이라고 하잖아.
常言道「一分錢一分貨」不是嗎？！

그런 일은 흔히 일어나는 일이니 너무 걱정하지 마세요.
那種事經常發生，所以您別太擔心。

相反 드물게 稀有、罕見

□ 힘껏

with all one's strength[might]
竭盡全力

例 앞에 있는 깡통을 힘껏 찼다.
狠狠踢了眼前的易開罐。

제가 도울 수 있는 것이 있으면 힘껏 도울게요.
若有我能幫上忙的地方，我會竭盡全力幫忙。

Ⅰ. 다음 밑줄 친 부분이 <u>틀린</u> 것을 고르세요.

01 ① 한강의 야경은 <u>정말로</u> 아름답다.
② 그녀의 피아노 실력이 <u>훨씬</u> 좋아졌다.
③ 그와 그녀는 <u>제법</u> 잘 어울릴 수 있을까?
④ 날씨가 <u>하도</u> 더워서 꼼짝도 못할 지경이었다.

02 ① 단어가 <u>좀처럼</u> 외워지지 않아서 답답하다.
② 모르는 사람에게 <u>함부로</u> 말해서는 안 된다.
③ 지하철에서 졸다가 <u>하마터면</u> 정류장을 지나쳤다.
④ 이런 더러운 음식을 먹을 바에야 <u>차라리</u> 굶는 게 낫다.

Ⅱ. 다음 (　　　) 에 알맞은 단어를 <보기>에서 골라 번호를 쓰세요.

<보기>	① 종종	② 줄곧	③ 차차	④ 한창

01 (　　　　) 바쁠 때라서 쉴 틈이 없다.

02 오늘은 하루 종일 (　　　　) 비가 내려서 집 안에서만 있다.

03 처음에는 적응하기가 힘들었는데 (　　　　) 익숙해지고 있다.

04 그녀는 (　　　　) 나에게 안부 전화를 걸어 왔다. 그래서 그녀에게서 연락이 오지 않으면 기다려지기도 한다.

50天

搞定

新韓檢中級單字

附錄

外來語

Quiz 解答

外來語

가 ～ 라

單字	英語	中文	記住了嗎？
가스	gas	瓦斯	
게임기	game console	遊戲機	
그래프	graph	圖表	
그룹	group	集團、團體	
네트워크	network	網路	
노트북	notebook (laptop)	筆記型電腦	
디자이너	designer	設計師	
댄스	dance	舞蹈	
드라이	dry	乾燥	
디스크	disk	磁碟	
디지털	digital	數位	
램프	lamp	燈	
레몬	lemon	檸檬	
레포츠	leports	休閒運動	
렌즈	lens	鏡片	
렌터카	rental car	租車	
로또	lotto	樂透	
로봇	robot	機器人	
로비	lobby	大廳、院外活動	
룸메이트	roommate	室友	
리듬	rhythm	節奏、韻律	
리모컨	remote control	遙控器	

마～바

單字	英語	中文	記住了嗎？
마네킹	mannequin	人體模型	
마라톤	marathon	馬拉松	
마스크	mask	口罩	
마케팅	marketing	行銷	
마트	mart	超市	
멀티미디어실	multimedia room	多媒體室	
멜로디	melody	旋律	
멜론	melon	哈密瓜、香瓜	
뮤지컬	musical	音樂劇	
미팅	matchmaking party	聯誼	
밀리미터	millimeter	毫米	
바이러스	virus	病毒	
박스	box	箱子	
발레	ballet	芭蕾舞	
배터리	battery	電池	
버튼	button	按鈕	
베란다	balcony, veranda(h)	陽台	
벨	bell	鐘、鈴	
벨트	belt	皮帶	
보너스	bonus	獎金	
볼륨	volume	音量	
볼링	bowling	保齡球	
볼링장	bowling alley	保齡球場	
부케	a bouquet	捧花	
뷔페	buffet	自助餐	
브랜드	brand	商標	
브레이크	brake	剎車	
블로그	blog	部落格	
비닐	vinyl	塑料	

비디오카메라	video camera	攝影機	
비자	visa	簽證	
비타민	vitamin	維生素	

사

單字	英語	中文	記住了嗎？
사우나	sauna	桑拿	
사이버	cyber	電腦、網路	
사이트	site	網站	
샐러드	salad	沙拉	
선글라스	sunglasses	太陽眼鏡	
세미나	seminar	研討會	
셔츠	shirts	襯衫	
셔틀버스	shuttle bus	接駁車	
소스	sauce	醬	
쇼	show	秀	
쇼핑몰	shopping mall	購物中心	
쇼핑백	shopping bag	購物袋	
쇼핑센터	shopping center	購物中心	
스캐너	scanner	掃描機	
스타일	style	款式、風格	
스티커	sticker	貼紙	
스프	soup	湯	
스피커	speaker	擴音器	
슬리퍼	slippers	拖鞋	
시디	CD	光碟	
시스템	system	系統	
실크	silk	真絲	
싱크대	sink	水槽	

아

單字	英語	中文	記住了嗎？
아나운서	announcer	播音員、主播	
아르바이트	part-time job	打工	
아이디	ID	帳號	
아이디어	idea	主意	
알레르기	allergy	過敏	
알코올	alcohol	酒精	
애프터서비스	after-sales service	售後服務	
앨범	album	相簿	
에너지	energy	能源	
에이즈	AIDS	愛滋病	
엔진	engine	引擎	
오리엔테이션	orientation	新人教育	
오토바이	motorcycle	摩托車	
오페라	opera	歌劇	
오피스텔	studio (apartment)	商住兩用大樓	
온라인	online	線上	
와인	wine	葡萄酒	
요가	yoga	瑜伽	
요구르트	yogurt	優酪乳	
원룸	studio (one-room)	單間公寓	
웨딩드레스	wedding dress	婚紗	
유니폼	uniform	制服	
유머	humor	幽默	
이미지	image	形象	
이어폰	earphones	耳機	
인스턴트	instant	立即可用的	
인턴사원	probationary employee	實習員工	

外來語 附錄

자～하

單字	英語	中文	記住了嗎?
재즈	jazz	爵士樂	
재테크	investment techniques	投資理財	
전자레인지	microwave (oven)	微波爐	
전화벨	telephone ring	電話鈴聲	
조깅	jogging	慢跑	
지퍼	zipper	拉鍊	
채널	channel	頻道	
채팅	online chat	網路聊天	
체크	check	檢驗、檢查	
치즈	cheese	乳酪	
카네이션	carnation	康乃馨	
카세트	cassette (tape)	錄音帶	
카센터	(car) repair shop[center]	汽車維修廠	
카페인	caffeine	咖啡因	
카펫	carpet	地毯	
캠퍼스	(college) campus	（大學）校園	
캠프	camp	露營帳篷	
커튼	curtain	簾子	
커플	a couple	情侶	
컴퓨터	computer	電腦	
컴퓨터실	computer room	電腦室	
코너	corner	角落、專櫃	
코미디	comedy	喜劇	
코미디언	comedian	喜劇演員	
콘센트	(wall) socket	插座	

클래식	classical music	古典音樂	
클릭	click	點擊	
타입	type	款式	
테이프	tape	（膠）帶、（磁）帶	
텐트	tent	帳篷	
트럭	truck	貨車	
티켓	a ticket	票	
파마	perm	燙髮	
파일	file	文件	
패션쇼	fashion show	時裝秀	
패스트푸드	fast food	速食	
팩스	fax (machine)	傳真	
팬	fan	風扇	
포인트	point	（要）點	
폴더	folder	資料夾	
프라이팬	frying pan	煎鍋	
프로그래머	a (computer) programmer	程式設計師	
프린터	printer	印表機	
플라스틱	plastic	塑膠	
플러그	(electric) plug	插頭	
피아니스트	a pianist	鋼琴家	
핸드백	purse	手提包	
헤어스타일	hairstyle	髮型	
헬멧	helmet	安全帽	
헬스클럽	health club	健身房	
휴대폰	cellphone	手機	

附錄 外來語

第1天 － p. 11

|　　1. ② 2. ⑤ 3. ④ 4. ⑥ 5. ① 6. ③

||　　1. 개방적, 가족적, 감동적 2. 감각, 감상, 감정, 감탄

　　　3. 가계부, 가사, 가족적, 가축

第2天 － p. 21

|　　1. ① 2. ③ 3. ⑤ 4. ⑦ 5. ⑥ 6. ② 7. ④

||　　1. ③ 2. ② 3. ③

第3天 － p. 31

|　　1. ⑦ 2. ⑥ 3. ① 4. ③ 5. ⑤ 6. ④ 7. ②

||　　1. 과소비 2. 고통 3. 공포 4. 과정 5. 관광

第4天 － p. 41

|　　1. ⑤ 2. ④ 3. ③ 4. ⑥ 5. ② 6. ①

||　　1. ① 2. ④ 3. ③

第5天 － p. 51

|　　1. ③ 2. ① 3. ⑤ 4. ② 5. ⑥ 6. ④

||　　1. 기념품, 기념일, 기념관 2. 경제력, 경제학

　　　3. 계약금, 계약서 4. 관광객, 관광지

第6天 － p. 61

|　　1. ③ 2. ④ 3. ⑤ 4. ⑥ 5. ② 6. ①

||　　1. 남녀노소 2. 남녀평등 3. 나머지 4. 노약자

第7天 － p. 71

|　　1. ⑥ 2. ③ 3. ① 4. ② 5. ④ 6. ⑤

||　　1. ② 2. ③ 3. ①

第8天 － p. 81

|　　1. ② 2. ③ 3. ①

||　　1. ④ 2. ②

第10天 — **p. 101**

| 1. ③ 2. ② 3. ①

|| 1. ① 2. ①

第11天 — **p. 111**

| 1. ① 2. ③ 3. ② 4. ④

|| 1. ④ 2. ① 3. ③ 4. ②

第12天 — **p. 121**

| 1. ③ 2. ② 3. ① 4. ④

第13天 — **p. 131**

| 1. ② 2. ③ 3. ①

|| 1. ③ 2. ② 3. ④ 4. ① 5. ⑤

第14天 — **p. 141**

| 1. ④ 2. ③ 3. ② 4. ①

第15天 — **p. 151**

| 1. ③ 2. ④ 3. ① 4. ②

|| 1. ④ 2. ③ 3. ①

第16天 — **p. 161**

| 1. ④ 2. ① 3. ③ 4. ②

|| 1. ⑨ 2. ① 3. ④ 4. ⑥

第17天 — **p. 171**

| 1. ③ 2. ④ 3. ① 4. ⑤ 5. ② 6. ⑥

|| 1. 우울증 2. 의무 3. 이국적 4. 우정 5. 위로

第18天 — **p. 181**

| 1. ① 2. ④ 3. ③ 4. ②

|| 1. ④ 2. ①

第19天 － **p. 191**

| 1. ② 2. ① 3. ③ 4. ④

|| 1. ③ 2. ⑦ 3. ⑤ 4. ⑧

第20天 － **p. 201**

| 1. ③ 2. ① 3. ②

|| 1. ④ 2. ② 3. ① 4. ③

第21天 － **p. 211**

| 1. ② 2. ②

第22天 － **p. 221**

| 1. ② 2. ③ 3. ④ 4. ①

|| 1. ⑤ 2. ① 3. ⑨ 4. ②

動 詞

第23天 － **p. 233**

| 1. ⑦ 2. ① 3. ③ 4. ④ 5. ② 6. ⑥ 7. ⑤

|| 1. ① 2. ②

第24天 － **p. 243**

| 1. ③ 2. ⑦ 3. ⑤ 4. ⑥ 5. ④ 6. ① 7. ②

|| 1. ③ 2. ② 3. ③

第25天 － **p. 253**

| 1. ① 2. ② 3. ⑦ 4. ③ 5. ⑥ 6. ④ 7. ⑤

|| 1. 끌렸다 2. 나뉘어 3. 날리면서 4. 남았다 5. 내서

第26天 － **p. 263**

| 1. 녹이다 2. 넓히다 3. 높이다 4. 늦추다 5. 늘리다 6. 눕히다

|| 1. ① 2. ①

第27天 － p. 273
| 1. ① 2. ④ 3. ⑤ 4. ② 5. ③ 6. ⑥
|| 1. ① 2. ③ 3. ④

第28天 － p. 283
| 1. ⑥ 2. ⑤ 3. ④ 4. ① 5. ③ 6. ⑦ 7. ②
|| 1. ① 2. ⑥ 3. ③ 4. ④

第29天 － p. 293
| 1. ② 2. ③ 3. ②

第30天 － p. 303
| 1. ④ 2. ⑥ 3. ① 4. ⑤ 5. ③ 6. ②
|| 1. 밀어 2. 물렸을 3. 묶을 4. 물려주지

第31天 － p. 313
| 1. ② 2. ③ 3. ①

第32天 － p. 323
| 1. ③ 2. ② 3. ①
|| 1. ① 2. ④

第33天 － p. 333
| 1. ① 2. ② 3. ④ 4. ③

第34天 － p. 343
| 1. ② 2. ①
|| 1. 알아보고 2. 쏟아지기 3. 야단맞았어요 4. 앞두고 5. 신나게

第35天 － p. 353
| 1. ① 2. ⑥ 3. ③ 4. ④ 5. ② 6. ⑤
|| 1. ③ 2. ① 3. ④

第36天 — p. 363

| | 1. ① 2. ③ 3. ② 4. ④

|| | 1. ⑩ 2. ⑨ 3. ④ 4. ⑦ 5. ①

第37天 — p. 373

| | 1. ② 2. ①

|| | 1. ① 2. ② 3. ③

第38天 — p. 383

| | 1. ③ 2. ② 3. ① 4. ⑥ 5. ④ 6. ⑤

|| | 1. ② 2. ①

第39天 — p. 393

| | 1. ② 2. ③ 3. ⑥ 4. ④ 5. ⑤ 6. ①

|| | 1. 토하고 2. 포기하고 3. 풀리라는 4. 흔들리고 5. 헤엄칠

形容詞

第40天 — p. 405

| | 1. ④ 2. ② 3. ③

|| | 1. ② 2. ④ 3. ③ 4. ① 5. ⑦ 6. ⑤ 7. ⑥

第41天 — p. 415

| | 1. ② 2. ② 3. ③

|| | 1. 달콤하다 2. 다정하다 3. 동일하다 4. 단순하다 5. 다양하다

第42天 — p. 425

| | 1. ② 2. ④ 3. ③ 4. ①

|| | 1. 선명했다 2. 분명한 3. 상쾌하기 4. 새로운

第43天 — p. 435

| | 1. ④ 2. ② 3. ⑤ 4. ① 5. ③

|| | 1. ② 2. ③ 3. ① 4. ③ 5. ①, ②, ③

第44天 — p. 445
Ⅰ   1. ① 2. ② 3. ⑤ 4. ③ 5. ④
Ⅱ   1. ③ 2. ③ 3. ①

第45天 — p. 455
Ⅰ   1. ① 2. ② 3. ④ 4. ③
Ⅱ   1. ③ 2. ② 3. ① 4. ⑤ 5. ④

副詞

第46天 — p. 467
Ⅰ   1. ④ 2. ③ 3. ① 4. ⑥ 5. ⑤ 6. ② 7. ⑦
Ⅱ   1. 다행히 2. 그다지 3. 내내 4. 더구나

第47天 — p. 477
Ⅰ   1. ③ 2. ② 3. ① 4. ④ 5. ⑤
Ⅱ   1. ② 2. ①

第48天 — p. 487
Ⅰ   1. ② 2. ① 3. ④ 4. ③
Ⅱ   1. ③ 2. ④ 3. ② 4. ①

第49天 — p. 497
Ⅰ   1. ③ 2. ② 3. ④ 4. ①
Ⅱ   1. ③ 2. ② 3. ① 4. ⑤ 5. ④

第50天 — p. 507
Ⅰ   1. ③ 2. ③
Ⅱ   1. ④ 2. ② 3. ③ 4. ①

國家圖書館出版品預行編目資料

50天搞定新韓檢中級單字 暢銷修訂版 / 金美貞、卞暎姬、
玄素美著；周羽恩譯
-- 修訂初版 -- 臺北市：瑞蘭國際, 2018.02
528面；17×23公分 --（繽紛外語系列；74）
ISBN：978-986-95750-5-8（平裝）
1.韓語 2.詞彙 3.能力測驗

803.289   107000393

繽紛外語系列 **74**

50天搞定
新韓檢中級單字 暢銷修訂版

作者｜金美貞、卞暎姬、玄素美‧譯者｜周羽恩
責任編輯｜潘治婷、林家如‧校對｜潘治婷、林家如

韓語錄音｜朴芝英‧錄音室｜純粹錄音後製有限公司
封面設計、版型設計｜余佳憓‧內文排版｜林士偉、余佳憓‧文字整理｜陳怡蓁

瑞蘭國際出版

董事長｜張暖彗‧社長兼總編輯｜王愿琦
編輯部
副總編輯｜葉仲芸‧主編｜潘治婷
設計部主任｜陳如琪
業務部
經理｜楊米琪‧主任｜林湲洵‧組長｜張毓庭

出版社｜瑞蘭國際有限公司‧地址｜台北市大安區安和路一段104號7樓之1
電話｜(02)2700-4625‧傳真｜(02)2700-4622‧訂購專線｜(02)2700-4625
劃撥帳號｜19914152 瑞蘭國際有限公司‧瑞蘭國際網路書城｜www.genki-japan.com.tw

法律顧問｜海灣國際法律事務所　呂錦峯律師

總經銷｜聯合發行股份有限公司‧電話｜(02)2917-8022、2917-8042
傳真｜(02)2915-6275、2915-7212‧印刷｜科億印刷股份有限公司
出版日期｜2018年02月初版1刷‧定價｜450元‧ISBN｜978-986-95750-5-8
　　　　2023年07月二版2刷